Aux alento
Anin, fait le
Neuve. Ce périple, et sa rencontre avec des Vikings établis au nord de l'île, ouvrent brusquement, pour lui et son peuple, l'espace de la géographie et des civilisations. Fondateur d'un nouveau clan, Anin est l'ancêtre de tous les personnages dont la geste de huit siècles, ici racontée à plusieurs voix, finit par former, jusqu'au terme d'un lent et inexorable génocide, la saga d'une nation aujourd'hui disparue.

BERNARD ASSINIWI

Né à Montréal, en 1935, Bernard Assiniwi appartient à la nation indienne des Cris. Historien, conteur et romancier, il est l'auteur de plus d'une vingtaine d'ouvrages sur l'histoire et la vie des Indiens du Canada, dont *Le bras coupé* (Leméac, 1976), *Contes adultes des territoires algonkins* (en collaboration avec Isabelle Myre, Leméac, 1985), *Recettes indiennes et survie en forêt* (Leméac, 1977) et *Lexique des noms indiens du Canada* (Leméac, 1996).

DU MÊME AUTEUR

Recettes typiques des Indiens, Leméac, 1972
Survie en forêt, Leméac, 1972
À l'indienne, Leméac, 1972
Histoire des Indiens du Haut et du Bas-Canada, 3 vol., Leméac, 1973
Lexique des noms indiens en Amérique, vol. 1 : *Les Noms géographiques*, Leméac, 1973
Lexique des noms indiens en Amérique, vol. 2 : *Les Personnages historiques*, Leméac, 1973
Lexique des noms indiens du Canada, les noms géographiques, Leméac, 1995
Recettes indiennes et survie en forêt, Leméac, 1977
Faites votre vin vous-mêmes, Leméac, 1979 ; Bibliothèque québécoise, 1994
Contes adultes des territoires algonquins, en collaboration avec Isabelle Myre, Leméac, 1985
De De Gaule au Lac Meech, 1967-1987, collectif, Guérin Littérature, 1987
La Médecine des Indiens d'Amérique, Guérin Littérature, 1988
Langue française, la parole identitaire, collectif, Université Paul-Valéry/Queen's University, Montpellier/Kingston, 1994

JEUNESSE

Les Iroquois, Leméac, 1973
Makwa, le petit Algonquin, Leméac, 1973
Chasseurs de bisons, Leméac, 1978
Les Montagnais et les Naskapi, Leméac, 1979
Les Cris des marais, Leméac, 1979
Le Guerrier aux pieds agiles, Leméac, 1979
Sculpteurs de totems, Leméac, 1979

THÉÂTRE

Il n'y a plus d'Indiens, Leméac, 1983

ROMANS

Le Bras coupé, Leméac, 1976
L'Odawa Pontiac, XYZ, 1993

NOUVELLE

Visa le Blanc, tua le Noir, collectif, Vent d'Ouest, 1996

LA SAGA DES BÉOTHUKS

Les cartes sont l'œuvre de Marc-André Assiniwi.

L'auteur a bénéficié d'une bourse du Conseil des arts du Canada en 1988 afin d'effectuer les recherches qui ont conduit à cet ouvrage.

Nous remercions le Conseil des arts du Canada de l'aide accordée à notre programme de publication, ainsi que la SODEC pour son soutien à l'édition.

ISBN 2-7609-2018-6

ISBN ACTES SUD 2-7427-2463-X

Illustration de couverture :
Albert Bierstadt, *The Rocky Mountains, Lander's Peak* (détail), 1863
Rogers Fund, 1907

BERNARD ASSINIWI

LA SAGA DES BÉOTHUKS

roman

BABEL

PREMIÈRE PARTIE

L'INITIÉ

Vers l'an 1000 de notre ère...
quelque part autour d'un monde

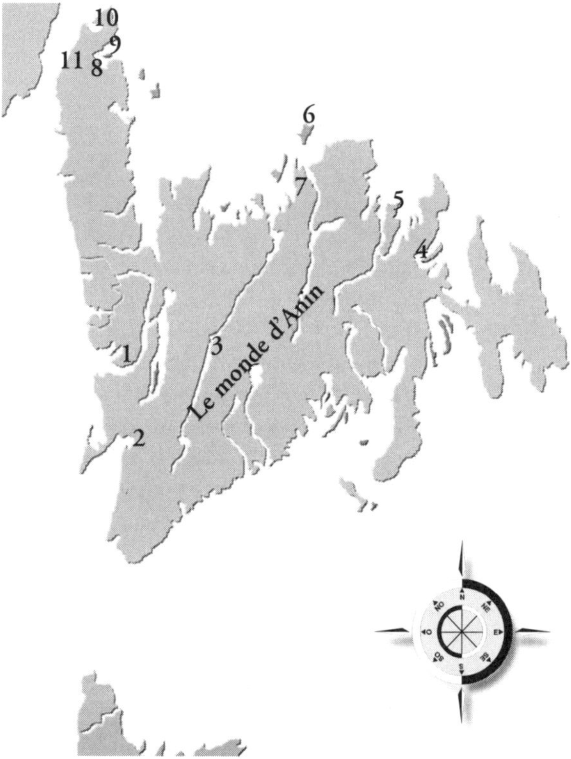

1- Baétha, village des Addaboutiks, à la rivière aux mouettes
2- Baie Saint-Georges
3- Grand lac de l'Ocre rouge
4- Premier lieu de rencontre avec les Vikings
5- Deuxième lieu d'hivernement d'Anin (2e hiver)
6- Île Fogo
7- Lieu de rencontre avec Woasut
8- Lieu d'hivernement de la troisième saison de froid et de neige, avec Woasut
9- Anse au Meadow : établissement viking
10- Baie occupée par les Vikings
11- Lieu de rencontre avec les Écossais et la jeune Viking

1

Anin avironnait avec vigueur. Comme le ciel s'obscurcissait, il voulait dépasser les récifs avant que la tempête n'éclate. L'écorce de bouleau dont était faite son embarcation ne pouvait résister aux lames successives qui, venues du large, se brisaient sur les rochers à fleur d'eau.

Le vent s'éleva soudain. Une bourrasque souleva l'avant de l'embarcation et l'esquif dévia en droite ligne vers une crique étroite située entre deux falaises. Des récifs apparaissaient, bien en vue, capables de déchiqueter n'importe quel objet flottant rejeté sur eux. Anin manœuvra de façon à éviter ces écueils et augmenta la cadence en gardant son équilibre. Pouvait-il accoster dans cette crique, avec les rochers et les falaises ? Si la tempête était aussi forte qu'il le prévoyait et que la crique était une impasse, il allait directement à la mort. « Je n'ai pas fait toutes ces découvertes depuis presque deux saisons des glaces pour mourir aussi bêtement. »

Il corrigea sa trajectoire en tournant légèrement et continua le long de la falaise lorsqu'une seconde bourrasque, plus forte que la première, l'emporta à nouveau vers la crique. Une lame de fond souleva le tapatook et le projeta par le travers à l'intérieur de la crique. D'instinct, Anin s'était étendu de tout son long au fond de l'embarcation, limitant les risques de chavirer. Il sentit que le tapatook descendait au creux de la vague et remontait vers le ruisseau. Mais il n'y eut aucun ressac. « La crique entre plus profondément à l'intérieur des terres. Je devrais pouvoir mettre pied à terre. »

En s'agrippant aux rebords du tapatook, il se leva d'un seul coup de reins et se mit à genoux. D'un rapide coup d'œil, il s'aperçut que la crique bifurquait vers le couchant. Il devait agir très vite pour éviter que l'embarcation ne se brise au tournant. Il saisit son aviron au fond du tapatook et le planta vite dans l'eau du côté opposé à la falaise, juste à temps pour faire tourner son esquif dans la crique et éviter qu'il ne se fracasse sur la paroi rocheuse. Sitôt après, soulagé, il découvrit une plage sablonneuse à l'intérieur d'un petit lac où les vagues venaient mourir.

Anin cessa d'avironner. Le petit lac se trouvait au centre d'un immense rocher dont les bords étaient escarpés, sauf du côté du soleil couchant où la plage, d'un beau sable roux, laissait couler en son centre un ruisseau en cascades qui venait des hautes terres. En remontant des yeux le ruisseau, on pouvait voir que la végétation, plus pâle qu'ailleurs, y manquait de soleil. Une seule présence vivante sur le lac : Obseet, le cormoran pêcheur, aussi étonné qu'Anin de voir un autre animal.

Une pluie lourde s'abattit sur le petit lac. En quelques coups d'aviron, Anin rejoignit la plage. Il repéra un creux dans la falaise, saisit son bagage au fond du tapatook et courut s'y mettre à l'abri. Il ramassa quelques branches sèches et, à l'aide de deux branches d'épinette et de quelques morceaux d'écorce de bouleau qu'il transportait toujours avec lui, il alluma un feu afin de faire sécher ses vêtements. Fatigué, les membres encore tendus par l'effort, il déroula une peau de caribou et s'étendit. Il s'endormit aussitôt.

Pendant son sommeil, le tonnerre gronda, et plusieurs fois l'éclair stria le ciel. Les goélands tournèrent autour du tapatook et vinrent près du feu. Même Obseet le cormoran vint par curiosité tout près de la rive, pour savoir qui était cet intrus. Mais rien ne semblait troubler le sommeil d'Anin, l'initié.

Il pensait à tout ce qui lui était arrivé depuis son départ du village des siens. Parti en plein cœur de la saison chaude, il avait connu deux saisons de neige depuis, avant que la présente saison de la fonte ne se termine. À ses parents réunis pour le festin tenu en l'honneur de son départ, il avait dit :

« Je reviendrai quand j'aurai fait le tour de notre terre. Pas avant. »

Il avait souvent regretté ses paroles. Même si en maintes occasions il avait voulu mettre fin à son voyage, son orgueil était plus fort que son envie de revenir. Il aurait pu vivre à quelques jours de voyage des siens, bien caché et, à son retour, faire croire qu'il avait visité la terre entière. Son oncle l'avait bien fait avant lui. Mais un jour, pourtant, des pêcheurs, qui s'étaient aventurés plus loin qu'à l'ordinaire, avaient découvert la supercherie : ils avaient repéré le lieu de résidence de l'initié et y avaient trouvé des objets lui appartenant. Comme ils étaient aussi de fins chasseurs, ils s'aperçurent que ce lieu avait été habité pendant plusieurs saisons ; à leur retour au village, ils avaient démasqué le menteur. Incapable d'affronter le déshonneur, cet oncle se suicida en se jetant du haut d'une falaise.

Anin n'était ni menteur ni tricheur. Il n'avait peur de rien ni de personne. Du moins, il n'en avait jamais laissé rien paraître. Il avait affronté les pires tempêtes sur la mer et avait eu à combattre un ours pendant six soleils. Cet ours avait flairé la nourriture dans l'habitation d'Anin et avait harcelé le jeune initié pendant six soleils ; Anin avait finalement quitté son habitation en lui laissant la nourriture. Même si ses parents lui avaient dit que l'ours dormait en hiver, Anin savait maintenant que tous les ours n'entraient pas en état d'hibernation, ou alors qu'ils ne dormaient que s'ils n'avaient pas faim.

Au cours de son expédition, Anin avait vu son tapatook déchiqueté par des récifs de roches et s'était lui-même grièvement blessé. Il avait dû passer plus d'une lune à panser ses blessures et à se fabriquer un nouveau tapatook en écorce de bouleau. Anin avait eu faim et froid. Il avait craint des tas de choses dont il avait jusque-là ignoré même l'existence. Pendant ces deux hivers passés seul, il avait appris à se débrouiller, comme l'initié qu'il était. Caché près des siens, il n'aurait jamais vécu tout cela et aurait dû s'inventer de faux exploits à raconter aux membres de son village.

Ni tricheur ni menteur, Anin. Il avait bien dit : « Je reviendrai quand j'aurai fait le tour de notre terre. Pas avant. » Et il allait tenir parole. Une parole donnée ne peut être reprise qu'avec l'accomplissement de la tâche ou sur la supplication, de la part de ceux qui l'ont entendue, de ne pas réaliser cette tâche. Anin irait jusqu'au bout, même si cela voulait dire ne pas revenir parmi les siens. Mais cela était impossible puisque la terre est ronde. Si l'aïeul avait raison, la terre faite par le castor et à l'image de sa maison ne pouvait être que ronde. Le mâle ayant fait sa cabane au-dessus et la femelle au-dessous et à l'envers, la terre avait grossi entre les deux cabanes. Depuis lors le monde est rond, soutenu par les souffles du vent dans l'immensité des esprits.

En suivant les contours de la terre ferme, il était évident pour Anin qu'on revenait à la même place. Ainsi Anin reviendrait : âgé peut-être, mais il reviendrait. Il ne trouverait peut-être jamais de compagne pour la perpétuation de la race, mais il reviendrait. Il ne rapporterait peut-être pas de choses nouvelles pour que les siens apprennent ce qu'ils ignorent, mais il reviendrait avec son bagage d'aventures et d'expériences difficiles à raconter. Anin ne montrerait peut-être rien de nouveau ou de curieux aux siens, mais il leur apprendrait la vérité sur ce qui existe ailleurs. Même si cette vérité n'avait rien de magique ou de mystérieux, elle serait la vérité. La vérité n'a rien de merveilleux ni de magique : elle est seulement la vérité, la seule chose que l'on peut dire, faire, raconter, penser, enseigner. Il ne serait pas bien de montrer à un enfant à faire un sifflet et lui dire qu'il sifflera de lui-même. Mais c'est la vérité de dire à l'enfant que, en soufflant, il en fera sortir des sons stridents que seuls les oiseaux peuvent habituellement lancer. Seule la vérité existe : le mensonge meurt de lui-même. Il se tue car il ronge son auteur. Celui qui fait ou propage le mensonge finit par se croire lui-même et il s'attrape dans ses propres mensonges. L'aïeul dit que le mensonge vient de celui qui n'a pas fait la différence entre son rêve et son désir. Entre son rêve et ses envies. Entre son rêve et sa capacité de le réaliser.

Anin reviendra parmi les siens. Peut-être avant la fin de la saison chaude, s'il ne perd pas trop de temps à dormir au même endroit.

Anin se réveilla au bruit des pas sur le sable roux. Il faisait encore jour mais le temps était sombre. Pas un souffle de vent. Plus de pluie. Que des pas sur la grève. Avant même d'avoir aperçu ce qui marchait sur le sable, Anin savait de qui étaient ces pas : Gashu-Uwith, l'ours, venait le retrouver après tant de lunes.

Anin se dressa aussitôt pour se montrer à l'animal. Ce dernier s'arrêta net dans sa progression vers le jeune initié. Il flaira longuement de son museau mouillé et, malgré sa courte vue, sentit qu'il avait retrouvé son pourvoyeur de nourriture de l'hiver précédent. Anin sut tout de suite que Gashu-Uwith était le même ours qui l'avait harcelé auparavant. Gashu-Uwith n'était pas un ours ordinaire, il avait retrouvé sa piste après plus de quatre lunes. Anin avait voyagé par eau alors que Gashu-Uwith n'avait voyagé que sur terre. L'ours ne pouvait voir de loin ni sentir Anin quand ce dernier était en mer et que le vent du large poussait l'air salin vers la terre.

Gashu-Uwith était peut-être l'ennemi ou l'esprit protecteur d'Anin. La difficulté était de faire la différence et de ne pas se tromper. Comme Anin restait debout sans broncher, Gashu-Uwith s'assit en reniflant. Puis il se dressa sur ses pattes arrière en continuant le même manège. Il se remit enfin sur ses quatre pattes et repartit vers le ruisseau qu'il escalada sans se presser avant de disparaître en haut de la cascade.

Longtemps Anin resta sur la plage à se demander si cet ours était son esprit protecteur. Cela expliquerait pourquoi la bête n'avait pas tenté de le molester dans l'aventure du dernier hiver. Pourtant, cet ours avait faim. Et un ours qui a faim s'attaque volontiers aux initiés solitaires. Cette fois, Gashu-Uwith était reparti dès qu'il avait flairé sa présence. En grimpant vers le haut du ruisseau, avait-il voulu lui indiquer un autre sentier ? Souvent l'esprit protecteur indique le sentier à prendre ou avertit des dangers qui menacent.

Songeur, Anin ranima le feu, sortit de la viande séchée de son sac de voyage et mangea. Puis il se recoucha et s'endormit presque aussitôt. À son réveil, sa décision était prise. Il se dirigea vers son tapatook, assujettit son bagage à la barre centrale, chargea l'embarcation sur sa tête et se dirigea vers le ruisseau. Il escalada à son tour la falaise sur son côté le moins rocheux. En peu de temps, le jeune initié atteignit le haut. Il était sur le faîte d'une bande de terre rocheuse qui s'avançait dans la mer. De l'autre côté de cette langue de terre s'étendait, à perte de vue, une baie magnifique. Pour atteindre cette baie par la mer, il lui aurait fallu au moins deux soleils. Les quelques efforts de cette escalade avaient suffi à lui dévoiler cette beauté tout en lui évitant les dangers toujours présents de la mer.

Anin cherchait un sentier par où descendre vers la baie lorsqu'il aperçut soudain Gashu-Uwith, bien assis devant une épinette, comme s'il attendait quelqu'un pour le guider vers une nouvelle découverte.

2

Anin avait redescendu la colline pour atteindre la magnifique baie qui s'étirait à perte de vue devant lui. Aussi loin qu'il pouvait voir, la plage s'étendait, unie. Lorsque l'eau se retirait vers le large, on pouvait y voir des traces de coques s'enfouissant dans le sable mouillé. En faire la cueillette devenait un jeu d'enfant. Pendant des soleils et des soleils de la saison de la repousse, Anin marcha sur cette plage baignée par l'astre de chaleur en se nourrissant des fruits de la mer. Lorsqu'il était fatigué, il s'arrêtait, s'enroulait dans sa couverture de peau de caribou et dormait un peu. Puis il se relevait et repartait vers la barre du jour, portant son tapatook sur l'épaule, préférant la marche à l'aventure de la mer. Souvent il songeait à Gashu-Uwith qui, en lui montrant ce sentier du ruisseau, lui avait ainsi évité les multiples difficultés de la navigation dans un frêle tapatook. Et puis le « maître de la terre », comme l'appelaient les siens, avait disparu aussi soudainement qu'il était apparu. Anin marcha pendant plusieurs jours en portant son tapatook ou en le tirant à l'aide d'une corde.

Un jour, il vit des oiseaux à gros bec qui filaient vers une île du large. Ses parents les appelaient gotheyets. Comme le temps était splendide, Anin décida de visiter cette île et de faire quelques provisions de cet oiseau pour les jours suivants. Il mit son tapatook à l'eau et avironna vers cette terre éloignée. Il arrivait presque à cette île lorsqu'un immense remous se produisit près de son embarcation, menaçant de la faire chavirer. C'était une baleine qui avait frôlé la surface de l'eau, curieuse de voir le visiteur de son domaine. Lorsqu'il accosta, il tira son tapatook hors de l'eau, le renversa et s'étendit un peu. L'île était beaucoup plus loin qu'il ne le croyait et l'effort qu'il avait dû faire pour s'y rendre avait été constant, malgré le beau temps.

À son réveil, il visita l'île et constata que seul le côté qu'il avait abordé permettait de mettre pied à terre. Tout le reste n'était que hauts rochers où nichaient des macareux ou gotheyets. Parce que l'île se voyait de très loin, il avait cru cette terre plus rapprochée qu'elle ne l'était réellement. Muni de son seul filet de pêche, Anin entreprit l'escalade d'une des parois. Peu apeurés, les gotheyets restaient là, figés sur les nids, dans ces dépressions du sol où les jeunes oiseaux étaient nourris par leurs parents. Lorsqu'un oiseau adulte arrivait avec de la nourriture pour les oisillons, il lançait son filet, attrapait l'oiseau, lui tordait le cou et le jetait au bas de la falaise. Lorsqu'il en eut tué une dizaine, il redescendit. Pendant le reste de la journée, il écorcha les oiseaux pour ne pas avoir à les plumer, puis il les suspendit près du feu pour les faire sécher et fumer. Il se faisait ainsi des provisions qui se conserveraient pendant les lunes chaudes de l'été. Toute la nuit il entretint son feu pour permettre à la chaleur et à la fumée de bien pénétrer cette viande fraîche.

Le lendemain matin, convaincu que sa provision était suffisante, il s'étendit et s'endormit. Lorsqu'il s'éveilla, le soleil était haut dans le ciel et le vent soufflait fort. Les vagues étaient très hautes et la mer ne permettait pas à son léger esquif de regagner la terre ferme en toute sécurité. Il mangea un peu de gotheyet fumé et entreprit de visiter les abords de l'île de roche. Du côté du soleil, il vit plusieurs phoques paresseux, des mères et leurs petits, étendus au soleil sur des récifs. Il pensa : « Je devrais aussi être avec les miens pendant cette saison des chaleurs. »

La journée se passa ainsi. Du haut d'un promontoire, il put observer des baleines qui s'ébattaient près de l'île. Il vit, au loin, une embarcation qui lui sembla beaucoup plus grosse que son tapatook. « Des Bouguishameshs visitent aussi cette terre. Il vaut mieux ne pas me montrer avant de connaître leurs intentions. » Mais ce grand tapatook muni d'une voile était si loin au large que son équipage ne pouvait apercevoir Anin sur la rive. Le soir, ce dernier se trouva un endroit abrité pour passer la nuit. Il y dormit comme un jeune enfant, confiant et en sécurité.

Au matin, il fut debout avec le soleil. Après avoir mangé, il mit les oiseaux séchés dans son filet de pêche, chargea son tapatook et entreprit le voyage de retour. Une fois arrivé, il continua pendant plusieurs soleils à longer la grève en tirant son embarcation avec une corde. Un après-midi pluvieux, Anin aperçut des escarpements rocheux qui semblaient fermer la plage. Il se dit que le temps était venu de remettre son tapatook à l'eau et de continuer son voyage par la mer. Il se sentait beaucoup moins enthousiaste depuis quelques soleils et il savait que cet état d'esprit était significatif. La dernière fois qu'il s'était senti ainsi, il avait failli se noyer, surpris par une tempête de vents. Cette sorte d'angoisse continua de lui nouer l'intérieur sans qu'il s'arrête pourtant de marcher vers ce roc qui se dressait devant lui. Arrivé devant cette masse de roche, il chercha un endroit pour passer la nuit. La pluie continuait de tomber, plus froide à la tombée du jour. « Je dois trouver un abri. Il faut absolument faire sécher mes vêtements, sinon je risque de ne pas terminer ce voyage vers les miens. »

En longeant la muraille de roc vers l'intérieur des terres, Anin trouva un immense amas de grosses roches empilées les unes sur les autres. Au milieu, une de ces grosses roches formait une espèce de toit, même si la pluie glissait le long de ses parois. Ce n'était pas l'endroit idéal pour attendre le beau temps, mais c'était plus confortable que de rester à découvert. Après avoir allumé un feu pour faire sécher ses vêtements, Anin s'enroula dans sa couverture, se coucha près du feu et s'endormit sans manger. La nuit fut longue comme l'éternité. L'humidité pénétrait son corps jusqu'au fond de ses entrailles. Il eut froid. Ce froid de crainte et de misère qu'éprouvent les gens qui vivent près de la nature et qui sentent que quelque chose se prépare, sans vraiment savoir ce que ce sera. À plusieurs reprises pendant la nuit, Anin crut entendre des voix.

Lorsque le jour fut assez clair, il se leva, roula la couverture, l'attacha et la mit sur son épaule. Il avait sans doute rêvé ces voix, car il se croyait seul sur cette terre étrangère. Ayant enfilé ses jambières, il repartit vers la plage où il avait laissé son tapatook et ses provisions. La faim le tiraillait. Il n'avait fait que quelques pas lorsqu'il s'arrêta net. Là, devant lui, un peu au large, il aperçut un immense tapatook dont la pointe portait une tête de monstre et sur lequel plusieurs hommes s'agitaient. Il regarda vers le couchant pour vérifier si son tapatook était toujours au même endroit. Il y était. Mais deux êtres aux cheveux couleur des herbes séchées se tenaient tout près, qui l'examinaient en gesticulant et en parlant. Des sons gutturaux sortaient de leurs bouches, qu'Anin ne comprenait pas. Il s'immobilisa : comme son corps était de la couleur du rocher et ses vêtements de même, cela lui permettait de se fondre au paysage tout en observant ces êtres étranges à la peau pâle et aux cheveux couleur des herbes séchées. Ils étaient grands. Au moins une tête de plus que lui. Des géants venus d'ailleurs ? Ou peut-être était-ce Anin qui était d'ailleurs et eux qui étaient chez eux ? Il eut envie de se montrer, de faire connaissance, de tenter de communiquer avec eux pour en apprendre davantage. Mais il se retint, sans vraiment savoir pourquoi.

Un des hommes qui étaient près du tapatook d'Anin se dirigea vers la grande embarcation pendant que l'autre se mit à soupeser l'esquif de l'Addaboutik. Il le prit soudain, se dirigea vers la mer et le mit à l'eau. Il y monta debout pour aussitôt basculer et tomber à l'eau. En chavirant, il poussa un son terrible qui fit frémir Anin. L'autre se retourna et, voyant son compagnon à l'eau, se mit à rire très fort. Se relevant péniblement, le premier se mit aussi à rire de bon cœur tout en ramenant le tapatook sur la grève.

« Ils rient comme nous, pensa Anin. Ils ne se fâchent pas de leurs maladresses. Ils réagissent donc comme les miens. Peut-être sont-ils accueillants ? Mais comme ils sont grands ! Ils me dépassent d'au moins une tête. »

Les deux hommes aux cheveux couleur des herbes séchées étaient de retour devant le grand tapatook et se mirent à crier. Un des êtres qui s'agitaient s'arrêta net et répondit en criant à son tour très fort, comme s'il était fâché. Puis une autre tête émergea du ventre de cette embarcation. Elle était presque de la couleur du feu et portait un bandeau autour du front. Cet homme aux cheveux rouge feu sauta aussitôt à l'eau et se dirigea vers le tapatook d'Anin. Les deux autres se mirent à courir derrière lui et allaient le rejoindre lorsque Anin entendit un grand cri derrière lui. Il sursauta en se retournant : un géant se dirigeait droit sur lui. Il portait des tresses, comme les sauvages ashwans déjà aperçus dans sa jeunesse, mais la couleur de ses cheveux était celle des herbes séchées. Anin courut en vitesse vers son tapatook pour prendre son arc, ses flèches et son amina, sa lance de pêche. Il fit un saut de côté pour éviter un coup de bâton gris que lui assénait ce Bouguishamesh. Anin glissa vers le bas de la roche et un second coup de ce bidissoni lui arracha un morceau de chair de sa cuisse droite, grand comme la main. La douleur fut vive, mais le jeune initié eut le temps de saisir la lance qu'il venait d'échapper en tombant et de la planter dans le sol sablonneux. L'homme qui se précipitait sur lui, comme une ourse qui charge pour protéger ses petits, vint s'y empaler en poussant un grand cri.

Sans attendre, Anin déguerpit comme le lièvre en sautant de roche en roche et s'enfonça vers l'intérieur des bois. Il se dissimula derrière une souche pour observer ce qui se passait. Le grand tapatook semblait s'être vidé. Pendant que des voix criaient des mots qu'il ne pouvait comprendre, Anin revint silencieusement vers sa victime, mit son pied sur la poitrine du géant aux cheveux de soleil et en retira son harpon de pêche. Les voix se rapprochaient et Anin savait qu'il fallait faire vite : s'enfuir en courant dans les bois ou rejoindre son tapatook. Il choisit la première solution et, malgré la vive douleur qu'il ressentait à la cuisse, il sauta d'une roche à l'autre pour se perdre dans la forêt de conifères. Connaissant à fond les repaires de la forêt, il s'efforça de tourner en rond, ne s'éloignant pas trop de son tapatook. Il espérait ainsi fatiguer ses poursuivants et se garder une chance de survivre sans avoir à se construire un autre tapatook.

3

Pendant deux soleils, Anin marcha avec peine dans cette forêt dont les arbres lui semblaient gigantesques en comparaison de ceux de son pays. Les êtres à la peau pâle et aux cheveux couleur des herbes séchées étaient toujours à sa poursuite. Sans son agilité, sa jeunesse et son endurance qui lui permettaient de se passer de nourriture pendant des jours, ses ennemis l'auraient rejoint rapidement. Sa blessure le faisait atrocement souffrir et la plaie, qui avait beaucoup saigné, avait pris une couleur foncée qui l'inquiétait. À la fin du deuxième soleil, il décida de s'arrêter et de soigner sa blessure sans plus se soucier de ses poursuivants. Il chercha quelque temps la plante marécageuse qu'on lui avait appris à cueillir et qui poussait depuis la fonte des neiges jusqu'aux froids suivants. Cette plante, qui ressemblait fort à une personne debout, accumulait de l'eau dans son intérieur. Dans cette eau se noyaient des insectes que la plante dévorait ensuite pour se nourrir. Une teinte pourpre attirait habituellement l'attention du promeneur sur cette plante. Anin trouva enfin une dépression de terrain où elle poussait, fertilisée par la mousse de roche dont se nourrissaient les caribous. Il en cueillit autant qu'il avait de doigts puisque la plante était naissante. À l'aide d'un caillou rond, il broya ces plants dans sa manuné, sorte de tasse creusée dans un nœud d'arbre, pour en faire une décoction. Puis il appliqua ce cataplasme directement sur sa blessure. Il en éprouva d'abord une sensation de froid qui calma un peu la brûlure de la plaie, mais peu à peu cette sensation fit place à un réchauffement progressif qui finit par devenir intolérable. Il savait devoir passer un bon moment avec cette brûlure avant que la plaie ne soit purifiée par le jus de la plante. La chaleur lui monta aux oreilles et il crut que son visage était en feu. Soudain il se sentit faible et se mit à vomir, bien que son estomac fût vide. Il s'étendit par terre sous un grand pin blanc et s'endormit dans l'humidité de la nuit, épuisé.

Quand il s'éveilla, il faisait nuit et froid. Anin grelottait comme une feuille de tremble au vent. Il se mit à se frapper un peu partout sur le corps pour activer la circulation du sang et se réchauffer. Il se leva ensuite et sautilla d'une jambe à l'autre. Son membre blessé était engourdi, mais la douleur vive de la veille avait disparu. Au fur et à mesure que son corps se réchauffait, sa faim se réveillait à nouveau. Cela ferait bientôt trois soleils entiers qu'il ne buvait que de l'eau et ne mangeait que des feuilles de cette plante luisante à petits fruits rouges qui donne des forces lorsqu'on se sent défaillir. Malgré la noirceur, le ciel laissait entrevoir quelques étoiles, et Anin put scruter son environnement immédiat. Il était dans une dépression de terrain où le sous-sol, en roc, était devenu un réservoir d'eau. Voilà comment il avait découvert la plante pourpre qui lui avait servi à nettoyer sa plaie.

Sur les flancs de cette dépression, l'écorce claire des bouleaux jetait presque une clarté qui tranchait sur le fond sombre de la forêt environnante. Anin sourit : il pourrait apaiser sa faim. Il se dirigea vers un des arbres et y découpa une large tranche de cette écorce à l'aide de son couteau d'obsidienne. Puis il en gratta l'intérieur tendre pour faire une sorte de purée qu'il mâcha et remâcha, avalant tout le jus et le plus de pulpe possible. Sa bouche devint empâtée, comme lorsqu'il mangeait les glands amers de ces arbres de bois dur qui ressemblent à des hommes à plusieurs bras. Il sut alors qu'il lui fallait boire et il s'abreuva de l'eau de pluie accumulée dans une cavité du rocher.

La barre du jour s'éclairait lorsqu'il finit son repas. Avec son couteau, il entreprit de couper les jeunes arbres de bouleau et de frêne pour se fabriquer de nouvelles armes de chasse. Comme son arc et ses flèches étaient restés dans son tapatook, il n'avait plus que son couteau, des crochets d'aubépine et de la corde de fibre d'herbes sauvages. Sa couverture de peau était restée là où le géant l'avait attaqué. Il lui fallait s'en confectionner une autre et trouver un endroit où passer une autre saison de froid et de neige. À proximité de la mer mais toujours en forêt, car il serait ainsi protégé des vents et pourrait se nourrir aisément tout en construisant un autre tapatook. Un voyageur sans tapatook est bien pauvre et ne peut compter que sur la cueillette sur la grève pour survivre. Quand le froid durcit la grève et que l'eau se couvre pour ne pas avoir froid, le voyageur imprévoyant meurt.

Il lui fallut plus de trois soleils pour fabriquer son aniyémen et autant de ashwogins qu'il avait de doigts dans ses mains. Le froid arrivait. Déjà il devait raviver son feu plusieurs fois chaque nuit pour conserver le peu de chaleur produite par son corps. Chaque matin, il souhaitait voir apparaître le soleil afin de se réchauffer et pouvoir accomplir le travail nécessaire à sa survie. Pour se nourrir, il tendit des collets à lièvre et des pièges à bascule pour le gibier plus gros. Il attrapa souvent des zoozoots à l'aide d'un collet tendu au bout d'une perche. En pêchant aussi dans une rivière qui coulait tout près, il pouvait ainsi subvenir à ses besoins de sédentaire tout en se préparant pour le temps froid. Il se faisait du pain avec l'intérieur de l'écorce de l'arbre appelé dousomité, qu'il faisait sécher sur des roches près du feu et qu'il broyait ensuite avec une pierre ronde sur une pierre plate. Il fabriqua des cadres de raquettes pour marcher sur la neige, puis il entreprit de construire un nouveau tapatook avec cette écorce.

À la chasse, il tua deux caribous de la forêt pour se faire une réserve de viande et se confectionner des vêtements. Avec les pattes des animaux, il se fit des jambières et des manches pour couvrir les bras. De la peau du dos, il tira une chasuble, un pagne ; avec les restes unis à la seconde peau, il se fit une couverture lourde qu'il assouplit, comme ses vêtements, à l'aide de l'huile des pieds des bêtes abattues, afin de les rendre aussi imperméables. Enfin, Anin tua un mamchet : il en mangea la viande et se servit des nerfs pour tresser ses fonds de raquettes. Pendant près d'une lune complète, il travailla du lever au coucher du soleil afin de se préparer aux grands froids. Puis la neige se mit à tomber, lourde et douce. La saison de froid et de neige était arrivée presque en même temps que la plaie de la cuisse d'Anin jetait sa dernière croûte.

Pourtant, il fallait rejoindre le bord de l'étendue d'eau salée et transporter les provisions déjà accumulées au cours de la dernière lune. Si la forêt pouvait subvenir à une partie des besoins d'Anin, elle ne pouvait le faire complètement. Afin de continuer son voyage autour de son monde, il ne devait jamais abandonner les rives de cette eau, car c'était aussi sa seule façon de revenir à son point de départ. Il entreprit donc de faire le portage de ses choses vers la grande eau, mais en suivant la shebin d'eau douce qui ne pouvait que se jeter dans la grande étendue. Comme il se savait sur les hauteurs et que la rivière coulait en descendant, il ne se hasarda pas à mettre son tapatook à l'eau et c'est à pied qu'il entreprit sa descente vers la mer. Deux soleils complets furent nécessaires à cette descente, en ne portant que son tapatook et les armes et provisions essentielles à sa survie. Lorsqu'il aperçut l'immensité des eaux, il s'arrêta et scruta l'horizon pendant un long moment afin de s'assurer qu'il n'y avait pas de grand tapatook de Bouguishamesh qui mouillait dans la rade de la rivière. Lorsqu'il fut certain d'être seul, il descendit jusqu'à la rive. La marée du froid était haute et touchait presque la ligne des arbres de la vallée. Il mit peu de temps à trouver l'endroit idéal pour construire son abri d'hiver. Il dut renoncer à se construire un mamatik d'écorce de bouleau, car le froid faisait adhérer trop fermement l'écorce à l'arbre et il devenait difficile d'en découper de grandes pièces. Il entreprit donc de se construire un abri d'arbres tombés remis debout, avec des branches entrelacées de conifères de toutes sortes en guise de toit. Puis, à l'aide de ses raquettes à neige, il recouvrit le tout d'une épaisse couche de neige. Seule la haute extrémité de cette habitation restait ouverte afin d'en laisser s'échapper la fumée, lors des longues nuits de la saison du froid. Deux autres soleils passèrent à cette installation. Puis autant de soleils qu'il avait de doigts aux mains furent nécessaires au transport des viandes et des autres accessoires confectionnés pendant sa convalescence.

Il avait dû se construire un abri temporaire à mi-chemin entre ses deux campements afin d'y passer la nuit de portage. Lorsqu'il remontait vers son campement de la forêt, il ne transportait que de la nourriture. Mais comme il grimpait en montagne, il devait s'arrêter beaucoup plus fréquemment que dans la descente. Lorsque les portages furent terminés, la neige tombée montait plus haut que ses genoux et le froid véritable s'était installé, lui aussi, pour passer la saison de neige.

La saison de neige et de froid se passa lentement, ni plus froide ni plus neigeuse que les années précédentes. Quand la provision de viande commença à baisser, Anin remonta vers son campement de la forêt et, pendant cinq soleils, chercha l'endroit où vivait Kooswet, le caribou. Lorsqu'il eut trouvé une famille complète, il choisit la bête la plus jeune afin de ne pas avoir à laisser se perdre la viande quand viendrait la saison de la fonte des neiges et des glaces. Il prit bien son temps lors de cette excursion puisque, pendant cette saison des neiges, il faut ménager ses forces pour ne pas entreprendre les beaux jours malade et faible. Il profitait aussi du climat plus doux qui règne en forêt, loin des vents et adouci par la chaleur des arbres.

À sa descente vers la mer, traînant ses provisions sur une écorce de bouleau qu'il avait laissée au campement de la forêt la saison précédente, Anin aperçut Gashu-Uwith. Il buvait calmement au ruisseau qui coulait près du campement à mi-chemin. Il s'arrêta net, ne désirant nullement effrayer ou affronter l'animal. Malgré les signes évidents qu'il avait eus qu'il s'agissait sans doute de son protecteur, Anin ne pouvait s'empêcher de le craindre. L'ours leva la tête et huma l'air. Il se tourna alors vers lui en poussant un léger grognement et s'assit par terre, bloquant effrontément le sentier par lequel devait passer Anin. Gashu-Uwith était énorme. Comme l'ours était tout près de l'abri temporaire d'Anin, ce dernier fit comme l'animal et s'assit dans la neige, préparant son arc et une flèche, au cas où...

Longtemps les deux êtres demeurèrent dans cette même position, se regardant fixement et humant leur odeur respective. L'ours connaissait bien aussi la senteur du caribou abattu. Aucun des deux ne bougeait et la clarté du jour s'estompait rapidement. Anin s'inquiétait de devoir passer la nuit éveillé, assis dans la neige à regarder Gashu-Uwith le sentir, lorsqu'il songea à nouveau que l'ours avait peut-être faim puisqu'il ne dormait pas. Il se leva lentement et, détachant la peau de caribou gelée qui recouvrait la viande, il prit une assez grosse pièce et s'avança vers Gashu-Uwith. L'animal resta immobile et Anin s'arrêta à quelques pas de lui. Il lui jeta la pièce de viande et recula. Gashu-Uwith se pencha, saisit la pièce dans sa gueule, se leva et se traça un sentier dans la neige épaisse de la forêt, vers le flanc de la colline. Anin le regardait aller quand l'ours s'arrêta, se tourna vers l'homme et grogna faiblement avant de disparaître. Anin alluma un feu près de son abri et fit cuire un morceau de viande. Puis il s'enroula dans sa couverture et s'endormit. Au matin, il regagna son campement du bord de la mer.

La vie d'Anin se passa calmement jusqu'à ce que les journées se réchauffent et que la neige fonde au soleil. Il ne restait plus que des taches blanches dans les sous-bois ombragés. Quelques morceaux de glace rejetés par la marée restaient encore sur la grève lorsque l'eau se retira. Anin avait fait provision de viande séchée, s'était fabriqué deux avirons pour son tapatook et avait assujetti son bagage dans la pince de son embarcation. Un chaud matin de la saison de fonte, au lever du soleil, il avait quitté son campement de la saison de neige et de froid en direction du levant. Quelques soleils plus tard, il prit la direction du froid.

4

Un peu à cause de sa charge inhabituelle mais surtout à cause d'un fort courant venant du froid, Anin avançait beaucoup plus lentement qu'à l'habitude. Il rencontrait des îles de glace qui flottaient vers le soleil du milieu du jour et il en était fortement impressionné. Il pensait : « Je n'aimerais pas vivre sur une île qui se déplace. Comment repérer les bons endroits de pêche en se guidant sur la terre, si la terre n'est jamais à la même place ? » Et il éclatait de rire en songeant que ces îles rapetissaient probablement avec la chaleur de la saison, dès la naissance des oiseaux, jusqu'à disparaître complètement.

Soudain son attention fut attirée par un important vol de mouettes à l'horizon, droit devant lui mais au-dessus de la terre. Il se dit qu'il y avait probablement une baie profonde derrière le rocher qui s'avançait dans la mer. Dès lors, il fut sur ses gardes. Sa mésaventure avec les Bouguishameshs au caractère belliqueux lui avait suffi. Il avironna vers la terre et continua sa progression en longeant le littoral de près. Il contourna complètement la langue de rochers avant d'apercevoir une seconde baie. Cette dernière était protégée par une pointe de terre dénudée d'arbres, mais moins rocailleuse que la première.

Il ralentit son rythme et ne sortit plus son aviron de l'eau afin de faire le moins de bruit possible. Il s'arrêtait souvent pour écouter. Il entendait des cris et des rires. Les cris étaient ceux d'enfants ou de jeunes filles. Plus il approchait de la langue de terre, plus il percevait nettement les éclats de voix. Il tenta d'évaluer le nombre de personnes se trouvant de l'autre côté de cette terre : il pouvait en compter autant que les doigts de ses deux mains, le double peut-être ?

Avant de contourner la pointe de terre, il débarqua sur une petite plage de sable grossier jonchée d'algues et de gros varech. Il se pencha pour s'assurer que son couteau était bien assujetti à sa jambe et prit sa lance dans le fond de son tapatook. Il entreprit d'escalader le petit promontoire pour voir ce qui se passait derrière. Il tourna pourtant la tête vers le large une dernière fois pour s'assurer que les Bouguishameshs n'étaient pas dans son dos. Lentement, il parvint en rampant au sommet de la butte. La scène qu'il vit alors le fit frissonner. Sa peau devint comme celle de l'oiseau qu'on vient de plumer pour le faire cuire. Il revoyait une scène à laquelle il avait participé des dizaines de fois alors qu'il était enfant et il eut l'impression soudaine d'être revenu dans son village. Pourtant, chez lui, rien n'était comparable à cette baie calme et sereine. Ici, devant lui, des jeunes creusaient le sable à l'aide de bâtons pointus et ramassaient des coques et autres coquillages qu'ils jetaient aussitôt dans un panier. Lorsque ce panier était plein, un plus âgé l'apportait vers le fond de la baie où quelques adultes réunis autour d'un feu les faisaient cuire en les plaçant sur le varech chauffé. Puis un aîné cria quelque chose qu'Anin crut comprendre et tous les jeunes se précipitèrent vers le grand feu. L'aîné se mit alors à leur lancer des coquillages ouverts que chacun se mit à déguster. Comme les rires et les cris de joie fusaient, Anin sut qu'il était parmi des gens qui vivaient comme les siens et parlaient une langue semblable à la sienne. Il eut envie de se montrer et de faire connaissance, convaincu que ces gens étaient des Addaboutiks comme lui. Mais il se méfiait. Sans savoir pourquoi, il n'osait se montrer à ces gens qui semblaient inoffensifs. Personne ne semblait armé. Pourtant, il se rappelait que les Bouguishameshs riaient aussi de bon cœur lorsque le géant l'avait attaqué par derrière. « Entre eux, ils s'amusent. Mais sont-ils disposés à faire de même avec un étranger ? »

Et il resta là, sans bouger, étendu à plat ventre, à regarder ces gens manger et rire, parler et jouer tout comme il le faisait lui-même enfant. Alors il sentit un grand vide en lui. Il eut envie de se lever et de crier : « Hé, je suis seul et je m'ennuie des miens que j'ai quittés voilà plus de trois saisons des chaleurs », mais il ne le fit pas. Il eut mal à l'intérieur et garda son mal pour lui-même, incapable de prendre une décision. Le soleil était haut, il chauffait les rochers et le sol autour de lui. Il appuya la tête contre une roche et ferma les yeux un instant. Il dormit peut-être mais n'eut jamais le temps de rêver.

D'un bond il fut debout : des cris perçants poussés par les enfants avaient mis ses sens en éveil. Il se recoucha aussitôt. Les enfants couraient dans toutes les directions, affolés et hurlants. Il en vit un tomber face première dans l'eau, le dos transpercé par un amina, la longue lance de pêche. Il reconnut la provenance de cet outil : celui des Ashwans, ces gens venus du froid. Il aperçut les aînés qui avaient fait cuire les coquillages, étendus par terre, des flèches plantées dans le dos, qui dans la gorge, qui dans le ventre. Le plus âgé avait cette flèche dans le ventre et tentait de se relever, un couteau à la main, pendant qu'un des Ashwans s'amusait à le repousser à l'aide d'un long bâton. Le vieillard essaya plusieurs fois de se lever pour attaquer son assaillant, mais n'y parvint pas.

Anin vit deux Ashwans venir vers lui, à la poursuite d'une jeune fille. L'épouvante se lisait sur le visage de cette dernière alors qu'elle perdait du terrain sur ses attaquants. Anin regarda derrière lui pour évaluer la distance qui le séparait de son tapatook et estima qu'il n'avait pas le temps de s'y rendre avant l'arrivée des guerriers. D'un seul bond, il fut devant le premier Ashwan, qu'il étendit d'un coup de manche d'amina dans la gorge tout en criant à la jeune fille de mettre le tapatook à l'eau et de l'attendre. Sans hésiter, la jeune femme dévala le promontoire et tira l'embarcation vers le large. Le second poursuivant, beaucoup plus petit qu'Anin, fondait sur lui avec un grand couteau taillé dans un os de baleine. Il leva le bras mais ne décocha jamais de coup : l'amina d'Anin lui transperça la poitrine, juste en dessous de la gorge. Avant même qu'il ne s'effondre, Anin avait levé son pied et, s'appuyant sur le petit homme venu du froid, il retira son arme de chasse. L'Ashwan tomba à la renverse, raide mort.

Anin vit alors que les autres hommes dans le fond de la baie venaient de l'apercevoir. Il se retourna pour décamper à son tour. Mais il n'y avait plus de tapatook sur la grève et la jeune fille avironnait vers le levant, déjà au large de la pointe de terre où il était. Regardant autour de lui, il se rendit compte qu'il ne pouvait échapper à ses ennemis qu'en se jetant à l'eau et en nageant vers l'autre pointe de terre qu'il avait longée avant de débarquer. Il devait attendre que les Ashwans soient près de lui car, s'ils s'apercevaient plus tôt de sa manœuvre, ils n'auraient qu'à se poster sur l'autre langue de terre. Il se tenait prêt, calculant le moment propice à sa manœuvre tout en voyant son tapatook tourner vers le fond de l'autre baie. Il savait que, chargé comme il était, une jeune femme ne pouvait avoir la force d'aller très loin. Les Ashwans arrivaient sur lui. Ils étaient trois.

Voyant qu'Anin les attendait, ils s'arrêtèrent et le regardèrent. En apercevant leurs deux compagnons étendus sur le sol, ils crurent sans doute que d'autres hommes étaient cachés derrière le promontoire. Cet instant fut suffisant pour qu'Anin vise attentivement et atteigne un des trois hommes. Puis, lançant un grand cri, il plongea dans l'eau et se mit à nager vers l'autre pointe de terre. L'eau était glaciale malgré la chaleur de la saison. Même si son corps s'engourdissait peu à peu, Anin redoublait d'efforts pour garder son sang chaud. Lorsqu'il atteignit la pointe rocheuse, il eut le temps d'apercevoir les deux Ashwans transporter leur compagnon vers le fond de la baie sans plus s'occuper de lui. Il se laissa tomber, épuisé, entre deux roches, à l'abri des regards de ces hommes qui ne semblaient vivre que pour tuer. « Quels sauvages », pensa-t-il.

Longtemps il avait cru que la chance ne l'accompagnait pas dans son périple autour du monde. Il se demandait aussi pourquoi il avait secouru cette jeune fille, sans doute aussi effrayée par lui que par les Ashwans. Puis il songea qu'il devrait, encore une fois, reconstruire un tapatook et perdre beaucoup de temps à cette tâche. Mais, sans se décourager, il se releva pour revenir le long de la côte, par où il était venu, mais à pied cette fois. De temps à autre, il s'arrêtait pour voir si les Ashwans avaient envoyé des hommes sur ses traces. Puis il reprenait sa progression. Comme l'eau se retirait, il put marcher sur la grève et ainsi éviter de se faire mal aux pieds en sautant de pierre en pierre. Il se mit soudain à courir, afin de gagner du temps et de distancer ses poursuivants éventuels.

Vers la tombée du jour, il se mit à scruter l'intérieur des terres pour trouver un abri en forêt. Mais il ne vit d'abord que des touffes d'épinettes rabougries çà et là. Puis son regard s'arrêta net : son tapatook était sur la plage, devant lui, à une courte distance. Il se colla aux rochers et n'avança plus qu'en frôlant la falaise, afin de ne pas éveiller l'attention de la jeune fille. Pendant son approche, aucun mouvement ne vint trahir la présence d'une vie humaine près de l'embarcation. Lorsqu'il arriva tout près, il put voir des pistes sur la grève, qui menaient à une coulée de ruisseau. Le sentier remontait vers un îlot d'épinettes malingres. Il songea que la jeune fille avait été bien imprudente de laisser le tapatook à la vue de ses poursuivants et de montrer le sentier qu'elle avait suivi. Il tira l'embarcation vers les hautes herbes du ruisseau et l'y cacha. Il se pencha pour prendre de la viande séchée et constata que la jeune fille n'avait touché à rien d'autre qu'à son arc et ses flèches. Anin prit de quoi manger et décida de suivre la piste pendant qu'il faisait encore jour. Il suivit le ruisseau en évitant les arbustes morts qui jonchaient le sol. Il n'eut pas à marcher longtemps. Les pistes sur le sol humide indiquaient que la jeune femme avait piétiné les alentours à la recherche d'un abri naturel. Très doucement, il continua sa progression en scrutant les abords rocheux de la coulée. Tout près d'une cascade du ruisseau, il distingua une anfractuosité dans la paroi solide et s'y dirigea avec la concentration du chasseur à la poursuite du gibier. Il tira lentement son eewahen de l'étui attaché à sa jambe et n'avança plus qu'en rampant. Il s'arrêtait souvent pour écouter. Seul le bruit de la cascade du ruisseau venait troubler la quiétude du lieu. Anin entra lentement dans la dépression rocheuse. Ses yeux exercés repérèrent immédiatement une forme étendue à même le sol, la tête appuyée sur son bras. Épuisée par sa fuite, l'emmamousé s'était simplement endormie sur les galets de la caverne. « Si un Ashwan l'avait poursuivie, cette femme serait déjà morte », se dit Anin.

Il s'approcha lentement de la jeune fille et il s'accroupit près d'elle. Il la regarda attentivement : ses cheveux avaient la couleur de la terre qui donne naissance à la végétation entre les roches. Sa peau était foncée. Sur son visage, on voyait encore des traces de poudre d'ocre rouge. Les Addaboutiks s'enduisaient de cette poudre en été, lorsque les moustiques sont nombreux à l'intérieur des terres. Elle était donc de l'intérieur. Elle était très jeune, à peine en âge d'avoir des enfants. Son respir devint saccadé. Anin la regarda fixement. Elle venait de le flairer, mais elle n'osait bouger. Anin attendit. Il eut un instant de distraction et la jeune fille en profita pour sauter sur ses pieds, une flèche dans la main, avec laquelle elle tenta de frapper Anin. Le chasseur roula sur lui-même et évita le coup en se relevant prestement. Il avait toujours son eewahen à la main. Les deux se faisaient maintenant face, comme dans un combat singulier, et le jeune initié trouva la scène ridicule : il était là, devant une femme à qui il avait sauvé la vie et qu'il était maintenant prêt à tuer si elle l'attaquait.

« Je suis Anin. Je suis un Addaboutik et je viens de Baétha, un village à deux hivers vers le couchant en passant par la mer. Je ne te veux aucun mal. C'est moi qui ai tué les Ashwans qui te poursuivaient. C'est mon tapatook que tu as pris pour te sauver. »

Depuis son départ de Baétha, Anin n'avait pas eu la chance de dire autant de mots en si peu de temps. Il parlait à quelqu'un pour la première fois et, même lorsqu'il se parlait à lui-même, il ne se servait jamais d'autant de sons bruyants. La jeune femme ne répondit rien. Elle doutait encore.

« Je suis Anin. Je suis un Addaboutik et je viens de Baétha. Pourquoi as-tu pris mon tapatook et m'as-tu laissé seul contre les Ashwans ? J'aurais pu être tué. »

La jeune fille semblait avoir de la difficulté à comprendre. Sans quitter sa position de défense et sans quitter Anin des yeux, elle répondit :

« Je suis Woasut, femelle béothuke. J'ai entendu parler des Addaboutiks. Ils sont nos cousins et vivent de l'autre côté de cette terre, à deux lunes vers le couchant en remontant les rivières et les lacs. »

Anin resta bouche bée. Il venait d'entendre que son peuple, les Addaboutiks, et le peuple de cette jeune femme habitaient la même terre. Il venait d'affronter les pires dangers de la mer pour ça. Il avait combattu les Bouguishameshs et les Ashwans sans quitter sa propre terre ? Il était à peine à deux lunes de chez lui après un voyage de deux cycles complets des saisons ? Il n'en croyait pas ses oreilles.

« Baisse ton arme. Je ne te veux aucun mal. Je comprends ta langue. Écoute attentivement, tu comprendras aussi la mienne. Béothuk est aussi le nom de l'ancêtre de mon peuple. Nous sommes cousins par nos ancêtres. Baisse ton arme et je baisserai la mienne. Nous n'allons tout de même pas nous entretuer ? »

Woasut baissa son bras et Anin rengaina son eewahen. Longtemps les deux se regardèrent, assis, du coin de l'œil, incertains de ce que l'autre pouvait faire. La nuit était tombée lorsque Woasut se mit à grelotter. Anin se leva et sortit chercher du bois de chauffage et des brindilles de pin. Il alluma le feu et, pendant que la jeune femme se réchauffait, il sortit de nouveau en annonçant :

« Je vais à mon tapatook chercher de quoi manger et des couvertures pour la nuit. Je ne serai pas longtemps. Attention aux Ashwans. »

Et il sourit de toutes ses dents. Anin n'eut aucune difficulté à repérer son embarcation, malgré la nuit. En revenant vers la caverne, il se dit que c'était tout de même agréable d'avoir quelqu'un à qui parler. Lorsqu'il arriva à l'abri, Woasut n'avait pas bougé. Elle était toujours assise près du feu et l'alimentait de temps à autre. Anin s'assit devant elle et vit deux larmes qui coulaient sur les joues de la jeune femme. Il respecta sa peine. Ils mangèrent en silence et les larmes continuèrent de couler.

Lorsque vint le temps de dormir, une seule couverture enveloppa les deux corps et Anin sentit, au contact de ce contraire, toute sa virilité s'éveiller et son cœur battre plus rapidement. Woasut se blottit au creux des bras du jeune Addaboutik. Elle ne bougea pas lorsque les mains d'Anin caressèrent doucement sa croupe, puis ses cuisses et son ventre. Elle prit même la main du jeune homme pour la poser sur sa poitrine, sans se retourner. Puis, naturellement, sans dire un mot, la jeune femme se mit à genoux en relevant son dingiam pour exposer son postérieur au jeune homme. Anin se mit à genoux derrière elle en décrochant aussi son dingiam. Doucement mais fermement, il pénétra son contraire. Woasut reçut l'homme en poussant un léger cri, mais soutint le rythme qui s'ensuivit sans même gémir. Et lorsque Anin, satisfait, s'étendit près d'elle, elle se blottit dans ses bras en lui murmurant à l'oreille : « Je t'ai offert ma première fois parce que tu m'as sauvé la vie. » Puis elle s'endormit.

Lorsque Anin s'éveilla le lendemain matin, Woasut était toujours blottie contre lui. Il se sentait heureux. Était-ce la présence de cette femme ?

Était-ce l'assouvissement de ce désir entre contraires ? Était-ce qu'il savait maintenant qu'il n'était plus très loin de chez lui ? Il n'aurait su le dire. Mais il se sentait léger. Son bras qui avait servi d'appui-tête à Woasut était engourdi. Il voulut le retirer doucement pour ne pas éveiller la jeune femme. Il vit alors un sourire sur les lèvres de la Béothuke. Elle ouvrit les yeux, leva la tête, regarda Anin et souleva lentement la couverture pour découvrir le sexe de l'homme. Se penchant sur cette affirmation de virilité, elle le prit entre ses lèvres et le caressa doucement de sa langue jusqu'à ce qu'il soit devenu dur et prêt à éclater. Puis elle se mit à genoux et invita l'Addaboutik à répéter son geste de la veille.

5

Pour la première fois depuis son départ, Anin était indécis. Devait-il rejoindre son village en traversant la forêt comme le lui avait indiqué Woasut, ou devait-il compléter son tour de la terre comme promis ? S'il rejoignait les siens, il ne saurait jamais si cette terre était ronde, si c'était une île ou si ce n'était qu'une longue bande de terre qui s'avance dans la mer. Et il aura manqué à sa parole de ne revenir qu'après avoir fait le tour de la terre.

Et la femme qui était avec lui ? Restera-t-elle sa compagne, ou retournera-t-elle parmi les siens ? Et ses parents, ont-ils été tous tués par les Ashwans, ou ont-ils pu se sauver vers l'intérieur ? Et les Bouguishameshs, habitent-ils le présent monde, ou sont-ils de véritables étrangers ? Risquait-il de les rencontrer de nouveau, ou étaient-ils partis à jamais ? La belle saison terminée, devrait-il quitter les bords de la mer pour chasser à l'intérieur des terres ? Ou serait-il préférable de garder un œil sur la mer et pêcher pour survivre ?

Autant de questions auxquelles il fallait répondre avant de tracer son plan de survie pour les prochaines lunes. Devrait-il en parler avec Woasut ? Elle connaît bien la région et son avis pourrait lui être utile. Mais c'est une femme et l'aïeul dit que les femmes ne doivent pas influencer les décisions prises par les mâles. Il hésitait. « Si je décide de continuer et qu'elle accepte de m'accompagner, elle pourrait coudre mes vêtements d'hiver après en avoir gratté les peaux. Je dois lui en parler. »

Woasut était allée ramasser des coquillages et le jeune Addaboutik terminait sa cueillette de petits fruits pour le repas du matin. En mangeant, la jeune fille retrouva le sourire. Elle avait de nouveau l'espoir de revoir les siens vivants, mis à part les aînés tués dans la baie et les enfants qui les accompagnaient. Lorsque Anin lui fit part des questions qui le tourmentaient, son front se plissa. Elle ne savait pas non plus ce qu'elle ferait. Elle devait d'abord savoir si les siens vivaient toujours et prendrait une décision ensuite. Elle proposa à Anin de tenter de retrouver ses parents. Il refusa.

« Il faut attendre encore quelques soleils. Les Ashwans ne sont peut-être pas repartis. Ils voyagent par terre en suivant les rives et laissent leurs bateaux de peaux de phoques à des endroits bien gardés. Lorsqu'ils viennent, ils arrivent toujours pour la belle saison et ne repartent qu'aux premiers froids. Il faut attendre. »

Woasut ne dit plus rien de la journée. Lorsque Anin déclara qu'il allait inspecter les bois des alentours pour savoir s'il n'y verrait pas du gibier, elle ne répondit pas et baissa la tête.

À la tombée du jour, lorsqu'il revint de sa tournée, il n'y avait plus de feu dans la caverne. Les cendres n'étaient même plus chaudes. Anin comprit que Woasut était partie. Il sortit rapidement de son abri et dévala la pente menant au rivage. Le tapatook avait disparu et le bagage d'Anin avait été jeté pêle-mêle sur la grève. Fou de rage, il retourna vers l'abri, ralluma le feu et s'étendit sans manger. Il mit beaucoup de temps à s'endormir. Son refus d'aider Woasut à retrouver sa famille avait décidé la jeune Béothuke à partir seule. Pour la deuxième fois, elle utilisait le tapatook, le laissant seul à la merci des éléments et des ennemis. Un homme sans tapatook ne peut survivre qu'en forêt, car il ne peut même pas pêcher. Son indécision en était la cause et il se promit de ne plus jamais être indécis de la sorte. Puis il s'endormit.

Dès le lever du soleil, il sortit de l'abri, descendit vers la grève, prit de la viande de gotheyet séchée et partit en direction de la baie où il avait rencontré Woasut la veille. Son pas était vif et décidé. Il marchait presque sans prendre de précautions, comme un homme perdu dans ses pensées. Il marchait la rage au cœur en songeant qu'il devrait peut-être cacher son embarcation tous les soirs pour ne plus se la faire prendre. Même par cette compagne qu'il avait cru pouvoir garder. Lorsqu'il atteignit la baie où il avait sauvé Woasut, il redevint prudent. Il scruta d'abord l'endroit dans son entier. Aucune trace de vie. Il pouvait apercevoir les corps encore étendus, dont les flèches meurtrières avaient été retirées. Les corps des enfants qui cueillaient des coquillages à marée basse avaient été emportés par la marée montante. Il s'avança prudemment vers le fond de la baie en évitant les cadavres. À l'embouchure de la rivière presque à sec, il découvrit son tapatook, tiré à terre et vide. En examinant le sol, il remarqua des traces de pas qui se dirigeaient vers la forêt. Woasut était donc partie à la rencontre des siens.

Il retourna son tapatook à l'envers, le cacha dans la forêt et s'assit sur une grosse roche, bien à l'abri des regards. Il mangea de cette viande séchée d'oiseau à gros bec tout en réfléchissant à ce qu'il ferait si la jeune fille revenait. Puis il s'étendit par terre sur la mousse et s'endormit. Lorsqu'il se réveilla, la marée était haute et le soleil descendait vers le couchant, masqué par l'ombre de la forêt. La fraîcheur était beaucoup plus marquée et Anin eut un frisson. Au risque d'attirer l'attention d'ennemis éventuels, il voulut faire du feu. Mais il eut beaucoup de difficultés à le faire et dut souffler longtemps avant qu'une étincelle n'embrase l'écorce du bouleau. Il attendit, bien décidé à passer la nuit sur place dans l'espoir de voir revenir la jeune Béothuke. Bientôt, la nuit l'enveloppa entièrement et il dut de nouveau dormir.

Au lever du soleil, sa décision était prise. Il mangea encore un peu de viande séchée, reprit son tapatook, descendit vers la mer de nouveau basse, le mit à l'eau et retourna là où il avait passé une nuit avec Woasut et une autre seul. Il préparerait de nouveau son bagage et poursuivrait son voyage autour de la terre, comme il l'avait promis. Plus rien ne l'arrêterait. Pas même une belle jeune fille et tous les peuples du monde. Il se garderait bien de se mêler des affaires d'autrui et ne défendrait plus que les siens. Cette aventure ne lui était arrivée que parce qu'il n'avait pas tenu sa parole. Il aurait dû observer la scène et la raconter plus tard aux siens, sans compromettre le but ultime de son voyage. Il n'aurait pas dû s'arrêter et faire du sentiment, même s'il avait été fort agréable de passer une nuit avec cette jeune femme. Il arriva à son abri et refit son bagage, prêt à partir au prochain lever de soleil. Il dissimula le tapatook un peu plus loin et monta à l'abri. Il prit son repas du soir, fit un feu et s'endormit.

Lorsqu'il s'éveilla, il faisait encore nuit. Il éprouvait un sentiment étrange. L'impression que quelqu'un le regardait. Il jeta un bref coup d'œil sans rien apercevoir. Il se leva et doucement, sans faire de bruit, sortit de son abri, son amina de pêche à la main. Il habitua ses yeux à l'aube qu'il sentait naître et descendit vers son embarcation. Soudain, il s'arrêta. Devant lui, à quelques pas, recroquevillée sur elle-même, sur un galet, il y avait une forme. Frêle et pleurant en silence,

Woasut était prostrée. Anin ne ressentit aucune animosité envers elle, malgré le vol de son tapatook et l'inquiétude qu'il avait ressentie dans sa colère de mâle, la veille. Il s'approcha de la jeune femme, la prit par les épaules et la força à se lever. Il la prit dans ses bras, appuya sa tête sur son épaule et la serra fort contre son corps. Tout le corps de la jeune Béothuke se mit à trembler comme une feuille d'arbre en automne, et elle éclata en sanglots.

Ils demeurèrent ainsi un très long moment, sans dire un seul mot, elle comme un frêle enfant apeuré, lui la rassurant par son geste tendre et protecteur. Puis, lorsque les pleurs de la jeune femme cessèrent, Anin la repoussa doucement, découvrit le tapatook, le mit à l'eau, aida Woasut à y monter et ils partirent vers le froid, sans dire un seul mot. Ils s'étaient compris.

6

Peu à peu la peine de Woasut s'estompait. Elle n'oubliait pas, mais la douleur devenait moins grande. Elle se rappelait sa mère, son père et tous les jeunes de son âge de son village. L'image de leur mort s'effaçait lentement. Si elle pleurait moins souvent qu'au début, alors qu'elle avait découvert les corps éparpillés de tous ces gens qu'elle connaissait et qu'elle avait appris à aimer, elle ressentait encore de l'angoisse à la pensée de ne plus les revoir. Mais elle en ressentait davantage lorsqu'elle songeait que le jeune Anin pouvait aussi mourir. Qu'il pouvait être tué par ces terribles Ashwans venus du froid.

Quand cette pensée s'imposait, elle la repoussait violemment, comme une chose qui ne pouvait pas et ne devait pas arriver. Elle s'affairait beaucoup à confectionner des vêtements chauds pour la saison du froid et, chaque fois que le tapatook était à terre, elle s'efforçait d'aider Anin dans toutes ses tâches. Ainsi son homme n'avait plus à faire le feu, elle s'en occupait. Il n'avait plus à écorcher les animaux, elle le faisait. Il n'avait plus à ramasser le bois de chauffage, elle le préparait elle-même. Ainsi, Anin pouvait voyager plus longtemps même si les jours raccourcissaient de plus en plus.

Un jour que Woasut était partie avec Anin en tapatook, elle aperçut une longue pointe de terre qui allait vers le froid. Elle expliqua à Anin que cette terre n'était pas large et qu'on pouvait la traverser à pied. Il était moins dangereux de la traverser ainsi que de la contourner et d'affronter le vent venu de la région de sa naissance. Dès qu'on dépassait cette pointe, la mer était toujours mauvaise et c'était de là qu'avaient surgi les Ashwans venus du froid.

Elle lui raconta qu'elle et son père, alors qu'elle était toute jeune, avaient vu ces barbares débarquer sur cette pointe, dans une anse peu profonde. Ils pêchaient alors les anawasuts, ces poissons plats de couleurs brune et blanche. Le portage de l'embarcation et des bagages à pied ne prendrait pas plus que trois ou quatre soleils. Elle ajouta que contourner la terre serait tout aussi long et comportait des risques plus importants.

Anin réfléchissait à sa promesse de faire le tour de la terre. Pourrait-il affirmer qu'il avait quand même réussi son initiation s'il traversait la pointe de terre à pied ? Déjà, la saison de la tombée des feuilles arrivait et les vents commençaient à rendre le tapatook moins docile à l'aviron. De plus, une seconde personne et les bagages accumulés alourdissaient dangereusement l'embarcation.

Ce soir-là, ils accostèrent dans une crique où coulait l'eau douce et où les vents du froid n'avaient pas d'emprise. Il déclara à Woasut qu'ils y passeraient plusieurs jours, afin de bien réfléchir et de comprendre clairement la situation. La forêt devenant moins fournie, le bouleau était moins gros et l'écorce couvrait moins de surface. Aussi, l'abri temporaire ne fut-il pas terminé le premier soir, et c'est sous un ciel étoilé qu'ils passèrent cette première nuit de l'étape du froid. Dès le lendemain, à l'aube, Anin partit reconnaître les environs et trouver de l'écorce pour construire l'abri. Le soleil était haut dans le ciel lorsque l'initié revint avec une grosse charge de boyish roulé, avec laquelle il put compléter le mamatik. Pendant que Woasut terminait la construction, Anin partit vers un marécage où il avait vu beaucoup de mamchets, ces rongeurs qui érigent des barrages pour construire leurs habitations. Il avait promis à sa compagne de lui rapporter de la viande de cet animal et sa peau pour lacer les raquettes à neige. Lorsqu'il revint avec le castor et deux odusweets, ces lièvres à pattes en forme de raquettes à neige, Woasut avait terminé le mamatik, assujetti les écorces avec des branches mortes, allumé un feu à l'extérieur et ramassé assez de bois pour plusieurs jours. Le sourire aux lèvres, elle entreprit de dépecer le gibier tout en fredonnant un air appris dans son enfance.

Anin entendait Woasut chanter pour la première fois depuis leur rencontre. Sa voix était douce et reposante. Il fut heureux de la voir reprendre vie : il était maintenant utile à une autre personne et sa vie à lui prenait un autre sens, celui de l'entraide. L'espoir de se perpétuer en d'autres, des enfants peut-être, naissait maintenant dans son esprit. Ce soir-là, Woasut et Anin s'endormirent le sourire aux lèvres, après avoir goûté à la douceur d'être deux, dans un monde de misère quotidienne où tous les Bouguishameshs de la terre leur semblaient hostiles et méchants.

Anin s'éveilla au lever du soleil. Woasut était déjà à l'extérieur et ranimait le feu de la veille. Soudain elle cria :

« Anin ! Regarde l'embarcation au large. »

Le jeune initié sortit précipitamment pour apercevoir le bateau des Bouguishameshs qui passait. Il éteignit vite le feu afin de ne pas attirer l'attention de ces hommes belliqueux, dont les cheveux étaient couleur des herbes séchées.

« Heureusement que le mamatik est bien caché par les arbres », dit-il.

Ils attendirent que l'embarcation eut complètement disparu vers la pointe de terre, en direction du froid. Puis ils rallumèrent le feu.

« Tu as eu raison de me conseiller de traverser la langue de terre plutôt que de contourner la pointe. Nous aurions été aux prises avec ces barbares aux bâtons coupants. Ce sont eux qui m'ont blessé avant que je ne te rencontre. »

Pour la première fois, Anin raconta son aventure avec les Bouguishameshs et le court combat qu'il avait livré au géant rageur.

« Je n'ai jamais vu d'aussi gros tapatook autour d'ici, dit Woasut.

— Ils voyagent à plusieurs et utilisent le vent pour faire avancer ce grand tapatook. Il semble qu'ils n'utilisent les avirons que lorsqu'il n'y a pas de vent. Dans celui que j'ai vu de près, il y avait plus de personnes que je n'ai de doigts. Ils sont aussi plus grands que les Addaboutiks. Du moins, celui qui a voulu me tuer. J'ai faim, Woasut.

— J'ai ramassé des concombres de mer. Cuits sur une roche au milieu du feu, cela fera l'affaire d'Anin ?

— Humm... oui. »

La jeune Béothuke entreprit de cuire les concombres de mer arrosés d'eau salée et agrémentés de baies de feu, car c'était la saison. Pendant le repas, Woasut montra à Anin deux paires de moweads pour couvrir la jambe lorsqu'il ferait plus froid. Ils étaient taillés dans les peaux des pattes du caribou tué il y a dix soleils. Tourné à l'envers, le cuir avait été bien gratté et ensuite assoupli sur un billot de bouleau sans écorce. Le poil à l'intérieur les garderait au chaud pendant la saison du froid. Anin parut se réjouir de l'adresse de la jeune femme. Il allait retourner en forêt afin de poursuivre sa chasse au mamchet, le castor, et avoir ainsi assez de peaux pour confectionner une chemise. La fourrure du castor est plus douce que celle d'Appawet, le phoque, moins lourde et plus durable. Deux manteaux nécessitaient une bonne vingtaine de bêtes. La crique marécageuse du haut du ruisseau en abritait à elle seule une dizaine, soit les parents et plusieurs jeunes nés du dernier printemps. En un ou deux soleils, il aurait bien la quantité nécessaire à ce besoin.

Il prit son aniyémen et ses ashwogins et partit vers le marais. À peine avait-il franchi une centaine de pas qu'il se trouva subitement en face de Gashu-Uwith. Il le retrouvait partout depuis deux cycles complets des saisons. Il s'arrêta net pour ne pas avoir à affronter la bête qui grognait en s'éloignant. Gashu-Uwith se dirigeait vers le sentier menant au sommet de cette langue de terre qu'il faudrait un jour traverser afin d'atteindre le côté du vent et retrouver le village de Baétha, chez les Addaboutiks, les gens d'Anin. Encore une fois, l'ours se montrait et guidait Anin lorsqu'il en avait vraiment besoin. Sans lui, il aurait mis plusieurs jours à trouver un sentier suffisamment large et dégagé pour permettre le portage des lourdes charges à déplacer afin de mieux passer la saison du froid. Le sentier emprunté par Gashu-Uwith contournait le marécage où Anin avait vu la famille de mamchets. Il décida de ne pas explorer plus loin et d'effectuer sa chasse avant de commencer le voyage par la terre. Il ne lui fallut que de la patience pour arriver à tuer quatre jeunes à l'aide de ses armes de chasse. Pour les autres, il installa des pièges à bascule faits de billots lestés de grosses pierres et appâtés de belles branches de bouleau bien appétissantes. Il reviendrait demain visiter les pièges et trouver une autre famille dans un autre marécage ou sur la chaussée harnachée d'un barrage. En rentrant au mamatik, il raconta sa rencontre avec Gashu-Uwith et expliqua comment il savait que cet ours était son esprit protecteur. Woasut ne rit pas de cette croyance, car beaucoup avaient la même dans son village, avant... En disant ces mots, son visage se crispa et des larmes montèrent à ses yeux. Elle n'avait pas oublié... Il lui sembla impossible de ne pas se souvenir et elle pleura un bon moment, sans qu'Anin intervienne. Les choses qu'on se rappelle sont à nous et personne n'a même le droit de poser des questions à leur sujet. Si l'on choisit de se raconter, les gens sauront ce qu'on ressent. Sinon, cela ne regarde personne et on doit apprendre à respecter ce sentiment. Pour ne pas susciter le mensonge, il ne faut pas poser de questions.

Le lendemain matin, pendant que Woasut arrangeait les peaux, Anin retourna en forêt attraper d'autres mamchets. Contournant le marais de la veille, il trouva trois de ses pièges tombés, mais seulement deux castors capturés. L'autre avait sans doute réussi à se dégager et à s'enfuir. Il déposa ses prises sur des branches d'épinette et décida de pousser plus loin son exploration du sentier que lui avait montré l'ours. Quand le soleil fut le plus haut dans le ciel, Anin se trouva face à trois sentiers différents. Il crut que celui qui allait vers le vent était le bon pour traverser la langue de terre mais, au moment où il allait s'y engager, il entendit le grognement de Gashu-Uwith dans celui qui se dirigeait vers le froid, ou la pointe de la langue de terre. Il s'y engagea, malgré la crainte que lui inspirait la bête.

« Si elle avait été mauvaise, cette bête, il y a longtemps qu'elle m'aurait dévoré. Pourtant, j'ai peine à lui faire entièrement confiance. » Et il ralentit sa marche pour ne pas trop s'approcher de Gashu-Uwith. Au soleil déclinant, il déboucha sur une magnifique clairière, au bord d'un petit lac alimenté par un ruisseau. La décharge du lac était celle-là même qu'il avait suivie pour chasser le castor.

« Quel bel endroit pour passer un hiver », pensa-t-il. Puis il escalada un promontoire d'où il put observer au loin trois côtés : vers le froid, vers le vent et vers le soleil levant. Et le tout à moins d'une journée de portage des marchandises. Woasut serait peut-être contente de passer la saison du froid dans un endroit aussi bien abrité des vents et de la vue des Bouguishameshs... Cela valait la peine de l'y amener pour avoir son avis.

Anin retourna rapidement vers le mamatik, en dévalant presque le sentier. S'il n'avait pas mis les castors dans le sentier, sur des branches d'épinettes, il les aurait probablement oubliés, pressé qu'il était de retrouver Woasut et de lui faire part de sa découverte, guidé par Gashu-Uwith. Woasut ne fut pas du tout enthousiasmée à l'idée de passer la saison du froid dans les parages. Elle redoutait les étrangers. Ces Bouguishameshs aperçus au loin l'effrayaient. Elle aurait voulu traverser la langue de terre et regagner le village d'Anin avant les grands froids. Là seulement elle se sentirait en sécurité. Anin eut beau lui faire valoir que, pour voyager jusqu'à son village, même s'il était aussi proche qu'elle le prétendait, il faudrait laisser tomber les provisions et se nourrir très légèrement, en abandonnant les vêtements lourds. Il faudrait voyager longtemps avant le lever du soleil et tard après son coucher. Il faudrait s'épuiser et peut-être arriver en très mauvaise santé aux abords de la saison de froid. On sait combien il est important de garder des forces à la belle saison afin de pouvoir résister au froid et se rendre jusqu'à la fonte des neiges et des glaces ! Woasut désirait y penser encore avant de prendre une décision. Anin déclara que la dernière fois qu'il avait réfléchi trop longtemps, il avait eu peur de la perdre. Il lui donna jusqu'au lendemain pour prendre sa décision.

« Si je décide de passer l'hiver à cet endroit, tu n'auras peut-être pas le choix ? »

Et les deux de réfléchir longtemps les yeux ouverts, sur la couche confortable du mamatik. L'aube les surprit profondément endormis. Le soleil était haut dans le ciel lorsque les deux jeunes gens s'éveillèrent, silencieux et songeurs.

« Je vais faire un portage jusqu'à ta vallée avec des provisions. Je verrai sur place là si je passerai la saison de froid à cet endroit. Si je décide de continuer, mon bagage sera rendu et je n'aurai pas besoin de revenir à la mer, sauf pour cueillir des coquillages. »

Anin sourit et déclara qu'il collaborerait au portage, quitte à chasser les autres jours en prévision de la saison du froid.

7

Woasut était forte et résistante à l'effort. Elle avait chargé sur son dos les mamchets tués par Anin les jours précédents et transporté le tout vers le lieu indiqué par son homme sans s'arrêter ni se reposer. De plus, elle avait roulé les moweads confectionnés en vue de la saison de froid et deux paires d'obseedeeks pour garder les mains au chaud lorsque la neige tombe et que les vents soufflent. Anin avait pris des coquillages cueillis la veille par Woasut, les peaux de fourrure des bêtes tuées, ses outils de chasse, amina, aniyémen et ashwogins, son podebeek pour avironner et son tapatook sur la tête. Il voulait savoir si le lac était poissonneux ou non. Les deux jeunes gens étaient forts et sauraient passer une saison de froid plus agréable ainsi. Anin souriait le long du sentier en pensant que Woasut tenterait de trouver des arguments pour traverser la langue de terre avant la saison du froid. Dans son for intérieur, Anin savait qu'il ne changerait pas d'idée et que la femelle se plierait à sa décision. Pourtant, elle avait eu raison lorsqu'elle lui avait conseillé de traverser la pointe de terre pour ne pas risquer d'affronter les vents de la mer pendant la saison de la tombée des feuilles. Ils avaient ainsi évité les Bouguishameshs au tapatook à voile.

En arrivant dans la petite vallée, Woasut ne put retenir sa surprise. Que l'endroit était beau et que la vue était grande ! Lorsque Anin l'eut fait monter sur le promontoire et qu'elle eut vu dans les trois directions, elle sourit.

« Tu savais que j'aimerais le site ? Ma réaction te rend heureux ! »

Anin sourit. Oui, il savait que la femme aimerait le site. D'autant plus qu'il surplombait la région et que les attaques des Bouguishameshs ou des Ashwans étaient moins que probables dans cet endroit caché. Il y avait là tout ce qui est nécessaire pour survivre à une saison de froid. La forêt de conifères, les bouleaux, le lac, le shébonne qui l'alimente et probablement assez de gibier pour se nourrir. Il fallait maintenant savoir si le poisson vivait dans ce lac. Anin mit son tapatook à l'eau, sortit son abémite, sorte de crochet à pêcher, y attacha un peu de viande rouge de castor et se mit à avironner en longeant les rives du lac. Il n'eut pas besoin d'aller bien loin avant que le poisson ne morde. Dattomeish, la truite, vivait dans le lac. À la fonte des neiges, elle remontait certainement de la mer pour rester prisonnière du lac lorsque l'eau baissait. Tant mieux, cela varierait leur régime de temps à autre. Lorsqu'il eut pris un deuxième dattomeish, il revint au bord. Comme

Woasut avait déjà allumé le feu, elle enfila les deux poissons sur une branche qu'elle planta dans le sol, au-dessus de la flamme. En peu de temps, la chair fut cuite et les deux jeunes gens se régalèrent. Après le repas, ils s'étendirent sur le sol et Woasut releva son dingiam impudiquement, laissant voir son sexe à son compagnon. Comme les animaux quand le vent souffle en leur faveur, Anin ressentit la force du mâle en rut et se jeta sur l'emmamousé qui demeura étendue sur le dos. Surpris de voir qu'elle ne s'agenouillait pas, Anin lui demanda :

« Tu n'as pas envie ?

— Oui, répondit-elle. Mais je veux te voir en même temps. Entre de face, je relèverai les jambes. »

Peu sûr de lui, le jeune homme s'agenouilla devant sa belle et s'avança vers son sexe. Il eut quelques difficultés à bien se placer, mais une fois entré, son mouvement devint plus facile et le sourire de cette belle Woasut fut une raison de plus pour le satisfaire pleinement. Lorsqu'il voulut se retirer, elle le supplia :

« Continue, continue, j'aime encore. »

Anin lui dit qu'il avait terminé, mais la jeune femme lui dit :

« Mais moi, je n'ai pas terminé. Continue, c'est si bon. »

Et l'Addaboutik comprit que sa satisfaction à lui ne provoquait pas nécessairement sa satisfaction à elle, et il continua malgré le manque d'envie qu'il ressentait après avoir éjaculé. Puis, fatigués, les deux amoureux s'étendirent et dormirent un peu, rêvant chacun au bonheur qui les envahissait chaque jour davantage. Lorsqu'ils s'éveillèrent, il était temps de redescendre vers le mamatik. Ils prirent bien soin de dissimuler la nourriture sous un tas de pierres, pour empêcher les prédateurs de l'atteindre. Ils laissèrent le tapatook près du lac avec l'aviron et reprirent le sentier menant à la mer. Au premier tournant du sentier, ils entendirent un grognement et virent, vers le froid, Gashu-Uwith, l'ours, qui les regardait fixement. Anin sourit et dit à Woasut :

« Regarde mon esprit protecteur. Il fut sans doute de ma parenté lorsqu'il était Addaboutik comme moi. »

Woasut partit d'un grand éclat de rire qui fit peur à Gashu-Uwith, qui détala soudain vers le froid.

« Et je lui fais peur en plus, dit-elle. Il n'est pas trop brave, ton esprit protecteur ! »

En passant près du marécage formé par le barrage des castors, Anin vit un mamchet qui grugeait un bouleau. Il prit son arc, y plaça un ashwogin et visa l'animal qui tomba à la renverse en tentant de retourner à l'eau. Mais la mort l'avait frappé et il s'arrêta à quelques pas de l'étang. Une peau de plus pour confectionner les manteaux et de la viande à faire sécher et fumer pour la saison froide. Il ramassa la bête, la mit sur son épaule en la tenant par sa queue écailleuse et continua sa marche, suivi de Woasut.

Arrivé près du mamatik, Anin renifla une drôle d'odeur. Il s'arrêta net, fit signe à Woasut de ne pas bouger, et il attendit un très long moment, tous ses sens en éveil. Quelque chose se passait sans qu'il puisse voir de quoi il s'agissait. Le mamatik n'était pas visible de la baie et cela donnait un avantage aux jeunes gens. L'odeur était maintenant plus insistante. Anin n'arrivait toujours pas à la définir, mais il la trouvait inhabituelle. Il scruta lentement les deux côtés de la baie avant de distinguer enfin un bateau de peaux de phoques derrière une falaise. Des Ashwans étaient donc près d'eux, et ils n'avaient pas encore aperçu leur mamatik. Avant de faire quoi que ce soit, Anin devait savoir combien ils étaient. Il attendit patiemment, même si cela lui semblait long. Le soleil était maintenant caché derrière eux et l'ombre envahissait la baie. Bientôt ils ne verraient plus si leurs ennemis revenaient. Ils attendirent, tapis derrière un buisson à une vingtaine de pas du mamatik. La nuit était tombée et la noirceur envahissait les deux amoureux. Pas un bruit, pas un souffle de vent, pas un murmure d'oiseau nocturne, comme si eux aussi craignaient les Ashwans.

Anin sentait son cœur battre et il avait l'impression que ce bruit dominait la nature entière. Pas question de dormir quand l'ennemi est aussi proche, peut-être tout près. Et le temps passait, long, angoissant. Woasut bougeait-elle à peine afin d'empêcher l'engourdissement de l'envahir, qu'Anin lui enjoignait de ne pas faire de bruit. Personne ne sort la nuit. La nuit est faite pour se reposer. Les Ashwans ne sont pas différents des autres hommes. Ils doivent se reposer. Où sont-ils donc ? Pourquoi ne reviennent-ils pas vers leur bateau de peaux de phoques ? Que font-ils ? N'en pouvant plus d'attendre, Anin fit signe à Woasut de ne pas bouger et il se leva. Il attendit que son sang se remette à circuler dans ses veines et chasse l'engourdissement qu'il ressentait. Avec d'infinies précautions, d'un pas lent, en évitant surtout de faire craquer les branches, Anin s'avança vers le bateau de peaux de phoques en longeant l'orée de la forêt. Il mit un temps très long à se rendre jusqu'en face du bateau des Ashwans. Là, il attendit et s'assura qu'il n'y avait personne près de lui. L'odeur qu'il avait décelée à son arrivée au mamatik était plus nette. C'était l'odeur des excréments de Gashu-Uwith. Des excréments frais. Mais qu'avait donc à voir Gashu-Uwith avec les Ashwans ? Avant de descendre vers le bateau de peaux de phoques, Anin continua un peu plus loin le long de la forêt. La senteur était maintenant très nette, et très près. La merde d'ours a ceci de particulier que sa texture et son odeur rappellent celle des Addaboutiks. Anin se pencha pour mieux voir le sol. La lune s'étant levée, une douce lueur perçait la nuit. Là, devant lui, deux corps reposaient. L'un, la face contre le sol, l'autre, sur le dos, la gorge arrachée. Sur l'un des corps, celui à la gorge arrachée, un tas d'excréments de Gashu-Uwith.

Les deux Ashwans, surpris par l'animal, avaient été l'un égorgé, l'autre entièrement éventré. Et Gashu-Uwith n'avait pas dévoré les cadavres ! Jamais, de mémoire d'homme, n'avait-on vu l'ours attaquer les humains, sauf lorsqu'il était affamé, ou blessé, et incapable de chasser. Mais à cette période-ci de la saison, après s'être gavé de petits fruits, de poissons, de petits mammifères terrestres, Gashu-Uwith est gras et peu affamé. Une ourse qui craint pour ses petits peut s'attaquer à un humain. Mais pas à la saison de la tombée des feuilles. Il fallait que l'ours ait été en colère.

« Est-ce mon esprit protecteur ? se demanda Anin. Aurait-il senti que Woasut et moi étions en danger ? Lorsque nous l'avons rencontré et que Woasut lui a fait peur en riant, voulait-il nous dire ce qu'il avait fait ? »

En faisant bien attention pour ne pas faire de bruit, Anin retourna vers Woasut. Il lui raconta discrètement ce qu'il avait découvert et suggéra de dormir à tour de rôle afin d'être sûr de ne pas être attaqués en pleine nuit. Woasut prendrait le premier tour et Anin le second. Au matin, on déciderait de ce qu'il fallait faire.

Une fois le soleil levé, Woasut éveilla Anin et tous les deux se rendirent près des cadavres. À deux, ils transportèrent les corps ensanglantés des Ashwans, les déposèrent dans le bateau de peaux de phoques et, profitant de la marée haute, poussèrent le bateau vers le large le plus loin possible, afin qu'il ne revienne pas dans la baie. Puis, rapidement, ils défirent le mamatik, roulèrent les écorces, en firent deux ballots et entreprirent le portage vers leur campement de la saison froide. Ils revinrent pendant la journée pour effacer toute trace de leur séjour le long de la baie. Là où il restait des marques de pas, ils roulèrent des pierres pour les cacher. Puis, s'assurant que tout allait bien, ils quittèrent la baie avec l'intention de n'y revenir qu'en cas d'absolue nécessité, afin de ne pas attirer l'attention d'éventuels visiteurs.

8

La vie calme des gens sédentaires s'était installée dans la petite vallée où l'Addaboutik et la Béothuke s'étaient organisés pour la saison du froid. La routine préparatoire à cette période occupait entièrement les journées souvent pluvieuses de la saison de la tombée des feuilles. Anin chassait Mamchet le castor, Kosweet le caribou et Odusweet le lièvre, en plus de tendre des pièges et des filets pour prendre Zoozoot le lagopède et les bouboushats du lac. Woasut dépeçait le gibier, séchait et fumait leur chair, entassait le tout dans des contenants d'écorce, confectionnait les vêtements chauds, isolait le mamatik à l'aide de mousse séchée et rendait le lieu d'habitation le plus confortable possible en prévision de la période des neiges et du froid. Avant la tombée du jour, elle ramassait aussi le bois mort et l'entassait près du mamatik. Elle en avait besoin pour entretenir les feux servant à sécher et fumer la viande et accumulait le reste pour chauffer l'habitation pendant la saison de la neige et du froid.

Un jour, elle demanda à Anin de chasser l'ours afin d'en utiliser la graisse. Anin se mit en colère pour la première fois, au grand étonnement de la jeune femme.

« Tu pourrais me demander de tuer mon frère aussi, lui répondit-il. Gashu-Uwith t'a protégée des Ashwans et tu voudrais que j'en fasse de la graisse ? »

Woasut se tut et comprit son erreur. Elle avait oublié qu'Anin voyait en l'ours son esprit protecteur et qu'il faisait donc partie de sa famille immédiate, comme ses frères et sœurs, ses oncles ou ses cousins. Elle n'osa pas même suggérer un autre animal gras, comme Appawet le phoque, de crainte d'attiser la colère de son compagnon. Ni changer de sujet de conversation en annonçant à son homme qu'elle attendait Meseeliguet et qu'il serait père à l'apparition des premières fleurs. Elle craignait la colère du mâle, comme elle craignait les Ashwans qui avaient tué tous les siens. Incapable de s'expliquer ce sentiment de crainte, elle sentait son cœur se serrer face à la colère. Elle se rappelait les conseils de sa mère : « Il ne faut jamais provoquer ceux qui rapportent de quoi nourrir les membres du clan. »

Ce matin-là, Anin partit sans dire un mot. Il assujettit son aviron, son amina de pêche, son arc et son étui à flèches à la barre centrale de son tapatook, et il chargea l'embarcation sur ses épaules en prenant le sentier conduisant à la mer. Woasut regretta d'avoir suggéré de tuer Gashu-Uwith. Elle comprit qu'Anin allait vers la mer et qu'il risquait de rencontrer des Ashwans ou des Bouguishameshs et de ne pas revenir. Elle comprit que lorsque l'homme est en colère, il est moins prudent et court de plus grands dangers. Elle songea qu'une imprudence ou une maladresse de son compagnon la laisserait seule face à la vie, face à la naissance de son enfant, face au monde qui l'entourait. Et elle eut soudainement peur comme lorsque les Ashwans l'avaient poursuivie pour la tuer. Elle eut peur comme elle avait peur de Washi-Weuth, l'esprit de la nuit, l'esprit des ténèbres. Washi-Weuth, cette chose inconnue, impalpable et mystérieuse qui étouffe les pensées lorsqu'on n'arrive pas à dormir. Washi-Weuth, l'ennemi des enfants femelles béothukes et que les jeunes hommes sans peur détestent tant. Washi-Weuth, dont personne n'ose prononcer le nom, de crainte de le voir apparaître. Elle regretta tant ses paroles qu'elle ne put souffrir d'attendre Anin dans la passivité de la femme soumise. Elle se précipita vers le mamatik, saisit son amina de pêche et prit le sentier menant à la mer. Elle devait rejoindre son compagnon et apaiser sa colère avant qu'il ne lui arrive malheur. Elle devait le retrouver et l'aider à accomplir la tâche qu'il s'était imposée en allant vers la mer. Elle savait qu'elle pouvait le rejoindre, puisqu'il transportait son tapatook sur ses épaules. Il ne pouvait aller très vite, même si la charge n'était pas lourde. Légère était la charge d'un tapatook, mais encombrante dans un sentier étroit jonché d'arbres morts, de branches, de roches et que traversait maintes fois un ruisseau. Elle marcha rapidement, courut parfois pour rejoindre le seul être qui lui restait. Elle courut pour revoir le père de l'enfant qui allait naître de cette union fortuite, pour rejoindre l'homme qui l'avait sauvée de la mort. Elle courut pour revoir cet homme qu'elle avait appris à respecter. Elle arrivait presque à la mer et elle ne l'avait pas encore rattrapé. Elle eut peur de nouveau. Lorsqu'elle déboucha sur la baie, Anin détachait ses armes de la barre centrale du tapatook, prêt à le mettre à l'eau. Elle cria :

« Attends-moi. Je viens avec toi. »

Et elle courut vers Anin. Surpris de revoir sa compagne, il s'arrêta en la regardant venir vers lui. Woasut se figea net devant Anin.

« Je vais avironner pour que tu chasses mieux. »

Elle avait compris qu'il allait à la chasse au phoque pour lui procurer de l'huile afin de cuire et de préserver les viandes fraîches. Pendant le reste de la journée, ils avironnèrent entre les roches des baies à la recherche de phoques au repos, mais ne virent rien. À la nuit tombée, ils accostèrent, firent un feu et se regardèrent en éclatant de rire. Ils avaient tous deux oublié d'apporter de la nourriture. Woasut alluma un bâton et se mit à chercher des traces de coquillages. Anin, à l'aide d'un autre bâton, creusait le sable et les sortait. Quelques concombres de mer vinrent compléter le menu du soir. Sans couvertures, ils dormirent en s'éveillant fréquemment pour garder le feu allumé, mais ils eurent froid. Il gelait la nuit et, même en l'absence de vent, les premiers froids étaient les plus difficiles à supporter.

Dès l'aube, ils se remirent de nouveau à sillonner les baies lorsqu'ils virent plusieurs phoques étendus paresseusement sur des rochers à fleur d'eau. Curieuses, quelques jeunes bêtes plongèrent pour voir de plus près à quoi ressemblaient ces humains et vinrent frôler le tapatook. Woasut avironnait depuis l'arrière pendant qu'Anin, agenouillé dans la pince avant, attendait le moment propice pour lancer son amina, son harpon de pêche. Tout à coup un jeune phoque sortit la tête de l'eau et au même moment, l'amina se logeait dans sa gorge. Anin laissa la corde qui retenait le harpon flotter lâchement pour éviter que le phoque, en se débattant, ne fasse chavirer le tapatook. Le sang se répandait rapidement à la surface et Anin sut qu'il ne devrait pas attendre longtemps avant de tirer sur le filin de retenue. Lorsque l'animal cessa de bouger, il le hissa sur le côté du tapatook. Il fit une incision dans la mâchoire inférieure du phoque, y attacha le bout de la corde en retenant son amina. Il arracha le harpon de la gorge de l'animal, défit le nœud de retenue et en donna le bout à Woasut. La jeune femme l'attacha à l'arrière du tapatook pour le traîner jusqu'à la baie menant au sentier du retour vers le mamatik. Puis, lentement, ils avironnèrent alternativement vers cette baie. Ils s'étaient éloignés beaucoup plus qu'ils ne le croyaient et le retour fut long. Ils firent le trajet en silence.

Lorsqu'ils arrivèrent dans la baie, le vent se leva et la neige se mit à tomber à gros flocons. La première neige de la saison du froid. Une fois qu'ils eurent accosté, ils ficelèrent les armes au tapatook que Woasut chargea sur ses épaules et firent le portage jusqu'au campement d'hiver. Anin chargea le phoque sur son dos et le transporta aussi vers le campement. Woasut arriva avant lui, ayant une charge moins lourde à porter. Elle prit de la viande séchée et de l'eau fraîche et prépara le seul repas de la journée. Après le repas, Anin éviscéra le phoque et le suspendit à une branche d'arbre afin que Woasut en tire l'huile, le lendemain. Puis tous deux se couchèrent, épuisés par la journée de chasse et le portage. Cette nuit-là, ils n'eurent pas froid, confortablement enroulés dans des couvertures de peaux de caribou et blottis l'un contre l'autre.

9

La neige recouvrait le sol depuis bientôt une lune entière mais il n'avait pas encore fait très froid. Cette couverture blanche dont se nappe la terre à chaque cycle des saisons n'était d'ailleurs pas très épaisse et les raquettes fabriquées en toute hâte à l'approche du froid n'avaient pas encore servi. Anin commençait à s'inquiéter de ne pas avoir aperçu Kooswet, le caribou, dans les parages. Il savait que, dès que la neige devient trop épaisse pour qu'il puisse manger la mousse des landes, le caribou se rend en forêt ou en montagne où il trouve de quoi se nourrir. Voilà pourquoi il avait choisi cet endroit pour passer l'hiver. L'endroit était idéal pour Odusweet, le lièvre, qu'on retrouvait partout en abondance, mais il est mauvais de trop en manger : comme il n'a pas de gras sur le corps, on a vite froid. De plus, lorsqu'on en consomme trop, il donne mal au ventre et vous fait vous vider trop souvent. Il rend malades les femmes enceintes et leur fait souvent perdre leur bébé.

La perdrix blanche était aussi abondante sur le territoire et compensait un peu le manque de viande rouge. Aoujet s'attrape presque à la main, tant elle redoute peu les Addaboutiks. C'est maintenant qu'Anin se rendait compte combien il avait été sage de choisir la proximité d'un lac pour hiverner. L'abondance de Dattomeishs, les truites, permettrait à Woasut de bien nourrir l'enfant qu'elle portait. Cependant, il fallait entretenir le trou sur la couverture d'hiver de ce lac. Une journée sans briser la glace et la percée deviendrait trop ardue pour une femme. Il faudrait prendre les grosses roches éclatées en effilage et y fixer de gros manches faits de bois du conifère qui perd ses aiguilles en hiver. Ce bois est très lourd.

Le temps était donc venu d'explorer plus avant le territoire occupé. Il fallait repérer les territoires des autres habitants du pays afin de se procurer d'autres sortes de gibier. De son côté, Woasut occupait ses journées à entretenir le feu, à garder le trou à pêcher libre de glace, à le visiter régulièrement pour y décrocher les truites qui se prenaient à la ligne installée en permanence et à finir de coudre les vêtements chauds. Elle préparait aussi les robes de fourrure qui serviraient à envelopper l'enfant à sa naissance.

Anin avait terminé de rouler le devant de la traîne à neige faite du bois du by-yeetch, le bouleau. Ce bois se fendait bien en hiver et, bien que grossièrement fabriquée, la traîne n'en était pas moins fonctionnelle. Il y fixa une corde tressée de plantes ligneuses huilées que Woasut avait cueillies avant que ne tombe la neige. Prêt à partir en exploration, il avertit Woasut qu'il partirait le lendemain matin à l'aube et qu'il serait absent pendant plusieurs soleils. Elle devait veiller sur les provisions et empêcher les prédateurs de s'en emparer.

« Tu confectionnes des vêtements de bébé ? Ta sœur va avoir un enfant ? demanda-t-il avec un sourire qui en disait long.

— Tu étais si fâché. Je n'ai pas osé te le dire », répondit Woasut timidement.

Anin ne dit plus un mot. Il frottait sa traîne avec de la graisse de phoque. Dès le lever du jour, l'Addaboutik partit, emportant avec lui quelques provisions dans son sac. Ses raquettes sur le dos, au cas où la neige tomberait encore, son arc en bandoulière, ses flèches dans l'étui, son amina en main et tirant sa traîne, il partit vers le vent et le froid. Lorsque le soleil fut à son plus haut, à l'horizon, Anin remarqua que les arbres devenaient plus petits et semblaient se pencher pour laisser passer le vent. Le sol se dénudait peu à peu et les perdrix blanches s'attroupaient de plus en plus. Les pistes des petits animaux à fourrure, comme la martre, se faisaient de plus en plus rares et, vers la fin de la journée, disparurent tout à fait. Anin en conclut que la forêt était sur le point de disparaître. Il était vraiment rendu dans la région du froid. Ici, le vent règne en chef lorsqu'il souffle.

Ce soir-là, le jeune initié se construisit un abri de fortune avec de la neige et les quelques branches de conifères qu'il put trouver. Il alluma difficilement un feu à l'aide de ses deux pièces de bois, qu'il gardait bien enveloppées pour les protéger de l'humidité. Il mangea un peu et se roula dans sa couverture de peaux de caribous, tués avant d'arriver sur ce territoire. Il se rendit compte combien il avait eu de la chance d'avoir tué ces bêtes alors qu'elles habitaient la côte des vents de tempêtes, qu'on appelle aussi côte du levant. Puis il s'endormit.

Dès l'aube, il fut debout. Il mangea du poisson fumé et reprit sa marche vers le couchant. La neige se mit à tomber, lentement, par gros flocons, et elle l'accompagna toute la journée. Il n'y avait plus que quelques bosquets d'arbres rabougris et un mélèze de temps à autre qui se dressait comme pour défier les vents dans ce paysage dénudé. Il vit soudain bouger une masse noire qui venait du froid et il se jeta à plat ventre pour ne pas être vu. Il attendit. La masse se rapprochait lentement et il put constater qu'il s'agissait de caribous. Les bêtes s'arrêtaient, grattaient le sol pour découvrir un peu de mousse, puis continuaient leur migration vers le couchant. Anin pensa : « Elles se dirigent vers les hautes montagnes couvertes d'arbres. Elles sont en retard dans ce cycle. La neige qui tombe semble leur dire qu'elle sera bientôt trop épaisse pour leur permettre de survivre. En restant ici, bien dissimulé, les caribous passeront près de moi et je pourrai peut-être en abattre un ou deux. »

Et il attendit très longtemps. La neige le recouvrait presque et il faisait maintenant partie du paysage blanc de cette lande, lorsque les caribous arrivèrent à portée de ses flèches. Bien préparé, il choisit une des premières bêtes à la tête du troupeau, un gros mâle dont les bois étaient tombés. Bien qu'engourdi par l'attente, Anin atteignit le mâle au cœur. L'animal fit une vingtaine de pas et s'effondra. Il décocha une seconde puis une troisième flèche sur une femelle qui avait gardé ses bois, et elle s'effondra aussi, frappée à l'épaule et au cœur. Ce fut tout ce qu'Anin put récolter, les autres bêtes ayant détalé à sa vue, bifurquant vers le froid. Il passa le reste de la journée à éviscérer les deux bêtes, à enlever les peaux et les rouler avant qu'elles ne gèlent, à enfouir dans le sac de provisions les cœurs, les foies, les reins et les langues. Puis Anin découpa les quartiers de viande de façon à ce qu'ils occupent le moins de place possible. Il abandonna les pattes mais conserva les sabots pour fabriquer des couteaux et des racloirs à peaux. Il conserva les bois de la femelle pour en faire des harpons et des pointes de flèches. Il vida les intestins et roula les tripes pour en faire du fil à coudre. Il fendit les crânes et en retira les cervelles pour les fourrer dans son sac à provisions. Puis il disposa tous les quartiers de viande sur la traîne, les fixa à l'aide de lanières découpées aux rebords des peaux des deux caribous et s'assura que tout était prêt pour le voyage de retour au mamatik.

Il alluma son feu, fit cuire un morceau de foie, qu'il avait déjà commencé à grignoter pendant qu'il était chaud et cru. Bien enroulé dans sa couverture de peaux, il se coucha dans la neige et s'endormit presque aussitôt. La neige continua de tomber durant la nuit. Au matin, elle était à la hauteur du genou d'Anin, qui dut chausser ses raquettes pour la première fois de la saison du froid et de la neige. En fait, le grand froid n'était pas encore venu et la neige entassée à l'aide de ces mêmes raquettes avait suffi à bien le protéger pendant la nuit. La traîne était lourde de viande fraîche et le retour se fit beaucoup plus lentement. Il avait pris deux soleils pour se rendre dans cette lande, et il lui en fallut presque quatre pour le retour. À son arrivée en vue du mamatik, Anin appela Woasut qui sortit en courant et en pleurant. Elle était tellement heureuse de revoir son homme ! Elle avait tant eu peur pour lui, pour elle. Elle s'était imaginé tant de choses mauvaises depuis ces six périodes de clarté. Elle avait eu si peur lorsque Gashu-Uwith était venu rôder près du mamatik la nuit et qu'elle avait vu ses traces le matin. Et elle avait entendu les loups hurler depuis deux nuits, ne dormant qu'avec son amina près d'elle. Elle avait eu si peur d'être seule pour toujours. Anin ne voulait pas montrer sa mauvaise humeur devant cette attitude qu'il trouvait défaitiste et qu'on lui avait enseigné à rejeter dès qu'elle se présentait à son esprit. Mais ce fut plus fort que lui. Son visage se crispa un peu et il fronça les sourcils. Woasut comprit qu'il ne fallait plus exprimer ainsi ses craintes devant le seul être sur lequel elle pouvait encore compter. Elle l'aida plutôt à défaire les quartiers de viande maintenant gelés et à les suspendre dans les arbres environnants afin de les isoler des prédateurs et, surtout, de Gashu-Uwith, qu'elle craignait plus que tout. Pourtant, Anin décida de laisser un quartier de viande à l'entrée du sentier, pour celui qu'il considérait comme son esprit protecteur. S'il avait déjà été Addaboutik comme lui, Gashu-Uwith méritait qu'on partage le fruit de la chasse avec lui. Woasut n'était pas d'accord, mais elle n'en souffla mot, de crainte d'indisposer son homme encore une fois. Elle craignait que, bien nourri, l'ours continue de les harceler tout l'hiver.

Lorsque tout fut terminé, Anin sortit un foie de son sac et annonça à Woasut qu'elle se régalerait. Ils mangèrent en se remémorant ce qui était arrivé pendant leur séparation. La jeune femme raconta qu'elle n'avait pris que trois truites au trou dans la glace. Anin rapporta que, de l'endroit où il avait tué les caribous, il avait pu apercevoir une grande baie de la mer de la côte du vent. Il décrivit aussi le paysage de ce pays sans arbres et sans autres bêtes que les caribous. Ce soir-là, les deux amoureux répétèrent plusieurs fois leur rituel affectueux avant de s'endormir dans les bras l'un de l'autre.

10

La saison de la neige et du froid montrait des signes de fatigue. La neige fondait un peu plus à chaque soleil et la plus longue clarté du jour permettait d'effectuer davantage de travaux. Les provisions diminuaient, il restait très peu de viande de caribou. Anin et Woasut mangeaient plus de poisson que de viande rouge et la jeune femme évitait de consommer du lièvre pour ne pas avoir à se vider plus souvent et risquer ainsi de perdre l'enfant qu'elle attendait. Avec son ventre qui s'arrondissait depuis maintenant quelques lunes, la jeune femme commençait à trouver éprouvants certains gestes. La marche dans la neige molle lui donnait mal aux cuisses, et elle ressentait une vive douleur quand son ceinturon pressait sa taille chaque fois qu'elle se penchait pour ramasser du bois.

Sa crainte de l'ours n'avait pas été justifiée. Quand Anin lui avait laissé une pièce de viande de caribou, l'animal l'avait transportée ailleurs et n'était plus revenu de l'hiver. Anin lui avait expliqué que la peur était appelée Geswat et qu'elle venait de l'ignorance de ce qui va arriver. « Lorsqu'on ignore quel geste un animal peut poser dans une certaine circonstance, on a peur. Si cette peur devient importante et nous domine au moment de poser les gestes quotidiens nécessaires pour survivre, elle mine peu à peu la raison. Et quand la raison n'occupe plus la tête, on risque sa vie à tout instant : on fait des choses insensées, on commet des bêtises, on cesse de contrôler son esprit et on met aussi la vie des autres en danger. C'est pourquoi, dès l'enfance, il faut apprendre aux enfants mâles à ne jamais avoir peur. Il faut apprendre à connaître les êtres qui vivent près de nous. Observer les habitudes des animaux et apprendre comment ils réagissent, afin de ne jamais avoir peur. Et si jamais ce sentiment s'empare de toi, Woasut, il faut le chasser immédiatement en te souvenant des connaissances acquises sur l'objet de cette peur. Ainsi, avoir peur de Kobshuneesamut, le créateur, le très grand, n'est pas bien : cela dénote un manque de confiance en lui. Si l'on en a peur, c'est qu'on a commis quelque acte répréhensible. On a mal agi. On doit donc redresser ses torts. Le très haut ne peut nous en vouloir de tenter de corriger le mal fait. Alors, la peur n'existe pas. La peur n'est pas. Si l'enfant que tu portes est un mâle, il ne doit même pas pouvoir parler de ce sentiment. Il ne faut jamais qu'il en souffle un mot. La peur est exclusivement féminine et elle se transmet parce que la femelle de la race apprend à exprimer ce sentiment de faiblesse né de l'ignorance des choses qui l'entourent. Voilà pourquoi Anin est de mauvaise humeur lorsque Woasut dit qu'elle a peur. Anin est fort et invincible lorsqu'il affronte la vie. Il s'efforce de toujours faire le bon geste, par sa connaissance de ce qui l'entoure. Ainsi, l'initiation qu'il vit actuellement consiste à apprendre de nouvelles choses pour ne pas en avoir peur. Anin peut les craindre, faire attention de ne pas commettre d'erreurs, mais il ne peut en avoir peur s'il s'instruit de ses expériences. »

Woasut avait passé la saison des neiges et du froid à se répéter les paroles d'Anin, afin d'élever son enfant de la bonne façon. Elle se promettait aussi, si elle avait une fille, de lui enseigner à ne pas exprimer ce sentiment qu'elle avait si souvent éprouvé elle-même depuis son enfance. La panique devant les Ashwans qui avaient tué les siens trahissait l'ignorance de ce qu'ils étaient. S'ils avaient été surpris par ces guerriers, c'est qu'ils ignoraient pouvoir être attaqués par eux. S'ils avaient été désarmés lorsque cette attaque s'était produite, c'est qu'ils avaient été négligents et n'avaient pas exercé de surveillance sur les jeunes cueilleurs de coques. Les Béothuks étaient donc morts par leur faute. Il ne fallait pas que cette horreur se répète avec les descendants qu'elle mettrait au monde durant sa vie. Il fallait enseigner à ces enfants tout ce qu'elle avait ignoré et les prévenir de toujours être vigilants, alertes et conscients. Elle n'aurait plus jamais peur... jamais.

Anin voyait la neige fondre et il avait déjà hâte de reprendre le sentier de Baétha, son village. Il faudrait cependant rester au même endroit tant que l'enfant ne serait pas né. Woasut ne pouvait entreprendre le portage des provisions ou du tapatook si près du terme. Il lui fallait s'armer de patience et attendre l'accouchement. Entre-temps, il pouvait explorer les environs un peu plus à fond puisque le temps se réchauffait doucement. En fait, le froid avait été bien relatif pendant cet hiver : il était seulement tombé un peu de neige lorsque Anin était allé chasser le caribou, à deux soleils en direction du froid. Depuis, il avait neigé à quelques reprises, mais peu à la fois, et le froid ne s'était jamais installé très longtemps.

Un matin, au moment de partir en expédition, Anin dit à Woasut de ne pas s'inquiéter s'il ne rentrait pas le soir venu. Il avait envie de se rendre jusqu'à cette baie entrevue à travers la neige qui tombait, lorsqu'il avait tué ses deux caribous. Il partit sans traîne, sur ses raquettes, emportant ses armes de chasse et son amina de pêche. Au bout d'un soleil de marche, il remarqua que la neige était presque toute fondue. Il enleva ses raquettes et les porta sur son dos. Ses moosins, bien huilés à l'aide du petit pied de caribou et isolés à la mousse de roche, le protégeaient de l'humidité du sol.

Au loin, il aperçut l'abri temporaire qu'il avait construit le premier soir de sa chasse. En l'absence de neige, il lui fallut trouver des branches afin de le rendre à nouveau habitable pour la nuit. Bien assis devant son feu, il rêvassait à tout ce qu'il avait vécu pendant son voyage d'initiation et réalisait la chance qu'il avait eue de rencontrer Woasut. Elle apportait une dimension nouvelle à sa vie. Il ne pensait plus uniquement à lui, à ses peines et ses joies. Il pensait maintenant aux peines et aux joies de Woasut et à la vie qu'aurait son enfant. « Mon enfant, son enfant... notre enfant. » Il souriait, heureux.

Soudain, il entendit des cris. Il tendit l'oreille en éteignant son feu. D'autres cris. Des cris de femmes. Des voix d'hommes. Une dispute. Il ne bougea pas. Il attendit encore un peu puis décida d'aller se cacher derrière un rocher, à une centaine de pas de son abri. Il y resta une partie de la soirée. Puis, n'entendant plus rien, il revint à son abri, ralluma son feu, s'étendit et s'endormit, la main sur son amina de pêche. Son sommeil était léger et il se réveilla à plusieurs reprises durant la nuit. Il tendait alors l'oreille et, lorsqu'il était sûr qu'il ne se passait rien, il se rendormait.

À l'aube, il s'éveilla un peu courbaturé. Il mangea légèrement et repartit. Cette fois-ci, il vit la grande baie bien avant d'arriver au lieu de sa chasse du caribou. Il fut surpris de voir l'herbe verte de la lande qui s'étalait devant lui. Vers la baie, il y avait des arbres. Pas très grands, mais des arbres. La neige avait donc fondu depuis plus d'une lune, puisque l'herbe avait eu le temps de reverdir. À moins que cette herbe n'ait jamais séché ? Était-ce un hiver exceptionnellement chaud ? Ce pays-ci était-il toujours aussi chaud ? Sa résolution était prise : il allait se rendre jusqu'à cette baie. Il reprit sa progression, mais, à cause des cris de la veille, il redoubla de prudence, regardant dans toutes les directions et scrutant l'horizon. Il ne voulait plus jamais être surpris comme il l'avait été par le Bouguishamesh, dans la baie de la forêt de conifères, du côté du levant. Il voyait maintenant très bien la baie devant lui et repéra un bateau de Bouguishameshs sur la grève. Mieux valait ne pas s'approcher davantage. Ces gens belliqueux n'étaient pas de trop bonne compagnie.

Les cris de la veille venaient probablement de là-bas. Emportés par le vent du couchant, les éclats de voix avaient monté jusqu'à lui. Il bifurqua vers sa droite et se dirigea directement vers le froid. À la fin de la journée, il aperçut deux autres bateaux et une habitation recouverte de tourbe, de même qu'une palissade de branches entrecroisées tout autour. Cette enceinte contenait d'étranges bêtes qu'il ne connaissait pas. Trois avec des cornes et d'autres avec une toison épaisse, qui couvrait tout leur corps. « Des bêtes d'un autre monde », pensa-t-il. Trois bêtes énormes, plus grosses que des caribous. Et une dizaine d'autres, plus petites. Comme des ours, mais de couleur pâle, sauf une qui était toute noire.

« Nous avons bien fait de ne pas contourner la langue de terre. Tout le mérite en revient à

Woasut, pensa Anin. Nous aurions rencontré ces gens et qui sait ce qui serait arrivé. » Anin sentit qu'il n'était pas prudent de rester trop longtemps sur place et retourna au pas de course vers son abri. Il dut marcher en pleine noirceur et eut de la difficulté à le retrouver. Exténué, il se jeta sur sa couche de la veille et ne fit pas de feu pour ne pas éveiller l'attention des Bouguishameshs. Il s'endormit.

Debout avant l'aube, il repartit vers le mamatik et Woasut. Arrivé près d'un bosquet de conifères rabougris, il vit une ombre bouger. Il s'arrêta net et reprit son souffle. Son harpon dans sa main habile, prêt à le lancer au moindre danger, il s'approcha lentement de l'endroit où il avait vu l'ombre passer. Il sentait une présence, tapie derrière le bosquet. En deux bonds soudains, il fut derrière le tas d'arbres et découvrit une femme aux cheveux couleur des herbes séchées. Une Bouguishameshe, les yeux hagards, visiblement apeurée, était cachée là, résignée à mourir. D'un coup d'œil rapide, Anin vit qu'elle était vraiment seule. Il se pencha mais elle eut un mouvement de recul. Il lui sourit pour la rassurer et lui tendit la main.

« Je suis Anin, l'Addaboutik. Je viens de Baétha. Je ne te veux pas de mal. »

La femme semblait ne pas comprendre. La main toujours tendue, il répéta sa présentation tout en gardant le sourire. La femme se leva : elle était aussi enceinte et près d'accoucher. Au bas du cou, elle avait une plaie où le sang commençait à se coaguler. Celle-ci ressemblait beaucoup à celle qu'il avait dû guérir après avoir été frappé par le bâton coupant du Bouguishamesh. Il pointa la plaie du doigt et fit comprendre à la femme, à l'aide de gestes, qu'il fallait la soigner. Elle fit signe que oui mais ne bougea pas. Il lui tendit alors la main et l'invita à le suivre en lui faisant comprendre qu'il avait une habitation dans cette direction. La femme hésita un instant, puis se mit à suivre l'Addaboutik.

Au moment où le soleil est le plus haut dans le ciel de ce renouveau des saisons, ils débouchèrent dans la clairière du mamatik. Woasut fut très surprise de voir une étrangère aux cheveux couleur des herbes séchées. Sa première réaction fut la colère. Mais devant les explications d'Anin, elle accepta de soigner la plaie de la femme. Elle sortit des plantes séchées de son sac à médecine, fit fondre un peu de neige et broya le tout dans le manuné de bois. Puis elle étendit le cataplasme sur la plaie. La poitrine de la femme, presque entièrement dénudée, laissait voir une peau d'une pâleur extrême en comparaison de celle de Woasut. Le téton du sein était rose plutôt que brun, et l'aréole autour de ce téton était plus pâle encore. Woasut ouvrit son vêtement et dénuda un de ses seins pour en comparer la grosseur et la couleur. Elle fut très étonnée de cette différence. Elle se tourna vers Anin.

« Tu es sûr que cette femme n'est pas malade en plus d'être blessée ? Je n'ai jamais vu quelqu'un d'aussi pâle. »

Anin sourit.

« J'ai eu l'occasion de voir plusieurs de ces gens, et ils sont tous aussi pâles que cette femme. Elle va avoir un enfant très bientôt, elle aussi. Si elle ne retourne pas vers les siens, nous devrons la laisser voyager avec nous. Elle t'aidera dans les travaux. »

Woasut se tut, mais son visage se durcit. Anin avait donc décidé de prendre une deuxième épouse et cela la rendait maussade. Habituellement, lorsqu'un homme prend une seconde épouse, il la choisit parmi les sœurs de sa première. Ainsi, il n'y a pas de dispute. Elle regarda cette femme attentivement. Pas laide, mais tellement pâle. Quel intérêt un homme peut-il avoir à coucher avec une femme aussi pâle ? Si elle a un enfant de lui, quelle couleur aura-t-il à sa naissance ? La femme accepta la nourriture de poisson et de viande séchée que lui offrait Woasut et elle sourit même à plusieurs reprises.

On commença dès lors à lui enseigner les mots de la langue des Addaboutiks et des Béothuks. Lorsque tous trois s'étendirent ce soir-là, la femme étrangère pouvait prononcer plusieurs mots : viande, caribou, poisson, feu, herbe médicinale, eau, sein, jambes et bras, mains et tête, yeux et bouche, nez et fesse. Quand Anin se glissa entre les deux femmes, sous les couvertures de peaux de caribous, Woasut se dépêcha de s'accroupir pour qu'Anin lui rende hommage. Elle se hâtait avant qu'il ne lui prenne l'envie de le faire avec la femme à la peau pâle et aux cheveux couleur des herbes séchées. Lorsque l'Addaboutik eut éjaculé, l'emmamousé lui demanda de continuer encore, pour qu'elle jouisse aussi, sous l'œil curieux de cette étrangère. Pendant l'accouplement, Woasut n'avait pas cessé de pousser des petits cris de joie et de contentement, pour faire savoir à l'autre qu'elle était satisfaite et qu'elle aimait satisfaire son homme. Ainsi, si jamais Anin touchait à cette étrangère sans la satisfaire, elle saurait qu'elle n'était pas l'épouse préférée.

11

La neige avait complètement fondu et la verdure commençait à poindre au travers de la mousse jaunie. Bien que les nuits fussent fraîches encore, le soleil de la lune de la repousse réchauffait les journées des trois personnes qui couchaient dans le mamatik. Gudruide, la femme bouguishameshe, se débrouillait passablement bien en addaboutik-béothuk et se faisait comprendre. Elle riait beaucoup et Woasut semblait l'accepter un peu mieux. Cette dernière ne manquait pas de lui donner des ordres, pour bien affirmer qu'elle était la première femme de l'habitation. Même si Anin n'avait pas encore manifesté de désir envers cette nouvelle venue, Woasut ne les perdait jamais de vue lorsqu'ils étaient ensemble. Elle craignait de devoir quémander les moments d'accouplement si son homme décidait un jour de s'occuper de cette femme pâle venue d'un autre monde. Elle semblait aussi forte que Woasut et devait avoir aussi beaucoup d'expérience de la vie, car elle prenait souvent l'initiative dans l'exécution des tâches quotidiennes.

Personne ne devait lui dire quand il fallait visiter la ligne à capturer du poisson. Comme la glace du lac fondait en surface, chaque fois qu'elle s'aventurait sur la couverture de froid de ce nid de poissons, elle devait se mouiller les pieds et faire sécher ses couvre-pieds d'étrangère par la suite. Ces couvre-pieds étaient faits de la peau d'un animal dont elle disait qu'il avait deux cornes. Elle enveloppait ses pieds et les posait sur une semelle rigide attachée à ses jambes par des lanières de cette même peau. À la différence d'Anin et Woasut, elle n'utilisait pas de mousse de roche pour garder ses pieds bien au chaud. Elle portait une robe faite d'une étoffe provenant d'un autre animal, plus petit, dont le poil servait à fabriquer le tissu. Anin décrivait d'ailleurs assez bien ces deux espèces animales qu'il avait observées dans l'enclos entourant la demeure des Bouguishameshs. Woasut était étonnée d'apprendre qu'on n'avait pas à tuer ces animaux pour enlever leur poil et que chaque cycle des saisons le voyait repousser. Anin disait que cette seule découverte valait les trois hivers passés loin des siens et les dangers qu'il avait affrontés alors.

Woasut pensait aussi qu'il était préférable qu'Anin soit revenu avec une femme. S'il avait ramené un homme, il y aurait eu compétition entre eux deux pour la possession d'une seule femme. Les femmes béothukes ont appris depuis longtemps à accepter de vivre ensemble et de partager l'homme. Les hommes ne songent qu'à la rivalité.

C'est pourquoi le nombre des hommes est moins grand que celui des femmes. Pourtant, Woasut craignait la présence de cette autre femme. Mais il ne fallait pas le laisser voir à Anin qui se mettrait sans doute en colère. Comme l'accouchement était pour bientôt, elle aurait peut-être de l'aide de cette femme. À la condition que les deux femmes n'accouchent pas en même temps.

Anin avait bien vérifié l'état de son tapatook. Il avait fabriqué des flèches, avait changé le nerf de son arc et fabriqué trois autres lances de pêche pour que les femmes puissent s'en servir. Avec elles, il ramassait de la mousse et la faisait sécher près du feu, en prévision des deux naissances qui approchaient. Il avait réuni les quelques provisions de viande séchée et les avait mises dans des coffres d'écorce de bouleau placés près du mamatik et couverts de grosses pierres pour empêcher loups et ours de les voler. Un feu brûlait en permanence près de ces coffres afin d'éloigner ces rôdeurs possibles.

Un matin, Woasut annonça que la naissance était imminente. Anin se construisit un abri à l'extérieur du mamatik, afin de laisser la place à la mère et à Gudruide, à qui il avait demandé d'aider la jeune femme. Vers le coucher du soleil, Woasut refusa de manger. Ses contractions avaient commencé et elle préférait se reposer pour avoir plus de forces. Elle tenterait de mettre l'enfant au monde sans se coucher, pour lui garantir une grande vigueur. Elle voulait suivre la tradition, même si les siens étaient tous morts. Elle voulait que cet enfant survive afin de perpétuer sa race. Sa mère lui avait enseigné comment accouchaient les Béothukes, et c'est ainsi qu'elle entendait faire. Elle avait constitué un paquet de mousse séchée pour recevoir le nouveau-né. Elle voulait que sa venue dans le monde soit aussi douce que possible et qu'il ne se blesse pas en tombant. Elle s'étendit un peu en attendant, mais, à chaque contraction, elle poussait, afin d'aider le bébé à frayer son passage du monde intérieur au monde extérieur. Elle ne voulait surtout pas que la femme au teint pâle intervienne avant qu'elle le lui demande.

Gudruide était restée à l'extérieur, assise en face d'Anin qui la regardait fixement. Elle avait un certain charme, malgré la pâleur de sa peau. Cette peau était-elle aussi douce que celle de Woasut ? Il s'approcha doucement d'elle et lui toucha le visage. Elle sourit. Il regarda son ventre rond et le toucha par-dessus la robe cintrée de lanières de peau de cet animal à deux cornes. Elle souleva doucement son long vêtement, découvrant la peau nue de son corps. Elle prit doucement la main d'Anin et la posa sur sa peau tendue comme si elle allait éclater. Il la caressa doucement. Il sentait son désir naître pour la première fois pour cette femme qu'il avait trouvée comme on trouve une bête blessée. Lorsqu'elle comprendrait mieux la langue des Addaboutiks, il lui demanderait pourquoi elle avait laissé les siens. Il remarqua qu'elle avait, au-dessus du sexe, une touffe de poils plus foncée que ses cheveux. Intrigué, il toucha lentement cette touffe de poils que Woasut n'avait pas. Lorsqu'il avait touché la femme, elle avait eu un frisson et sa chair s'était crispée comme une perdrix blanche qu'on plume. Elle avala difficilement sa salive tout en défaisant les lanières de peau qui cintraient son vêtement. Elle ouvrit le pan de cette robe couvrant sa poitrine généreuse et s'étendit sur la couche d'Anin. Malgré la fraîcheur du soir tombant, la sueur coulait sur ses tempes. Anin se mit à caresser les seins de la femme pâle. Des seins à la touffe de poils, de la touffe de poils aux cuisses puissantes de cette femme, le désir de possession grandissait. Lorsqu'il sentit son propre sexe durcir, il signifia à la femme qu'elle devait se retourner et se mettre à genoux, ce qu'elle fit sans hésiter. Alors que les caresses qui avaient précédé avaient été douces, il pénétra presque brutalement la Bouguishameshe et entreprit le mouvement de va-et-vient qui mène à la satisfaction de l'homme. Elle accepta sans un seul son l'assaut, sauf qu'elle accentuait le mouvement en avançant et reculant son arrière-train. Lorsqu'il fut satisfait, Anin se retira mais la femme lui fit comprendre qu'il devait continuer. Anin se réintroduisit et continua le mouvement. La femme accéléra alors la cadence en poussant de petits gémissements jusqu'à ce qu'un grand cri sorte de sa bouche. Woasut mit alors sa tête à l'extérieur du mamatik et put voir Anin se retirer. Gudruide se tourna et, toujours à genoux, se mit à embrasser le sexe de l'homme.

Soudain prise d'une violente contraction, Woasut n'eut que le temps de reprendre sa place sur le tas de mousse. L'enfant commençait à naître.

Accroupie, elle poussait à chaque contraction pour aider l'enfant dont la tête était presque sortie. Lorsque le corps fut engagé dans le passage, Woasut ne put retenir un cri. Le corps toujours dénudé, la femme aux cheveux couleur des herbes séchées se leva d'un seul coup et se précipita à l'intérieur du mamatik. L'enfant était né, étendu sur la couche de mousse séchée. Woasut était tombée à la renverse, épuisée. Elle souriait, découvrant ses dents blanches comme la neige.

« Je suis restée sur mes jambes pendant sa naissance. L'enfant sera en santé et fort. De quel sexe est-il ?

— C'est un mâle. »

Gudruide attendit quelques instants.

« Te sens-tu assez forte pour couper le cordon ombilical toi-même ? »

Woasut fit signe que oui de la tête. Elle se releva, s'assit et Gudruide lui mit l'enfant dans les bras. Elle le prit amoureusement, prit le cordon entre ses dents et le sectionna d'un seul coup. Puis elle le lécha de la figure jusqu'aux pieds pour le nettoyer. Gudruide prit de la mousse, la déposa sur une peau de caribou et enveloppa l'enfant chaudement. Puis elle le remit dans les bras de la nouvelle mère. Woasut se recoucha avec l'enfant dans les bras en criant à Anin : « C'est un mâle. »

12

Dès le lendemain de son accouchement, Woasut reprit ses tâches quotidiennes et continua à donner des ordres à Gudruide lorsque Anin n'était pas dans les parages. Elle se demandait quand la femme aux cheveux couleur des herbes séchées aurait son enfant. Elle l'avait envoyée lever la ligne à pêche, convaincue que la glace du lac allait bientôt céder. Elle la voyait patauger dans l'eau qui couvrait cette glace devenue mince. Quelques instants plus tard, Gudruide revint avec une belle truite, la ligne enroulée sur la branche de bouleau qui l'empêchait d'être entraînée par le poisson lorsqu'il s'y prenait. Comme elle le faisait chaque fois, elle se déchaussa et mit ses couvre-pieds à sécher sur une branche, près du feu extérieur.

La journée était assez chaude et Anin était parti en direction de la baie, à la recherche de gibier. Woasut portait déjà son fils à son dos, sur la planchette fabriquée par Anin. Il y avait fixé une barre arquée à la hauteur du visage pour que l'enfant ne se blesse pas, si la planchette tombait alors qu'elle était appuyée à la verticale. Ainsi, son enfant était protégé. On ne lui avait pas encore donné de nom car on voulait d'abord connaître les traits de son caractère. Woasut pensait qu'on pourrait le nommer « né pendant qu'Anin luttait avec l'étrangère », mais elle n'osa exprimer sa pensée ouvertement.

La coutume voulait que l'on ait plusieurs épouses lorsque les femmes étaient plus nombreuses que les hommes. Puisqu'il y avait deux femmes, il était normal que toutes deux puissent être également satisfaites ! Habituellement, la seconde épouse était une femme connue. Mais puisqu'il n'y avait plus personne dans son village, une étrangère était quand même une deuxième femme. Et il fallait éviter la dispute et la mauvaise humeur. Woasut était perplexe. Avait-elle raison de se faire du mauvais sang ? Non, assurément : il fallait vivre avec la tradition. De plus, cette Gudruide était fort utile et elle l'avait aidée à prendre soin de l'enfant depuis la veille. De quoi Woasut pouvait-elle se plaindre ? Mais qu'adviendra-t-il lorsque les deux femmes seront en état de s'accoupler et en auront envie en même temps ?

Elles entendirent des voix venant du côté du vent et tendirent l'oreille. Deux voix d'hommes qui parlaient une langue que Woasut ne connaissait pas. Gudruide se leva soudain et partit en courant vers le sentier menant à la grande baie de la côte du levant, exhortant Woasut à fuir.

« Vite, prends le bébé et sauve-toi. Ce sont des Vikings, ils vont te tuer. »

Et elle détalait, pieds nus, aussi vite qu'une femme sur le point d'accoucher peut le faire. Woasut, habituée à fuir, se mit aussitôt à courir. Mais comme ses forces n'étaient pas encore toutes revenues, elle ne pouvait aller très vite. Pourtant, les hommes ne semblaient pas les avoir aperçues, malgré les cris de Gudruide. Dès que les femmes eurent disparu dans le sentier, les deux hommes débouchèrent dans la clairière, près du mamatik. Ils tenaient chacun un bâton coupant à la main. Ils décochèrent quelques coups dans l'écorce de bouleau recouvrant le mamatik. Ils saccagèrent l'habitation et suivirent bientôt la direction prise par les deux femmes.

Pendant le saccage de leur habitation, les deux femmes avaient pris une certaine avance dans le sentier. Mais les hommes, vigoureux et puissants, se lancèrent à leur poursuite. Les femmes fuyaient toujours et, malgré son ventre lourd, la Bouguishameshe courait plus vite que Woasut et son bébé. Au détour du sentier, Gudruide buta presque sur Anin qui arrivait, un castor sur le dos. La femme blonde avertissait Anin du danger quand Woasut surgit à son tour. Comme Anin vit que les femmes avaient laissé les armes au campement, il lança le castor dans le bois, désigna une grosse roche aux deux femmes pour qu'elles s'abritent derrière et détacha une corde à sa ceinture de peau de caribou. Rapidement, il l'attacha à des arbres des deux côtés du sentier, à la hauteur du genou, et il eut juste le temps de détaler. Il bifurqua et revint rapidement, juste au moment où les deux Bouguishameshs trébuchaient contre la corde. Le harpon de pêche d'Anin se ficha dans le dos du premier pendant que l'Addaboutik soulevait la tête du second, l'empoignant par les cheveux d'une main et lui enfonçant une flèche dans la gorge. Le premier se releva tout de même, le harpon dans le dos, mais, en se retournant, il accrocha le manche de l'arme dans une branche et tomba en poussant un râle. Le second tenait la flèche plantée dans sa gorge avec ses deux mains, incapable de bouger. Le sang lui sortait de la bouche et de la plaie faite par la pierre de silex. Anin s'était rapidement éloigné des deux étrangers et avait rejoint les femmes.

« Il faut vite défaire le campement et partir vers le vent, sans s'arrêter. D'autres étrangers viendront pour chercher ces deux-là. Nous n'en finirons plus de nous battre. Une femme enceinte et une autre qui vient d'accoucher, c'est peu pour combattre. Allons-y. »

Avant de partir, Anin arracha son harpon du dos du premier étranger, sortit la flèche de la gorge du second qui, en râlant, tomba face contre terre. Puis il ramassa les deux bâtons coupants et les poignards que portaient ces hommes et les donna aux femmes pour qu'elles les gardent précieusement. Ils remontèrent vers le campement, prenant mille précautions pour ne pas faire de bruit. Une autre rencontre n'était pas impossible. Lorsque Gudruide voulut dire à Anin combien il y avait de Vikings, il la fit taire. Aucun mot avant qu'il n'en donne l'ordre. Arrivés près du mamatik, ils purent constater les dégâts causés par les Bouguishameshs. L'écorce de bouleau du mamatik était lacérée de partout et n'empêcherait plus l'eau de pénétrer. Gudruide trouva ses couvre-pieds loin du feu où ils séchaient. La provision de viande séchée était intacte, protégée de la vue des étrangers par des pierres posées sur les coffres d'écorce. Anin demanda aux femmes de prendre le plus de matériel essentiel possible, des couvertures, de la nourriture et des vêtements, d'en faire trois paquets bien attachés et de garder les armes à la portée de la main, prêtes à servir.

« Surtout, ne vous chargez pas trop. Il faut déguerpir et marcher assez longtemps pour prendre de l'avance, au cas où ces gens reviendraient. Nous devons atteindre la mer du côté du vent le plus vite possible. »

En peu de temps, les deux femmes et l'Addaboutik réunirent les bagages. Les paquets assujettis à la courroie de portage, le dos bien penché, Anin portant le tapatook sur la tête par-dessus son bagage, ils entreprirent le voyage en plein jour. Bien que nouvelle mère, Woasut portait son lot et son enfant sur le devant de son corps. Gudruide, grosse mais vigoureuse, s'était chargée d'un plus gros paquet pour alléger celui de Woasut. Tous trois marchaient quand même d'un bon pas, Anin précédant les deux femmes. Pas question de s'arrêter avant la nuit.

Le ciel s'obscurcit peu à peu et, vers la fin du jour, la pluie se mit à tomber. Doucement d'abord, puis avec de plus en plus d'intensité. Une pluie de fonte des neiges, froide et persistante. Anin ordonna aux femmes de déposer leur fardeau par terre et de trouver de quoi faire un abri de fortune. Comme elles avaient oublié de bien envelopper les pièces de bois servant à allumer le feu, ils ne purent se réchauffer qu'avec les couvertures pour la première nuit. Les femmes rapportèrent quelques écorces de petit bouleau qui, jumelées au tapatook retourné, serviraient de lieu de refuge contre la pluie. Le nouveau-né était bien à l'abri sous le tapatook, et Anin examina l'état des lieux pour s'assurer qu'ils seraient tous en sécurité pendant la nuit. On mangea telle quelle la nourriture séchée. Emmitouflées sous les peaux de caribous et couvrant presque le bébé, les deux femmes s'étendirent pour dormir. Anin, assis, enveloppé dans une autre couverture, faisait le guet en écoutant la pluie tomber. S'il somnolait de temps à autre, il s'éveillait souvent, croyant entendre des voix étrangères. Puis le sommeil le gagnait de nouveau. Il fit des rêves étranges.

Il fut debout avant l'aube. Courbaturé, il réveilla les deux femmes, encore plus fatiguées que lui. Comme l'enfant avait d'ailleurs commencé à manifester sa faim, Woasut dut lui donner le sein avant de manger elle-même un peu. Puis les femmes refirent les paquets et Anin s'éloigna en direction d'une grosse roche située vers le froid.

Il avait l'impression que les voix entendues pendant la nuit venaient de là. Arrivé près de la roche, il la contourna lentement par le côté du vent et s'arrêta. Il entendait des ronflements. Tel un chasseur à l'affût, il risqua un coup d'œil vers l'arrière. Il vit, dans une dépression de terrain, presque sous une partie de la roche, trois corps étendus, deux femmes et un homme. Il s'étonna de voir qu'ils ne semblaient pas armés. Il décida de jouer le tout pour le tout et de réveiller ces gens brusquement. Il voulait les emmener devant Gudruide qui traduirait ce qu'ils auraient à dire. Il bondit vers l'homme, le piqua de son amina de pêche et recula. Celui-ci se leva d'un bond et s'appuya contre la roche pendant que les deux femmes s'éveillaient en criant et en pleurant.

Anin donna l'ordre de passer devant en faisant des gestes éloquents aux trois Bouguishameshs. Les deux femmes se jetèrent à genoux en pleurant et en gémissant. L'une d'elles portait un accoutrement semblable à celui de Gudruide alors que l'autre était vêtue de lambeaux de peaux grossièrement attachés autour des jambes. Une sorte de couche lui servait de cache-sexe et une chasuble faite de la peau de ces bêtes dont on coupe le poil chaque saison chaude lui couvrait les épaules. L'homme resta debout. Il avait les cheveux couleur des fleurs velues du milieu de l'été. Il portait des peaux enroulées autour des jambes que retenaient des lanières jusqu'aux cuisses. La femme pauvrement vêtue avait les cheveux presque de la couleur de la poudre d'ocre dont s'enduisent les Addaboutiks, en été, pour se protéger des moustiques. Les trois étaient beaucoup plus grands qu'Anin, qui se sentait plus fort grâce à son amina et à son arc et ses flèches accrochés sur son épaule. Il leur fit signe de se relever et de prendre la direction du camp de fortune où les deux femmes l'attendaient.

L'homme avait un air résigné alors que les deux femmes étaient visiblement effrayées. Ils marchaient vers le camp lorsque la plus grande aperçut Gudruide qui venait à leur rencontre, un amina à la main. Dès que les deux femmes se virent, elles se reconnurent et se jetèrent dans les bras l'une de l'autre en pleurant et en riant. Elles parlaient très vite dans cette langue gutturale que parlaient les Bouguishameshs. La deuxième femme et l'homme se regardèrent sans sourire, inquiets. Toujours sur ses gardes, Anin les menaçait de son harpon. Gudruide repoussa la femme qu'elle avait embrassée et s'adressa à Anin, dans la langue des Addaboutiks.

« C'est ma jeune sœur. Les Vikings voulaient aussi la tuer, comme moi. Elle s'est enfuie avec les deux esclaves écossais en échappant à la surveillance des deux hommes que tu as tués. Ils sont paisibles et n'ont nulle part où aller. Ils seront tués s'ils retournent d'où ils viennent. Pouvons-nous les garder avec nous ? »

Anin hésita longtemps. Trois autres personnes à nourrir. Deux autres femmes à la peau pâle. Un homme pour m'aider.

« Cet homme sait-il chasser ? »

Gudruide parla à l'homme dans la langue des Bouguishameshs, attendit la réponse avant de se tourner vers Anin.

« Il dit qu'il apprendra vite si on lui donne des armes. Mais il dit aussi qu'il court plus vite que le vent. »

Anin sourit sur cette dernière phrase et baissa son amina en donnant une tape dans le dos de l'Écossais. Pouvait-il faire confiance à ces trois inconnus ? Gudruide était sincère. Sa jeune sœur, costaude, pourrait avec l'autre femme porter les fardeaux des deux premières pour que ces dernières se reposent. L'homme pourrait se charger du fardeau d'Anin, qui n'aurait plus que le tapatook.

« On peut les prendre avec nous. Mais ils devront travailler fort. Chacun doit faire sa part. »

Gudruide était heureuse. Elle traduisit les paroles d'Anin et la joie put se lire sur les trois visages. Les deux esclaves écossais se jetèrent à genoux pour remercier Anin, mais celui-ci entra soudainement dans une colère terrible. Il ordonna à ces deux personnes de se relever en criant.

« Les Addaboutiks détestent les lâches qui passent leur vie à implorer. C'est la deuxième fois que ces gens se jettent à genoux devant moi. Je ne tolère pas les lâches et je préfère les tuer. »

Gudruide eut beau lui expliquer que c'était là un geste de gratitude et que ces deux personnes étaient des esclaves, Anin ne pouvait comprendre.

Ce geste était l'apanage des femmes pour les Addaboutiks. Il témoignait de la peur féminine et était indigne d'un mâle. La femme devait aussi apprendre à ne pas avoir peur et, surtout, à ne pas exprimer sa peur. Autrement, il la tuerait de ses propres mains. Quant à l'homme, il le tuerait au premier signe de lâcheté.

« Au pays des Addaboutiks, il faut vivre comme les Addaboutiks. Il faut aussi parler comme les Addaboutiks. Il faut apprendre à parler pour que je comprenne. Je ne veux plus vous entendre parler cette langue de Bouguishameshs. Je dois comprendre ce que vous dites. L'homme n'est pas prêt à apprendre à chasser. Il aura une arme quand il sera un homme. »

Il s'arrêta et sembla complètement calmé. Il regarda Gudruide :

« C'est quoi, un esclave écossais ? »

Gudruide expliqua comment ces deux personnes avaient été capturées dans une île de la mer d'Irlande. Comme tels, ils étaient des serviteurs et les maîtres avaient droit de vie ou de mort sur eux. Elle ajouta que le mot Écossais signifiait qu'ils étaient d'un autre pays que celui de sa sœur et elle. Anin sembla satisfait de la réponse et se tut pour réfléchir. Puis il dit à Gudruide de leur répéter ce qu'il dirait.

« Ici, il n'y a pas d'esclaves. Il y a des mâles et des femelles. Les mâles sont plus forts mais les femelles très utiles et agréables. Personne ne se met à genoux pour implorer. On se met à genoux pour s'accoupler, lutter, satisfaire notre envie l'un de l'autre. Dis-leur qu'ici, c'est Anin qui commande parce qu'il connaît mieux le pays que les autres. Dis-leur qu'il faut parler addaboutik. »

Pendant que Gudruide transmettait aux nouveaux venus les principes d'Anin, ce dernier rejoignait Woasut et le bébé né depuis deux soleils à peine.

13

Le clan des six avait atteint le sommet d'une falaise, sur la rive du vent de la longue langue de terre qu'ils avaient traversée. Aucun autre incident n'était venu perturber le voyage. Gwenid, la jeune sœur de Gudruide, portait allègrement le paquet de la femme enceinte. Della, l'Écossaise, portait le bagage de Woasut et cette dernière s'occupait de son bébé. Robb, l'esclave, s'était chargé du lourd fardeau d'Anin. Le groupe avait dû faire un détour vers la droite pour éviter une haute chaîne de montagnes. La traversée de la langue de terre avait donc duré sept soleils. Anin songea que ces sept soleils n'avaient été que sept jours de clarté, car le soleil ne s'était pas montré une seule fois.

Robb avait transporté le lourd fardeau en gardant le sourire aux lèvres, sans se plaindre. Della, qui portait une charge aussi lourde que la sienne, avait retiré les haillons couvrant ses jambes et ne les remettait que le soir, malgré les branches et les ronces du parcours. Elle avait de fortes et belles jambes, qu'Anin avait remarquées. Et musclées en plus. Elle aussi souriait beaucoup et parlait d'abondance. Elle répétait sans cesse les mots de béothuk et d'addaboutik que Woasut et Gudruide lui apprenaient. Elle put ainsi exprimer rapidement ses besoins quotidiens. Robb apprenait moins vite car Anin était peu bavard pendant les jours de marche et les deux hommes battaient le sentier à tour de rôle.

Arrêtés au haut de l'escarpement, les six choisirent de s'installer en un endroit bien abrité du vent, près d'une cascade qui tombait dans la mer, au fond d'une baie. Un sentier naturel, creusé par la fonte des neiges, y descendait en pente douce. Si Anin préférait monter le camp en haut plutôt que dans la baie, au bord de la mer, c'est qu'il voulait éviter d'être repéré du large. Il voulait aussi se mettre à l'abri du vent et rester plus près de la forêt pour y cueillir de l'écorce et du bois de chauffage, absents ou rares près de la grève. Les trois femmes ramassaient du bois mort pour allumer un feu. Elles glanaient aussi de la mousse séchée de l'avant-saison du froid et de la neige. Elles devaient couper des branches de conifères pour faire un fond à l'abri et l'isoler de l'humidité. Anin et Robb allaient à la recherche de bouleaux assez grands pour fournir l'écorce nécessaire à la construction du mamatik. Munis de coins de pierre tranchants et de courtes massues, les deux hommes repéraient les arbres et déterminaient la grandeur de l'écorce à enlever. Ils faisaient une incision longitudinale et une autre circulaire au bas et dans le haut de la surface choisie, puis, lentement, ils décollaient l'écorce à l'aide des coins. Pour l'incision circulaire du haut, Anin montait sur les épaules de Robb et faisait le travail pendant que l'esclave écossais faisait le tour de l'arbre. Une journée entière fut consacrée à la cueillette de l'écorce nécessaire à la construction d'un grand mamatik qui logerait six adultes et deux enfants, car Gudruide allait sûrement accoucher d'un jour à l'autre.

Au cours de ce travail, les deux hommes avaient repéré un immense bouleau sur lequel ils voulaient prélever l'écorce qui servirait à la fabrication du second tapatook, nécessaire pour entreprendre le voyage vers le milieu du jour. Mais, pour cela, il fallait prendre son temps afin que l'écorce soit de la meilleure qualité possible. Les écorces furent roulées et attachées lâchement afin qu'elles ne soient pas difficiles à étendre sur l'armature du mamatik. Lorsque les deux hommes arrivèrent avec le premier chargement d'écorce, les perches d'armature du mamatik étaient déjà coupées et montées, délimitant la grandeur de l'habitation. Un cercle avait été tracé au centre pour y faire le feu à l'aide de pierres que les femmes avaient ramassées. Étonné, Anin demanda comment elles avaient pu couper ces conifères. Della souleva sa chasuble et montra une hache à large taillant accrochée à sa couche cache-sexe en éclatant d'un rire sonore qu'il faisait bon entendre. Fières d'elles, les trois autres femmes se mirent aussi à rire. Ensemble, les quatre ne pouvaient retenir leur fou rire. Les deux hommes ne pouvaient s'empêcher de les imiter, sans savoir pourquoi. La fatigue des jours précédents se traduisait par ces cascades de rire et de détente.

Leur installation prendrait plusieurs jours et ils en profiteraient pour se reposer. Les femmes avaient déjà projeté de recueillir des coques, des concombres de mer et des pieuvres que Woasut allait enseigner aux autres femmes à pêcher. Le mamatik fut couvert en peu de temps et, bien que la nuit fût tombée, les femmes n'eurent aucun mal à assujettir les écorces. Elles y appuyaient d'autres perches plus lourdes. Anin alluma le feu et on se régala des restes de la viande séchée et fumée.

Pendant la soirée, Gudruide raconta en addaboutik la vie dans son pays du froid, qu'elle appelait le nord. Elle venait de l'île de glace « Islande » et avait immigré au Groenland. Ses parents étaient pêcheurs et cultivaient aussi la terre en élevant des bêtes à cornes et des moutons. Elle parla de ces animaux qu'on appelait des chevaux et dont on se servait comme montures et pour tirer des charges sur des voitures. Elle raconta que les hommes partaient souvent à la découverte de nouvelles terres bonnes à cultiver. Ces hommes passaient des mois en mer sans voir la terre et, souvent, ils mouraient noyés lors de tempêtes. Gudruide conta aussi sa venue vers cette terre et comment ils avaient tous failli mourir lorsque des vagues plus hautes que cinq hommes avaient balayé leur drakkar, qui avait dans sa cale trois bêtes à cornes et dix moutons. Ces récits fabuleux firent rêver Anin et Woasut. Intrigué, Anin voulut savoir pourquoi ses propres gens avaient voulu la tuer et faire de même avec sa sœur et les esclaves écossais.

— Mon mari était un ami intime de deux frères marchands, Finnbogi et Helgi. Ces marchands avaient conclu une entente avec une guerrière, Freydis. Celle-ci devint la maîtresse de Finnbogi. Elle attendait un enfant de lui, mais voulait qu'il lui donne la moitié des marchandises apportées pour la traite. Comme la moitié des marchandises appartenait déjà à son frère Helgi, il ne pouvait pas accepter de lui donner ce qui ne lui appartenait pas. Elle les fit assassiner par ces hommes que tu as tués, Anin. Mon mari était au courant, il lui a dit qu'à notre retour au Groenland, il la dénoncerait. Elle l'a aussi fait tuer. Comme ma sœur et moi étions au courant de l'affaire, elle voulait nous éliminer aussi. Nous nous sommes enfuies séparément. Moi seule et elle avec l'aide des deux esclaves écossais. Maintenant, vous savez tout.

Anin réfléchit longuement à cette aventure. Comme c'était drôle, cette façon de vivre des étrangers. Pour la possession de quelques marchandises, une guerrière fait tuer trois hommes et tente de faire assassiner deux femmes et un couple de prisonniers esclaves. Chez les Addaboutiks, l'assassin d'un des siens serait puni de mort ou serait banni à vie de sa communauté. Combien ces gens étaient cupides et quelle chance ils avaient eue, Woasut et lui, de n'en avoir rencontré que trois et de les avoir tous tués. Bien entendu, on ne pouvait blâmer les deux femmes pour cette conduite répréhensible. Toutefois, les mœurs étranges de ce peuple l'incitaient à se tenir sur ses gardes, de crainte que quelque chose de semblable ne lui arrive. Quant aux deux esclaves écossais, ils devaient être soulagés de ne plus être obligés de servir de semblables personnes.

Ce soir-là, il fit chaud dans le mamatik. Le feu central allumé et les six adultes et l'enfant aidant, les couvertures ne furent pas nécessaires. Tous s'étendirent presque nus sur les branches de conifères recouvertes de peaux de caribous. À la lueur du feu, Anin put admirer les peaux presque blanches des quatre étrangers. La peau du ventre de Gudruide, tendu, prêt à éclater, sa touffe de poil au pubis, celle du corps longiligne de sa sœur Gwenid et la touffe rougeâtre de celle de Della, l'esclave écossaise. En comparant avec le sexe de Woasut, complètement dénué de poils, Anin se demanda bien comment il se faisait qu'il y avait autant de différence entre les deux races ? La couleur de la peau d'abord, puis celle des cheveux ? Et le poil au pubis chez les gens pâles ? Et l'absence de poil chez les Addaboutiks et les Béothuks ? Il se promit d'en demander la cause à ces gens, un autre soir où ils seraient tous réunis. Il s'allongea près de Gudruide et l'enlaça pour s'endormir presque aussitôt.

14

Les femmes avaient été affairées toute la nuit. Gudruide avait eu son enfant, une belle fille.

Grasse, bien portante, rose et la peau encore plus pâle que tous les nouveaux membres du clan d'Anin. L'enfant était si gros qu'on avait cru un instant qu'il ne naîtrait jamais. Gudruide avait été en travail pendant toute la nuit et ce n'est qu'un peu avant l'aube que la tête de l'enfant était apparue. Gwenid, sa sœur, assistait une parturiente pour la première fois et elle s'était énervée. Della, l'esclave écossaise, semblait beaucoup plus expérimentée ; au moment critique, elle avait proposé de sacrifier l'enfant pour sauver la mère. Woasut ne comprenait pas ce que les deux femmes se disaient dans cette langue gutturale, mais elle voyait que la situation était grave. À un certain moment, elle avait ordonné aux femmes pâles de sortir du mamatik et avait entrepris de faire fondre de la graisse de phoque précieusement conservée depuis l'automne précédent. Puis elle s'était enduit les mains de graisse fondue pour en introduire une dans le passage du vagin de Gudruide, le plus profondément possible, et la retirer très lentement. Puis elle avait procédé de la même façon avec l'autre main et avait incité la future mère à pousser à chaque nouvelle contraction. Peu de temps après, la tête était apparue et l'enfant était née sans autres difficultés. Mais Woasut avait réalisé que l'enfant n'aurait pas la force et la résistance du mâle qu'elle avait eu, car la mère avait dû se coucher au moment de la délivrance. De plus, la fille avait dû attendre longtemps avant de pouvoir sortir. C'était de mauvais augure pour un nouveau-né.

Woasut prépara la couverture avec la mousse séchée. Elle remit ensuite l'enfant à sa mère après l'avoir entièrement nettoyé en le léchant, la mère étant devenue trop faible pour le faire elle-même. C'est aussi Woasut qui avait dû couper le cordon ombilical avec ses dents, Gudruide étant presque inconsciente au moment propice. Woasut pensa alors : « Sans moi, l'enfant serait mort. » Ces gens ne connaissaient rien à la naissance d'un enfant. Il était visible que ces femmes n'avaient pas appris de leurs mères. Après avoir couvert la mère et l'enfant, Woasut était sortie annoncer que l'enfant était une fille et que la mère et l'enfant étaient en bonne santé. La nouvelle les réjouit tous et, malgré la fatigue de la nuit passée sans dormir, ils se remirent à l'ouvrage.

Les deux hommes partirent à la chasse. Anin voulait maintenant initier Robb à la façon de chasser le gibier du pays. Il s'était muni de corde, avait donné un amina à l'Écossais et avait pris son arc et ses flèches. Muni aussi d'un petit filet pour prendre les oiseaux, il entraîna Robb vers les marais du plateau montagneux. Pendant ce temps, Woasut enseignait aux deux autres femmes à tresser les fibres végétales séchées, à les huiler, à en faire des collets pour capturer le lièvre. Puis elle leur enseigna à tendre ces collets. Lorsque le soleil se coucha ce soir-là, les deux hommes étaient revenus au camp avec une bonne douzaine de lagopèdes, ces perdrix blanches qui redeviennent brun-roux lorsque la neige disparaît. Quant aux femmes, après avoir tendu des collets pour les relever le lendemain matin, elles étaient descendues vers la mer faire la cueillette de coques et de concombres de mer. Au pied de la chute du ruisseau, elles avaient capturé un saumon qui s'était aventuré en eau basse et qu'elles avaient cerné et attrapé avec les mains. Trempées jusqu'aux os mais heureuses de leur aventure, elles étaient revenues et faisaient sécher leurs vêtements quand les hommes revinrent. Elles étaient près du feu, à l'intérieur du mamatik, discutant et riant avec Gudruide assise. Elles étaient entièrement nues, sans gêne les unes envers les autres et ne firent aucune différence lorsque les hommes pénétrèrent dans le mamatik. Toujours dans ce simple appareil, elles préparèrent les coques et les concombres de mer sur la roche placée au centre du feu. Mais pendant le repas, les deux hommes n'avaient pas cessé de les regarder. Woasut portait une petite ceinture qui retenait une pièce de peau de caribou entre ses deux jambes. Les écoulements des suites de l'accouchement ne la souillaient pas. Sous cette pièce de peau, elle avait mis la mousse protectrice de roche séchée. Comme elle allaitait son bébé, il n'était pas question pour elle d'avoir des relations avec son homme. Elle comprit tout de même que les hommes avaient envie de femmes et elle sourit en les voyant examiner les corps nus et pâles qui s'offraient presque impudiquement. Elle voulait voir qui prendrait qui. Elle espérait qu'Anin honore la sœur de Gudruide avec qui elle avait désormais un lien solide, grâce à leurs accouchements. Elle croyait aussi que les deux esclaves écossais iraient ensemble. Mais elle se trompait. C'est vers Della que les yeux d'Anin se portaient. Ses cheveux rouge foncé l'attiraient étrangement et, comme chef de clan, il fit signe à Robb de prendre Gwenid. Il se mit à genoux et demanda à l'Écossaise de s'approcher. Elle regarda Woasut d'un air gêné. Mais la Béothuke détourna le regard un instant pour ne pas avoir à donner son consentement. Comment aurait-elle pu ? Elle était la première épouse, mais Anin était le pourvoyeur, celui qui lui avait sauvé la vie et le nouveau chef du clan des peaux pâles. Lorsque Della se plaça devant Anin, celui-ci la caressa du dos à la croupe, la mordilla un peu partout et, finalement, la pénétra presque brutalement. Une fois satisfait, il se retira sans que la jeune femme lui demande de continuer, comme les deux premières épouses l'avaient fait. Mais Robb, peut-être plus gêné, avait étendu une couverture de peau par-dessus son corps et celui de Gwenid. Là, sous le couvert de cette peau, il s'était mis à caresser la sœur de Gudruide. Mais, au moment de la pénétration, la jeune femme se coucha sur le dos, releva les jambes et attendit que Robb la prenne. Le mouvement des jambes ayant repoussé la couverture de peaux, tous les regards se tournèrent vers eux. Anin voyait cette position pour la troisième fois seulement. Woasut l'avait fait spontanément déjà, puis Gudruide et maintenant la sœur de sa seconde épouse. Il était fasciné et, lorsque le couple eut terminé, il ne put s'empêcher de demander à Gudruide ce qu'il y avait de différent dans cette position. Woasut répondit d'abord à sa place.

« C'est plus agréable de voir l'homme pendant l'acte. Pour une femme du moins. »

Et Gudruide continua.

« Chez nous, au Groenland, les femmes aiment mieux cette façon. Mais les hommes qui ne pensent qu'à leur plaisir le font par derrière. »

Un peu gêné de la leçon, Anin ne répliqua pas. En fait, par sa question, il transgressait une tradition qui prescrivait la discrétion. Avant de partir pour ce long voyage autour de la terre, il avait vu souvent les gens de son clan s'exécuter alors que les autres membres étaient éveillés, mais généralement ils attendaient que tous soient couchés pour le faire, quand les braises du feu baissaient et que les cendres tamisaient la lumière. Mais Anin et son clan faisaient l'acte de satisfaction devant tous, sans gêne aucune. Il songea que c'était nouveau, mais pas du tout désagréable. Ce soir-là, tous dormirent profondément, même si les deux bébés s'éveillèrent à plusieurs reprises, réclamant à boire.

Woasut pourrait bientôt sentir à nouveau le désir de son homme. Elle se disait qu'avoir plusieurs femmes était un avantage pour l'homme et une façon de le voir garder sa bonne humeur. Mais pour la femme, c'était une source d'ennui, d'envie et de jalousie. Une source d'insatisfaction, aussi, et une raison de plus d'être de mauvaise humeur. Elle acceptait pourtant la situation, comme on accepte de vivre et de respirer. Gudruide pensait que sa sœur aurait moins provoqué sa jalousie que cette esclave écossaise. Pourtant, elle se disait que ce ne serait pas désagréable pour les femmes de pouvoir aussi compter sur plusieurs époux.

« Dans notre pays, les hommes n'ont qu'une seule femme, mais lorsqu'ils sont en voyage, ils ont tous des maîtresses. Cette Freydis qui voulait nous faire tuer n'est-elle pas la fille illégitime d'Erik le Rouge ? Et la sœur illégitime de Leif Eriksson ? Nos hommes sont comme ces Addaboutiks, mais ils sont plus hypocrites. Ils n'y vont pas directement et ils sont en plus jaloux. Au fond, j'aime mieux la façon des gens d'ici. Anin est aussi beaucoup plus beau que ces Skraelings, que Woasut appelle des Ashwans. »

Della, esclave soumise à toutes les fantaisies des Vikings, pensait qu'il était beaucoup plus agréable de vivre dans la franchise parmi les gens d'ici. Il était inquiétant d'être en butte à la jalousie des femmes légitimes des guerriers et à la brutalité de ces derniers. Elle songea que si elle pouvait faire l'acte seule avec Anin, elle pourrait lui enseigner à être plus caressant et moins brusque que la première fois. Elle avait tout de même assez d'expérience avec les marins pour apprendre à un homme bon comme l'Addaboutik à penser également à la femme pendant les ébats. Elle en parlerait avec les autres femmes, maintenant qu'elle n'était plus esclave. Elle souhaitait créer une alliance qui rendrait leurs vies respectives plus agréables qu'au Groenland. Quant à Gwenid, elle pensait qu'Anin aurait dû la choisir comme troisième épouse. En Islande, les époux pouvaient tuer à volonté les esclaves lorsque leurs femmes portaient un enfant d'eux. Hypocritement, les guerriers faisaient porter l'odieux de l'adultère par les esclaves mâles alors qu'ils n'étaient que soumis aux caprices des femmes laissées seules à la maison. Gwenid pensait qu'Anin serait un bien meilleur amant lorsqu'il aurait appris à plaire aux femmes. Elle l'avait observé pendant qu'il servait l'esclave écossaise. Quelle vigueur, quelle fougue, quel rythme ! Elle en était jalouse. Elle se promit d'avoir Anin comme amant avant longtemps.

Robb pensait que de posséder une jeune femme plus grande et plus costaude que sa compagne écossaise n'était pas désagréable : « Cette jeune femme est plus facilement domptable que Della.

Elle est moins capricieuse car je peux lui en imposer maintenant que je ne suis plus un esclave. Elle s'est laissé faire, car elle ignore comment se comporter devant Anin. Lorsqu'elle sera nettoyée des suites de son enfant, la belle Woasut sera intéressante à conquérir. Elle a un très beau corps et sa peau foncée est douce comme du duvet de canard. Mais Anin est-il jaloux ? Est-ce que tout est aussi libre qu'il y paraît dans ce pays ? Ce serait tout de même agréable de passer de l'état d'esclave soumis et sans droits à celui de maître dominant. Je devrai y aller lentement pour ne pas brusquer Anin. Lorsque je parlerai mieux la langue, je pourrai lui poser des questions sur sa façon de réagir et sur la façon de vivre des autres Addaboutiks. Y a-t-il autant de femmes à son village ? Pourrons-nous profiter de cette situation, ou devrons-nous partager ces quatre femmes avec d'autres ? Ah ! qu'il est agréable de ne plus être esclave ! Cette vie vaut bien plus que celle que j'étais condamné à vivre avec les gens du Groenland. »

Un instant distrait par ces pensées, Robb se remit au travail.

15

Anin et Robb avaient retrouvé l'énorme bouleau dont l'écorce servirait à la fabrication d'un second tapatook. Cela permettrait de transporter tout le clan vers Baétha, le village des Addaboutiks. Ils avaient mis tout un soleil pour y parvenir. Anin avait d'abord marqué l'emplacement des incisions à l'aide d'une roche d'ocre rouge. Comme Robb n'était pas assez grand pour qu'Anin puisse tracer le haut de l'arbre dénudé de branches en montant sur ses épaules, il fallut utiliser une longue corde. On y attacha une petite pierre au bout, on la lança par-dessus la première branche forte et on fit une boucle assez large pour qu'Anin puisse s'y glisser. Robb tenait un bout et, avec l'aide d'Anin lui-même, il hissa l'Addaboutik vers la plus haute partie dénudée de l'arbre. Lorsque Anin fut rendu, Robb fit trois tours de corde autour d'un arbre tout près. Lorsque Anin voulait descendre un peu, Robb n'avait qu'à relâcher un peu la corde. Après l'incision, il fallait séparer l'écorce de l'arbre. Bien que très longue et minutieuse, puisqu'il ne fallait surtout pas briser l'écorce, cette opération se déroulait assez bien, car on était à la saison de la sève montante. Lorsque l'écorce fut retirée, les deux hommes l'étendirent sur le sol au soleil. En peu de temps, elle se déroula d'elle-même. Les hommes n'eurent plus qu'à la rouler à l'envers, la partie interne vers l'extérieur. Un seul homme pouvait alors la porter, puisque le tapatook complet ne serait pas plus lourd qu'un enfant de cinq ans.

Une fois revenus au campement, les hommes décidèrent que la construction du tapatook se ferait tout près de la cascade afin d'en utiliser l'eau, essentielle au pliage de l'écorce. On devait lui donner la forme désirée pour qu'elle flotte. Il y avait, près de cette cascade, des centaines de pierres qu'on transporta tout près du chantier. Et on entreprit de déplier l'écorce. Même si elle était fraîchement prélevée et pleine de sève, il fallait lui enlever sa verdeur en la trempant dans l'eau pendant deux soleils entiers. Puis, lentement, on la déroulerait entre des poteaux plantés au sol qui épousaient la même forme que le tapatook. La forme interne de la partie centrale du tapatook serait donnée par une pièce mince et pliée de bois de bouleau. Afin que le fond de l'embarcation ne se défonce pas dès qu'on y monterait, de fines lamelles de bois de pin, bien séchées au feu, seraient insérées sous la longue pièce centrale. Puis d'autres pièces amincies de bouleau seraient placées à distances égales et conféreraient sa forme et sa rigidité finales au tapatook. Les rebords en arc seraient aussi en bouleau. Anin expliqua à Robb qu'il faudrait près d'une lune complète pour terminer le travail. Toutes les pièces d'écorce ainsi que les rebords devraient être cousus à l'aide de racine d'épinette blanche, bouillie et refendue en deux. Les joints seraient scellés à l'aide de la résine de cette même épinette, mêlée à de la graisse de castor. Telle était la méthode de construction des tapatooks qui devaient affronter la mer et que fabriquaient les Addaboutiks et les Béothuks depuis que le bouleau existait. Toute cette construction était facilitée, dans ce cas-ci, par l'outil qu'avait apporté Della, quand elle avait fui les Bouguishameshs-Vikings. Comme Robb et la jeune esclave écossaise étaient fort habiles dans le maniement de la hache, tous deux travaillaient à la construction de l'embarcation.

Woasut et Gwenid continuaient la cueillette des fruits de la mer et la chasse au petit gibier. Gudruide avait soin des deux bébés, hors des heures d'allaitement, chaque mère devant nourrir son enfant. Woasut avait d'ailleurs déjà commencé à donner de la viande au sien. Après avoir mastiqué la viande cuite pour l'attendrir et la rendre plus digeste, elle la mettait dans la bouche du bébé.

Gudruide se relevait difficilement de son accouchement. Elle aurait besoin de plusieurs soleils de repos pour refaire ses forces. Elle était donc exemptée des lourdes tâches quotidiennes. Anin suggéra aussi à Woasut d'aller dans la baie tendre des lignes flottantes pour attraper certains poissons. Le temps approchait où le petit poisson appelé shamut roulerait sur la grève. Il ne fallait pas rater cette manne saisonnière.

Un matin, Anin fut témoin d'une scène très rare chez les Addaboutiks à laquelle Woasut n'avait encore jamais assisté chez les Béothuks. Gwenid donna un ordre à Della qui refusa d'obtempérer en lui disant qu'elle n'était plus esclave. Toutes deux se mirent alors à se disputer en langue viking. Des mots durs furent prononcés et des cris terribles fusèrent. Puis les deux femmes en vinrent aux coups. Gwenid était plus grande et très forte, mais l'Écossaise plus vigoureuse, plus rapide et beaucoup plus acharnée. Coups de pieds, coups de poings et tirage de cheveux, tout y passa. Lorsque Della saisit la hache pour frapper la femme aux cheveux couleur des herbes séchées, Anin l'arrêta :

« Si tu la tues, tu devras subir le même sort ou partir. C'est la règle au pays des Addaboutiks. Et je ne pourrai rien faire pour toi. Ici, on ne tue pas les gens de son clan. »

L'esclave retint son geste, se calma immédiatement et retourna fendre des lamelles de bois. Anin prit alors Gwenid par l'épaule et l'amena à l'écart dans le bois le plus près. Il lui expliqua longuement que les femmes devaient s'entendre pour que tous survivent. Il parla de la nécessité de s'unir contre les ennemis potentiels ; il fallait oublier cette différence de classe qui existait chez les Bouguishameshs puisqu'il ne devait pas y avoir de différence entre les êtres d'ici. Toutes les femmes sont égales et tous les hommes leur sont supérieurs, car ils pourvoient aux besoins quotidiens en nourriture et en armement. Gwenid sembla comprendre mais elle osa ajouter qu'elle était jalouse parce que cette esclave de bas niveau lui avait été préférée par le meneur du clan.

Anin sourit et lui répondit qu'une telle préférence n'était pas nécessairement une marque de choix permanent, mais découlait plutôt d'une envie du moment.

« Le chef de clan peut choisir une femme un jour et une autre un autre jour. Seule la première épouse peut prétendre à la préférence, c'est la coutume. Si le nombre de femmes devenait inférieur au nombre d'hommes, seule la première épouse aurait l'exclusivité. Les autres femmes devraient alors aussi se plier aux besoins des autres hommes, afin qu'il n'y ait pas de disputes entre frères ou membres d'un même clan. »

La jeune femme regarda alors Anin droit dans les yeux.

« Je peux alors espérer que tu me fasses aussi l'acte ? »

Anin fut un peu embarrassé.

« Tu peux espérer que je te prenne aussi. »

Gwenid, sans gêne aucune et en fixant Anin, défit alors les lanières de peau qui cintraient sa robe.

« Alors, prends-moi maintenant. »

Lorsque tous deux revinrent vers le campement, chacun fit mine de ne pas remarquer que la robe de Gwenid était maculée de boue et que des feuilles mortes de la pré-saison du froid et de la neige étaient collées au lainage, laissant voir qu'elle s'était étendue sur le sol. Sauf Della, qui refendait un jeune pin avec un peu plus de rage, ayant l'impression d'avoir perdu quelque chose. Woasut semblait satisfaite : Anin avait sans doute décidé de prendre la sœur de Gudruide comme troisième épouse. Cela rapprocherait les trois femmes. Pourtant, Gudruide devint inquiète, même si elle avait espéré qu'Anin choisisse sa sœur alors qu'ils étaient tous ensemble dans le mamatik. Non parce que sa sœur avait été servie par le chef de clan, mais surtout parce que cela s'était passé loin des yeux des autres membres du clan. Elle craignait que cela n'attise la jalousie des autres. Elle se prit même à envier sa sœur pour avoir réussi à isoler Anin et à l'avoir pour elle seule.

Robb ne laissa rien paraître de son mécontentement. Il pensa que si Anin s'était permis de servir Gwenid, il pourrait peut-être se permettre de faire de même avec Woasut et Gudruide. En fait, il n'aimait pas particulièrement cette Gwenid et il avait maintes fois eu l'occasion d'avoir Della sur sa couche. Parfois, ç'avait même été pour faire plaisir aux marins du drakkar qu'il l'avait fait. Comme un spectacle que l'on donne ! Il était particulièrement fier de certaines performances d'endurance avec Della. Comme esclave, il devait obéir ; sinon, il risquait d'être décapité. En se disant que la situation actuelle n'était pas pire que ce qu'il avait vécu auparavant, il continua de travailler à la construction du tapatook.

16

La construction du tapatook était terminée. Anin et Robb contemplaient leur ouvrage avec fierté. Della était très heureuse d'avoir pu y participer. Elle avait été presque considérée comme un homme, maniant la hache comme personne. Elle avait enseigné à Anin comment conserver à cet outil son tranchant à l'aide d'une pierre fine. Avec la hache, elle avait refendu la racine d'épinette blanche dont on se servait pour coudre les pièces d'écorce et fixer les rebords en arcs du tapatook. Anin avait été émerveillé des connaissances de cette femme née en Écosse, pays qu'il ne verrait sans doute jamais. Della chargea l'embarcation sur son dos et entreprit de descendre au bord de la mer : il fallait maintenant vérifier sa solidité, son étanchéité et sa maniabilité sur l'eau. Anin prit les deux avirons du premier tapatook et, avec Robb, suivit la jeune femme.

Presque une lune complète s'était écoulée depuis le début de la construction. Gudruide vaquait maintenant aux occupations quotidiennes comme les deux autres femmes et sa fille commençait aussi à manger de la viande mâchée, comme Woasut le lui avait appris. Toutes trois s'affairaient d'ailleurs à la cueillette de coques lorsque Della arriva avec le grand tapatook qu'elle mit à l'eau une pointe sur la terre. Anin lui enseigna qu'une telle embarcation devait toujours aborder la terre parallèlement, jamais de la pointe, car elle pourrait se briser ou se déchirer sur les galets coupants. La jeune femme avait placé le tapatook comme les Vikings font accoster les drakkars qu'ils repoussent ensuite vers la mer lorsque vient le temps d'y retourner. Les drakkars sont faits de planches de bois et résistent aux roches coupantes, mais ils ne sont pas portables comme le tapatook. Les trois femmes s'arrêtèrent de cueillir des coques pour assister au lancement de l'esquif. Anin monta à bord et s'accroupit. Il invita Robb à monter au centre et donna le deuxième aviron à Della en lui demandant d'avironner avec lui. Ils s'éloignèrent de la rive.

La jeune femme savait ramer, mais elle avironnait pour la première fois. Elle dut se tourner fréquemment pour apprendre les mouvements de gouverne propres au tapatook. Elle fut émerveillée de voir avec quelle facilité le virement de bord se faisait et combien était sensible la gouverne. Elle faillit aussi se rendre compte combien il était facile de chavirer lorsque Robb voulut se lever. Anin n'eut que le temps de lui crier de s'asseoir : il ne faut jamais se lever dans un tapatook. Robb avait compris. Le retour au bord fut plus compliqué. Il fallait présenter le côté à la rive, et non la pince. Mais les anciens esclaves écossais étaient intelligents et habiles.

Ce soir-là, il y eut réjouissance. Tous racontèrent des histoires de leurs cultures respectives et Woasut chanta des berceuses pour endormir son enfant. Puis Gudruide fit de même sans qu'Anin ne soit offusqué de l'utilisation de cette langue gutturale qu'il ne pouvait comprendre. Le plus étrange fut le chant celte qu'entonna Della. Quelle belle voix elle avait et avec quelle douceur elle le rendait, elle qui maniait la hache comme un homme. À la fin de la chanson, tous remarquèrent Gwenid qui se caressait les seins. Tous s'étonnèrent et Anin demanda :

« Pourquoi fais-tu ces gestes ?

— Parce que l'air chanté est doux et qu'il incite à la caresse. Aussi parce que c'est un geste que j'ai souvent vu faire par des femmes dont les époux étaient partis depuis longtemps en mer et qui n'avaient pas d'esclaves pour les satisfaire. Depuis que les gens deviennent chrétiens dans notre pays, les tenants de la tradition de cette nouvelle religion disent que ce n'est pas bien. Pourtant, c'est si agréable. »

Anin demanda alors à Della de recommencer son chant et dit à Gwenid de continuer ses gestes.

« Je veux que tous soient heureux ce soir. Nous sommes maintenant prêts à entreprendre le voyage vers Baétha. Peut-être pourrons-nous apprendre des choses aux parents et amis que je reverrai pour la première fois depuis trois saisons de froid et de neige ! »

Ce soir-là, une nouvelle atmosphère régna dans le mamatik. On ne sentait plus la tension que la jalousie et l'envie de l'autre avaient installée. Woasut regardait et écoutait avec l'avidité de celle qui apprend beaucoup. Elle ne tenait plus à être la première épouse et n'éprouvait plus de rancœur à être l'épouse négligée. Elle avait l'impression d'appartenir de nouveau à une famille. Les trois autres femmes ne lui apparaissaient plus comme des rivales mais comme des sœurs avec qui elle pouvait maintenant échanger, apprendre et comprendre la vie. Elle avait de nouveau le goût de vivre et ne pleurerait plus les siens, assassinés par les Ashwans venus d'ailleurs avec le seul désir de tuer. N'éprouvant plus cette envie de vengeance qui l'étreignait depuis la découverte des corps des siens, elle ne blâmait plus les hommes de son clan pour l'imprudence qu'ils avaient commise en ne se préparant pas à soutenir une attaque éventuelle d'ennemis pourtant connus. Elle se laissait bercer par cette chanson écossaise qui parlait de tendresse et d'amitié, deux mots qu'elle ignorait jusqu'à ce qu'on les traduise dans sa langue. Elle commençait à aimer ces étrangers venus d'un autre monde. Ils n'étaient pas meilleurs, mais en vivant avec eux, on pouvait beaucoup apprendre de la vie.

Anin pensait aussi que rencontrer ces gens avait été bénéfique. Il pourrait maintenant devenir le personnage important qu'il avait souhaité devenir depuis son enfance. Il se rappelait les histoires de voyages narrées par l'aïeul où le merveilleux se mêlait au quotidien. C'est lui désormais qui raconterait au cours des saisons à venir et les enfants apprendraient de sa bouche les leçons tirées de ses propres aventures. Ils apprendraient que les Addaboutiks ne sont pas seuls au monde et que les Ashwans n'étaient pas les seuls ennemis redoutables.

Dans la pénombre du mamatik, lorsque les braises ne furent plus que cendres, huit êtres dormirent heureux. Le lendemain, ils entreprendraient l'étape finale du voyage d'Anin autour du monde. Un voyage où il avait appris la sérénité de la vie en clan.

17

Dès l'aube, on prit un premier repas rapide et on démonta le camp. On fit de petits paquets, de façon à mieux répartir la charge dans les tapatooks. On descendit les bagages sur la grève. Comme la marée était haute, le portage fut plus court. On attendit Anin pour lui laisser répartir les charges et désigner les occupants des embarcations. Les deux nouveaux avirons avaient été terminés la veille. Faits aussi de bouleau, ils pouvaient, au besoin, servir de perche. Anin choisit le tapatook neuf, plus grand et capable de supporter un poids plus grand. Il y fit monter les deux mères avec leurs enfants. Il assujettit les deux planchettes de portage des enfants, dos à dos, à la barre centrale du tapatook. Gudruide s'assit au centre et Woasut monta à l'avant. La plus grande partie du bagage fut aussi chargée dans cette embarcation. Les trois autres montèrent dans le plus petit tapatook, avec le reste des bagages. Della conduisait en arrière et Robb couvrait la pince pendant que Gwenid équilibrait le tout par le milieu.

Les deux tapatooks prirent le large afin de sortir de la crique en contournant les petites îles rocheuses. Dès qu'ils débouchèrent sur la mer ouverte, ils sentirent le vent menacer les esquifs. Avant d'avoir tourné le dos au vent, la plus petite embarcation faillit chavirer au moins à trois reprises à cause de l'inexpérience des deux avironneurs et de la remuante Gwenid. Mais dès qu'on eut le vent en poupe, les tapatooks prirent de la vitesse. Sur le côté du vent de cette terre, les falaises étaient de plus en plus hautes. Anin commença à reconnaître certains endroits où les siens venaient pêcher le flétan. Il savait qu'il n'était plus qu'à cinq ou six soleils de Baétha. Dès lors, il fut joyeux et c'est en chantant qu'il entreprit la dernière étape.

La côte était très dangereuse, parsemée de rochers à fleur d'eau et de nombreux écueils. Malgré la lourdeur de son embarcation, Anin prenait de l'avance sur le plus léger esquif. Mais très souvent, il se retournait pour voir où en étaient ses trois compagnons. Il ralentissait alors volontairement le rythme, afin de leur permettre de se rapprocher. Vers le milieu du jour, jetant un coup d'œil vers la terre ferme, il vit Gashu-Uwith qui reniflait l'air, la tête haute. Il eut le pressentiment que quelque chose allait se passer et il décida de piquer vers la baie rocailleuse. Il se tourna alors pour voir le deuxième tapatook fort loin derrière lui. Il cria de se hâter, mais le vent était contraire et les trois passagers ne l'entendirent pas. Ils aperçurent toutefois le tapatook d'Anin virer pour s'engager dans la baie. Ils décidèrent de le suivre et se risquèrent entre les roches sortant de l'eau comme autant d'îlots minuscules. Lorsqu'ils virent les gros nuages noirs surgir au-dessus des falaises, il était trop tard. L'orage éclatait et le vent se mit à tourbillonner, rendant la manœuvre presque impraticable. Malgré les efforts surhumains que déployaient les deux Écossais, leur manque d'expérience les conduisait directement sur ces îlots de roches.

Anin s'était déjà engagé dans la petite baie au fond de laquelle il avait aperçu une plage sablonneuse. Woasut et lui redoublèrent la cadence pour y arriver au plus vite. Quand ils accostèrent, l'orage éclata. Ils débarquèrent rapidement les deux enfants et les bagages, qu'ils confièrent à Gudruide. Puis, flairant le danger, Anin et Woasut rembarquèrent pour retourner vers le deuxième tapatook. En sortant de la baie, ils furent emportés par un tourbillon de vent et faillirent chavirer. En donnant de forts coups d'avirons sur leur gauche, ils réussirent à faire virer le tapatook vers le froid pour aussitôt apercevoir leurs trois compagnons qui s'agrippaient à un îlot rocheux, en tentant de garder la tête hors de l'eau. Ils virent aussi le tapatook qui se balançait au gré des vagues, poussé par le vent vers la falaise. Ils piquèrent vers celui-ci afin de le ramener vers les trois naufragés. Ils eurent beaucoup de mal à éviter les nombreux écueils mais parvinrent finalement à l'agripper et à le maintenir assez longtemps pour fixer une corde à sa pince et le traîner. Puis ils virèrent sur place et retournèrent vers leurs compagnons. Lorsqu'ils arrivèrent près de l'îlot auquel s'agrippaient les deux femmes et Robb, ceux-ci aperçurent le grand tapatook pour la première fois. Ils poussèrent des cris de joie.

Rembarquer dans un esquif aussi frêle ne fut pas facile. À au moins trois reprises, le tapatook chavira et les nageurs retombèrent à l'eau. Finalement, on décida de les laisser s'agripper aux rebords de l'embarcation et de les touer jusqu'au fond de la baie. Plus agile et moins paniquée, Della réussit à empoigner la pince arrière du tapatook. Anin, la saisissant par la chasuble, réussit à la soulever et à l'aider à embarquer. Robb et Gwenid restèrent accrochés de chaque côté du petit tapatook. De peine et de misère, Woasut et Anin réussirent à rentrer dans la petite baie, presque à l'abri des grands vents. De là, il fut facile de se rendre à la plage où les attendaient Gudruide et les deux enfants. Lorsque l'homme et la femme touchèrent le fond avec leurs pieds, Woasut et Della les aidèrent à se rendre sur la plage pendant qu'Anin retirait les deux tapatooks et les mettait au sec. Puis il vint aider les naufragés.

Pendant que Woasut allumait un feu pour que tous puissent se sécher, Anin construisit un abri de fortune avec les deux tapatooks renversés et des peaux de caribous. Il s'était installé devant une dépression dans la falaise. Bien fixées au fond du petit tapatook, les armes n'avaient pas été perdues. Mais les bagages légers et une partie de la nourriture séchée et fumée avaient coulé. La précieuse hache était toujours attachée à la barre centrale. Gwenid et Robb grelottaient, enveloppés dans des peaux de caribous près du feu. Gudruide allaitait les deux bébés pendant que Woasut aidait Anin à terminer le campement. Hébétée mais démontrant encore du courage et de la volonté, Della n'avait pas encore retiré ses vêtements trempés. Quand enfin elle les retira, ce fut pour éclater en sanglots dans les bras de Woasut qui ne savait que faire pour la consoler. Elle se reprochait la fausse manœuvre en disant que son manque d'expérience avait failli coûter trois vies, et peut-être celles des deux sauveteurs. On mangea très peu ce soir-là et personne ne songea à lutter amoureusement. Toutefois, Anin raconta ce qui avait provoqué sa décision de couper vers la terre ferme :

« En voyant Gashu-Uwith l'ours, j'ai su qu'il y avait là une baie où s'abriter. Et j'ai compris que la tempête approchait. Comme elle venait du levant, il nous était impossible de l'apercevoir à cause de la haute montagne. Nous sommes très chanceux que mon esprit protecteur ait pu nous prévenir à temps. »

Anin raconta comment, au cours de son voyage, l'ours l'avait souvent aidé à sa façon. Il raconta aussi comment cette bête les avait débarrassés des Ashwans. Cette nuit-là, même dans l'inconfort de leur situation, ils purent remercier tous leurs dieux d'avoir protégé leurs vies.

18

Au matin, le temps n'avait rien de rassurant. Il pleuvait toujours et les contenants d'écorce disposés la veille afin de recueillir l'eau de pluie n'étaient pas pleins. Il faudrait donc étendre une peau de caribou pour agrandir la surface de réception de la pluie et ramasser suffisamment de quoi boire. Il n'y avait pas de source d'eau douce tout près, et il n'était pas question d'explorer les alentours. Ils étaient sur une plage enclavée par les hautes collines abruptes. L'endroit était peu confortable. Pourtant, Anin décida qu'ils ne repartiraient pas avant que le temps ne soit plus clément. Il regarda attentivement vers le large. La marée montait et il aperçut un étrange nuage blanc à la surface de l'eau. Il ne fut pas long à réveiller tous ses gens.

« Debout ! Le shamut commence à rouler. »

Tous sortirent à l'extérieur pour voir le phénomène saisonnier se reproduire encore une fois. Les femmes nordiques connaissaient bien la saison du petit poisson qui vient jeter ses œufs sur la grève et meurt. Chaque été, on en ramasse de très grandes quantités qu'on épand comme engrais sur les champs en culture. Mais la saison commençait tout de même tôt au pays des Addaboutiks. On en était encore à la lune où les oiseaux aquatiques terminent la ponte des œufs. Tous prirent des récipients pour cueillir ce cadeau des dieux. Anin prit son filet à oiseaux et se dirigea vers la première lame portant ces petits poissons dont les plus gros ne dépassent pas l'épaisseur de deux doigts et la longueur celle d'une main de femme. Della, Gwenid et Robb étaient complètement nus et c'est ainsi qu'ils emplirent leurs contenants. Anin, Woasut et Gudruide remplirent le filet. La nourriture ne manquerait pas pendant les quelques jours à venir. Seule l'eau pouvait devenir rare si la pluie cessait. Après la cueillette du capelan, les femmes s'affairèrent à raviver le feu, déposèrent une roche plate au centre et firent cuire les petits poissons frais qu'on se partageait à mesure. Quel délice que ces petits poissons ! Anin suggéra d'en apprêter le plus possible jusqu'à ce qu'ils deviennent croustillants : ce serait leur nourriture de base pendant les prochains jours de voyage.

« Il n'y a pas autant de plages de ce côté-ci de l'île. On ne sait trop combien de fois nous pourrons nous arrêter. Ce poisson est nourrissant et nous aidera à garder notre cadence à l'aviron. »

La cuisson étant l'affaire des femmes, les deux hommes se mirent à explorer la petite plage attentivement. Il était important de passer le temps, mais aussi de bien connaître tous les endroits qu'on visitait. Comme la pluie redoublait, Anin, vêtu d'une chasuble et de son dingiam court, s'abrita en se collant à la falaise. Robb, nu comme un ver, poursuivit son examen des lieux. Il se dirigeait vers une grosse roche lorsque, de derrière, sortit un gros ours. Robb revint au pas de course en criant à Anin qu'il fallait aller chercher les armes pour se défendre contre Gashu-Uwith. Anin éclata de rire.

« Gashu-Uwith t'a sauvé la vie et tu veux le tuer ? »

Robb regarda Anin avec surprise.

« Cet ours est ton esprit protecteur ? »

Anin fit alors un signe de la tête à Robb pour que ce dernier regarde l'ours. En se tournant, Robb vit Gashu-Uwith qui faisait lui aussi sa cueillette de shamut.

« Tu es sûr qu'il ne peut pas être dangereux ? »

Et les deux hommes de retourner vers le campement.

Gudruide restait encore affaiblie par son accouchement et aurait besoin de plusieurs soleils de repos. Elle était donc toujours exemptée des lourdes tâches quotidiennes. Aussi, Anin suggéra à Woasut d'aller dans la baie tendre des lignes flottantes pour attraper certains poissons. Un matin, Anin fut témoin d'une scène très rare chez les Addaboutiks. Robb vint à lui.

« Comme chef de clan, quelle est la femme que tu préfères ? »

Anin, surpris par la question, réfléchit un long instant. Puis il regarda l'Écossais un moment dans les yeux avant de lui répondre.

« Comme membre du clan, est-ce que tu as une préférence ? »

Robb hésita. Il ne s'attendait pas à ce qu'Anin lui retourne la question. Il réfléchit aussi un long moment.

« Elles sont toutes agréables à voir et me font toutes envie.

— Eh bien, tu demandes à celle dont tu as le plus envie. Si elle accepte, tu peux la prendre. Mais si elle refuse, tu ne dois pas. Si elle décide de ne pas être ta compagne de lutte, elle est libre. »

Il y eut alors un très long moment de silence entre les deux hommes que Robb rompit finalement.

« Mais si tu as une préférence, je ne demanderai pas à celle-là. Tu es le chef après tout. »

Anin regarda Robb et son regard exprimait la gratitude. Il était étonné que cet étranger le respecte assez pour se soucier de son rang et pour le lui dire aussi directement.

« J'aime beaucoup Woasut. Elle est la première femme qui se soit offerte à moi, et la première que j'aie servie. Mais je ne sais pas encore vraiment si je dois la considérer comme mienne. Elle est libre de choisir qui elle veut. Il y a maintenant deux lunes qu'elle a eu cet enfant. C'est moi qui en suis le père. Pourtant, parfois je pense que je suis le père du clan et que je pourrais être le père de tous les enfants à naître. Mon père disait que le chef de clan doit d'abord s'assurer que les membres sont heureux, satisfaits et qu'ils sont en sécurité. Il doit établir les règles de vie et veiller à ce que règne l'harmonie entre tous. Mais mon père ne m'a pas dit quelle femme devait être la mienne. Il ne m'a pas dit si cette femme n'appartenait qu'au chef ou si elle appartenait à la communauté. Il ne m'a rien dit là-dessus et je me demande si cette femme doit m'appartenir comme l'arc et les flèches que j'ai fabriqués. Je ne sais pas si elle est comme mon amina à pêcher ou comme mon filet à prendre les oiseaux. Même si l'arc et les flèches sont à moi, tu peux t'en servir si tu en as besoin. Si mon amina t'est nécessaire, je ne vois pas comment je pourrais t'empêcher de l'utiliser. Et mon filet à oiseaux doit servir à quiconque a besoin d'en attraper pour se nourrir. Je ne sais plus très bien alors si je peux considérer Woasut comme m'appartenant ou comme un membre libre de mon clan. »

Ayant terminé de réfléchir à voix haute, Anin s'étendit pour dormir encore un peu pendant que Robb se perdait devant cette réflexion qui ne répondait pas, croyait-il, à sa question. Il était encore plus confus qu'avant, car Anin le laissait libre de décider par lui-même s'il pouvait lutter avec Woasut, Della, Gudruide ou Gwenid. Il n'était pas plus avancé, cependant que persistait son envie d'une femme. Il s'étendit aussi et s'endormit.

Pendant que les hommes dormaient, les femmes discutaient et riaient de bon cœur. Elles apprenaient à vivre ensemble au lieu de se dresser les unes contre les autres. Les événements des derniers jours avaient resserré leurs liens. Woasut n'avait pas hésité à aider Anin à sauver Della et Gwenid, prouvant qu'elle tenait à les voir en vie. Gwenid, qui jusque-là avait envié sa sœur, Della et même Woasut, ne pouvait plus avoir le même sentiment. Elle ne pouvait plus désirer avoir Anin pour elle seule et elle aurait le sentiment de trahir les autres si elle tentait de nouveau de l'accaparer. Gudruide pensait au soir de l'accouchement de Woasut, alors qu'elle avait séduit Anin, et elle en éprouvait du remords. Della ne pourrait jamais oublier ce que Woasut avait fait pour elle. Ces quatre femmes discutèrent longtemps de cette situation inusitée où un seul homme est convoité par toutes. Gudruide expliqua que dans son pays, les hommes s'entretuaient pour la possession d'une femme. Que les femmes étaient aussi capables des plus basses actions pour obtenir qui elles aimaient. Elle demanda à Woasut si elle lui tenait rigueur pour le soir de son accouchement. Woasut sourit en expliquant à Gudruide qu'elle avait d'abord été blessée.

« La tradition permet à l'homme d'avoir plusieurs femmes lorsque celles-ci sont plus nombreuses que les mâles. »

Elle expliqua que les lois des siens n'étaient pas très bien définies à ce sujet et que la tradition régnait. Elle expliqua aussi à Gudruide que la décision d'Anin était la plus importante, car il était maintenant le chef d'un clan. À ce titre, on lui devait le respect.

« Ce qui fait le plus mal, c'est de voir son homme lutter avec une étrangère. Mais lorsque cette femme fait partie des nôtres, on comprend son besoin et on cesse de ne penser qu'à soi. »

Gwenid prit la parole.

« Si nous avons toutes envie de lutter avec le même homme, les autres membres du clan seront-ils frustrés ? »

Woasut se mit à rire en même temps que les deux autres femmes.

« C'est pourquoi il faut éviter les disputes. Nous en parlerons à Anin pour qu'il nous guide sur la façon d'agir. »

19

Les femmes mirent peu de temps à refaire les paquets. Après avoir réparti les charges, Anin dit à Della qu'elle serait l'avironneur de la pince du grand tapatook, alors que Woasut assumerait la gouverne du petit avec Robb dans la pince. L'enfant mâle de Woasut fut attaché à la barre centrale du petit tapatook et la femelle de Gudruide à celle du grand. Les shamuts croustillants furent divisés en deux parties égales disposées dans chaque tapatook.

Il faisait beau lorsque les embarcations sortirent de la baie et virèrent vers la chaleur de Baétha. Cette fois, les esquifs ne s'éloignèrent pas l'un de l'autre. Comme Woasut avait l'expérience de la gouverne et Robb celle de la pince, le rythme était meilleur. Gwenid chantait des airs de son pays et Robb des chants écossais. Lorsque vint le moment de manger, les deux embarcations s'engagèrent dans une petite crique d'eau calme et tous restèrent à bord. Ils repartirent après leur repas.

La réserve d'eau douce durerait jusqu'au soir. Il fallait toutefois trouver un point d'eau pour établir le campement. Le soleil commençait à peine à descendre lorsque Anin fit signe qu'il avait trouvé un endroit où dormir. Il avait aperçu une petite chute tombant dans la mer, près d'une bande de terre assez longue pour y camper et pour profiter du roulement du capelan. Les deux tapatooks s'y dirigèrent aussitôt. L'endroit était beau et tous furent heureux de mettre pied à terre. Les jambes des avironneurs étaient engourdies et leurs genoux endoloris. Il était temps de s'arrêter. De plus, l'enfant mâle de Woasut pleurait depuis un bon moment. La jeune Béothuke n'avait pas répondu aux demandes répétées de l'enfant qui voulait le sein, ceci afin de ne pas perdre de temps au risque de se laisser distancer par Anin.

Le camp fut refait rapidement par ceux qui n'avaient pas à s'occuper des enfants. Lorsque Woasut eut fini d'allaiter le bébé, Anin le prit dans ses bras pour la première fois depuis sa naissance. Comme il semblait fragile dans ses langes ! Comme il serait bien avec ce teint qui passait peu à peu du rouge au cuivré des Addaboutiks ! Il serait le premier-né du clan de l'ours, le clan d'Anin, ce premier Addaboutik à faire le tour complet de son monde, à tout le moins de son immense île. Il se nommerait Buh-Bosha-Yesh, le premier mâle. Anin annonça la nouvelle aux autres membres du clan.

« Buh-Bosha-Yesh est le nom du premier mâle né du clan de l'ours. »

Et Woasut fut heureuse de constater qu'Anin venait d'accepter officiellement l'enfant comme sien en lui donnant un nom. Désormais, il ne serait plus le bébé de sa maman, mais Buh-Bosha-Yesh, du clan de l'ours, le garçon parmi les garçons qui vivraient pour protéger les membres de la nouvelle famille.

« Ce soir, Anin luttera avec Woasut pour confirmer qu'elle est maintenant la première épouse du chef du clan de l'ours et la mère du premier mâle né de cette nouvelle famille. Mais ceci n'est pas une prise de possession de la femme. Woasut demeure une femme libre. Anin n'a d'autre possession que la responsabilité de voir au bien du clan. Ce qui est à Anin est aussi au clan. Il ne doit être la possession que du clan, de personne d'autre. »

Tous mangèrent avidement afin de conserver les forces nécessaires à la poursuite du voyage. Le soir, près du feu, Anin demanda à Della de refaire son chant écossais pendant qu'il honorait la belle Woasut de ses caresses, de sa tendresse et de l'amitié que les membres d'un clan doivent manifester les uns aux autres. Et lorsque le chef pénétra la première mère du clan de l'ours, ce fut de face pour que Woasut puisse le voir. Lorsque la jouissance vint au corps de l'homme, le visage de Woasut s'illumina de reconnaissance et de fierté. Anin n'eut pas à continuer au-delà de son plaisir pour satisfaire la Béothuke rencontrée pendant son voyage autour du monde. Heureux d'avoir donné le plaisir, content des décisions qu'il avait communiquées aux autres membres du clan,

Anin eut le temps, avant de se glisser sous la couverture de peau de caribou, de voir Robb et Gwenid imiter son geste d'affection mutuelle. Il put aussi constater que Gudruide et Della s'étendaient de chaque côté de Woasut pour l'embrasser en signe d'amitié et de solidarité clanique. Les femmes ne se jalousaient plus, et cela faisait chaud au cœur du premier chef du clan de l'ours.

Cette nuit-là, il dormit aussi dur que l'ours qui hiberne, et ses rêves furent beaux et optimistes. Il rêva d'abondance et de paix. Il rêva à l'expansion du clan, créant plusieurs villages afin de mieux répartir les ressources naturelles de l'île. Il voyait la côte du levant de nouveau habitée, là où le gibier et les fruits abondent. Il imaginait beaucoup de gens heureux et vivant dans l'aisance. Il voyait beaucoup d'enfants qui jouaient avec des oursons. Et pendant ce temps, les femmes et les hommes se témoignaient de la tendresse et de la solidarité.

Gwenid n'était plus humiliée d'être prise par un ancien esclave. Elle en tirait même une certaine fierté. Elle ressentait surtout un apaisement de ce désir qu'elle éprouvait toujours : satisfaire l'appétit du plaisir que procurent les sens. Elle gardait la vision des femmes laissées seules par les voyageurs de son pays et qui devaient se satisfaire elles-mêmes ou avoir recours aux esclaves pour apaiser ce feu intérieur qui les ronge. Elle était heureuse de ne pas être parmi ces femmes. Elle songeait aux conflits que suscite le retour des époux jaloux et aux crises de possession que ces femmes devaient subir de la part de ces hommes égoïstes. Elle n'aurait pas à vivre de telles scènes. L'hommage que lui rendait Robb redoublait son plaisir. Elle était satisfaite de goûter à cet autre monde qu'elle n'aurait jamais pu imaginer avant de le rencontrer. Un monde où il fallait gagner certes durement sa ration quotidienne, mais un monde sans jalousie et sans lois de possession. Elle songea aux nouveaux conflits qu'engendrerait cette nouvelle religion dans son pays et elle se réjouissait de ne pas devoir les affronter. Et Robb avait été si attentif, si doux et si caressant. Il apprenait bien sa vie d'homme libre, en regardant et en imitant Anin. Elle l'aimait bien maintenant.

En embrassant Woasut, Gudruide lui avait murmuré à l'oreille.

« Je t'envie, mais je ne suis pas jalouse. Tu es vraiment la mère du clan. J'ai hâte de pouvoir de nouveau lutter. »

Della se sentait triste. Après avoir embrassé Woasut, elle se mit à parler de ses peines. Elle ne se sentait pas aussi femme qu'elle l'aurait voulu. Elle maniait la hache et l'aviron, effectuait certaines tâches comme un homme, et elle se croyait moins désirable que les autres.

« Non, je ne suis pas jalouse de toi et de Gwenid. Je suis simplement triste de constater que je ne suis pas désirée. Une seule fois Anin m'a regardée comme une femme. Robb, qui autrefois m'honorait souvent, ne me regarde même plus. Je suis peut-être plus homme que femme ! »

Woasut la prit alors dans ses bras afin de la consoler et Della s'y blottit comme une enfant, en pleurant doucement. Tandis que la Béothuke caressait ses cheveux rouges, elle s'endormit.

20

Depuis qu'il avait amorcé la dernière étape de son voyage, Anin ne cherchait plus à découvrir quoi que ce soit du monde inconnu jusqu'alors. Ce côté-ci de l'île, il le connaissait. S'il n'avait pas appris que ce monde était une île en sauvant Woasut de la mort par les Ashwans, il se serait toujours cru ailleurs. Mais, ayant reconnu l'endroit, il savait maintenant qu'il approchait de chez lui. Le retour à Baétha avait suscité chez lui une fébrilité inhabituelle. Il avait hâte de revoir son père, sa mère et les autres membres de son ancien clan, celui d'Edruh, la loutre. Il avait hâte d'annoncer qu'il était maintenant chef du clan de l'ours, son esprit protecteur. Il était fébrile à la veille de présenter les membres de son nouveau clan, sa nouvelle famille, à tous les siens. Il avait hâte de raconter ses aventures aux jeunes de son village. Et il avait très hâte de présenter son fils à son père. Il avait hâte de raconter comment il avait appris que ce monde était une île et de présenter sa première épouse à sa mère : Woasut, une femme venue d'ailleurs mais qui était de même souche que les Addaboutiks. Il voyait déjà les visages curieux des siens, face à ces quatre nouveaux venus à la peau pâle et aux cheveux couleur des herbes séchées.

Pendant plusieurs lunes, il serait le centre d'attraction des siens, et cela le réjouissait. Avoir fait le tour de son monde en trois cycles des saisons n'était pas qu'un petit exploit. Il savait l'importance qu'il aurait maintenant au sein de la communauté addaboutik, et cette idée l'aidait à redoubler d'efforts pour arriver le plus vite possible en vue de son village. Woasut se doutait que les gens du village de Baétha seraient curieux de savoir comment avaient vécu les siens avant de mourir. On la questionnerait, on l'observerait, et certaines personnes ne l'aimeraient pas autant que les autres membres du clan de l'ours. Elle avait vu de telles réactions dans son propre village. Elle appréhendait le moment de rencontrer les parents de son homme. Elle ignorait comment serait la mère d'Anin, qui perdait un fils.

Gudruide se demandait comment les gens aux cheveux noirs et à la peau foncée réagiraient à ces personnes au teint laiteux. Elle se demandait si elle, ses compagnes et l'esclave écossais seraient bien accueillis. Peut-être seraient-ils rejetés ?

Gwenid espérait que d'autres jeunes hommes s'intéresseraient à son corps et qu'elle connaîtrait des sensations nouvelles. Robb voulait trouver d'autres compagnes et des nouveaux compagnons capables de lui apprendre ce monde qu'il aimait de plus en plus. Quant à Della, depuis qu'à deux reprises Woasut l'avait prise dans ses bras pour la consoler, elle ne rêvait plus qu'à la chaleur de son corps et à la senteur de ses cheveux. Elle rêvait de l'avoir pour amie intime. Elle désirait que la jeune Béothuke refasse ce geste qui l'avait tant réconfortée, elle la femme oubliée. Depuis cette première prise par Anin, elle n'avait plus semblé intéresser les deux hommes du clan. Mais l'amitié avait grandi entre elle et Woasut, ainsi qu'entre elle et Gudruide. Elle allait tout faire pour conserver cette amitié, et peut-être aller au-delà de ce sentiment. Elle n'appréhendait pas particulièrement la réception des gens de Baétha. Elle avait déjà rencontré tant de gens différents qui l'avaient toujours traitée en esclave, en jouet de service. Sa nouvelle condition de femme libre la satisfaisait. Mais le manque d'intérêt qu'éprouvaient les hommes pour elle l'attristait beaucoup. On la disait pourtant assez belle. Peut-être Woasut ou Gudruide s'intéresseraient-elles à elle un jour ?

Alors que les deux tapatooks contournaient une falaise rocheuse, Anin aperçut trois embarcations ressemblant à la sienne. Il cria pour attirer l'attention de ses occupants qui semblaient pêcher. L'une des embarcations s'approcha du tapatook d'Anin, et ses occupants reconnurent l'initié. Ils crièrent de joie et saluèrent tous les gens du nouveau clan de l'ours. L'homme de pince s'adressa à Anin :

« Nous sommes quatre avironneurs dans mon tapatook. Nous allons prendre de l'avance et annoncer ton arrivée. Nous ne sommes qu'à un soleil de Baétha. »

Anin l'arrêta de la main.

« Je ne voudrais arriver que demain. J'ai besoin de me préparer. Y a-t-il un bon endroit pour monter mon dernier campement avant de revenir au village ?

— À un demi-soleil d'ici, sur une île, il y a un mamatik déjà construit. Il est grand et vous y serez bien installés pour la nuit. Il y a aussi du bois et du poisson qui y est à sécher. Nous vous reverrons demain. »

Les pêcheurs addaboutiks virèrent pour rejoindre les autres tapatooks. Quelques instants plus tard, les trois tapatooks de pêche disparaissaient de la vue des gens de l'ours. À l'endroit indiqué, Anin découvrit le mamatik érigé par les pêcheurs. Les huit membres du clan de l'ours débarquèrent, contents d'y passer une nuit agréable, bien abrités par l'habitation d'écorce de bouleau. Il n'y avait pas de bouleaux sur l'île. Anin en déduisit donc que les hommes avaient dû transporter l'écorce depuis la terre ferme. Au loin, le relief de la côte était moins escarpé et on pouvait y déceler la présence de cet arbre de vie.

Le mamatik était assez grand pour que douze personnes puissent y dormir à l'aise. Le sol était recouvert de branches de conifères sur lesquelles des peaux de phoques avaient été étendues. À quelques pas du mamatik, se dressaient des séchoirs à poisson et des centaines de flétans y étaient étendus. Anin déclara qu'il avait besoin de s'isoler pour rendre grâce au créateur d'avoir protégé le clan et leur nouveau chef pendant le voyage. Il prit donc une couverture de peaux de caribous et partit vers l'autre bout de la petite île. Les autres membres du clan décidèrent de se la couler douce, n'ayant rien d'autre à faire que de nourrir les deux enfants et se sustenter. Repos total jusqu'au prochain lever du soleil. Robb et Gwenid partirent « explorer les environs » du côté opposé à celui où était parti Anin. Gudruide s'assit dehors avec son enfant, admirant le paysage de la côte.

À l'intérieur, le haut du corps dénudé, Woasut finissait de donner la tétée à Buh-Bosha-Yesh et l'enfant somnolait déjà. Il ne mangerait du poisson mâché que plus tard. Della avait regardé Woasut fixement pendant tout ce temps. Lorsque Woasut mit la planchette de bois à l'horizontale pour que le garçon dorme mieux, Della lui demanda si elle pouvait venir dans ses bras. Devant le sourire de la Béothuke, la jeune Écossaise se glissa jusqu'à elle. Elle se blottit contre Woasut après avoir enlevé sa chasuble. Là, corps contre corps, les deux femmes restèrent enlacées un long moment. Puis Della regarda Woasut dans les yeux.

« J'ai envie de toi. »

Surprise de cette attaque soudaine, Woasut ne réagit pas négativement. La jeune esclave approcha alors ses lèvres du visage de Woasut et les posa délicatement sur les siennes. Doucement, elle embrassa le menton, les joues, le front et finalement le cou de la femme à la peau foncée. Woasut éprouva alors un frisson qui traversa tout son corps. Cette dernière prit alors l'initiative en baisant goulûment les lèvres de l'Écossaise tout en lui caressant la poitrine. Et là, dans une étreinte fougueuse, les deux corps roulèrent sur la couche du mamatik. Pour la première fois, de mémoire de Béothuk et d'Addaboutik, deux femmes s'aimèrent passionnément plutôt que tendrement. Sur la couche de la dernière nuit de campement du voyage autour du monde d'Anin l'initié, deux femmes du clan de l'ours éprouvèrent leur passion l'une pour l'autre, sans aucune retenue, convaincues qu'elles ne faisaient que renforcer les liens claniques. Lorsque Gudruide rentra dans le mamatik, elle trouva les deux femmes nues, encore enlacées. Elle sourit, rassurée sur la solidité du lien qui unissait celles qui avaient appris à vivre ensemble sans jalousie aucune.

21

Au lever du soleil, le clan entier était en alerte. Anin avait déjà fait son devoir de chef de clan en distribuant les conseils à ceux qui allaient affronter la communauté de Baétha. Aux quatre personnes à la peau pâle, il avait suggéré de parler le moins possible les premiers jours et de ne pas manifester d'impatience envers tous ceux qui ne manqueraient pas de vouloir les toucher.

Cela pouvait vite devenir agaçant pour eux, mais c'était le lot de ceux qui sont différents. Il recommanda aussi de ne pas se déshabiller les premiers jours à l'heure de la baignade. La pilosité des organes sexuels pourrait provoquer une raillerie générale et les taquineries deviendraient très vite difficiles à supporter. À Robb en particulier, dont la poitrine était couverte de poils roux, il recommanda de garder sa chasuble jusqu'à ce que les premiers récits fussent connus. Quand tous s'attendraient à pouvoir vérifier la véracité des récits, le moment des farces ridicules serait passé. Alors les gens ne montreraient plus que de la curiosité et voudraient en connaître davantage. À

Gwenid, il conseilla un peu de retenue vis-à-vis des jeunes gens du village. Elle pouvait sourire aimablement aux garçons, mais elle ne devait pas montrer sa vraie nature tant que les jeunes ne seraient pas prêts à l'accepter telle qu'elle était. Gwenid ne devait donc rien provoquer. Au village, l'opinion que les gens se font de quelqu'un prend vite force de vérité. Une mauvaise réputation peut coûter des vies. Les Addaboutiks ne souffrent pas le ridicule. Un oncle d'Anin s'était enlevé la vie lorsqu'on avait démasqué ses mensonges. À Gudruide, il recommanda de dire la vérité sur son histoire. De cette façon, tous accepteraient que son enfant nouveau-né n'ait pas de père. S'il était mort, sa fille serait respectée comme différente des autres. Enfin, il s'adressa à Della.

« Tu seras facilement acceptée par ton habileté aux tâches quotidiennes et ta facilité d'adaptation à toutes les situations. Tu n'as qu'à rester toi-même. »

À Woasut, il recommanda de se teindre le corps en ocre rouge pour l'arrivée, quitte à enlever cette teinture par la suite. Il fallait que, d'entrée de jeu, elle soit considérée comme une Addaboutik. Il recommanda aussi de dessiner une marque ronde sur le front de Buh-Bosha-Yesh, afin que tous sachent qu'il était le fils d'Anin et qu'il obtienne le respect qu'il méritait.

Anin lui-même se teignit en ocre sur tout le corps, à l'exception du visage. Seul un point rond sur son front marquait le lien qui l'unissait à l'enfant. Tous bien coiffés, proprement mis, ils étaient prêts à faire face aux gens de Baétha, le village des Addaboutiks. Ils mirent donc les tapatooks à l'eau, mais cette fois, Woasut et Buh-Bosha-Yesh furent installés dans le grand tapatook, avec Gudruide. Della et Gwenid montèrent dans le second, avec Robb à l'aviron. Les gens du clan de l'ours distinguaient encore l'île de leur dernier campement lorsqu'ils virent apparaître une dizaine de tapatooks remplis de jeunes gens des deux sexes qui venaient leur faire escorte pour la rentrée à Baétha. Les jeunes criaient, chantaient, riaient et avironnaient en faisant le tour des tapatooks des voyageurs. Ils étaient étonnés mais pas impolis. Point de sarcasmes ou de quolibets blessants comme les jeunes en lancent souvent. Une forme de respect s'installait déjà et Anin en était fier. Gwenid se permettait de distribuer des sourires à qui en voulait, découvrant ses dents blanches.

Robb et Della se contentaient de sourire en regardant où ils allaient. Gudruide semblait dépassée par les événements. Woasut était nerveuse : une angoisse la tenaillait de l'intérieur, elle se sentait comme une petite fille qui a fait quelque chose de mal et qui attend d'être semoncée par l'aïeul du clan. Sa gorge était sèche et son cœur gros. Elle avait envie de pleurer sans trop savoir pourquoi. Elle redoutait les réactions des parents d'Anin.

Entre deux hautes collines, une baie passablement large s'ouvrait. La petite flottille s'y dirigea directement. Dès qu'ils se furent engagés entre les collines, Gudruide s'extasia.

« Que cet endroit me fait penser à mon pays d'origine. On appellerait cet endroit un fjord. Ton pays est magnifique, Anin. »

L'ouverture entre les falaises allait en se rétrécissant avant de s'élargir à nouveau pour former une sorte de lac alimenté par une rivière qui séparait une plage magnifique. Il y avait des gens des deux côtés de la rivière et Anin fit signe à Robb de ne pas accoster tout de suite. Il s'adressa à la foule pressée sur les deux rives.

« Je suis Anin, anciennement du clan d'Edruh la loutre. Je suis parti depuis trois cycles des saisons pour faire le tour de la terre. J'ai accompli ma promesse de ne revenir qu'après avoir vu et compris ce monde. En route, j'ai rencontré des gens différents que je ramène avec moi pour vous prouver que ce que je vous raconterai sera la vérité. Je reviens chez moi, à Baétha, et je suis reçu par deux clans différents qui m'accueillent de chaque côté de la rivière. Je suis un Addaboutik et j'ai formé un troisième clan : celui de l'ours. Si j'étais toujours du clan d'Edruh, je débarquerais du côté droit. Si ma mère était sur la rive gauche et qu'elle le réclamait, j'honorerais le clan de ma mère, celui d'Appawet le phoque, et je débarquerais du côté gauche. Mais je suis maintenant Anin, chef du clan de Gashu-Uwith. Je n'ai pas de préférence de clan outre celui que je dirige. Je ne sais où débarquer pour ne pas froisser les gens de l'autre clan. Je resterai donc dans mon tapatook avec tous les membres de mon clan tant que vous n'aurez pas réglé le dilemme. »

Anin se tut. Une rumeur s'éleva parmi les gens venus lui souhaiter la bienvenue. Il venait de poser la question du diplomate innu venu du froid. De quel côté dois-je débarquer pour ne pas froisser les gens ? Comme le village de Baétha était formé de deux clans bien distincts mais qu'il n'avait pas de chef unique, la question surgissait chaque fois qu'un visiteur arrivait. Si, inconsciemment, il débarquait d'un côté, l'autre se désintéressait de la situation en disant : « C'est votre invité, pas le nôtre. » Une fois de plus, la question était posée et l'invité, un fils du pays dont le père et la mère appartenaient à deux clans différents, refusait de la trancher.

Pendant ce temps, plusieurs tapatooks avaient accosté des deux côtés de la rivière. Trois seulement attendaient la décision pour accompagner les deux embarcations des gens du clan de l'ours. Les Addaboutiks étaient gens de protocole et ils comprenaient la situation. Mais jamais ils n'avaient pensé qu'un des leurs les mettrait en demeure de la résoudre une fois pour toutes. Ceux de la rive gauche se mirent à crier soudainement et un homme âgé s'avança dans l'eau jusqu'aux genoux.

« Nous avons trouvé une solution. Nous traverserons tous du côté droit, pour rejoindre les gens du clan d'Edruh. Mais il va falloir un peu de temps. Les jeunes nagent bien, mais les plus âgés doivent monter en tapatook ou remonter la falaise pour passer au gué du haut de la rivière. C'est une question de temps. Il te faudra donc patienter. » Ce disant, les gens possédant des tapatooks se mirent à traverser les personnes âgées, les femmes et les enfants en bas âge, pendant que les jeunes gens et les enfants se jetaient à l'eau et traversaient la rivière en peu de temps. Patiemment, les gens de l'ours attendirent que le dernier Addaboutik eût traversé, et là, sous les cris de la foule, ils accostèrent, recevant des accolades, des poignées de mains, des coups d'épaules et des tapes dans le dos. Bien qu'Anin fût le héros du jour, tous furent bien accueillis et embrassés.

Tout ce jour-là fut une véritable fête. Le festin durerait plusieurs jours et les chants et les danses n'auraient de cesse que lorsque le village entier serait tellement fatigué que ses habitants tomberaient d'épuisement en s'endormant n'importe où.

Un mamatik avait été aménagé à l'intention des membres du clan de l'ours et de la nourriture y avait été placée en guise de bienvenue. Des vêtements de femmes, des parures masculines et de petits contenants de poudre d'ocre avaient été disposés autour du feu pour chaque membre du clan. On avait déposé des langes de bébés sur une couche et deux magnifiques planchettes porte-bébé étaient appuyées à l'entrée du mamatik. Les gens avaient songé à tout, depuis la veille, sauf au côté de la rivière où les invités devaient débarquer.

22

Chacun des deux clans addaboutiks comprenait de cent à cent vingt personnes. De part et d'autre de la rivière, il y avait de quarante à cinquante mamatiks. Comme celle-ci coulait dans une espèce de canyon, les villages se dressaient au sommet des deux falaises. Au centre de chaque village, un ruisseau servait de point d'eau. Les deux ruisseaux descendaient en cascades dans le canyon, jusqu'à la rivière, un peu en amont de la plage où les voyageurs avaient débarqué. Pour monter sur la falaise, de chaque côté, il fallait emprunter un sentier en zigzag mais assez abrupt. Pendant la belle saison, pour éviter de devoir monter et descendre ce sentier éreintant, les plus âgés vivaient au niveau de la rivière. Toutefois, lorsque les marées d'automne survenaient, ils devaient remonter sur les collines pour ne pas être noyés. Voilà pourquoi un mamatik avait pu être aménagé aussi rapidement pour accueillir les membres du clan de l'ours.

En trouvant les vêtements dans le mamatik, Anin savait que les personnes pâles de son clan seraient examinées sous tous les angles.

Cela voulait dire que les deux femmes vikings devraient se départir de leurs longues robes descendant presque jusqu'à terre et qu'elles exposeraient ainsi la plus grande partie de leur anatomie aux yeux curieux des Addaboutiks avant que lui, Anin, ait eu le temps de raconter les aventures permettant de savoir qui elles étaient. Outre Della, dont les jambes étaient déjà nues, et Robb, qui portait une chasuble et des couvre-jambes pour cacher son poil roux, les deux autres femmes avaient un teint très pâle. Les jeunes allaient poser des questions avant qu'Anin ne soit prêt à y répondre.

Après s'être baigné au ruisseau et nettoyé à l'aide de la sève de cette herbe huileuse qui donne de la mousse lorsqu'on la frotte sur son corps, Anin mit des moosins neufs, finement décorés de poudre d'ocre rouge et de touffes de poil de caribou imitant les fleurs sauvages. Puis il enfila le pagne de peau de phoque confectionné en mettant le poil à l'extérieur. Sur son torse, il enfila une chasuble sans manches, teinte en blanc à l'aide de la chaux naturelle trouvée au flanc des rochers de la limite sud du territoire addaboutik. Il enfila le collier de dents de loutre qu'il avait reçu enfant et mit son chapeau de plumes d'aigle dont le centre était fait d'une tête de loutre. Cette fois, il peignit son visage entier d'ocre rouge, à l'exception du centre du front qu'il laissa découvert un instant avant d'y mettre de la poudre blanche de pierre de chaux. Il demanda à Woasut de tracer le même point blanc sur le front de Buh-Bosha-Yesh.

Woasut enfila la robe de peau de caribou, ornée de bleu et de rouge le long des ouvertures. Lâchement attachée sur le côté, elle lui laissait tout le loisir d'allaiter lorsque l'enfant avait faim. Des robes semblables avaient été mises à la disposition des trois autres femmes, qui les enfilèrent aussi, heureuses de pouvoir enfin changer de vêtements. Della fit un pas de danse en demandant si elle avait l'air plus femme avec une robe. Tous se mirent à rire. Anin avait insisté : ne pas porter les robes, ce serait repousser l'amitié offerte. Robb enfila ses nouveaux couvre-pieds, des moosins rouges, sans broderie. Il mit le pagne et la chasuble, enfila les couvre-jambes et les manches de son premier costume. Ces manches étaient reliées entre elles par une lanière à travers l'ouverture de la chasuble. Les femmes décidèrent de se peindre le visage en ocre, à l'instar de Woasut. Toutefois, Anin leur interdit de se mettre un point blanc sur le front, comme lui, Woasut et Buh-Bosha-Yesh. Les trois femmes à peau blanche décidèrent aussi de se peindre les jambes, les bras, les seins et les flancs que laissaient apparaître les larges ouvertures lâchement attachées.

Ainsi préparés, les membres du clan de l'ours se présentèrent au festin. Il faisait nuit, mais de multiples feux avaient été allumés tout autour du village. Sur le feu central, un caribou entier cuisait. Sur l'un des autres feux, deux phoques rôtissaient. Plus loin, trois castors cuisaient, dégoulinant de graisse. Dans un immense récipient de terre cuite, il y avait des coquillages de toutes sortes. Placée sur une pierre au centre d'un feu, l'eau chauffait lentement. Sur d'autres feux cuisaient des pieuvres, du homard, du flétan, des colimaçons, des lièvres et des lagopèdes.

Quelques macareux et des canards rôtissaient aussi. Le festin était à tout manger et personne ne pouvait partir sans insulter les membres des deux clans hôtes. Lorsque l'animal emblème d'un clan est consommé lors d'une réception, c'est le premier mets servi. Lorsqu'il a été dégusté en entier, les os sont offerts au feu et les cendres de ce feu retournent au lieu de vie de l'animal. Cette fois, c'est le phoque qui était l'animal emblème et tous devaient en manger.

Tous les membres du clan de l'ours étaient assis ensemble. Tour à tour, les gens venaient leur parler. Avant l'ouverture du festin, Anin avait rendu visite à ses parents. Sa mère était encore en bonne santé, mais son père souffrait d'un mal étrange et avait peine à se déplacer : ses pieds étaient si enflés qu'ils étaient ronds, les doigts de ses mains et de ses pieds crochissaient et ses jambes le faisaient constamment souffrir.

On disait qu'il avait attrapé ce mal lorsqu'il s'était perdu en mer, voilà plusieurs cycles des saisons. Égaré dans la brume, il avait erré pendant sept soleils avant qu'on ne le retrouve sur une île, grelottant et à moitié mort. Depuis ce temps, il était malade et semblait maigrir un peu plus chaque jour. Son épouse prenait soin de lui et ne le quittait jamais. Aussi, c'est avec surprise que les gens du village les retrouvèrent tous deux assis près du feu central, au côté de leur fils Anin, nouveau chef du clan de l'ours.

On pressa Anin de faire son premier récit dès que la viande de phoque fut entièrement consommée. L'un des aînés voulut savoir pourquoi Anin avait changé de clan et pourquoi il avait choisi l'ours, lui qui mange n'importe quoi. Qu'avait de sacré cet animal fouineur et importun ? Le nouveau chef du clan de l'ours raconta les moments dangereux où l'ours était venu à son aide et comment l'animal l'avait prévenu chaque fois de dangers imminents. Il conta l'aventure des deux Ashwans éventrés par Gashu-Uwith, et tous les membres des deux clans se mirent à crier et à frapper du tambour en guise d'appréciation. Comme les Ashwans étaient leurs ennemis jurés, l'ours venait de se faire quelques centaines d'amis. L'aîné, qui avait posé la question, mit fin au récit en s'excusant d'avoir insulté Gashu-Uwith. Il demanda à Anin d'effacer les mauvaises paroles d'un vieillard moins sage que l'esprit protecteur du fils des Addaboutiks. Anin déclara que les paroles de l'aîné étaient effacées et que personne ne devait plus s'en souvenir.

« Anin et les membres du clan de l'ours ne se souviennent déjà plus des paroles que tu as prononcées, sauf celles qui furent agréables à leurs oreilles. »

Un autre demanda comment Anin avait rencontré les gens au teint pâle. Celui-là trouvait que même la poudre d'ocre était moins rouge sur leur peau que sur la sienne. Patiemment, Anin raconta sa première rencontre avec un Bouguishamesh et se leva pour que tous puissent voir la cicatrice sur sa cuisse, preuve qu'il avait bien reçu un coup d'épée, ce bâton coupant, qu'il promit d'exhiber au deuxième jour du festin :

« Anin en a même deux pour prouver la mort de deux autres de ces gens qu'il a tués pour protéger Woasut et Gudruide.

— Et tu dis qu'ils sont plus grands que toi, que nous ? »

Anin demanda à Gudruide et à Gwenid de se lever debout, en se mettant lui-même à côté d'elles.

« Vous pouvez le constater par vous-mêmes. Ce sont deux femelles et elles sont moins grandes que les hommes. »

Gwenid dépassait Anin de presque une tête et Gudruide d'une demie. Les gens furent impressionnés. Anin continua en expliquant que la langue était aussi très différente et tous voulurent entendre. Anin demanda alors à Gwenid de chanter. Elle ne se fit pas prier pour entonner un chant de guerre en l'honneur du dieu Thor. Elle fut ovationnée à tout rompre par la jeunesse. Mais lorsqu'un participant demanda si ces femmes étaient faites comme les femmes addaboutiks, il décida qu'il était temps de passer aux choses sérieuses et d'instruire ses semblables. Il expliqua que, venant d'autres pays, les gens étaient différents les uns des autres. Il fit remarquer que les deux grandes femmes avaient les cheveux couleur des herbes séchées et la peau laiteuse. Il expliqua qu'elles venaient d'un pays situé au nord de Baétha. Il fit aussi remarquer que Robb et Della venaient d'un autre pays, une île comme la leur, et que le premier avait les cheveux rougeâtre, et elle presque de la couleur de l'ocre mais plus foncé. Tous vinrent voir de près et cela dura très longtemps. Puis Anin demanda à Robb d'enlever les manches et les jambières de peau ainsi que sa chasuble.

« Ces gens sont poilus sur le corps, comme certains de nos gens de temps à autre. Si Robb ne les coupait pas, il aurait le visage entièrement recouvert de ces poils. »

Ce fut le clou du festin à tout manger. Encore une fois, tous les participants défilèrent pour voir et toucher cet homme au corps velu comme un animal. Certains exprimèrent du dégoût, alors que les jeunes filles passaient des réflexions amusantes ou carrément osées sur l'effet du poil lors des relations corporelles. Robb ne s'en offusqua pas du tout, trouvant plutôt intéressante cette curiosité féminine. Pour clore la soirée et en finir avec les curiosités, Anin déclara que les femmes aussi avaient du poil, surtout autour du pubis et généralement de la même couleur que leurs cheveux. Un jeune cria alors que l'assistance voulait voir. Gwenid s'avança donc et, enlevant sa robe, exhiba son corps dans toute sa nudité, ainsi que la touffe de poil de son pubis. En levant les bras, tous purent aussi voir qu'elle en avait aussi sous les aisselles. Le village entier vint voir de près et les jeunes touchèrent, ce qui n'était pas pour déplaire à la jeune Viking.

Il était tard et, bien que le festin ne fût pas terminé, Anin demanda la permission d'aller se reposer au sein de son clan. La permission lui fut accordée et l'on promit de le remplacer pour que ne meure pas le festin.

23

Cette nuit-là, le clan entier s'endormit sans trop de difficulté. Les rêves alimentèrent le sommeil de chacun, mais c'étaient de bons et beaux rêves. Au matin, Anin décida de se baigner, comme il l'avait appris dans sa jeunesse, et il dit aux femmes que, maintenant que la curiosité était passée, elles pouvaient se dénuder pour se baigner et purifier leurs corps. Le clan entier fut dehors en un rien de temps et tous se lavèrent au ruisseau qui passait tout près du mamatik. Tous les enfants du village s'amenèrent pour observer ces gens poilus à la lumière du soleil.

Si Gudruide fut un peu gênée, Gwenid en tira un plaisir évident, ne cessant de prendre toutes sortes de poses, exposant son corps à la vue de toute la jeunesse de Baétha. Une fois séchés, les membres du clan se vêtirent et retournèrent au festin à tout manger. Il restait de la nourriture pour le village entier et chacun se servit généreusement. Puis les questions fusèrent de partout à la fois. As-tu eu peur ? As-tu eu froid ? As-tu affronté d'autres dangers ? As-tu vu des monstres ? Comment as-tu rencontré Woasut ? Où est son village ? Combien de gens habitent l'endroit d'où elle vient ? De quelle grosseur sont les bateaux des Bouguishameshs ? Combien d'Ashwans as-tu tués ? Qu'as-tu mangé lors de ce voyage ? Combien de temps as-tu été incapable de marcher avec ta blessure ? Que faisaient les Bouguishameshs sur notre territoire ? Campent-ils loin d'ici ? Parle-nous des animaux qu'ils avaient.

La journée entière y passa. Le soir venu, les aînés voulurent savoir comment s'était passé le voyage, depuis le début. Ils désiraient savoir à quoi on pouvait s'attendre en partant du village et en filant vers le vent chaud comme il l'avait fait. Anin dut commencer par le commencement. Il avait compris dès lors que son récit durerait plusieurs jours. Le soir même, le festin à tout manger fut terminé, mais on déclara alors que les jours suivants seraient consacrés à la fête de l'initiation pour l'explorateur addaboutik, ainsi qu'à la création officielle du troisième clan. Et la fête continua, au cours de laquelle les Addaboutiks purent faire meilleure connaissance avec les étrangères et l'Écossais au poil roux, Robb le poilu, ou Drona. Les filles demandaient à Robb de leur permettre de toucher sa poitrine velue. D'autres ne voulaient que toucher ses bras. Certaines désiraient passer leurs mains sur ses jambes. Une des jeunes filles s'approcha même et demanda à Robb :

« J'aimerais toucher le poil sur toutes les parties de ton corps. Je t'invite chez moi. »

Mais la présence de tant de gens autour d'eux empêcha l'Écossais d'accepter. Pour se sortir d'embarras, il lui dit qu'elle pouvait le toucher devant tous, en évitant les parties cachées. Gwenid réalisait que si lutter devant les autres membres de son clan semblait naturel et resserrait les liens d'amitié entre proches, il en était autrement devant une communauté entière. Si elle avait éprouvé une sorte d'excitation à se déshabiller devant tout le monde et à se laisser toucher, elle réalisait que la lutte publique serait vite mal acceptée par l'ensemble de la communauté. Elle pouvait déjà entendre des commentaires des plus âgés, qui croyaient sans doute qu'elle ne comprenait pas la langue. Déjà, il serait difficile pour elle de garder son nom de Gwenid. Les jeunes l'appelaient maintenant Boagadoret et Botchmouth, c'est-à-dire la poitrine et les fesses. De même, Della avait hérité du nom d'Ashwameet : Ocre-rouge.

Pendant qu'Anin contait ses aventures, Woasut et Gudruide retournaient souvent au mamatik pour allaiter les bébés, changer la mousse souillée de leurs langes et se reposer un peu. En bonnes amies, elles discutaient ouvertement de tout et de rien, sans pudeur ni retenue. Aussi Gudruide ne manqua-t-elle pas de parler de l'expérience du mamatik de l'île des pêcheurs à Woasut. Elle lui dit qu'elle les avait vues dans les bras l'une de l'autre et qu'elle avait trouvé cela très beau et très touchant.

« C'est rassurant de penser qu'il n'existe pas d'envie entre nous toutes. »

Woasut avoua pourtant que si ce geste avait été spontané et que rien ni personne n'auraient pu l'empêcher, elle s'interrogeait sur sa conformité à la tradition.

« Rien dans la tradition apprise des miens ne parle de relations physiques entre les femmes. Il est dit que lorsque l'homme a plusieurs épouses, elles doivent s'accorder, s'entendre, bien vivre en paix les unes avec les autres afin que l'époux garde la tête à la chasse et à la pêche. Mais rien ne dit qu'elles ne doivent pas éprouver de l'attirance les unes pour les autres. »

Gudruide expliqua à Woasut que dans le contexte actuel, du fait que les épouses d'Anin n'étaient pas issues de la même famille, il était normal qu'elles s'attirent mutuellement, lorsque l'époux les négligeait un peu ou lorsqu'elles se sentaient trop seules. Elle ajouta que, dans son pays, cela était fréquent.

« Les hommes partent en mer pour conquérir des terres nouvelles. Les propriétaires des navires amènent souvent leurs épouses, mais les simples employés subalternes sont sans femmes. Ils se trouvent souvent des compagnons ou des esclaves comme Robb pour remplacer leurs femmes. Pendant ce temps, les femmes laissées seules se désespèrent. Alors, lorsqu'elles ont des esclaves, elles remplacent leurs époux dans le lit. Mais lorsqu'elles n'ont pas d'argent pour se payer un esclave, elles se retrouvent entre elles et se contentent mutuellement. Mais avec la venue des missionnaires chrétiens dans nos pays, il semble que cette pratique soit à bannir. Pourtant, le dieu Thor ne désapprouvait pas des besoins aussi naturels que la lutte amoureuse de deux corps, fussent-ils masculins ou féminins. »

Woasut avait écouté très attentivement les propos de Gudruide. Si cela existait ailleurs, il devait en être de même ici ? Pourquoi personne ne lui en avait-il jamais parlé avant ? Pourquoi parlait-on toujours du devoir de l'épouse envers son homme et jamais du devoir des épouses les unes envers les autres ? C'est par sympathie d'abord qu'elle avait pris Della dans ses bras, parce que les hommes ne s'en occupaient pas. Puis ce fut par envie, par désir qu'elle avait poursuivi le geste amorcé par l'Écossaise. Elle ne regrettait absolument rien, au contraire, elle avait trouvé extrêmement gratifiant cette envie mutuelle et plus que satisfaisant le résultat. Elle se rappelait aussi et surtout l'attention que Della lui avait apportée en se souciant d'elle avant toutes choses et en n'arrêtant pas dès qu'elle avait eu sa jouissance. Cette marque de déférence, elle ne l'avait jamais reçue auparavant. Sauf cette dernière fois, elle avait toujours dû dire à son homme de continuer alors qu'il ne pensait qu'à se retirer une fois son plaisir atteint.

« Woasut ne regrette pas. Woasut recommencera encore et encore. Elle est simplement confuse de n'avoir jamais entendu parler de cet aspect du devoir de l'épouse. Il aurait alors été plus simple de comprendre les mots amour, tendresse, amitié, solidarité et entente. »

24

La longue fête suivant le festin à tout manger dura une demi-lune. Ce fut la plus longue fête organisée par les Addaboutiks depuis le début de l'histoire racontée par l'aïeul. De mémoire longue comme l'éternité, le détenteur de la tradition orale des Addaboutiks, ces descendants des premiers Béothuks, n'avait jamais célébré un tel héros. Anin avait fait le tour de la terre connue en trois cycles des saisons. Il avait affronté la mer et ses dangers, les Bouguishameshs aux bâtons coupants, et il avait saisi deux de ces bâtons. Il avait combattu seul les Ashwans, il avait sauvé la dernière Béothuke de la mort, l'avait prise pour épouse et lui avait donné un enfant. Il avait affronté un ours plusieurs jours durant en ignorant qu'il s'agissait de son esprit protecteur. Il avait été sauvé par cet animal qui avait tué deux Ashwans. Il avait hiverné trois fois dans des pays inconnus où il ne connaissait même pas les forêts ni les animaux et surtout pas les plantes. Il avait sauvé de la mort une Bouguishameshe que les siens voulaient tuer. Il avait tué de ses propres mains trois géants aux cheveux couleur des herbes séchées et sauvé trois autres étrangers en les adoptant. Enfin, il avait fondé le clan de l'ours, par respect pour cet animal plus bénéfique que malveillant.

Quel peuple pouvait se vanter d'avoir un tel héros ? Anin méritait les honneurs qu'on lui rendait ; surtout, il méritait d'être nommé le PREMIER CHEF des Addaboutiks de la grande nation des Béothuks. Anin, fondateur du clan de l'ours, issu des deux clans des Addaboutiks, Edruh, la loutre, et Appawet, le phoque, méritait de conduire ce grand peuple. Jamais les deux clans n'avaient voulu se donner de chef commun pour ne pas susciter de querelles entre les deux clans. Lui seul avait tranché le débat en refusant de débarquer de son tapatook tant que l'unanimité ne serait pas créée. Son bon sens et son impartialité faisaient de lui le plus grand homme de la nation. Il était devenu nécessaire, à cause du fort nombre de jeunes, que la communauté se donne un modèle, afin de donner à la nation l'essor nécessaire à sa préservation.

Ainsi avait parlé l'aïeul du clan du phoque, appuyé en cela par celui du clan de la loutre. Anin n'était plus seulement le chef du clan de l'ours, mais celui de la nation entière. En l'honneur du peuple de Woasut, et parce que les Addaboutiks appartenaient autrefois à cette nation, le nouveau nom serait BÉOTHUK. L'aïeul avait aussi prévenu les jeunes et les nouveaux Béothuks qu'ils devraient désormais suivre les conseils de cet homme qui venait de prouver hors de tout doute qu'il était le plus grand parmi les grands. Il expliqua aux jeunes de la nation des Béothuks que le courage, la témérité et la vaillance au combat ne suffisaient pas à faire d'eux de grands hommes. Si ces qualités ne s'alliaient pas à la sagesse et au respect des droits des membres de la communauté, cela ne voulait rien dire. Il invita ceux qui ne seraient pas d'accord à exprimer leur opinion au moment même. Dès le prochain lever du soleil, il serait trop tard et le chef serait en poste pour le reste de ses jours. Il fut aussi dit que ce chef, avec les conseils des aînés, devrait choisir son successeur lorsqu'il le jugerait à propos. Il fut stipulé que tant que la nation n'aurait pas donné un autre héros de la trempe d'Anin, si celui-ci devait décéder avant d'avoir désigné son successeur, le membre mâle aîné de sa succession serait obligatoirement nommé chef de la nation des Béothuks.

Personne n'osa se lever pour s'opposer à cette décision, car nul ne se sentait suffisamment fort pour entreprendre la tâche de diriger ce peuple d'individus qui ne vivaient que pour leur communauté. Flatté, Anin comprit que cet honneur était aussi une arme à double tranchant. Il savait que, désormais, il ne vivrait plus uniquement pour sa famille et son clan, mais qu'il devrait avoir en vue le destin de tout un peuple. Qu'un des rêves faits pendant son voyage, soit veiller à l'expansion et à l'essaimage des siens, commençait avec sa tâche de chef. Son temps serait maintenant celui des

Béothuks et les alliances devenaient aussi importantes que les guerres qu'il aurait à conduire contre tout envahisseur. Son île était son pays. Il en avait conquis le droit en en faisant le tour pour la première fois, au nom des siens. Il savait que l'exploration de l'intérieur de ce pays devenait aussi importante que sa vie même et que l'occupation des côtes du levant, du milieu du jour et du froid était une condition première à l'établissement de son territoire.

Sachant tout cela, il pouvait maintenant se reposer pendant quelques jours. Il en discuterait bientôt avec les aînés et les jeunes gens les plus vaillants. Ce soir-là, au milieu des célébrations de la nomination d'un premier chef des Béothuks, il y eut un homme pensif, conscient de son énorme responsabilité. Anin, bien qu'honoré et fier d'avoir atteint le but ultime de sa vie, n'en était pas moins inquiet. Alors que des gens venus d'ailleurs affluaient de plus en plus nombreux sur son territoire, il se demandait comment arriver à les tenir tous à l'écart. Comment empêcher les grands bateaux à voiles de déverser, en une seule fois, autant de personnes qu'en possédait son propre peuple ? Gudruide ne lui avait-elle pas dit que les drakkars vikings avaient emmené en une seule fois autant de passagers qu'il y avait d'Addaboutiks ? Voilà le premier problème auquel il devrait faire face. Demain, les consultations commenceraient. Il fallait établir un plan d'expansion et ce plan passait par la multiplication des individus. Il allait consulter. Tous devaient prendre conscience de la valeur des terres du territoire.

Le soir, autour du feu, il parla longtemps avec les membres de son clan. Il avait besoin de beaucoup de réponses claires de la part des femmes vikings et des deux Écossais qui, ensemble, connaissaient plus de pays différents que lui-même n'en visiterait jamais. Les questions qu'il posa aux membres de son clan trouvaient toutes réponse, mais les chances de limiter ou contrer ce qui risquait d'arriver étaient bien minces. Il se rendit compte que ses rêves seraient peut-être toujours des rêves et que, pour les réaliser, il faudrait plus que le temps d'une vie. Mais puisque son peuple vivait depuis des dizaines de générations, il pouvait espérer pour les générations à venir. Il pouvait donc planifier en fonction de plusieurs vies. Peut-être pourrait-il revenir une autre fois après sa mort pour terminer son œuvre ? Ce soir-là, il n'eut pas la force de demander à une des femmes de lutter avec lui. Gwenid n'entra pas au mamatik, Robb était invité chez les parents d'une nouvelle amie et Gudruide dormait déjà avec son enfant dans les bras. Della se réfugia dans les bras de Woasut, qui l'accueillit avec tendresse... et amour.

25

Il y avait eu, pendant l'été, une activité exceptionnelle au sein de la nation des Béothuks du village de Baétha, situé sur la rivière aux mouettes de la côte du vent. Tous les êtres en mesure de marcher devaient se rendre utiles en amassant des provisions pour la prochaine saison de neige et de froid. Contrairement à l'habitude, les enfants furent chargés de transporter les prises des pêcheurs vers les séchoirs et les fumoirs montés le long des grèves. Toutes les embarcations devaient servir à se rendre en haute mer pour pêcher le flétan, la morue, le saumon, le homard et le hareng. Les femmes et les enfants cueillaient les escargots, les coques, les différents mollusques à coquilles et les fruits sauvages. On cueillait aussi le pourpier sauvage afin de préserver d'abord les escargots puis les fruits de mer.

Avant la lune du changement de couleur des feuilles, les hommes en âge de chasser furent divisés en deux groupes. Le premier commença la chasse de la saison du froid et le second se divisa en trois petits groupes qui partirent explorer les trois autres directions à l'intérieur de l'île. Le groupe dirigé par Anin partit vers le soleil levant, un autre mené par Whooch, le corbeau, partit vers le froid, et le groupe mené par Berroïk, le nuage, partit vers la région des montagnes nues du vent chaud. Les trois équipes devaient revenir pour la saison du froid et de la neige. Il ne restait au village que les vieillards, les femmes et les enfants, tous chargés de chasser le petit gibier et d'achever les préparatifs pour l'hiver. La saison de la tombée des feuilles fut longue pour les femmes du village de Baétha.

Pour la première fois de son histoire, personne ne protégeait la nation contre les attaques éventuelles des Ashwans, que les femmes vikings appelaient les Skraelings. Pourtant, le plan de défense était ainsi préparé : des jeunes restaient en vigile le long de la côte, scrutant l'horizon et les abords des falaises. À la moindre alerte, le village entier devait être évacué et tous devaient rentrer dans les terres pendant que des jeunes partiraient avertir les chasseurs de la forêt. Les chasseurs de mammifères marins serviraient de première ligne de choc en attendant les renforts. Les femmes avaient d'ailleurs eu l'ordre de s'entraîner à manier l'amina et à tirer à l'arc, afin d'assumer une partie de la défense. Woasut, qui avait vu mourir tous les siens, n'était pas rassurée. Elle connaissait la ruse des Ashwans venus du froid et leur façon sournoise d'attaquer au moment où l'on s'y attendait le moins. Elle savait que les prisonnières des Ashwans vivaient des moments terribles et qu'elles étaient soumises aux pires tortures. Elle savait aussi que ces barbares ne faisaient pas de prisonniers mâles et tuaient sans merci. Elle était inquiète et craignait le pire ; pour tout dire, elle avait peur. Elle raconta à Gudruide, Della et Gwenid le massacre de son clan, l'été précédent. Elle raconta aussi l'attaque essuyée par les gens de son village alors qu'elle était encore enfant. Elle décrivit les scènes avec une telle force qu'à la fin du récit, les quatre femmes étaient blotties les unes contre les autres, frissonnantes et apeurées. Puis elles comprirent qu'elles seraient une saison entière sans chaleur masculine pour les réconforter. Elles parlèrent de leurs besoins physiques et des changements d'humeur que cela provoquait chez chacune d'elles. Gwenid fut la première à parler de sa condition de femme délaissée. Elle avoua qu'au début elle avait eu si peur de sécher qu'elle s'était mis en tête de séduire Anin, alors qu'ils étaient seuls en forêt. Elle raconta comment la rage lui était venue au cœur lorsque le chef de clan avait pris Della devant eux, après la naissance de l'enfant de Gudruide. Elle expliqua combien elle avait détesté la jeune esclave écossaise à ce moment-là.

« Je me rends compte que notre condition ne va pas changer. La nation passe avant tout et nous serons encore et encore délaissées au profit de l'expansion de notre peuple. Mon besoin de contact corporel semble ne jamais s'arrêter. Je sens le besoin de plaire et la grande envie d'en tirer du plaisir. Je suis toujours prête et j'ai toujours envie de lutter. J'ai même envie de vous deux, Woasut et Della. »

Les trois femmes éclatèrent de rire. De ce rire sonore et franc qui témoigne de l'amitié des épouses d'un même homme. De ce rire d'entente qui doit régner entre des femmes dont le lot est d'attendre leur tour, en espérant qu'il viendra et que le mâle ne décidera pas de recommencer deux fois de suite avec la même. Gwenid poursuivit ses confidences.

« Mon désir était si fort et ma frustration si grande pendant le festin à tout manger que j'ai lutté avec trois jeunes hommes qui se sont succédé sur ma couche sans pourtant me satisfaire. Voilà de quoi nous allons souffrir pendant les lunes à venir. »

Gudruide regarda les trois autres femmes tristement, puis baissa la tête. Nul homme ne l'avait désirée depuis la naissance de sa fille.

« Je n'ai pas non plus bénéficié de l'attention ou des caresses d'autres femmes. Je n'ai pas eu la chance de Woasut et Della qui ne manquent aucune occasion de se témoigner leur affection. Cette remarque n'est pas un reproche. C'est à peine un regret que j'exprime. »

Woasut regarda Gudruide tendrement.

« Pourtant, je t'aime tout autant que j'aime Della. Ce n'est pas une préférence que j'ai exprimée en caressant Ashwameet, la petite Ocre-rouge. Elle avait besoin de réconfort et je lui en ai prodigué. De ton côté, tu semblais si forte, si détachée de ces besoins. Je n'ai jamais cru que tu te sentais délaissée. »

Woasut se tourna vers Della.

« Cette affection que nous nous témoignons mutuellement ne vient pas d'un désir de possession exclusif, n'est-ce pas, Della ? »

Della sourit, peu convaincue de ce qu'elle allait dire. Elle jeta un regard aux deux sœurs vikings.

« Lorsque j'éprouve un besoin de tendresse, il peut être comblé par toutes les personnes que j'aime. Je ne dois pas faire de favoritisme puisque nous devons toutes apprendre à vivre ensemble et en harmonie. Ainsi, je t'aime autant, Gudruide, et toi aussi, Gwenid, et je ne repousserai jamais vos témoignages de tendresse et d'amitié. »

26

Les provisions d'hiver seraient abondantes car les chasseurs et les pêcheurs n'avaient pas cessé de rapporter du gibier depuis le début de la saison où les feuilles tombent. La saison du froid approchait rapidement. Déjà les nuits couvraient le sol de la mince couche de gel qui fait fuir le vert des plantes. Certaines journées froides et venteuses voyaient la neige tomber en rafales pour fondre en plein soleil. Les chasseurs attendaient la première neige qui resterait sur le sol pour faire la chasse qui procurerait de la chair rouge et fraîche. Cela surviendrait lorsque le caribou commencerait à quitter les landes pour se réfugier en forêt et sur les hauts plateaux, là où la neige est moins abondante et où les bêtes peuvent brouter la mousse de roche. En attendant, les peaux des castors, lièvres et phoques servaient à confectionner les vêtements de la saison de neige et de froid. Si le précédent hiver n'avait pas été très froid, on comptait bien voir la nature se reprendre cette année.

En l'absence des explorateurs, les chasseurs devaient prendre des initiatives et prouver qu'ils étaient bien des hommes responsables. L'un d'eux, Kabik, concevait la stratégie chaque soir, dictait à tous sa façon de leurrer l'animal qu'il pourchassait et leur conseillait de se limiter au genre de chasse prévu. Le matin, chacun partait avec un but défini dans une région propice. Ainsi, le dédoublement des tâches n'existait pas. Les rencontres fortuites avec un autre gibier amenaient souvent le chasseur à varier son plan. Outre Kabik, une jeune fille à peine en âge de prendre époux était en train de se tailler une réputation parmi les chasseurs de la nouvelle nation des Béothuks. Elle était d'une très grande habileté au tir à l'arc : l'aîné qui fabriquait les arcs de bois dur lui avait fait cadeau de trois armes de jet. L'une, la moins tendue, lui servait à tuer le petit gibier qu'on chasse à courte distance, une autre, à tension moyenne, servait pour le gibier moyen et la plus tendue permettait de chasser le caribou et les mammifères marins. Elle s'appelait Boubishat, le feu, à cause de son caractère bouillant et vif. Elle avait été élevée par une femme seule qui n'avait jamais trouvé d'époux. On ignorait qui était son père et elle ne voulait pas le savoir. Sa mère lui avait enseigné la chasse aux petits animaux, et elle avait suivi les jeunes gens pour apprendre à chasser le gros gibier. C'est en s'exerçant seule pendant des soleils entiers qu'elle était devenue habile au tir. Elle attrapait aussi facilement une proie en vol qu'une autre immobile au sol. Elle n'avait plus de concurrents dans les concours d'habileté où la force physique n'était pas nécessaire. Et même là, lors de certains concours qui exigeaient de l'adresse, elle se débrouillait fort bien. Elle ne reculait devant rien ni personne et les jeunes avaient appris à ne pas la provoquer. Son caractère bouillant faisait d'elle un sérieux rival dans tous les domaines. Si elle ne gagnait pas la première fois, elle s'entraînait jusqu'à ce qu'elle soit capable de relancer le défi. On ne lui connaissait pas de prétendant, car les mâles la craignaient trop pour s'intéresser à elle en tant que femme. Aussi s'était-elle liée d'amitié avec Della. Alors que la première enseignait le maniement des outils de chasse, la seconde enseignait le maniement de la hache viking. Toutes deux se complétaient et chassaient souvent ensemble. Une solide amitié était née et il arrivait souvent à la jeune chasseresse de passer plusieurs nuits dans le mamatik des femmes du clan de l'ours, à écouter les épouses d'Anin raconter les aventures qu'elles avaient vécues pendant leurs voyages. À plusieurs reprises, Waosut invita la mère de Boubishat à manger et elle devint bientôt une habituée du mamatik du grand chef de la nation béothuke.

Le cercle des femmes délaissées s'élargissait chaque jour. Lors des activités communautaires du séchage et du fumage de la viande et du poisson, les femmes discutaient ferme des coutumes et de la tradition. Lorsqu'elles n'étaient pas d'accord sur un point, elles consultaient l'aïeul. Et lorsque le détenteur de la tradition ne savait pas, parce qu'il ne s'était jamais penché sur la question, les femmes décidaient entre elles de la marche à suivre. Puis elles allaient rencontrer l'aïeul pour lui dire que telle ou telle habitude faisait désormais partie intégrante de la tradition, puisque les femmes en avaient décidé ainsi. Comme les femmes étaient condamnées à demeurer seules au campement pendant que les hommes exploraient, elles demandèrent le droit de siéger au conseil de la nation. Elles expliquèrent à l'aïeul qu'il devait maintenant convaincre les autres membres de ce conseil de la légitimité et de la désirabilité d'une telle décision. Lorsque ce principe serait accepté, elles tiendraient conseil pour nommer la représentante des femmes. Le vieil homme, véritable mémoire vivante des us et coutumes des anciens Addaboutiks devenus Béothuks, devait apprendre de ces femmes. Il en était assez fier, car de mémoire d'aïeul, jamais les femmes ne s'étaient intéressées aux affaires de la nation. Cette nouvelle attitude n'était pas pour déplaire au rusé vieillard, qui comprenait fort bien la légitimité d'un tel intérêt. Si les femmes étaient appelées à tenir un rôle aussi important dans l'essor de la nation, elles devaient forcément avoir leur mot à dire sur son destin. Si elles acceptaient de faire des enfants pour augmenter la population et permettre l'occupation de toute la terre, il fallait qu'elles prennent part aux décisions. Autrement, ce ne serait pas équitable.

Gwenid, que tous appelaient maintenant Boagadoret ou Botchmouth, la poitrine ou les fesses, revendiquait haut et fort ce droit nouveau dont voulaient se doter les femelles de la nation. Woasut appuyait ces décisions et se disait prête à tenter de convaincre Anin au besoin. D'ailleurs, les quatre femmes du chef avaient conclu un pacte : elles seraient solidaires face à leur époux.

Lorsque le premier groupe d'explorateurs rentra, la déception se lisait sur leurs visages. Vers le vent chaud, les montagnes étaient entièrement chauves. Point de gibier, pas de sites propices à l'établissement d'un village. L'absence d'arbres interdisait toute construction et seule la mer pouvait fournir de quoi survivre. Pourtant, il y avait là des endroits stratégiques où pourraient aisément débarquer les envahisseurs éventuels. Il y avait bien quelques grèves qui ressemblaient à des pointes de terre qui s'avancent dans la mer et où les vents accumulent des sables en dunes. Mais c'était tout. Berroïk, qui avait mené cette expédition, rapporta à l'aïeul que seuls les bons chasseurs de mammifères marins pourraient survivre dans cette région, à condition de pouvoir aussi faire la pêche de façon extensive. Il décrivit les berges rocheuses et les petites plages de sable fin. Il parla de la cueillette possible de coquillages et de fruits de mer, mais fit remarquer que le manque de végétation ne permettrait pas de varier l'alimentation et que cela risquait de provoquer des maladies pendant la saison de neige et de froid. Il ne restait donc plus qu'à attendre le résultat des autres expéditions. La leçon tirée de cette première incursion officielle vers le vent chaud fut simple : les ancêtres savaient ce qu'ils faisaient lorsqu'ils avaient établi le village addaboutik sur les rives de la rivière aux mouettes. Berroïk ajouta qu'il y avait toutefois quelques îles au large où d'importantes colonies d'oiseaux semblaient installées. C'était là une autre source possible de nourriture.

27

La première neige à rester sur le sol était venue. Dans tous les mamatiks, le feu central était allumé et les femmes veillaient à son entretien. Les chasseurs de caribous s'apprêtaient à partir, les raquettes à neige étaient prêtes. Un soir, alors qu'il faisait déjà nuit, l'expédition menée par Whooch, le corbeau, arriva au village. Exténués, les six hommes demandèrent qu'on attende le lever du soleil pour faire le récit de leurs découvertes.

Dès que le soleil fut levé, la communauté entière se réunit dans un sous-bois, à l'abri du vent froid, pour entendre le récit de leur exploration. Au moment où Whooch prenait la parole, le dernier groupe dirigé par Anin fit son entrée au village. Il fut donc résolu de donner un répit à ces derniers et de remettre l'assemblée jusqu'au moment où le soleil serait le plus haut dans le ciel. Lorsque Anin entra dans son mamatik, les quatre femmes l'accueillirent en criant et en gesticulant. Surpris, il sourit, mais déjà Woasut lui enlevait son manteau.

Puis Gudruide le força à s'asseoir et lui enleva ses jambières de peaux de caribous. Au même moment, Gwenid l'obligeait à enlever sa chemise à longues manches et Della détachait son pagne, le laissant entièrement nu. Tout à fait déconcerté par cette conduite inhabituelle, Anin réclama des explications. Woasut déclara alors :

« Les quatre femmes du chef de la nation béothuke se sont ennuyées de leur homme. Elles ont été laissées sans satisfaction physique depuis le début de la saison et elles réclament une compensation immédiate du grand chef. »

Après quoi, Woasut se jeta sur Anin, avec Gwenid et Gudruide, et toutes trois se mirent à le caresser assez rudement en l'embrassant partout et en le mordillant. Elles riaient aussi de bon cœur en s'exécutant, pendant que Della regardait la scène en souriant. Anin souriait, conscient qu'il s'agissait là d'une sorte de plaisanterie. Il était pourtant très étonné du comportement de ces femmes, habituellement si réservées. Il cria à Della :

« Et toi, tu ne fais rien ? »

Della le regarda et répondit qu'elle attendait pour voir s'il resterait quelque chose à consommer, une fois que les trois femmes affamées en auraient terminé avec lui. Puis, contrairement à son habitude, elle éclata d'un rire sonore. Les trois autres femmes continuaient toujours leur manège, permettant à l'une d'elles de se déshabiller pendant que les deux autres s'occupaient d'Anin. Lorsque toutes trois furent nues, elles se levèrent toutes en même temps et parlèrent simultanément.

« Tu nous prends toutes, une après l'autre, et tu ne seras libéré pour ton assemblée que lorsque tu nous auras toutes servies. »

Gudruide se jeta alors sur lui en disant qu'elle voulait être la première, alors que les autres lui dirent qu'elles attendaient en ligne. Gwenid invita Della à se déshabiller aussi, ce qu'elle fit. Anin avait compris que, tout en riant, les femmes n'en étaient pas moins sérieuses. Il leur dit alors que ce n'était pas tout de vouloir, il fallait aussi pouvoir et que, pris par surprise, il n'avait pas eu le temps de désirer faire l'acte. Les quatre femmes se mirent en rang et Woasut s'adressa à lui.

« Nous n'avons plus d'homme depuis plus de trois lunes. Nous avons travaillé sans cesse pour préparer la saison de neige et de froid, et dès ton retour tu déclares ne pas avoir eu le temps de songer à nous honorer ? Nous sommes quatre à vouloir lutter et nous estimons avoir droit à la satisfaction. Nous exigeons ton attention pour nous quatre avant la fin du jour. »

Et les trois autres de pousser de petits cris en signe d'approbation. Voyant qu'il ne pourrait pas gagner, Anin s'inclina.

« Aide-moi un peu, Woasut. »

La jeune femme se pencha, embrassa son homme tendrement et se mit à le caresser, comme elle avait toujours eu envie qu'Anin le fasse pour elle. Les trois autres femmes se retirèrent alors dans l'autre partie du mamatik, se couvrirent de peaux de caribous et attendirent que Woasut fut satisfaite. Tout en regardant la scène, Gwenid et Gudruide caressaient la jeune Ashwameet, qui ne demandait pas mieux. Dans cette plaisanterie, les quatre femmes d'Anin avaient un but précis. Elles voulaient que le chef se rende compte qu'il est impossible de satisfaire quatre femmes entièrement lorsqu'on est un homme et qu'on s'absente pendant de longues périodes. Elles avaient comploté cette scène en se promettant mutuellement d'aller jusqu'au bout. Il le fallait pour que leur opinion soit désormais prise au sérieux. Woasut prit naturellement son temps pour être entièrement satisfaite, demandant à Anin de continuer longtemps après qu'il eut obtenu son plaisir. Dès qu'il se retira de Woasut, Gudruide se jeta sur lui, le caressant et le cajolant, l'embrassant et le griffant afin de l'exciter. Elle aussi prit son temps pour obtenir satisfaction. Exténué après ces deux premiers exercices, il prétexta qu'il lui faudrait un peu de temps pour récupérer et que l'assemblée devait commencer, mais Gwenid et Della se mirent à le caresser à elles deux, le forçant à renaître et à satisfaire la jeune Viking, pendant que l'Écossaise se tournait vers Woasut et Gudruide.

« Comme il ne restera plus rien pour moi, alors je ne peux compter que sur vous deux pour m'aider à surmonter ma mauvaise humeur. »

Les trois femmes éclatèrent de rire en se caressant mutuellement.

L'assemblée ne put débuter au moment où le soleil était à son plus haut. En l'absence du chef, il n'était pas question de commencer. On la reporta au lendemain matin.

Ce soir-là, une conversation très sérieuse eut lieu dans le mamatik du chef de la nation béothuke. Les femmes exprimèrent leurs griefs et expliquèrent à Anin qu'elles voulaient avoir leur voix au conseil de la nation. Elles expliquèrent aussi que si la tradition décrit les devoirs des femmes envers leurs époux, elle oublie de parler du devoir des époux envers leurs femmes. Elles discutèrent aussi de l'entente qui doit régner entre les épouses et de l'absence de directives par rapport à la façon dont elle doit régner, soulevant la question de la tendresse qui s'établit entre des femmes délaissées et de ce qui était finalement arrivé entre elles. Elles expliquèrent combien elles étaient solidaires et qu'elles n'éprouvaient aucun remords devant leur conduite ; elles n'y trouvaient donc rien de répréhensible tant qu'elles respecteraient leurs devoirs d'épouses.

Anin fut secoué par cette longue conversation qui se termina fort tard. Mais il promit de se pencher sur la question et d'y revenir. Les quatre femmes et le chef s'endormirent après que les deux mères eurent allaité leur enfant.

28

L'assemblée s'amorça alors que le soleil était déjà haut dans le ciel. L'aïeul demanda à Whooch, le corbeau, de commencer. Il raconta que l'expédition les avait conduits dans les régions des hautes montagnes et des hauts plateaux de la contrée du froid. Beaucoup d'arbres, des landes, des petits lacs, de hautes cascades qui tombent dans la mer, des bras de mer qui entrent dans les terres et des escarpements à donner la nausée. Des endroits magnifiques pour observer la mer et voir venir les étrangers de loin, mais peu d'endroits favorables à la chasse, sauf à cette époque du cycle des saisons, car le caribou s'y rend pour brouter la mousse. Un pays à faire rêver ceux qui aiment admirer la nature, mais peu propice à l'établissement de nouveaux villages.

Puis Anin prit la parole et conta leur expédition à travers les parties forestières de l'île. Il raconta comment les deux côtés de cette île étaient reliés par des cours d'eau.

« Il y a, de notre couchant jusqu'au levant, des ruisseaux, des rivières et de longs lacs qui nous permettent de voyager en tapatook. On traverse d'un côté à l'autre en moins d'une lune, si on ne s'arrête pas trop pour chasser. Tout au long de cette traversée, on rencontre du caribou qui vit en forêt et ne migre pas de la lande à la montagne comme les troupeaux du froid. Bien entendu, il y a des loups qui vivent autour des petits groupes formés par les familles. Si les chasseurs sont bons, les loups ne seront pas de grands concurrents. Sur le parcours, il y a des endroits parfaits pour les campements de la saison de la neige et du froid. La couverture des forêts de conifères est parfaite pour couvrir des vents froids. Le petit gibier abonde : lièvres, lagopèdes, castors, loutres et martres. Il y a des rivières qui descendent vers le levant et qui se jettent dans des baies profondes de la mer. En passant près d'un grand lac du centre, nous avons trouvé un village de Béothuks. Nous croyons qu'il existe encore des gens vivant dans ce village. Nous n'avons pas eu la chance d'entrer en contact avec eux, car notre présence leur a peut-être paru suspecte. Peut-être nous ont-ils pris pour des Ashwans. Dans ces forêts et sur les berges de la mer poussent des fruits sauvages. La cueillette de coques et de fruits de mer est aussi possible. En fait, la meilleure stratégie serait d'installer des villages au fond des baies profondes, là où la surveillance du territoire est possible tout en demeurant discrète, afin de ne pas provoquer les Ashwans et les Bouguishameshs. Nous devrions, dès la saison du renouveau de la pousse, fonder un ou deux villages dans cette direction. En considérant notre population actuelle et les connaissances que nous avons acquises au fil des générations précédentes, nous pourrions habiter l'île entière en moins de cinq générations. Nous serions assurés de conserver notre pays pour nous-mêmes, en empêchant les ennemis de venir y faire des incursions meurtrières. Il faut aussi comprendre que l'endroit que nous occupons actuellement doit rester habité. C'est un endroit idéal pour garder la côte du couchant. Combien parmi vous sont prêts à fonder des villages sur la côte du levant ? »

Les trois quarts des hommes levèrent la main pour signifier leur intérêt. Pas une seule femme ne les imita. Anin craignit soudain une sorte de concertation à ce sujet. Woasut ne lui avait-elle pas dit qu'elle voulait que les femmes aient une voix au conseil de la nation ?

« N'y a-t-il pas de femmes prêtes à fonder une famille sur la côte du levant ? »

Woasut se leva et s'avança vers le chef de la nation.

« Les femmes de la nation béothuke constituent plus des deux tiers de la population, si on inclut les enfants femelles. Pourtant, jusqu'à ce jour, elles n'ont jamais eu quoi que ce soit à dire dans les décisions affectant leur vie et celle de leurs enfants. Elles exigent d'être représentées au conseil de la nation. Les cinq hommes qui prennent les décisions n'auront rien à craindre : une seule femme représentera toutes les femelles. Même si nous essaimons comme les abeilles, nous voulons être consultées. »

Il y eut un long silence, que rompit l'aïeul qui toussota avant d'entamer la défense des femmes, tel que promis.

« Pour reprendre une parole de Woasut, si les femmes béothukes n'ont jamais pris part aux décisions de l'assemblée, c'est qu'elles n'avaient jamais manifesté le désir de se mêler des affaires dont s'occupaient déjà les hommes. Mais... bien entendu... maintenant qu'elles veulent une voix, je ne vois pas comment nous pourrions les en empêcher. Il y a tout de même une condition pour faire partie du conseil. Lorsque ce conseil se réunit, il prend des décisions pour la nation et en son nom. Il ne prend pas de décisions pour faire plaisir aux individus. Si les femmes acceptent cette condition, je suis prêt à accepter une représentante au sein de l'assemblée. Reste aux autres membres du conseil à exprimer leur opinion. »

L'aîné du clan de la loutre fit signe de la tête. Whooch déclara qu'il n'y voyait pas d'objection et Berroïk dit qu'il y songeait depuis longtemps. Restait Anin qui n'avait pas exprimé son opinion. Il se leva.

« Je n'ai vraiment pas le choix. Je serais le seul à m'y opposer. Je crains simplement que les femmes soient trop émotives pour prendre des décisions objectives. Pourtant, si vous acceptez la condition fixée par l'aïeul, je crois que vous méritez une chance de prouver votre sens pratique. Vous désignerez une représentante et elle viendra participer au conseil demain matin. J'ai parlé. »

Sur ces paroles se termina l'assemblée publique. Restait maintenant à élaborer les plans de la migration vers le levant. Les six membres du conseil de la nation des Béothuks devaient planifier cette première migration.

Les femmes des trois clans tinrent ensuite une assemblée de nomination d'une représentante. Cette réunion dura jusqu'au soir, car chacune avait le droit d'exprimer son opinion sur ce qu'elle attendait de cette représentante. À la surprise de toutes, Gudruide, l'étrangère viking, devint la porte-parole de la gent féminine ; la toute jeune chasseresse Boubishat fut choisie comme remplaçante, au cas où Gudruide ne pourrait assister à une réunion. Honorée d'avoir été élue, Gudruide objecta tout de même qu'elle était étrangère et qu'elle ne connaissait pas assez la culture des Béothuks. Les femmes lui répondirent qu'elle n'avait pas à tout connaître puisqu'elle aurait à transmettre à l'assemblée le résultat de leurs délibérations et que, en cas de doute, elle devrait les consulter. Elles parlèrent donc des points importants à apporter au conseil de la nation du lendemain, et l'assemblée se termina.

Les femmes regagnèrent leurs mamatiks respectifs. Les jeunes du village se cherchèrent des compagnons et des compagnes pour passer une nuit agréable. Robb, qui avait accompagné Anin dans son expédition vers la côte du levant, entra au mamatik du clan de l'ours et chuchota quelques mots à l'oreille de Gwenid. Anin l'interpella.

« Il est temps pour toi de te trouver une compagne dans un autre clan, Robb. Les quatre femmes de ce mamatik sont désormais celles d'Anin. Tu te rappelles ce que tu m'avais dit ? Si je décidais de ma favorite, tu ne t'en occuperais plus ? J'ai décidé que les quatre sont mes favorites, même si Woasut est toujours ma première épouse. »

Robb s'éloigna de Gwenid et partit se coucher. Gwenid venait d'être frustrée une fois de plus. La jeune Boubishat dormit dans les bras d'Ashwameet, l'Ocre-rouge. Le lendemain, Robb roula ses choses personnelles et quitta le mamatik du clan de l'ours.

29

À la saison de la repousse, les gens du clan de la loutre partirent vers la région de la côte du levant. Sous la gouverne de Whooch, le clan emmena avec lui Robb, maintenant appelé Drona, le poilu. Il avait pris deux épouses de ce clan, deux sœurs, et partait fonder une famille et se fondre définitivement au sein de la nation béothuke.

Anin chargea Berroïk de rester à la tête du clan du phoque et de demeurer à la rivière aux mouettes. Une partie de ce clan décida tout de même de se joindre à Anin et au clan de l'ours pour partir vers l'intérieur.

Voilà comment cette petite bourgade de deux clans connut son expansion. Voilà comment les Addaboutiks fondèrent la nation béothuke ! Voilà l'utilité des mémoires vivantes au sein du peuple : se souvenir que les Béothuks sont éternels, qu'ils ne mourront jamais.

Anin s'installa au grand lac de l'Ocre rouge avec ses quatre femmes. Au cours d'une période qui dura deux fois les doigts de mes deux mains, ses femmes lui donnèrent une nombreuse progéniture.

Woasut retrouva deux de ses cousins et cinq femmes qui avaient échappé au massacre par les Ashwans. Ces sept vrais Béothuks se joignirent au clan de l'ours.

Au bout de cette vingtaine de cycles des saisons, tous les points stratégiques de l'île étaient occupés et étroitement surveillés. Mon père, Kabik le minutieux, prit deux femmes après la mort de ma mère, la jeune Boubishat, ainsi que sa mère. Il vint s'installer dans la baie de l'Exploit, ainsi nommée en l'honneur d'Anin qui y avait rencontré Woasut.

Lorsqu'un bateau jetait l'ancre dans une baie pour venir s'approvisionner en eau potable, les membres de la nation réclamaient des compensations en échange de la permission de débarquer. Les objets de métal étaient particulièrement prisés. Les Béothuks réclamaient hameçons, haches, couteaux ou simples pièces de fer que les artisans, sous la gouverne de Drona, le poilu, transformaient en outils. Les deux épées et la hache viking étaient précieusement conservées et entretenues par Anin et Ashwameet et elles servaient fréquemment. Les quatre femmes d'Anin accouchèrent régulièrement pendant leur période de fertilité. La jeune Écossaise, malgré sa préférence pour son propre sexe, mit au monde quatre enfants, trois mâles et une femelle. Woasut eut quatre autres enfants, après Buh-Bosha-Yesh. Gudruide donna naissance à six enfants en tout, dont quatre mâles. Quant à Gwenid, le feu qui brûlait à l'intérieur de son corps fit que onze Béothuks naquirent de son sein. De mémoire de Béothuks et d'Addaboutiks, ce fut la famille la plus nombreuse de toute l'histoire de notre peuple. Tous ces enfants vinrent grossir le clan de l'ours en moins de vingt cycles des saisons.

Anin descendait souvent la rivière des deux chutes pour venir pêcher et chasser dans la baie. Il partit un jour, seul dans son tapatook, pour aller prendre des oiseaux sur l'île à l'entrée de la baie. Il ne revint jamais. Malgré les recherches menées par toute la nation, ni son tapatook, ni rien de ses effets, outils de chasse ou de pêche ne furent retrouvés. Aucun signe de son décès. Pour ses quatre femmes, il vit toujours. Il a eu la nostalgie de son voyage autour de son monde, mais il reviendra. Il y a maintenant plus de trois fois les doigts de mes deux mains de cycles des saisons qu'il a disparu... et sa famille croit toujours à son retour.

Son fils Buh-Bosha-Yesh avait été élevé dans le but ultime de le voir assumer les responsabilités de son père. C'est donc lui qui dirige les six clans occupant l'île depuis ce temps. Sous sa gouverne, l'essor se poursuit. Pas une baie, pas une anse, pas une embouchure de rivière n'échappe à la surveillance des gardiens de la nation de l'île. Puissante mais paisible est la nation des Béothuks. L'entente règne toujours.

Les familles ont grossi et, comme les guerriers n'ont guère à combattre, le nombre des femmes et des hommes s'équilibre peu à peu. Les ménages à quatre et cinq femmes deviennent beaucoup plus rares et les us et coutumes changent aussi. Les Ashwans reviennent de temps à autre sur l'île, mais ils sont chaque fois repoussés par les gardiens de la nation, grâce à la surveillance de la mer.

La paix et le bonheur de vivre pleinement règnent pour que la mémoire ne meure pas.

Les quatre femmes d'Anin vinrent, chaque soir et jusqu'à leur mort, scruter l'horizon en espérant son retour...

DEUXIÈME PARTIE

LES ENVAHISSEURS

Sur l'île des Hommes-Rouges
environ cinq cents cycles des saisons plus tard

1- Débarquement de John Cabot
2- Débarquement de Gaspar de Cortereal
3- Catalina. Débarquement de Jacques Cartier
4- Grande baie de Notre-Dame
5- Baie de Bonavista
6- Baie de la Trinité
7- Baie de la Conception
8- Saint John's
9- Baie Saint-Georges
10- Baie de la traversée
11- Pays des Sho-Undamungs
12- Pays des Shanungs
13- Grand Lac de l'Ocre rouge
14- Baie d'Espoir (Sang-Mêlé)

30

Le jour se levait à peine sur la côte nord-est de l'île des Béothuks. La barre de clarté qui précède l'apparition de Kuis, le soleil, prenait une teinte rosée, présage d'une journée chaude et humide.

Le vieil homme assis sur une roche plate contemplait l'horizon en rendant grâce au créateur, Kobshuneesam eur envoyer une autre belle journée de la saison d'abondance. Il devait profiter des beaux jours pour enseigner aux jeunes de son clan à reconnaître les directions, car il était le détenteur de la mémoire de son peuple et devait la perpétuer, comme l'avait enseigné l'ancêtre Anin, le premier Béothuk à avoir fait le tour de la terre des gens de sa nation. Il devait raconter aux enfants des Addaboutiks comment cet homme courageux avait surmonté des dangers jusqu'alors inconnus pour apprendre aux siens à préserver cette terre qui les nourrissait depuis plus longtemps que la mémoire. En transmettant les connaissances acquises par Anin lors de son voyage autour de leur monde, il devait rappeler à cette jeunesse avide de connaître que le savoir vient de l'expérience des aînés, dont la tâche principale est de se souvenir. Il remercia Kobshuneesamut de lui avoir conservé cette mémoire, afin de la transmettre à son peuple.

Aujourd'hui, il parlerait de cette femme, la deuxième épouse du héros Anin, venue du monde du froid avec des Bouguishameshs-Vikings, et qui fut la première femme à siéger au conseil de la nation. Cette femme au teint pâle et aux cheveux couleur des herbes séchées, qui enseigna que le froid s'appelait le nord, le vent, l'ouest, le levant, l'est et la chaleur, le sud. Il raconterait le mélange de sang qui fait la force physique des Béothuks et la découverte des métaux grâce à ses ennemis. Puis il expliquerait aux siens pourquoi il fallait protéger l'île des Béothuks contre les envahisseurs si l'on voulait continuer à vivre en paix. Depuis plus longtemps que la mémoire, lorsqu'un navire étranger vient chercher de l'eau douce, il faut en profiter sans laisser les passagers s'implanter et leur faire concurrence. Il dirait aussi pourquoi il faut accepter les gens qui veulent vivre avec les Béothuks en les assimilant à la nation, tout en apprenant d'eux. Pourquoi, en ce jour le plus long du cycle des saisons, il fallait rendre grâce au créateur de les avoir préservés de ces envahisseurs.

Les jeunes prétendent que nous devrions tolérer les étrangers. Que nous apprendrions plus vite et mieux ce qu'est le monde que nous ne connaissons pas... Pourtant, chaque fois que des étrangers sont venus, ils ont tué, torturé et saccagé, sans respect pour les Béothuks !

Voilà ce que dirait la mémoire vivante du clan d'Appawet, en ce jour de fête, le plus long jour du cycle des saisons. Il raconterait aussi comment il avait été désigné « la mémoire vivante » de son peuple : un jour qu'une toute jeune fille s'était perdue en forêt, on avait voulu savoir ce qui l'attirait tant pour s'aventurer seule, loin des siens. Il s'était alors souvenu que, lorsqu'elle était toute petite, elle était fascinée par les libellules des marais, passant des jours entiers à surveiller leur évolution, sans se lasser.

Il se souvint qu'elle aimait voir ces drôles de bêtes s'accoupler en vol et, dans cette étreinte, passer de très longs moments. Le groupe qui s'était mis à sa recherche en visitant les marais de l'intérieur trouva la jeune fille endormie au pied d'un grand bouleau. Elle avait effectivement visité les marais pour observer les libellules. On avait alors décidé que celui qui avait si bonne mémoire devait servir la nation, et on l'avait depuis lors appelé « Mémoire vivante ». Il n'avait pas eu le choix : lorsque le peuple décide qui vous devez être, vous avez l'obligation de le devenir. Un talent doit être mis au service de ceux qui l'ont reconnu.

Le village s'éveillait peu à peu. Les jeunes pataugeaient déjà dans la mer pendant que les plus âgés se baignaient au ruisseau. Les femmes ranimaient les feux de la veille et préparaient à manger pour ceux qui avaient faim. Le jour s'annonçait beau et heureux. La fête serait complète. Beaucoup de visiteurs des autres clans viendraient attendre le retour d'Anin, disparu en mer depuis plus de cinq cents cycles des saisons. Depuis ce temps, puisque la famille n'avait jamais reconnu son décès, on attendait toujours son retour, comme lors de son premier voyage autour de son monde. Le vieil homme savait bien que personne n'avait jamais vécu aussi longtemps. Mais peut-être qu'Anin n'était pas mortel comme eux ? Peut-être reviendrait-il comme la première fois, pendant la journée la plus longue du cycle des saisons ?

Le vieil homme en était là quand un jeune cria soudain qu'une voile entrait dans la baie. L'aîné dit à l'enfant de prévenir les « gardiens de la nation », et le jeune partit en courant vers le ruisseau porter la nouvelle. En peu de temps, une vingtaine de jeunes hommes débouchèrent sur la plage, et des tapatooks furent tirés, prêts à prendre la mer. Armés d'aminas de chasse, d'arcs et de flèches, ils attendaient. Pendant ce temps, une autre vingtaine d'hommes se joignit au premier groupe ainsi que plusieurs femmes et jeunes filles qui vinrent former une seconde ligne d'appui derrière les gardiens de la nation.

Le plan de défense était en place, vieux de plusieurs centaines de cycles des saisons. Il avait fonctionné efficacement des dizaines de fois. Il s'agissait de faire comprendre aux nouveaux arrivants que la terre appartenait aux Béothuks et de transiger avec eux en en tirant le plus grand profit possible.

Le chef de clan arriva, accompagné de ses deux épouses. Il s'appelait A-Enamin, l'os, à cause de sa haute taille et de sa maigreur. Il avait une trentaine de cycles des saisons de vie et ses femmes lui avaient donné cinq enfants béothuks, cinq raisons de croire qu'il se perpétuerait en d'autres. Il serait le porte-parole du clan d'Appawet, le phoque, conseillé par l'aîné, Asha-Bu-Ut, le sang.

L'attente fut longue car le bateau, trop gros et trop lourd, ne pouvait s'approcher de la rive. Aussi les membres de son équipage devaient-ils lancer des sondes à l'eau pour mesurer jusqu'où le navire pouvait s'avancer. Puis on mit une embarcation plus petite à l'eau, et six hommes ramèrent jusqu'à la rive, pendant que deux autres se tenaient debout, l'un à l'avant et l'autre à l'arrière. Beaucoup plus petit que le voilier, ce bateau était tout de même cinq fois plus gros que le plus gros des tapatooks.

Lorsque ce bateau toucha le fond, les six rameurs sautèrent à l'eau et tirèrent l'embarcation vers la grève. Puis deux matelots croisèrent leurs bras ensemble pour que le premier des hommes qui s'étaient tenus debout s'y assoie. Ils le portèrent à terre sans qu'il ait à se mouiller les pieds. Le second resta dans le bateau, protégé par les quatre autres matelots qui se tenaient prêts à repousser la chaloupe à la mer. Ils portaient visiblement des vêtements d'apparat, car les rameurs étaient vêtus de façon bien différente.

A-Enamin leva la main en guise de salutation au nouvel arrivant. L'homme fit de même. A-Enamin montra tous ses gens en souriant et présenta Asha-Bu-Ut, l'aîné, en citant son nom. L'étranger dit quelque chose que personne ne comprit, mais on supposa qu'il s'était nommé. Il se tourna, montra l'homme resté dans la chaloupe et dit : « Kaptène Jon Kabot. » À ces mots étranges, tous les enfants se mirent à rire, ce qui détendit l'atmosphère. Par signes, le représentant de Jon Kabot fit comprendre qu'ils avaient besoin d'eau pour boire. Il mima le remplissage de tonneaux. Les Béothuks comprenaient bien ces gestes, répétés par tous les voyageurs qui abordaient leur île. A-Enamin fit signe qu'ils étaient prêts à échanger cette eau contre des outils.

L'un des gardiens de la nation approcha et montra une hache à large taillant. Un autre montra des hameçons, un troisième un harpon de pêche et un quatrième un couteau. L'homme dans la chaloupe demanda à ses marins de le porter à terre et c'est en souriant qu'il tendit la main à A-Enamin et Asha-Bu-Ut. Les deux Béothuks se regardèrent et, en souriant, tendirent une main molle au Kaptène Jon Kabot, qui les serra vigoureusement, provoquant des rires de tous les Addaboutiks présents. C'était la façon qu'avaient ces étrangers d'établir des liens d'amitié. Les Béothuks ne pouvaient s'empêcher de trouver drôle cet usage.

On fit signe au chef des étrangers qu'il était le bienvenu et on l'invita à manger. Il se tourna vers les six matelots, donna des ordres dans cette langue gutturale que les hommes rouges ne comprenaient pas. Ceux-ci repoussèrent l'embarcation vers la mer et retournèrent sur le navire, pendant que les deux officiers suivaient les Béothuks vers les mamatiks. Toutefois, les gardiens de la nation se divisèrent en deux groupes. Le premier ainsi que les femmes accompagnèrent les invités, pendant que le second demeurait de faction sur la grève, au cas où les étrangers auraient de mauvaises intentions.

Pendant presque une demi-journée, les invités furent pris en charge de façon constante par les gens de l'ocre rouge. On leur fit visiter le lieu de la fête où déjà plusieurs jeunes étaient réunis, chantant et dansant. À mesure que la journée avançait, des groupes des autres clans arrivaient et le festin à tout manger se mit en branle.

Pendant ce temps, les marins du navire étaient revenus avec trois autres embarcations et une dizaine de tonneaux, qu'ils remplissaient au ruisseau, les roulant ensuite vers les chaloupes où ils les empilaient. Trois des dix-huit hommes avaient rejoint le Kaptène Jon Kabot et son second avec des outils de fer, tel que convenu. Il y avait trois haches, trois harpons, une centaine d'hameçons, une dizaine de couteaux et un rouleau de tissu rouge que les femmes s'arrachaient déjà. L'échange permettait aux deux groupes d'obtenir ce dont ils avaient besoin, dans l'entente et l'amitié.

Tous continuèrent à festoyer et à manifester leur joie. Les gardiens de la nation avaient relâché leur surveillance et s'étaient joints à la fête.

Lorsque le soleil disparut derrière l'île, le Kaptène Jon Kabot invita le chef de clan, une de ses deux épouses et l'aîné à venir à bord de son navire. Il fit signe qu'il avait des présents à leur faire. A-Enamin s'empressa d'accepter, curieux de voir à quoi ressemblait cette grande embarcation de l'intérieur. Cependant, Asha-Bu-Ut refusa catégoriquement l'invitation. Il tenta de convaincre le chef de clan de ne pas accepter, mais les manifestations d'amitié du Kaptène Jon Kabot l'avaient mis en totale confiance. L'aîné tenta de le convaincre de se faire accompagner par des gardiens de la nation, mais ce fut peine perdue : A-Enamin lui rétorqua que ce serait faire insulte à ces dignitaires qui avaient passé la journée entière parmi eux sans protection particulière. Il demanda cependant à un des jeunes chasseurs béothuks de venir avec lui, au lieu de l'aîné. Dès que tous trois furent montés à bord de la chaloupe du Kaptène Jon Kabot, Asha-Bu-Ut demanda à quelques gardiens de la nation de profiter de la nuit pour mettre des tapatooks à l'eau afin de surveiller discrètement les abords du navire anglais pendant que la fête continuait.

Les trois invités du Kaptène Jon Kabot furent bien accueillis sur le navire, on leur servit du lard salé, du rhum et du vin. Le lard salé ne fut pas très apprécié et le rhum les fit s'étouffer, mais le vin régala le chef de clan qui en redemanda plusieurs fois. Soudain, le Kaptène Jon Kabot, profitant du vent qui se levait, ordonna de lever l'ancre doucement et de monter la voilure sans lancer d'ordres comme à l'accoutumée.

Des cris se firent alors entendre, venant des tapatooks qui se cachaient le long du navire. La femme d'A-Enamin, se rendant compte de la manœuvre, se mit à crier. Elle voulut débarquer, mais les deux hommes n'étaient plus en état de se défendre. Ils furent facilement maîtrisés, malgré leur taille qui était beaucoup plus imposante que celle des marins anglais.

Aux cris des gardiens de la nation et de la femme d'A-Enamin, tous les tapatooks disponibles furent mis à l'eau et les Béothuks s'armèrent pour empêcher le navire de quitter l'île. En peu de temps, ils rejoignirent le galion et tentèrent de monter à bord, mais les marins avaient remonté les câbles maillés pour les en empêcher. Même si Jon Kabot ordonna de tirer du canon pour les effrayer, les valeureux avironneurs ne voulurent pas lâcher prise. Ils poursuivirent le bateau jusqu'en haute mer, mais sans succès. Ils durent se rendre à l'évidence : ils n'étaient pas préparés à faire face à une telle situation. Frustrés et malheureux, ils revinrent tous vers le village, où la fête avait pris fin avec la nouvelle du rapt de trois des leurs, dont le chef du clan d'Appawet.

Ce fut la tristesse et la désolation chez les Béothuks. Ils avaient été trompés comme des enfants par les démonstrations d'amitié des Bouguishameshs. Asha-Bu-Ut s'en voulut de n'avoir pas su retenir le chef de clan. Mais il se désolait encore plus de voir la seconde épouse d'A-Enamin et les cinq enfants de celui-ci pleurer et s'arracher les cheveux, désespérés. Trois de ces enfants perdaient aussi leur mère. Le clan porta le deuil d'un chef et tous se promirent de ne plus jamais se laisser prendre par les sourires des étrangers. Désormais, ces Bouguishameshs ne seraient plus jamais les bienvenus sur l'île des hommes rouges. Et l'aîné d'expliquer que la tradition décrivait ces étrangers comme des gens hypocrites et méchants. Que jamais ils n'étaient venus pour établir des liens d'amitié véritables. Voilà pourquoi il avait refusé l'invitation du Kaptène Jon Kabot de monter à bord de son bateau.

Et l'on pleura longtemps la disparition de ce chef bien-aimé, mais imprudent, qui s'était laissé prendre au jeu des étrangers. On envoya des messagers dans tous les villages de la nation béothuke, afin de répandre la nouvelle et de mettre en garde les autres clans contre la traîtrise des gens de ce navire arborant les couleurs du roi d'Angleterre.

Le clan se donna un nouveau chef. Il faisait partie des gardiens de la nation et serait plus prudent que son prédécesseur. Dès lors, les abords des baies, les escarpements rocheux et l'embouchure des rivières furent étroitement surveillés par les gardiens de la nation. Dès qu'un navire était en vue, on massait des forces sur les rives et on l'empêchait de venir s'approvisionner en eau potable. On allait même jusqu'à le poursuivre en haute mer, tirant des volées de flèches sur ses occupants afin de les dissuader de jeter l'ancre près de l'île. Les Béothuks étaient devenus les ennemis des étrangers. Plus personne ne serait dupe des intentions cachées de ces gens venus d'ailleurs. La naïveté des hommes rouges avait atteint sa limite.

Si les jeunes ne pouvaient se souvenir, les plus âgés se chargeaient de leur rappeler cette aventure et toutes celles vécues par l'ancêtre Anin lors de son voyage autour de la terre des Béothuks.

La journée d'action de grâce du solstice de la belle saison resterait mémorable dans l'esprit des détenteurs de la tradition. Asha-Bu-Ut fut désolé de n'avoir pu enseigner les fruits de sa mémoire avant l'enlèvement des trois Addaboutiks. Il fut triste mais songea que cette leçon allait servir long temps. Le peuple entier devait maintenant savoir à quel point les étrangers étaient fourbes et malhonnêtes. Tous les Béothuks devaient apprendre à ne faire confiance à personne, surtout pas aux gens qui ont le sourire trop facile.

Ces hommes à barbe, qui portent de beaux habits et craignent de se mouiller les pieds, ne sont pas des hommes comme les hommes rouges. Ils ne tiennent pas parole comme les Addaboutiks. Un Addaboutik qui donne sa parole et ne la tient pas est passible de la peine de mort, car il met la vie des siens en danger. Ceux qui jugent de sa conduite peuvent croire que tous les membres de la nation lui ressemblent. Il ne faut donc pas garder au sein des clans des gens dont la parole peut être mise en doute. La nation entière peut en souffrir.

31

Iwish sortit du mamatik. Elle était furieuse et tout le village le savait puisqu'on l'avait entendue engueuler Gobidin, le chef du clan du phoque, depuis le début de la réunion du conseil. L'aigle, bien qu'il fût nommé chef, n'acceptait les conseils de personne, se croyant parfaitement capable de prendre seul les bonnes décisions.

Iwish était la seconde épouse du précédent chef de clan enlevé par le Kaptène Jon Kabot. Elle siégeait au nom des femmes du clan et avait suggéré que le village soit divisé en petites unités, afin d'éviter la destruction totale en cas d'attaque par des ennemis ou de raid surprise. Avec sa logique toute féminine, Iwish songeait à la survie de la nation et faisait fi de l'orgueil des mâles qui croient pouvoir affronter tous les dangers sans même prendre de précautions particulières. Elle se rappelait cette mésaventure d'un mari et d'une compagne enlevés par des Anglais sous leurs yeux, sans que personne puisse rien faire pour les en empêcher. Elle se rappelait que dans sa jeunesse, les Ashwans avaient attaqué à l'aube et tué presque tous les mâles de son village, prenant les femmes comme esclaves. Elle se souvenait et refusait de croire que les chefs prenaient toujours les bonnes décisions.

Mais Gobidin, membre du groupe des gardiens de la nation, avait une telle confiance dans la force de ses guerriers qu'il prétendait pouvoir repousser toute attaque de navires entrant dans la baie. Pourtant, lorsque Iwish lui rappelait que son propre chef et son épouse avaient été enlevés sans qu'il puisse empêcher les Anglais de partir, il parlait toujours de la traîtrise des Anglais, de la surprise et de l'erreur qu'on avait commise en les laissant débarquer. Il répétait sans cesse que les empêcher de débarquer réglait le problème. Pourtant, Iwish lui rappela que ce n'était pas par la force que la chose s'était produite. Gobidin s'obstinait : si l'on empêchait ces hommes de débarquer, ils ne pouvaient utiliser de telles ruses, même sous le couvert de l'amitié.

Selon Iwish, il n'était pas exclu qu'on les attaque sur le terrain. Un ennemi décidé et armé de canons et de fusils, comme les Bouguishameshs anglais, pouvait se rire d'eux. Gobidin avait rassuré les autres conseillers en expliquant que toutes les baies étaient bien surveillées et que la surprise était impossible. Devant une telle attitude, Iwish s'était fâchée et avait demandé à Gobidin de lui redonner son époux, puisqu'il n'y avait pas eu enlèvement. L'aîné avait eu beau prendre sa part en disant que sa suggestion était empreinte de sagesse, Gobidin s'obstinait à démolir ces arguments, qu'il disait sans valeur. Elle avait alors perdu son sang-froid et s'était mise à invectiver le chef de clan, le traitant de tête de caillou et de petite cervelle de grand oiseau. De plus, elle avait quitté une assemblée avant la fin. Insulte suprême pour les conseillers qui s'étaient dérangés pour l'occasion, et pour celui qui avait convoqué la réunion. En sortant de l'assemblée, Iwish avait aussi manqué de respect envers le chef. En le traitant d'incompétent et d'imbécile imbu de lui-même, elle transgressait une loi de la nation des Béothuks. Elle s'était emportée et n'avait pas discuté calmement des affaires de la nation. Elle avait insulté le chef devant les autres conseillers et lui avait fait perdre la face, ce qui était impardonnable. Surtout de la part d'une femme. Iwish serait donc tenue de s'excuser publiquement pour une telle offense, à moins qu'elle ne prouve qu'elle avait absolument raison. Mais le seul fait d'être femme et d'avoir manqué à son devoir de femelle en respectant les mâles, ces pourvoyeurs de survie, la rendait blâmable aux yeux du peuple. Il faudrait donc une cérémonie spéciale au cours de laquelle elle s'excuserait devant le peuple entier assemblé, autrement rien n'effacerait l'affront. Elle se plierait à cette cérémonie plus tard, car elle était si fâchée que personne ne pouvait la raisonner.

Elle prit trois aminas et partit en forêt s'entraîner au lancer de cette arme favorite des Béothuks. Elle fut suivie par une dizaine d'autres jeunes filles aussi habiles qu'elle au maniement des armes et qui écoutaient ses conseils. Iwish, depuis la capture de son époux, n'acceptait plus la soi-disant supériorité des mâles qu'elle qualifiait de stupides et fats. Elle avait formé le sous-clan des femmes dissidentes et prêtes à relever le défi de la défense du territoire. Presque toutes les femmes l'écoutaient et les discussions se poursuivaient jusque dans les mamatiks familiaux. Les femmes croyaient en elle. Iwish était devenue l'opposition politique officielle au conseil du clan où elle siégeait. Elle était aussi la représentante des femmes au conseil de la nation. Son influence était grande et cela déplaisait aux hommes qui voyaient leur autorité minée par cette femme irascible et colérique qui refusait de plier devant le bon sens masculin. Pourtant, malgré son attitude belliqueuse, on reconnaissait de plus en plus la justesse de ses intentions et la profondeur de sa pensée. Elle réfléchissait beaucoup et acceptait les conseils... d'autres femmes.

Iwish avait formé un corps d'élite féminin qui chassait aussi efficacement que n'importe quel corps de chasseurs du clan d'Appawet. Ces femmes étaient vite devenues la fierté des femelles de toute la nation béothuke et cela créait une sorte d'émulation malsaine au sein des clans, pensaient les hommes. Toutes les adolescentes voulaient appartenir à ce groupe de femmes qui prétendaient valoir les hommes. Ces guerrières et chasseresses étaient très souvent plus habiles que les jeunes hommes, plus alertes qu'eux. Leur détermination était inébranlable et rien ni personne ne pouvait les effrayer. Elles avaient acquis une telle confiance en elles que les hommes n'osaient plus les défier que dans les épreuves de force physique. L'argument le plus probant que les hommes opposaient à la dispersion du village était que depuis l'enlèvement d'A-Enamin et de sa femme, aucun navire n'avait pu s'approvisionner en eau potable. Le clan avait défendu la terre de leur île avec efficacité même si nombreuses étaient les voiles qui croisaient au large de la baie et jusque dans le détroit menant chez les Innus, que les Béothuks appelaient les Sho-Undamungs, leurs amis.

Iwish, issue du clan de l'ours et descendante directe de la fille de la fameuse chasseresse Boubishat, le feu, et d'un des fils d'Anin, le héros de la nation, n'acceptait pas la soumission des femmes et la supériorité des hommes. Elle croyait à l'égalité des sexes et trouvait même les femmes supérieures, car elles mettaient au monde les enfants et enseignaient à tous les Béothuks sans exception. Tous étaient nés d'une femme, ce qui leur octroyait la supériorité sur les hommes. Qu'elles se mettent simplement à dire non, et c'en était fini de la race et de la nation. Elles avaient donc droit à la parole et au respect de tous. Il s'agissait maintenant de revendiquer haut et fort ce droit et de forcer les hommes à écouter. Voilà où en était rendue cette nation dont le seul héros qu'on lui connût était un homme, Anin le voyageur, le père de la plus nombreuse progéniture connue chez les Béothuks. Les hommes clamaient que depuis trois cycles des saisons, aucun navire n'était venu prendre de l'eau sur leur île. C'était la preuve que les plans d'Anin, l'ancêtre, étaient respectés et bien mis en application. Pourquoi diviserait-on le village alors que leur union faisait leur force ? Les femmes étaient défaitistes et avaient inutilement peur, comme toutes les femelles faibles et dépendantes des hommes.

Ce jour-là, les femmes du village démontèrent quelques mamatiks et transportèrent les écorces et les perches en forêt, au sud et à l'ouest de la baie. Elles appuyaient ainsi Iwish et son idée de division des habitations pour éviter le démantèlement complet de la population, en cas d'attaque massive par les étrangers. Ces femmes disaient pouvoir se passer des hommes pour subvenir aux besoins de leurs enfants. La dispute au sein de la communauté n'opposait plus les familles, mais les femmes et les hommes, dont les vues respectives étaient maintenant diamétralement opposées.

Ce soir-là, les jeunes en vigile le long des côtes signalèrent le passage de deux bateaux devant la grande baie au large des îles. Ils n'avaient pas manifesté le besoin de chercher de l'eau vers l'embouchure de la rivière comme les autres navires le faisaient lorsque, du large, ils apercevaient la coulée d'eau douce de couleur différente de l'eau de la mer. Les deux navires étaient passés tout droit et avaient disparu derrière la langue de rochers qui sépare cette baie de la suivante. Et les hommes de crier bien fort que les gens des navires s'étaient sans doute passé le mot : il était désormais inutile de vouloir s'approvisionner en eau dans la baie profonde de la grande rivière aux deux chutes. Comme les Hommes-Rouges étaient trop forts pour eux, ils allaient donc plus au sud, là où les Béothuks n'habitaient pas. Ils disaient que les femmes avaient eu tort de craindre les étrangers et de se disperser en forêt.

Selon une des mémoires vivantes de cette période, le capitaine du premier de ces deux bateaux avait pour nom Gaspar de Cortereal. Il était du Portugal et il avait été prévenu par les marins d'un navire de pêche de son pays que cette baie était bien gardée par les Hommes-Rouges, mais que la baie suivante plus au sud, Bonavista, ne l'était pas et qu'on avait pu s'approvisionner en eau à un ruisseau. Des hommes s'étaient même rendus à ce village de Peaux-Rouges en traversant la langue de rochers. Le village entier serait facile à attaquer par la terre et on pourrait alors affaiblir et même éliminer ces farouches défenseurs de Terra Nova, comme l'appelaient ces pêcheurs.

Les deux navires firent provision d'eau douce et Cortereal envoya ensuite soixante-dix hommes d'équipage à travers la forêt, en pleine nuit. Ils furent guidés par l'un des marins qui s'y était déjà rendu. Ils avaient l'ordre de maîtriser le plus de Peaux-Rouges possible afin de les ramener vivants au Portugal.

Bien que soixante-dix hommes ne puissent marcher silencieusement en forêt, la connaissance des lieux par le marin-pêcheur les aida à passer inaperçus. Discrètement, une dizaine de marins se dispersèrent dans le village, mettant simultanément le feu aux mamatiks d'écorce de bouleau. Dès que les gens en sortaient, ils étaient maîtrisés et ficelés par les Portugais. À l'aube, tout le village du clan d'Appawet, cinquante-sept hommes, femmes et enfants, furent chargés à bord de chaloupes comme du bétail. Ce fut une catastrophe pour les Hommes-Rouges.

Mais pendant que les soixante-dix Portugais attendaient sur la rive que les chaloupes reviennent les chercher à leur tour, une horde de femmes s'abattit sur eux. En peu de temps, ils perdirent vingt des leurs, tués par les lances de ces guerrières conduites par une mégère qui criait et vociférait tout en frappant d'une épée courte tout ce qui bougeait sur son passage. Une femme-démon, comme le rapporta un homme de Cortereal. Ces Portugais n'eurent d'autre choix que de reprendre le sentier par lequel ils étaient venus afin de retourner à leurs navires. Ils furent toutefois poursuivis jusqu'au lieu de l'embarquement par les femmes dirigées par Iwish et perdirent dix autres membres d'équipage. Trente hommes en tout étaient tombés, tous tués par des femmes.

Sept Peaux-Rouges furent embarqués sur le premier navire et les cinquante autres furent attachés et laissés sur le pont du deuxième. Les deux bateaux mirent le cap sur le Portugal. On ne revit jamais plus ces cinquante-sept Béothuks sur l'île des Hommes-Rouges. On dit qu'ils furent vendus comme esclaves.

Sur le sentier du retour vers le village du clan d'Appawet, le phoque, quelques jeunes filles trouvèrent un marin portugais blessé, mais encore vivant, qu'elles jugèrent apte à marcher. Elles le ramenèrent dans l'espoir de le faire parler. C'est de lui qu'on apprit plus tard le nom du capitaine Gaspar de Cortereal.

Pendant ce temps, les nouvelles voyageant vite sur l'île des Hommes-Rouges, Iwish avait été nommée chef du clan d'Appawet, le phoque, et chef des gardiens de la nation pour sa prévoyance et pour sa façon de concevoir la sécurité. Elle devint la première femme chef de clan et la première à siéger au conseil de la nation comme conseiller et non comme représentante des femmes. Mais elle n'obtenait ces honneurs que parce qu'elle avait accompli une tâche d'homme, alors que si on avait d'emblée suivi son conseil, elle aurait toujours pu prétendre à l'utilité de la femme comme femme et non comme remplaçante de l'homme. Elle était très déterminée, forte et habile, mais elle se considérait femme avant tout et aurait préféré le demeurer. Elle connaissait les lois de la nation et son devoir de femme et d'épouse.

Elle n'avait aucune envie de délaisser ces devoirs pour assumer ceux de chef de clan et de chef des gardiens de la nation. Elle croyait fermement que si les hommes étaient compétents, elle pourrait redevenir femme et oublier ces tâches d'hommes qui lui incombaient maintenant. Elle se rendait compte que sa tâche principale serait de former une relève masculine et de redonner confiance et dignité au sexe fort, humilié par la réussite de cette femme et de ses adeptes féminins. Les modèles suivis par la jeunesse mâle depuis des centaines de cycles des saisons n'avaient rien de mauvais et il fallait les faire renaître le plus vite possible afin que la virilité demeure et que les femmes puissent de nouveau jouir de la vie, confiantes comme avant.

Toutefois, il fallait absolument éliminer ces hommes fats et orgueilleux qui se croyaient seuls à savoir et à pouvoir. Ils devraient maintenant compter sur les femmes comme conseillères, et non pas uniquement comme porteuses de leurs enfants. La nouvelle tâche qui attendait Iwish commençait dès maintenant. Il fallait réorganiser la défense, car la prochaine belle saison ramènerait d'autres navires étrangers dans les parages. Chaque belle saison voyait de plus en plus d'étrangers venir pêcher le poisson des Béothuks et empêcher les Hommes-Rouges de pratiquer cette façon de gagner la nourriture nécessaire à la survie de la race. Les poissons de l'intérieur ne suffiraient pas très longtemps et les coques et les fruits de mer cueillis dans les baies viendraient à manquer. Et comment se procurer la morue et le flétan nécessaires ?

Les tapatooks ne pouvaient plus sortir en haute mer sans risquer d'être capturés par les occupants de ces navires. Seule leur vitesse les sauvait lorsque de telles rencontres se produisaient. Il fallait que la peur s'apaise et que les Béothuks retournent à leurs façons de vivre traditionnelles. Il fallait la paix et non la guerre. Voilà la tâche qui incombait à la première femme chef de clan de la nation des Béothuks, la grande Iwish.

Le nouveau conseil de clan était reformé et une autre femme en était membre, mais Iwish avait aussi nommé trois hommes, dont l'aîné qui avait échappé à la razzia portugaise en se réfugiant chez les femmes de la forêt le soir précédant l'attaque. Et il s'en félicitait en disant qu'il avait eu un pressentiment, peut-être féminin, mais heureux. On le disait sage. Mais il se disait prudent et à l'écoute de toute suggestion, qu'elle vienne d'un homme ou d'une femme.

32

Iwish était à la tête du clan d'Appawet, le phoque, depuis maintenant un cycle complet des saisons. Elle avait fait doubler la garde des côtes et les tapatooks béothuks sillonnaient les baies, les anses et les criques d'eau douce se jetant dans la mer. Les hommes étaient entraînés à la guérilla : ils attaquaient puis disparaissaient aussitôt. La guerre du harcèlement était la seule possible contre un ennemi aussi nombreux et aussi bien armé que l'étaient ces gens venus d'un autre continent. D'abord les Anglais puis les Portugais. Il fallait mettre fin à cette invasion par les étrangers afin de conserver intacte la terre d'abondance qu'était l'île des Béothuks.

La chef avait beaucoup appris du marin portugais capturé par les gardiennes de la nation. On avait cousu ses blessures à l'aide de ses propres cheveux et, moins d'une lune plus tard, on l'avait mis à contribution en lui faisant ramasser des coques et autres fruits de la mer afin de nourrir les personnes âgées du village du clan. Le soir venu, Iwish le questionnait sur la vie au Portugal.

Elle savait que ces gens étaient à la recherche d'un métal qu'ils appelaient « or » et que cela constituait la richesse de tous les pays d'Europe. Iwish savait aussi que les prisonniers du capitaine Gaspar de Cortereal seraient vendus en échange de ce métal, qu'ils seraient forcés de travailler à la place de leurs nouveaux maîtres, qu'ils seraient battus, fouettés et qu'à la moindre incartade ils seraient tués. Elle savait que pour ces étrangers, ne pas appartenir à la religion des maîtres signifiait qu'on était moins qu'une bête et que cela leur conférait le droit d'infliger les pires sévices, sans aucun remords. Pourtant, elle se refusait à utiliser les mêmes méthodes avec ce prisonnier : il fallait faire en sorte qu'il contribue à la vie des gens de l'île, mais sans qu'il soit maltraité. Autrement, il valait mieux le tuer. En attendant, elle apprenait beaucoup du marin.

Elle savait maintenant que les Béothuks étaient détestés par tous les équipages des navires de pêche qui venaient aux environs de leur île ; on voyait en eux des démons de l'enfer qu'il fallait tous tuer avant de pouvoir circuler librement. Elle apprenait toutes ces choses de Miguel Ferreira. Elle savait maintenant que les Béothuks étaient aussi intelligents et beaucoup plus humains que ces gens venus d'ailleurs, puisqu'ils ne contraignaient pas les autres humains à remplir des tâches qu'eux-mêmes ne voulaient pas accomplir. « Lorsque nos gens seront devenus assez paresseux pour ne plus accomplir les tâches quotidiennes, notre nation n'aura plus de raison d'être. Nous serons devenus inutiles. »

Le marin confia un soir que les Portugais reviendraient, car le marché des esclaves rapportait beaucoup d'or à qui le pratiquait. Il éveilla l'attention de tous les Hommes-Rouges et Iwish put ainsi communiquer la nouvelle à tous les gens de son clan ainsi qu'aux autres clans de l'île.

Un matin, un avironneur solitaire vint discrètement avertir Iwish que les deux mêmes bateaux qui avaient fait tant de prisonniers à la dernière belle saison étaient de retour dans la baie d'à côté et que les patrouilleurs se préparaient à attaquer les matelots qui débarqueraient pour remplir les tonneaux d'eau. Iwish ordonna à tout le village de se préparer et elle envoya une centaine de gardiens de la nation en renfort pour défendre l'île contre les envahisseurs. Le plus discrètement possible, le mot fut passé et tous, hommes, femmes et enfants, se mirent à l'œuvre : on commença l'aiguisage des petits pieux qu'on enfonce dans le sol ou entre les écorces et les troncs d'arbres afin que toute personne qui s'y frotte s'y déchire la peau. Ainsi, s'ils étaient à nouveau attaqués de nuit, ces armes ne manqueraient pas de défendre à leur façon les gens de l'île. Pendant ce temps, sous les ordres de Camtac, le parleur, la défense s'organisait. Bien cachés, les gardiens de la nation observaient la manœuvre : quatre grandes chaloupes étaient déjà à la mer et des barriques vides y furent empilées. On regarda ces quatre embarcations s'avancer vers la crique. Chaque chaloupe contenait six rameurs et deux hommes armés de mousquets. Comme les rameurs étaient sans doute armés, cela faisait trente-deux hommes en tout à combattre.

Camtac fit le tour de ses archers et ordonna à chacun de bien viser chacun un homme et de foncer aussitôt après avec l'amina pour achever l'ennemi, si la flèche n'avait pas atteint son but.

Chacun savait quel homme viser et devait se mettre en position selon la tâche qu'accomplirait cet homme. Seize barils furent roulés d'un seul coup vers le ruisseau, deux hommes en armes demeurèrent près des chaloupes alors que tous les autres vinrent vers la crique d'eau fraîche, un fusil à la main.

Au signal donné par Camtac, trente-deux flèches furent décochées en même temps et trente Portugais tombèrent, frappés à mort. Puis ce fut la ruée vers les deux qui restaient. Un seul des deux eut le temps de viser et de tuer un gardien de la nation. Il fut tué sitôt après et quasi dépecé vivant, comme son compagnon. Mais le coup de feu avait attiré l'attention des autres hommes d'équipage qui criaient et vociféraient sur le pont des deux navires. Les Béothuks mirent une vingtaine de tapatooks à l'eau et se mirent à avironner vers les bateaux portugais. Les hommes avaient enroulé de la mousse séchée et de l'écorce de bouleau à la partie avant de leurs flèches et ils y mettaient le feu à l'aide d'une branche allumée.

Puis, à tour de rôle, ils visaient les cordages qui pendaient de chaque côté des navires. Quelques flèches furent aussi tirées vers le pont où s'entassaient des marchandises inflammables. Bientôt les deux navires furent en flammes et les hommes se jetaient à l'eau ou descendaient des chaloupes pour fuir. Les deux capitaines criaient des ordres en portugais, et l'on vit les forces se regrouper pour foncer vers la terre ferme. Elles étaient poursuivies par les gardiens de la nation dans leurs rapides tapatooks, qui avaient l'avantage d'être faciles à manœuvrer. Les quelques coups de feu tirés firent autant de morts chez les Béothuks qui n'avaient pas suivi la consigne de se contenter de frapper et se cacher. La hardiesse et la bravoure de chacun pouvaient aussi causer sa perte, et peut-être celle des siens.

Mais en mettant pied à terre, les matelots portugais durent affronter les renforts envoyés par Iwish. Ce fut un véritable massacre : les Portugais furent tués sans merci jusqu'au dernier. Rageurs et se souvenant de la saison de la repousse où cinquante-sept des leurs avaient été faits prisonniers, les Béothuks venaient de venger l'affront et la peine causée aux familles des Addaboutiks. On coupa beaucoup de têtes, dont celle du capitaine Cortereal, pour les exhiber au village et les faire voyager vers les autres villages béothuks de l'île. Tous furent avertis de surveiller les abords du village à cause des pieux placés un peu partout. Mais les Béothuks savaient où et comment ces armes se plaçaient et personne n'oublierait les endroits où il ne fallait pas poser le pied ou s'appuyer. Il y eut fête ce soir-là et l'on dansa jusqu'au lever du soleil la victoire des Béothuks sur les envahisseurs portugais. Plusieurs familles ne participèrent pas aux réjouissances, pleurant ceux qui étaient morts en défendant leur île.

Iwish exprima son mécontentement de voir que rien n'avait pu être sauvé des navires. Les haches, les outils, les toiles des voiles, tout cela aurait pu servir ! On ne pouvait absolument pas utiliser les têtes des matelots. Quel gaspillage ! Ce qui fit dire aux gardiens de la nation qu'une femme n'est jamais satisfaite et qu'à toutes les victoires du monde elle trouverait à redire. Pourtant, Camtac ne semblait pas mécontent de sa récompense. Iwish l'avait entraîné vers son mamatik et, après lui avoir donné une courte épée, s'était offerte à lui en guise de remerciement pour sa victoire sur les envahisseurs. Toutefois, il dut se contenter d'obéir aux ordres, même en accomplissant son devoir d'homme. La chef de clan savait parfaitement ce qu'elle voulait et comment elle le voulait pour avoir satisfaction et contentement corporel. C'est elle qui prenait l'initiative et qui montait l'homme et non l'homme qui la montait. Elle s'empala de face et de dos sur le valeureux Camtac qui eut l'impression de n'être qu'un outil de satisfaction et non un mâle qui satisfaisait une femelle. Il en fut humilié mais se jura de n'en souffler mot à personne, de crainte d'être ridiculisé publiquement. Il ne fallait pas en parler, autrement, il perdrait son statut de favori de la chef et en même temps son influence au sein de la société béothuke. Il devait garder le silence absolu sur son aventure amoureuse.

Était-il le seul à avoir bénéficié des faveurs de la chef du clan, ou n'était-il qu'un parmi tant d'autres ? Si cette dernière réponse était la bonne, il n'était pas seul à savoir que les hommes ne sont que des accessoires sur la couche d'Iwish et que ce n'est pas dominer la femme que de la servir physiquement ! Il allait tenter de savoir pour être mieux averti et ne pas faire de faux pas au sein de la communauté du clan d'Appawet. Depuis l'enlèvement de son époux, cette femme avait vécu pour les cinq enfants du ménage à trois. Au lieu de prendre un autre époux, elle avait profité des jeunes et vigoureux gardiens de la nation dont elle était aussi la chef. Il était bien difficile pour un jeune guerrier de dire non à cette femme au caractère déterminé. Camtac était songeur et Iwish le regardait du coin de l'œil.

« Ne t'ai-je pas donné du plaisir ?

— Oui. Mais je n'ai pas l'impression de t'avoir conquise. »

Iwish regarda Camtac droit dans les yeux.

« Depuis plus longtemps que la mémoire, les hommes se satisfont sans jamais demander aux femmes si cela leur plaît ou non. Tu ne trouves pas que c'est un juste retour des choses qu'il en soit autrement ? »

Camtac soutint le regard de la femme forte.

« Personnellement, je ne comprends pas pourquoi je devrais être humilié pour les fautes de tous les hommes qui m'ont précédé. J'ai cru que tu voulais me récompenser pour ma réussite, pas me punir. Je ne suis pas responsable des abus des hommes qui m'ont précédé. Je suis le vainqueur des Portugais, pas le perdant de l'île. J'aurais pu te donner du plaisir si tu m'en avais laissé le loisir. Peut-être plus que tu n'en as eu en menant le jeu. Peut-être aurais-tu appris quelque chose. Tu as manqué de confiance et de respect envers moi. Je suis frustré et humilié. Je ne suis pas fier de moi, et pas heureux de notre relation. »

Iwish remit son dingiam et sortit du mamatik.

« Il n'y a pas et il n'y aura jamais de relation entre toi et moi. J'ai obtenu mon plaisir et c'est tout ce qui compte. La prochaine fois, ce sera un autre. Tu peux déjà te chercher une autre femme. »

Le jeune Camtac fut malheureux ce soir-là. La tradition disait pourtant que... Mais à quoi bon penser à la tradition... L'action d'aujourd'hui n'est-elle pas la tradition de demain ? Peut-être les choses ne seraient-elles plus jamais les mêmes ? À quoi servent les expériences vécues ? À créer les actions de demain pour que s'installe la tradition. Voilà à quoi avait servi son expérience avec Iwish : à comprendre ce que sera demain pour en avertir la jeunesse afin qu'elle ne se fasse pas trop d'illusions et n'en soit pas trop blessée pour toujours. Toutefois, il fallait faire attention de ne pas croire que toute la nation allait suivre ce modèle, car il deviendrait inutile de vivre. Il y aurait sûrement de meilleurs moments et toutes les femmes ne pouvaient être dominatrices comme Iwish. Voilà ce que se disait Camtac, toujours assis sur la couche d'Iwish, dans le mamatik de la chef de clan. De mémoire de Béothuk, c'était la première fois qu'une femme agissait comme un homme, sans avoir le respect des êtres qui l'entourent. Peut-être n'était-elle qu'un homme de sexe féminin ? Mais pourquoi ne choisissait-elle pas des femmes pour partenaires ? Les hommes seraient-ils meilleurs pour donner satisfaction ? Et il sortit du mamatik d'Iwish pour la dernière fois.

Pendant les quelques soleils qui suivirent, Camtac demeura songeur. Iwish était vraiment belle. Elle avait aussi beaucoup plus d'expérience que lui et cela n'était pas toujours déplaisant. Grande et un peu forte de taille, elle avait une poitrine généreuse, une peau douce et, malgré les deux enfants qu'elle avait eus, un corps assez bien proportionné. Elle continuait de porter le dingiam, sorte de pagne en jupe très court, qui laissait voir ses cuisses. Elle portait des moosins aux pieds et des jambières faites de pattes de caribous pour protéger ses jambes des branches de la forêt et des roches coupantes, fréquentes sur les escarpements des bords de la mer. Son teint était foncé comme celui des anciens Addaboutiks, mais ses cheveux attachés sur le dessus de sa tête étaient rouge très foncé, presque noirs. Elle était plus grande que

Camtac, lui qui dépassait déjà d'une tête le marin portugais.

Iwish avait dépassé la trentaine de cycles des saisons, mais elle était toujours assez belle pour susciter l'envie des jeunes guerriers de la nation. Pas un homme du clan d'Appawet, jeune ou vieux, n'avait pas un jour rêvé de partager sa couche. Seules les femmes commençaient à murmurer contre elle. Depuis son accession au poste de chef, elle avait délaissé ses gardiennes de la nation et avait privilégié les corps d'élite masculins. Les femmes se sentaient moins importantes. Pourtant, Iwish alléguait que les hommes devenaient plus nombreux et que la protection du sexe reproducteur de la race devenait nécessaire. Mais le mécontentement grandissait quand même. Non seulement les femmes se sentaient-elles délaissées, mais les hommes continuaient de regimber à l'idée d'être menés par une femme et, consciemment ou non, ils cherchaient à la discréditer aux yeux des autres hommes. Malgré l'envie d'elle qu'ils éprouvaient tous encore.

33

Les jours passaient heureux et paisibles sous la gouverne de la chef de clan Iwish, et le sentiment de sécurité avait remplacé l'inquiétude d'avant sa venue à la tête des gardiens de la nation. Chaque jour, des messagers l'informaient du nombre de bateaux étrangers qui rôdaient autour de l'île. Iwish savait qu'en tout une centaine de ces gros navires de diverses nations pratiquaient la pêche et la chasse aux mammifères marins. Les Basques chassaient la baleine dans la partie nord du passage vers le pays des Sho-Undamungs, les Innus ou Montagnais, amis des Malouins-Français. Il y avait aussi des Portugais, des Espagnols et des Anglais autour. Les observateurs savaient maintenant reconnaître la provenance de ces voiles au petit drapeau qui flottait derrière chaque navire. Le marin portugais leur avait appris les couleurs et les insignes de chaque nation. En fait, les Béothuks n'avaient qu'à surveiller la côte du levant pour s'assurer que ces gens n'envahissaient pas l'île. Les Malouins pêchaient bien sur la pointe nord-ouest, mais ils semblaient s'approvisionner en eau potable sur la terre au nord du passage vers les Sho-Undamungs et ces derniers semblaient bien s'entendre avec eux. Toutes ces observations avaient été confirmées par le marin portugais.

Deux cycles des saisons avaient à peine passé lorsqu'un matin on annonça à Iwish que deux autres navires portugais croisaient près de l'île et semblaient chercher les navires de Gaspar de Cortereal. Des hommes scrutaient sans cesse la terre ferme. La garde fut doublée et le guet se poursuivait même la nuit en cas d'attaque surprise. Les abords des lieux habités furent de nouveau cernés par les travailleurs qui taillèrent d'autres pieux et les placèrent aussi le long des criques d'eau douce, en guise de protection supplémentaire. Puis des hommes se remirent à patrouiller les baies en tapatooks, pour éviter d'être surpris. Un soir, on vit les deux navires portugais jeter l'ancre à l'embouchure d'une crique, près de l'île au bois dur.

Iwish ordonna aux gardiens de la nation d'effectuer un raid contre ces navires et de rentrer à la crique aussitôt après. Camtac dirigeait toujours la plupart des gardiens et il savait exactement quoi faire et comment s'y prendre. Lorsque la nuit fut tombée, plusieurs tapatooks se détachèrent de la rive pour venir tourner autour des grands bateaux des Portugais. Les explorateurs virent alors une grande chaloupe remplie d'hommes en armes qui s'approchait de l'île au bois dur. Silencieusement, cinq tapatooks s'en approchèrent pour décocher une volée de flèches vers les hommes. On entendit des jurons, car plusieurs matelots portugais furent touchés avant que la chaloupe n'atteigne la terre. Une fois les pieds au sec, les marins tirèrent plusieurs coups de feu sans atteindre les Béothuks, bien protégés par la noirceur et leur connaissance des environs. D'autres chaloupes furent mises à la mer par les marins portugais, mais lorsqu'elles arrivèrent sur la grève, tous les Béothuks avaient disparu, volatilisés sur l'île au bois dur. Dès l'aube, pourtant, une dizaine de marins étaient étendus sur le sol, transpercés par des flèches et des aminas de chasse sans qu'aucun Béothuk ait été aperçu. Les Portugais se regroupèrent pour manger un peu, mais à peine avaient-ils allumé leur feu qu'une volée de flèches en abattit une dizaine d'autres. Ils se mirent alors à tirer un peu partout dans le bois, dans l'espoir de toucher ces Sauvages fantômes. Encore une fois, aucun ne fut atteint. Lorsque le soleil fut haut dans le ciel, les marins débarqués sur l'île au bois dur virent une cinquantaine de tapatooks se diriger vers les deux navires et y décocher des flèches enflammées. Puis ils les virent s'accrocher aux cordages qui pendaient de chaque côté des deux voiliers et monter à bord. Il y eut une bataille sanglante et des cris terribles furent poussés de part et d'autre. Sur l'île, les Portugais poussèrent les grandes chaloupes à l'eau pour aller à la rescousse des équipages des navires, mais déjà les Béothuks se retiraient et ramenaient leurs tapatooks vers le fond de la baie. Les gardiens de la nation avaient bien perdu une vingtaine d'hommes, mais les pertes portugaises étaient au moins trois fois plus grandes.

Le capitaine Miguel de Cortereal, le frère de Gaspar, ordonna alors à toutes ses forces en armes de débarquer et d'attaquer les Sauvages. Lorsqu'ils mirent pied à terre, ils essuyèrent un barrage de flèches qui coucha par terre la moitié des marins portugais. L'autre moitié retourna immédiatement vers les deux navires qui flambaient. Cortereal fit alors remonter les ancres et laissa les bateaux dériver vers la terre. Ils échouèrent finalement sur des bancs de sable et les hommes réussirent à maîtriser les incendies allumés par les Béothuks. Mais ce ne fut pas sans d'autres pertes car, profitant de cette diversion, les gardiens de la nation venaient en tapatooks, à cinq ou six par esquif, harceler les marins, debout sur les bancs de sable et se passant des seaux d'eau pour éteindre les feux, avant de se sauver très rapidement. Cortereal fit alors tirer du canon mais un seul tapatook fut touché et tous ses occupants furent rescapés par les autres embarcations béothukes. Puis tous les Béothuks disparurent et de nouveau les marins portugais crurent qu'ils avaient été effrayés par le bruit du canon. La nuit suivante, une horde de Béothuks s'abattait à nouveau sur les deux navires. Les Addaboutiks montèrent à bord des grands bateaux et en tuèrent tous les occupants. Le capitaine Cortereal eut comme son frère la tête tranchée, et elle fut exhibée à son tour dans tous les villages de l'île pendant presque une lune entière, jusqu'à ce que les vers lui sortent par les yeux. Cette fois, tous les outils trouvés sur les navires furent distribués aux Béothuks et les voiles furent tirées vers la terre ferme pour servir éventuellement de toiture à de nouvelles habitations et aux entrepôts de provisions de la saison du froid et de la neige. Iwish fut satisfaite du résultat de la bataille rangée. Les Portugais savaient maintenant à quoi s'en tenir même si aucun survivant ne pourrait jamais raconter ce dernier massacre. On mit le feu aux navires avant de relâcher le marin prisonnier. On lui donna un tapatook et un aviron pour qu'il porte la nouvelle aux occupants des navires de pêche étrangers qui traînaient dans les environs de l'île. Ces étrangers sauraient bien répandre la nouvelle que les Hommes-Rouges se défendaient sans merci contre les envahisseurs portugais.

La paix dura cinq cycles des saisons. Plus personne n'osait s'approcher de l'île. Ces Sauvages rouges étaient vraiment barbares et ne permettaient plus qu'on profite d'eux. Ils protégeaient les côtes comme si cette terre avait été du métal précieux, aussi précieux que celui que tous les aventuriers européens recherchaient tant. La rumeur courut d'ailleurs sur les bancs de pêche que l'île contenait beaucoup de ce métal : sinon comment expliquer que ces gens tiennent tant à protéger leur territoire contre tout envahisseur ?

Iwish continuait, lors de chaque victoire, de récompenser l'un des gardiens de la nation en l'invitant dans sa couche. Et chaque fois le jeune guerrier sortait frustré de l'expérience. Certes, il apprenait quelque nouveauté en la matière, mais il demeurait un instrument de plaisir au service d'une femme. Comme ils étaient tous déçus de l'expérience, la nouvelle se répandit bientôt que la chef de clan était d'une voracité inouïe. On la surnommait « la mangeuse de gardiens », et elle ne fit rien pour faire taire la rumeur. Elle eut d'ailleurs deux autres enfants, dont personne ne connut jamais le père. Seule la mère savait, mais elle se gardait bien de le révéler. Elle entretenait le mystère et ne souffrait ainsi la compétition de personne au sujet des postes qu'elle détenait.

Iwish la dure. Iwish la mangeuse de gardiens. Iwish la protectrice de la nation des Béothuks. Iwish la chef incontestée du clan d'Appawet, le phoque, resterait dans la mémoire de tous les Béothuks de l'île des Addaboutiks, les Hommes-Rouges. Les mémoires vivantes de la nation se chargeraient de narrer sa vie pendant longtemps. Pourtant, Iwish était toujours à la tête du clan et des gardiens de la nation lorsque six membres de son clan furent faits prisonniers par un navire français alors qu'ils tentaient de gagner la terre des Sho-Undamungs, de l'autre côté de la passe nord de l'île. Ce fut le début de la fin pour la chef. On lui reprocha d'avoir laissé ces six valeureux guerriers traverser vers le nord sans une escorte assez forte pour résister aux attaques des étrangers. On la tint responsable de n'avoir pas prévu cet événement. Un chef ne devait-il pas aussi être devin et un peu sorcier pour avoir l'honneur de diriger ?

Parmi tous les hommes qu'elle avait frustrés par sa conduite égoïste sur la couche, il ne s'en trouva pas un seul pour la défendre. Celui-là aurait été ridiculisé par toute la nation. On l'aurait appelé « le serviteur au lit » et il n'aurait pas survécu à cette insulte. Iwish était donc coupable de n'avoir pas su tout prévoir et tout comprendre. Une mangeuse de gardiens mangée par la tâche de chef. C'était un crime impardonnable. Ses meilleurs amis la lâchèrent et les chefs de la nation, membres du grand conseil, ne firent rien pour la défendre. Iwish avait eu tort d'avoir eu raison aussi souvent et aussi longtemps. Elle était coupable de n'avoir rien fait pour les six guerriers, même si elle avait sauvé des centaines de Béothuks de l'esclavage. Elle était coupable de ne pas s'être vantée de ses exploits chaque fois qu'elle accomplissait des gestes importants pour la nation. Même si elle avait totalement ignoré que ces six guerriers avaient entrepris la traversée vers le pays des Innus, elle devait expier ses erreurs en étant délaissée, sans toutefois être jamais oubliée.

Les mémoires vivantes s'en chargeraient. Une meneuse, même au lit, ne peut se tromper. Le jour où l'on prouve qu'elle n'a pas raison, elle meurt à coup sûr. Voilà comment Iwish est morte bien des cycles de saison avant de décéder. La mémoire se souviendrait d'elle, alors pourquoi les gens tenteraient-ils de se substituer à la mémoire des temps passés ?

Elle n'eut pas le choix : on lui signifia qu'elle ne pouvait plus diriger la nation puisqu'elle avait perdu la confiance de son peuple. Elle se retira à l'écart du village avec ses sept enfants, dans un mamatik qu'elle construisit seule. Elle fut délaissée de tous. Ses enfants perdirent leurs amis. Lorsqu'on n'était plus rien pour un peuple, on ne pouvait espérer que ses enfants puissent réussir. Iwish ne trouva plus personne pour partager sa couche et personne ne vint plus jamais la consulter, malgré son grand savoir et son expérience passée. On rejeta même sa candidature au conseil des aînés : elle avait commis trop d'erreurs et son jugement ne valait plus rien.

Iwish, la première femme à devenir chef de la nation des Béothuks, n'était plus rien. Bien des chefs avaient commis des erreurs aussi graves avant elle. Mais ils étaient des mâles. Iwish avait eu le tort d'être une femme autoritaire, décidée et sûre d'elle. Le restant de sa vie se passa à trouver sa pitance quotidienne. Ses sept enfants s'occupèrent bien d'elle. Elle ne manqua jamais de rien, ses rations quotidiennes en nourriture de bouche furent toujours suffisantes. Elle souffrit seulement de solitude et du manque d'amis à qui parler. Elle souffrit en pensant que jamais aucun de ses enfants ne serait appelé à accomplir une tâche publique au sein de la nation, quelle que soit sa compétence ou son talent. Elle souffrit beaucoup de l'amnésie de ceux qu'elle avait privilégiés au détriment des autres. Elle souffrit sans jamais se plaindre, avec autant de fierté que n'importe quel mâle. Elle fut oubliée par ses contemporains et ne fut décrite par les mémoires vivantes que comme une femme qui avait eu le tort d'avoir eu aussi souvent raison. Même en ces temps anciens, les femmes, aussi importantes fussent-elles, ne pouvaient obtenir justice de la part de ceux dont la tâche principale est de se souvenir.

34

Grâce à ses succès militaires, Camtac avait été nommé chef du clan d'Appawet et chef des gardiens de la nation. Il était aussi un descendant direct de l'ancêtre et héros de la nation, Anin, le premier des grands voyageurs de la nation béothuke. Sa nomination comme chef de clan ne s'était pas faite sans compétition : le conseil du clan avait aussi envisagé de nommer Woodamashi, celui qui se sauve par la course, un messager qui portait les nouvelles d'un village à l'autre. Ce Woodamashi était un être jovial, aimé de tous et toujours prêt à rendre service. Mais Camtac avait été choisi pour son courage exemplaire et sa ruse. La valeur des hommes était encore mesurée à l'aune de leurs exploits. Par deux fois il avait vaincu les Portugais, ces envahisseurs-esclavagistes, dans la baie située au sud de celle où était érigé le village de son clan. À deux reprises il avait exterminé, avec les gardiens de la nation, cette vermine venue d'Europe, le pays de la guerre entre les nations.

Avec l'aide de Woodamashi, Camtac planifia le repeuplement de l'île. Les pertes avaient été lourdes depuis quelques cycles des saisons. Les hommes avaient été décimés par les batailles et les razzias d'esclaves. Les femmes étaient redevenues majoritaires au sein de la nation. Le clan d'Appawet, en raison de sa situation géographique, avait été particulièrement affecté par ces batailles, beaucoup d'hommes étaient morts. La polygamie devait être remise en vigueur. C'est Woodamashi qui porta la nouvelle à travers la nation.

Camtac prit trois épouses et donna l'exemple. Au cours des vingt-six cycles des saisons pendant lesquels Camtac fut chef du clan d'Appawet et chef des gardiens de la nation, cet homme qui avait fait sa marque à la guerre n'eut pas à combattre. C'est dans une paix totale et entière qu'il dirigea les siens. Un sage disait qu'il faut avoir vécu la guerre pour comprendre l'importance de la paix. C'est peut-être l'une des raisons pour lesquelles on choisit les gens de guerre à la tête des nations. Les Béothuks avaient vu leur vie perturbée par les incursions des étrangers sur leur territoire. Ils avaient vu les hommes partir pour être asservis par ces dominateurs. Il avait même fallu mettre sur pied un autre corps d'élite féminin pour remplacer les gardiens morts ou prisonniers. Une femme qui combat ne donne pas nécessairement des enfants à la nation. Et une mère n'élève pas ses enfants pour les voir mourir à la guerre. Encore moins pour qu'ils deviennent esclaves des étrangers.

Camtac était un homme grand et très mince. Son visage long et effilé lui donnait l'allure d'une martre. Ses bras étaient longs et musclés. Ses jambes étaient aussi très longues mais fortes. Son corps était endurci à toutes les disciplines des gardiens : il pouvait par exemple courir pendant des soleils et des soleils et ne jamais s'épuiser. Toute sa vie de guerrier et de gardien de la nation, il n'avait porté qu'un dingiam comme cache-sexe et se promenait torse nu pendant les saisons sans neige. En période de froid, il enfilait une chasuble et des manches de caribous faites de la peau des pattes retournée. Ses jambières étaient aussi faites de pattes de caribous tournées à l'envers, le poil à l'intérieur. Il peignait son visage et son corps de poudre d'ocre rouge, mais ses vêtements étaient enduits d'ocre jaune strié de barres noires. Comme signe distinctif, il portait toujours à la ceinture l'épée courte qu'Iwish lui avait donnée alors qu'elle était encore jeune et belle et qu'il avait partagé sa couche. Ferme dans ses décisions, il ne changeait pas facilement d'avis lorsqu'il croyait avoir raison. Il écoutait pourtant les conseils des aînés et suivait rigoureusement les traditions de la nation. D'un grand courage, il aurait sacrifié sa vie pour sauver sa nation ou n'importe lequel des Béothuks. Il vivait d'abord pour la nation, ensuite pour sa famille immédiate. Ses propres envies et désirs venaient en dernier, et seulement si c'était possible.

Camtac avait une fille, Ooish, appelée ainsi à cause de ses lèvres charnues et de son air indépendant. Elle parlait beaucoup et faisait partie du corps des gardiennes de la nation. Pourtant, elle n'avait rien de masculin. Grande, svelte et agile comme son père, elle était rieuse et enjouée et avait tout pour plaire aux hommes. Toutefois, elle refusait de devenir la seconde ou la troisième épouse d'un pourvoyeur de nourriture. Elle préférait le métier des armes, afin d'être libre et de n'avoir pas à se caser, comme disaient les femmes du village. Elle avait vingt cycles des saisons de vie et était née à l'époque de la monogamie chez les Béothuks. Parce qu'elle était la fille du nouveau chef de clan, tous les garçons la désiraient comme épouse, mais aucun ne voulait lui garantir qu'elle serait la seule et unique épouse du ménage. Aussi opposait-elle un refus à toutes ces demandes. Et elle accumulait les succès à la chasse, à la pratique des armes et à la lutte contre les hommes. Elle possédait une hache à large taillant et manœuvrait cet outil avec une telle habileté qu'un amina ne lui était d'aucune utilité, sauf à la pêche.

Elle pouvait atteindre une cible en mouvement à cinquante pas. Aussi ne fut-elle pas longtemps subalterne au sein du corps d'élite féminin. Ses qualités en firent vite une meneuse. Mais son père, Camtac, l'avait bien mise en garde contre cette attitude de meneuse qui se doit d'avoir absolument raison pour être acceptée par la communauté. À la première défaillance, la meneuse se voyait retirer la confiance qu'avaient mise en elle ceux-là mêmes qu'elle protégeait. Et il lui citait l'exemple de la vieille Iwish, à qui personne n'adressait plus la parole et qui se retrouvait seule sur sa couche. Iwish était toujours citée en exemple aux femmes entreprenantes et décidées, afin qu'elles ne tombent pas dans le piège des extrêmes. Aussi les jeunes filles hésitaient-elles avant de prendre des initiatives qui seraient jalousées par les hommes. À part Woasut et Gudruide, les deux premières femmes à faire changer la façon de penser des Béothuks, les femmes avaient toujours été considérées comme inférieures aux hommes et cela faisait partie de la tradition. Il en était bien ainsi. Elles avaient une voix de représentation au conseil de la nation depuis plus de cinq cents cycles des saisons, ce qui devait normalement les satisfaire. Il ne fallait pas irriter les mâles afin de ne pas attiser la compétition et la frustration comme l'avait fait Iwish, la mangeuse de gardiens.

Consciente de tous ces tabous, Ooish n'en continuait pas moins de se signaler dans tout ce qu'elle entreprenait. Toujours parmi les meneuses du corps d'élite féminin de la nation, elle refusait d'en être la chef. Elle croyait qu'une femme plus âgée connaissait mieux qu'elle la discipline et les rouages de l'entraînement. Si elle aimait beaucoup s'entraîner, elle préférait la solitude aux manœuvres en groupe. Ses cheveux étaient relevés et attachés en une seule touffe à la manière béothuke, retombant comme un jet d'eau de source jusque sur son front. Ils étaient de la couleur des herbes séchées en été et devenaient plus foncés en d'autres saisons. Comme son père, elle portait un dingiam assez court et circulait torse nu, mais teint en ocre rouge. Sur le bas de ses jambes, elle portait de courtes jambières qu'elle attachait sous ses genoux. Ces jambières étaient de la couleur de sa peau et ornées de la silhouette du phoque, l'emblème du clan.

Un jour que toutes les femelles du corps d'élite se baignaient dans un lac d'eau claire et limpide, deux jeunes hommes qui passaient furent interpellés par quelques filles qui les défièrent de venir se laver avec elles. Sans pudeur aucune, les deux jeunes hommes retirèrent leur dingiam et plongèrent au milieu des cris de joie des filles. Il n'en fallut pas plus pour que les offres pleuvent. Une des filles mit au défi les deux mâles de prouver leur virilité en acceptant de servir le plus de filles possible. Et la fête débuta. Les unes après les autres, les filles vinrent auprès des garçons pour être servies. Les fantaisies amoureuses n'avaient pas de place lors de cette compétition. Et ce sont deux jeunes hommes éreintés qui quittèrent le campement des filles à la tombée de la nuit. Ooish avait observé la scène sans y participer et elle se disait que tant que les femmes se feraient servir de la sorte, les hommes continueraient à se croire supérieurs à elles. La nouvelle de cette orgie fit rapidement le tour de la nation et les deux hommes qui avaient servi quinze femmes furent vite considérés comme des hommes puissants et aptes à engendrer de nouveaux Béothuks. Ils devinrent presque des héros au sein de la communauté de l'île. Quinze performances devant témoins, pour deux hommes, c'était héroïque et digne de mention. Ooish fut déçue de constater que telle était la mentalité des siens : la quantité était plus importante que la qualité. Mais elle recherchait plutôt la tendresse, la douceur, le désir de la satisfaction de l'autre être sur la couche. Pas la servitude en série. Et elle se jurait de ne jamais appartenir à un adepte de la performance physique. Elle avait souvent eu l'occasion de discuter de cet aspect de l'amour avec sa mère, une des trois femmes de son père. Elle avait appris que Camtac était doux, prévenant et qu'il n'avait jamais accompli de prouesses en faisant honneur à plusieurs femmes la même nuit. Sa mère lui avait dit que son père était la discrétion même et que chacune avait droit à son attention complète et entière lorsque sa nuit arrivait. Ooish désirait un homme qui ne s'occuperait que d'elle.

Camtac, son père, en était à son vingt-sixième cycle des saisons comme chef du clan d'Appawet et Ooish dans sa même saison de vie lorsque trois navires amarrèrent dans une anse au sud du village. À la tête d'un détachement du corps d'élite féminin, Ooish observait les hommes débarqués pour faire provision d'eau. Les navires battaient pavillon français et les hommes étaient petits. Il n'était pas question d'attaquer ces visiteurs car ils étaient beaucoup trop nombreux pour les cinquante filles du corps d'élite. Mais les femmes continuaient d'observer ces étrangers. Au milieu d'eux, un marin plus grand que les autres et à la chevelure couleur des herbes séchées attira l'attention d'Ooish.

Celui qui semblait être le capitaine s'aventura avec quelques autres jusqu'à l'entrepôt des provisions d'hiver, dans lequel étaient empilées beaucoup de fourrures. L'entrepôt était fait de billots plantés debout et recouverts d'une vieille voile d'un des bateaux du dernier Cortereal venu il y avait maintenant trente-deux cycles des saisons. Ooish remarqua que ces Français ne prenaient rien dans cet entrepôt, contrairement à ce que les précédents visiteurs avaient toujours fait lorsqu'ils trouvaient des provisions. Le grand bonhomme qu'elle avait remarqué se tenait à l'écart des autres, plus près de l'orée de la forêt, d'où elle observait leurs allées et venues. Il tenait entre ses mains un mousquet, que les gens de l'île appelait encore un « bâton de tonnerre ». Ooish se montra un instant et appela :

« Bouguishamesh. »

L'homme tourna les yeux vers elle et ne sembla absolument pas craintif. Il se dirigea aussitôt vers Ooish et pénétra dans la forêt. Là, ils tentèrent de communiquer mais eurent beaucoup de difficulté à se comprendre. L'homme portait une drôle de chemise écarlate sur laquelle il avait passé une petite veste de couleur noire et sans manches. Sa culotte était serrée sur ses jambes et se terminait juste sous le genou. Le bas de sa jambe était couvert d'un long bas mince de couleur écarlate aussi. Aux pieds, il avait les mêmes chaussures que le marin portugais capturé il y a longtemps et que son père avait gardées en souvenir. L'arrière de ces chausse-pieds inusités était soutenu par un petit bloc de bois, juste sous le talon, ce qui forçait le marcheur à s'appuyer sur la partie avant de son pied ou à marcher carrément sur le talon. Ooish trouva la chaussure bien peu adaptée à la marche en forêt et encore moins à la poursuite du gibier. Ce talon faisait aussi paraître l'homme plus grand qu'il ne l'était vraiment car, lorsqu'il se déchaussa, la jeune femme s'aperçut que l'homme n'était pas plus grand qu'elle. Il était simplement plus grand que ses compagnons français.

Quand l'équipage rembarqua, il manquait un homme : Jean Le Guellec, un Malouin, était resté avec Ooish, la fille de Camtac. Il apportait avec lui un court mousquet qu'il appelait un tromblon, un petit sac de poudre et des morceaux de métal, des « grenailles ». De retour au campement des filles, Ooish invita le marin dans son mamatik et s'offrit entièrement à lui, ce qu'elle n'avait encore jamais fait avec un Béothuk. Elle trouvait le marin beau et de son goût. Elle ne pouvait converser avec lui, mais elle communiquait parfaitement.

Jean Le Guellec fut doux et attentionné pour la belle Ooish. Il fut tout ce que la fille avait rêvé d'un homme, et elle le lui rendit bien. Elle ressentit une telle joie intérieure qu'elle se devait d'en faire part aux autres dès le matin venu. Le récit de cette nuit amoureuse rendit plus d'une fille jalouse et les langues se délièrent pour répandre la nouvelle. Jean Le Guellec se sentit heureux avec Ooish et n'eut plus envie de rembarquer avec le capitaine et sieur Jacques Cartier. Il retourna dans la baie de Catalina et fit discrètement part à un camarade de son intention de demeurer sur cette île. Il fit ce voyage afin que le capitaine ne lance pas de troupes à sa recherche, car les déserteurs étaient sévèrement punis sur les bateaux français. Il laissait sa solde de marin au capitaine Cartier, ce qui était susceptible de le faire pardonner. Les capitaines de bateaux adoraient l'argent et les autres gains. Puis Le Guellec retourna au campement des corps d'élite féminin pour y écouler des soleils de bonheur avec cette fille sauvage de l'île de Terra Nova. Lorsque Jacques Cartier ordonna de lever l'ancre, dix soleils plus tard, il n'avait pas eu de contacts avec les Béothuks mais avait perdu un marin qui avait décidé que la vie des Sauvages rouges de l'île était plus agréable que celle des Malouins explorateurs au service de la France.

Le Guellec avait fait dire au capitaine que les Sauvages de l'île étaient féroces et rudes. Qu'ils liaient leurs cheveux sur le dessus de la tête et qu'il n'était pas bon de se frotter à eux. En fait, Le Guellec n'avait vu qu'un ou deux mâles et ne connaissait alors des Béothuks que les femmes du corps d'élite gardiennes de la nation et Ooish, avec qui il vivait depuis dix soleils. Les Addaboutiks allaient assimiler un autre Bouguishamesh, et les gardiennes lui apprirent vite à se débrouiller dans leur langue. Le Guellec reçut pour nom Wobee, le blanc. Cartier quitta l'île sans tenter de retrouver son marin.

Ooish hésita plusieurs soleils avant de se décider à rentrer au village et présenter à son père celui qu'elle voulait pour compagnon. Elle craignait la réaction du chef, à qui Le Guellec n'avait pas fait de demande officielle, comme l'exige la tradition.

Elle craignait ce père doux et pourtant attentif aux besoins des siens. On avait un grand respect pour cet homme valeureux qui avait tant combattu. Et, malgré son bon caractère, ce respect se changeait en crainte lorsqu'on avait des faveurs à lui demander. Elle dut toutefois se décider à présenter son homme à ce père qui savait sans doute déjà que sa fille avait trouvé un compagnon. Les nouvelles voyageaient vite sur l'île des Béothuks, surtout lorsque les femmes du corps d'élite féminin en étaient informées.

Sur le sentier du village, le Malouin se rendit compte à son tour que les beaux souliers qu'il portait n'avaient pas été conçus pour la marche en forêt ou les sentiers rocailleux de l'île des hommes rouges. Avec joie, il accepta la paire de moosins que lui offrit Ooish. Finement brodés de poils de caribous, ils étaient de la couleur de la peau des femmes avant qu'elles ne s'enduisent d'ocre rouge. Ils couvraient la cheville et s'attachaient en deux volets, à mi-jambe.

Le marin de l'équipage de Jacques Cartier se rendit aussi compte qu'un tissu aussi mince et fin que le coton de ses bas n'était pas fait pour le rude environnement de Terra Nova. Les couvre-jambes furent rapidement en lambeaux, lacérés par les branches d'arbres, les pierres coupantes et les arbrisseaux épineux. La peau de ses jambes fut bientôt couverte de coupures, d'éraflures et d'égratignures de toutes sortes. Ses jambes lui faisaient tellement mal qu'il regretta un instant le pont du navire et les pavés de pierre de sa ville natale. Mais Ooish était si belle et si fougueuse qu'il prit son mal en patience et poursuivit sa route jusqu'au village.

35

Wobee avait été présenté au chef de clan, Camtac, le père de Ooish. Le chef des gardiens de la nation accueillit le nouveau venu avec le sourire en lui disant qu'il devait s'engager à vivre comme les Béothuks. Puis il se tourna vers sa fille et lui demanda :

« Es-tu déjà son épouse ? »

La jeune femme fit signe que oui en regardant Le Guellec. Celui-ci sembla un peu gêné par cette franchise. Il ignorait quelle serait la réaction du père et il demanda, avec le peu de mots qu'il connaissait et en s'aidant de gestes, s'il allait jouir de tous les droits des Béothuks de naissance.

Ooish répondit par l'affirmative. Mais il n'était pas question qu'il ait plus d'une épouse car elle ne le tolérerait pas. Camtac ajouta :

« Acceptes-tu la décision de ma fille ?

— Oui », répondit le Malouin.

Il fit comprendre qu'il n'en était pas autrement dans son pays où les hommes n'avaient qu'une épouse. La chrétienté était formelle là-dessus et il était né chrétien. Camtac prit la parole.

« Je vous déclare engagés l'un envers l'autre à perpétuer la race des Addaboutiks. Tu devras aussi te peindre d'ocre rouge pour uniformiser ton apparence à celle des autres Béothuks de la nation. Ooish t'enseignera comment. Je suis maintenant assez âgé pour me retirer des affaires de la nation. Tu devras, comme les autres membres, faire un choix parmi les gens du clan et me trouver un remplaçant. »

Ce soir-là, le conseil se réunit. Trois candidats furent présentés : Whitig, le bras, et deux femmes : Wedumite, l'embrasseuse, et Ooish, les lèvres. Lorsqu'on proposa Ooish, Camtac se retira du conseil, expliquant qu'il ne serait pas bon pour lui d'influencer les conseillers. Il connaissait trop bien sa fille.

« En somme, lui dit l'aïeul du clan, tu te défiles devant ta principale responsabilité, celle de désigner ton successeur ? »

Sur ces mots, Camtac déclara qu'il irait jusqu'au bout de son devoir et qu'il resterait. Il s'opposait à ce qu'on choisisse une femme, car il avait vécu sous la coupe de Iwish, la mangeuse de gardiens, et était au nombre de ses victimes. Il croyait qu'un homme ferait un meilleur travail. Pourtant, les autres membres du conseil, dont l'aïeul, croyaient que le choix d'une femme était aussi judicieux que celui d'un mâle.

« Ta fille a l'expérience des armes autant que du devoir des femmes envers les hommes. Je ne vois pas pourquoi tu serais contre sa nomination !

En plus, elle est descendante en ligne directe d'Anin et Woasut, le premier couple du clan de l'ours. La tradition dit que tous les descendants de ce couple sont aptes à assumer la direction de la nation. Donc aptes à diriger un clan de la nation. Mon choix s'arrête donc sur Ooish, la chef des gardiennes de la nation. »

Les autres membres du conseil abondèrent dans le même sens, et Camtac dut accepter ce choix pour que la décision soit unanime, comme le voulait la tradition. Ce soir-là, il y eut fête à la baie de la rivière des exploits. Un nouveau chef était élu selon la tradition, et c'était une descendante du héros de l'île, Anin, le voyageur. Qu'elle ait choisi un Bouguishamesh pour époux faisait aussi partie de la tradition instituée par l'ancêtre Anin, qui avait quatre épouses, dont trois étaient aussi venues du nord. Cela améliorerait le sang de la nation et augmenterait la force des générations à venir.

La nouvelle chef du clan d'Appawet accepta sa nomination en donnant sa parole qu'elle ferait tout en son pouvoir pour conserver l'intégralité du territoire béothuk. Elle proposa la candidature de Whitig comme chef des gardiens de la nation et celle de Wedumite comme chargée du corps d'élite des gardiennes de la nation. Elle promit de mousser ces candidatures au grand conseil de la nation, prévu pour la lune du plus long soleil du cycle des saisons, soit la prochaine lune au grand lac de l'Ocre rouge.

Cette nuit-là, Ooish fut comblée par son époux, Jean Le Guellec dit Wobee. Cet homme fut attentif aux désirs de sa femme et trouva amusant d'être à la fois l'époux et le sujet. Il taquina la belle Ooish sur la couche conjugale.

« Lorsque nous sommes sur ma couche, je suis ton épouse et uniquement une femme béothuke. Lorsque je siège au conseil, je suis la chef. Il ne faut pas confondre les deux devoirs, autrement la gouverne serait impossible et je risquerais d'être injuste pour les membres du clan. Rappelle-toi cela et rappelle-le-moi, si je semble l'oublier. C'est très important pour moi. »

Et ils s'endormirent dans les bras l'un de l'autre.

Les affaires de la nation se réglèrent comme prévu. Descendante directe d'Anin et de Woasut, il incombait à Ooish de veiller au repeuplement de l'île et elle dut faire appliquer le droit à plusieurs épouses dans les clans qui comptaient plus de femmes que d'hommes. Mais cette règle, elle ne l'appliquait pas elle-même dans son ménage. Cela lui attira bientôt les critiques des autres femmes du clan, puis de la nation entière. Elle en eut vent et se confia à Wobee.

« Je suis vraiment embarrassée. C'est comme si je me défilais devant mes responsabilités d'épouse et de membre du clan. Devant la nécessité, je semble être l'exception et cela me met mal à l'aise devant les autres femmes. Qu'en penses-tu ? »

Le Malouin la regarda en souriant.

« Je ne peux être contre le fait d'avoir une autre et même deux autres femmes comme épouses. Lorsque tu mettras au monde l'enfant que tu portes, il me faudra bien trouver une remplaçante. Ou alors nous ne contribuerons pas au repeuplement de l'île, comme tu en as donné l'ordre. Si tu es jalouse, tu peux toujours faire le choix de mes autres épouses parmi tes amies. De cette façon, tu auras un certain contrôle sur elles. Et tu demeureras la première épouse. »

Ooish, réfléchit longuement, avant de s'endormir dans les bras de son Malouin devenu Béothuk.

Lorsque Wobee s'éveilla, Ooish était déjà levée. Il sortit du mamatik et la chercha de l'œil. Un jeune garçon s'arrêta alors et dit à Wobee :

« Ooish est partie en direction du campement des gardiennes de la nation, elle a dit qu'elle serait de retour à la tombée du jour. »

Le Malouin n'avait plus qu'à attendre le retour de la chef du clan du phoque. C'était là le lot de l'époux d'une femme chef. Attendre. Le soleil se couchait à peine lorsque Ooish entra au mamatik, accompagnée de deux autres femmes. La première était grosse et petite, la seconde grande et svelte comme Ooish, mais d'allure plus rude et plus costaude.

« Voilà les deux autres épouses que je t'ai choisies. La première a pour nom Obosheen, celle qui réchauffe, et la grande se nomme Badisut, celle qui danse. Elles te serviront d'épouses. Mais rappelle-toi que tu devras toujours les honorer à l'intérieur du mamatik familial. Si tu le faisais ailleurs, je considérerais que tu triches et je te tuerais de mes propres mains. Elles sont aussi averties de ces règles. Je veux voir ce que tu feras avec elles. Elles acceptent cette condition. Et toi ? »

Jean Le Guellec, Malouin de l'équipage de Jacques Cartier devenu Wobee le Béothuk, accepta avec plaisir cette condition au bonheur du ménage. Ce soir-là, la petite grosse demanda à être servie la première. Il y eut plus de service que de tendresse et de caresses, mais Obosheen parut satisfaite et s'endormit rapidement... dans les bras de Badisut. Le Français, qui avait semblé gêné de faire l'amour devant deux autres personnes, ne s'en plaignit point.

Le lendemain matin, Ooish fit le tour des mamatiks de la communauté pour présenter les deux nouvelles épouses de Wobee et ainsi faire taire les commérages et les critiques des femmes. Elle faisait maintenant son devoir d'épouse et de femme comme toutes les Béothukes. Le soir venu, dans le mamatik de la chef du clan, il y eut du chant et de la danse par Ooish et Badisut. Puis il y eut deux luttes amoureuses, l'une avec Badisut et l'autre avec Ooish. Le marin malouin s'endormit épuisé. Si la première lutte avait été en somme assez banale, la seconde releva presque du grand art et les deux nouvelles épouses apprirent ce que c'était que « faire l'amour », comme disait Wobee. Elles prirent bonne note de la leçon. Elles réalisèrent que l'acte était plus complexe que la simple intromission et le va-et-vient auxquels elles avaient eu droit. Elles comprirent que la tendresse qu'elles se manifestaient entre femmes était aussi au programme entre Ooish et Wobee. Elles sauraient pour la prochaine fois...

Il faisait encore nuit lorsqu'un jeune chasseur fit irruption dans le mamatik de la chef Ooish. Tous se réveillèrent.

« Un troupeau de baleines blanches est entré dans la baie. Il est passé près des îles et ne retrouve plus le chenal pour retourner au large. C'est le moment de la grande chasse. Tous les gens disponibles doivent s'amener. Cela n'arrive qu'une seule fois dans la vie d'un chasseur. Vite, debout. Il faut aussi trouver les longs trancheurs. Allez, tout le monde sur la grève. »

Et il sortit aussi prestement qu'il était entré. Dans les autres mamatiks, il criait vite : « Baleines blanches, baleines blanches ! » Tous se levaient en vitesse. Pour Ooish, il avait raconté en détail afin de la mettre au courant et pour que le Français sache qu'il devait participer comme les autres à la chasse. C'est d'ailleurs en maugréant qu'il cherchait ses moosins et son dingiam. Ooish lui dit que ce n'était pas important puisqu'il se mouillerait de toute façon.

« En tapatook ou sur la grève, tu seras trempé.

— Je ne connais rien à cette chasse.

— Tu n'auras qu'à faire ce que les autres te diront. »

Et elle sortit, les seins nus, prête à se mettre au travail. Lorsque Wobee sortit du mamatik, ses deux autres épouses, chasseresses et membres du corps d'élite féminin, le poussèrent sur la grève où une cinquantaine de tapatooks étaient alignés. Le vieux Camtac expliqua aux avironneurs qu'il leur faudrait contourner le troupeau, se mettre en cordon entre les îles et battre l'eau avec les avirons en dirigeant le groupe de mammifères vers la grève. Deux avironneurs par tapatook, pas plus. Les autres devaient rester sur la grève pour participer au dépeçage et à la fonte de la graisse.

Pendant que les avironneurs sautaient dans les tapatooks et se dirigeaient en cercles vers l'extérieur des îles, les femmes âgées allumaient des feux sur la grève. Elles y plaçaient des récipients d'écorce tout autour en s'assurant que ces contenants étaient scellés hermétiquement à l'aide de résine d'épinette. Sur un de ces feux, elles mirent un grand chaudron de fer échangé à l'un des derniers navires venus s'approvisionner en eau potable.

Les avironneurs avaient contourné le troupeau de baleines blanches qui avait enfin trouvé la passe au nord de l'île des Exploits. Les tapatooks formèrent un cordon, bloquant entièrement la passe. Puis l'avironneur placé à la tête de l'embarcation se mit à frapper l'eau pendant que celui de l'arrière dirigeait lentement l'esquif vers la terre ferme. Affolées, les baleines se ruaient vers la grève. Les plus jeunes arrivèrent les premières.

Dès qu'une baleine s'échouait, deux ou trois chasseurs venaient avec des aminas, harponnaient la bête près de l'artère principale, sur le côté droit du corps, juste au bas de l'évent. L'animal perdait beaucoup de sang très rapidement et mourait. Les femmes et les hommes moins jeunes s'approchaient alors et commençaient le dépeçage à l'aide des tranchoirs en forme de demi-lunes au bout d'un long bâton. Les morceaux découpés avaient la dimension d'une paire de grosses fesses, et l'épaisseur d'une main sur le travers. Les jeunes transportaient les morceaux que les femmes plus âgées fixaient à un trépied et plaçaient à sécher tout près du feu, prenant bien soin de placer un récipient d'écorce de bouleau en dessous pour y recevoir l'huile à mesure que la pièce séchait. Lorsque la pièce était moins grasse, on la mettait dans le grand chaudron de fer, qui contenait de l'eau douce et de l'eau de mer. Ces pièces bouillaient pour être consommées dès que la chasse serait terminée.

Vingt-deux baleines blanches furent abattues de cette façon. La baie entière était rouge de sang, et les jeunes, malgré la fatigue qu'entraînait cette dure tâche, riaient et se taquinaient mutuellement.

Une telle chasse procurait de quoi manger pour plusieurs lunes. De plus, cette chance de pouvoir abattre autant d'animaux à partir de la plage n'arrivait qu'une fois par dix ou quinze cycles des saisons. Il fallait en profiter, car une chasse à la baleine blanche, dans un frêle tapatook, était d'ordinaire très risquée : une embarcation sur trois ne rentrait pas au village. Les chasseurs, généralement des jeunes sans expérience, commettaient souvent l'erreur de se placer derrière la bête qui, d'un coup de queue, faisait chavirer l'embarcation. Ou alors, après avoir harponné le béluga, mammifère inoffensif mais puissant, ils décidaient de se laisser traîner jusqu'à ce que la bête décide de plonger avant que les jeunes ne puissent relâcher le câble. Les familles pleuraient les disparus imprudents ou inexpérimentés.

On ne déplora qu'un seul mort, un jeune homme qui s'était encore trop approché de la queue d'un béluga lorsqu'il se mit à se débattre. Le jeune fut projeté contre une roche et se fendit le crâne. Il perdit connaissance et on ne put le ranimer. Sa mort fut pleurée, mais en comparaison d'une chasse traditionnelle, elle représentait bien peu.

Wobee fut fortement impressionné par la tactique des Béothuks. Nulle part en Europe ne procédait-on de cette façon. On pourchassait l'animal à l'aide d'une rapide baleinière. Le harponneur lançait son engin et le navire soutenait les soubresauts de la baleine. Un gros navire ne coule pas aussi aisément qu'un tapatook d'écorce de bouleau. Mais il avait appris, le Malouin. Il reconnut l'ingéniosité de ceux-là mêmes que les siens décrivaient comme des sauvages primitifs et barbares. « Dieu que nous sommes ignorants en Europe. Et l'on parle de tuer ces gens. Je me dois de les prévenir », se dit l'ancien marin de Jacques Cartier.

Il continua à aider ceux qui transportaient des pièces de viande et de gras vers les feux jusqu'à ce que le soleil se couche. De l'aube au coucher du soleil, les gens avaient œuvré sans rechigner. Adultes comme enfants. Seules les trois épouses du Malouin étaient allées se coucher. Elles aussi avaient travaillé très fort.

36

Ooish avait eu un enfant mâle. Il avait les cheveux roux comme l'ocre rouge, son teint était clair et ses yeux très grands. Il avait pourtant une tache bleue au bas des reins, comme tous les Addaboutiks : il était bien de la race des Hommes-Rouges même si son père était Malouin. L'enfant était en bonne santé et la mère se portait à merveille. L'enfant serait fort car il était né selon la tradition : Ooish ne s'était pas couchée pour le mettre au monde, elle n'avait eu besoin de personne pour nettoyer l'enfant et couper le cordon ombilical. Pendant trois lunes complètes, Ooish avait bu la tisane de feuilles du bois blanc. Cette feuille huileuse facilite l'accouchement de la femme qui enfante pour la première fois. Et l'habitude revient avec les enfants qui suivent le premier. On prévient les complications en utilisant cette tisane bienfaisante.

Wobee n'était pas peu fier de ce premier fils et il le dorlotait beaucoup, le prenant fréquemment dans ses bras et lui parlant comme si l'enfant pouvait le comprendre. S'il lui arrivait de lui parler français, il lui arrivait aussi de lui parler dans la langue des Bretons, ses véritables ancêtres conquis par les Français. Cet enfant parlerait trois langues une fois adulte. Comme son père ! Mais il serait un Addaboutik de la nation des Béothuks. Il serait un habitant de l'île d'Anin, l'ancêtre qui le premier en avait fait le tour, il y a plus de cinq cents cycles des saisons, au temps des Vikings et des premières femmes à avoir du poil au pubis. Il était maintenant normal de voir des femmes avec du poil au pubis et sous les aisselles, mais au temps d'Anin, l'ancêtre, les femmes n'en avaient pas. Ce sont les femmes vikings et l'Écossaise Della qui furent les premières de cette lignée. Et le poil des hommes venait de Drona, l'ancien esclave écossais qui en avait sur tout le corps, comme Gashu-Uwith l'ours. Mais le poil de Drona était roux.

L'apprentissage de Wobee avait été long et difficile. Il reconnaissait qu'il n'était pas facile de devenir Béothuk. Il lui avait d'abord fallu apprendre à allumer le feu à l'aide de deux petits bâtons de bois très sec. Il y avait belle lurette que les Français allumaient le feu à l'aide de soufre mis au bout d'un bâtonnet qu'on appelait allumette, ou d'une pierre à feu, ou encore d'un peu de poudre à fusil. Mais allumer un feu en se servant de deux bâtons que l'on frotte en les faisant rouler avec un arc miniature, jamais il n'avait vu cela avant sa venue sur l'île. Dans sa famille, on était marin de père en fils. On connaissait bien le chêne pour fabriquer des navires, mais on ne connaissait aucun arbre de vie comme le bouleau des Béothuks. Un arbre à tout faire, et qui nourrit en plus. Le bouleau existait pourtant dans son pays, mais on ignorait tout de ses multiples usages. On s'en servait pour tourner les pièces d'angles des navires sans savoir qu'on pouvait aussi en tirer des tapatooks d'écorce légers et rapides. On ne connaissait pas les raquettes à neige en Europe, non plus que la traîne à neige. On utilisait la corde de chanvre depuis longtemps, mais les femmes ne savaient plus tresser les herbes séchées pour en faire de la corde fine et des collets à lièvres. Ce travail était réservé à des spécialistes qui vendaient le fruit de leur art.

Jean Le Guellec visita l'île par l'intérieur en faisant la tournée des villages de tous les clans de la nation. C'est Camtac qui guida le Malouin dans tous ses déplacements et qui lui enseigna la façon de vivre des Béothuks. Il lui apprit surtout l'autonomie, ce qu'il n'avait jamais connu au sein de sa nation. Le Guellec se rendit compte que s'il avait été abandonné sur cette île, il serait probablement mort de faim et de froid. Il mesurait l'étendue des connaissances des gens de l'ocre rouge par rapport aux siens. Il se rendait surtout compte que ces connaissances servaient tous les jours, pas uniquement de temps à autre. Il comprenait que la véritable connaissance venait de l'environnement, et non pas de l'école. Les Français avaient adopté l'alphabet pour leur permettre de lire et d'écrire. Mais ils avaient en même temps tué la connaissance que les gens avaient de leur environnement. Ils ne savaient plus lire la nature et les éléments. Sauf les marins qui pouvaient encore lire la mer et le temps qu'il ferait. Mais ceux-là étaient parmi les seuls à connaître encore de si près leur environnement. Beaucoup d'inventions comme la poudre à fusil et les armes à feu avaient surgi, mais il s'agissait surtout d'outils de mort et non de survie.

Lentement mais sûrement, le Malouin apprenait le mode de vie des Hommes-Rouges. Il apprenait quelles plantes sont essentielles à la guérison des blessures, comment survivre au froid et à la neige, comment ne jamais refuser son aide à une autre personne, car la vie ne tient qu'à un fil pour les êtres isolés. L'entraide est le seul moyen de vivre des gens de la nature. Ensemble, on peut tout, seul, on est démuni. Wobee apprenait le respect total des animaux et des plantes. Il apprenait que les plantes et les arbres étaient des êtres vivants. Il apprenait que les arbres, les plantes et les animaux ont de l'esprit et qu'ils souffrent comme les humains. Il apprenait toutes ces choses qu'il avait ignorées avant de venir sur cette île. Il apprenait qu'ici, il n'y avait ni nobles ni riches. Ni maîtres ni valets. Que tous les êtres étaient égaux et que les femmes, bien que moins importantes, étaient égales aux hommes. Il apprenait que les femmes prenaient part à la vie politique depuis plus longtemps que la mémoire et que la mémoire était longue comme l'éternité. Il peinait, mais il apprenait.

Camtac disait que l'apprentissage durait toute la vie et que se perpétuer en ses enfants ne lui apporterait rien de plus que ce qu'il aurait enseigné à ses successeurs dans ce monde. Que la connaissance totale ne venait que de la mort et de la réincarnation en d'autres êtres. C'est ainsi que la connaissance vient aux humains. Dans une vie on se suffit à soi-même. Dans la réincarnation, on apprend aux autres. Dans la sagesse de la connaissance, on transmet à ceux qui viendront la mémoire de ceux qui ne sont plus. Et c'est ainsi que survit un peuple, une nation. Tout le savoir d'un homme ne sert à rien s'il n'est pas transmis. Toute transmission ne sert à rien si elle n'est pas comprise. Il faut donc toujours avoir les oreilles propres pour entendre et les yeux ouverts pour voir et comprendre. Voilà le secret de l'existence des Béothuks. C'est pourquoi, selon Camtac, les Béothuks vivraient toujours, même quand mourrait le dernier. Ils continueraient de vivre en d'autres. Dans d'autres mémoires. Dans d'autres apprentissages. Camtac disait que les Béothuks étaient éternels. Ils étaient la vie. Il y aurait toujours des Béothuks dans le monde entier. Car il y aurait des choses à apprendre. Les Béothuks étaient « les vrais hommes ». Les vrais hommes ont toujours des choses à apprendre. Ils sont éternels par leur besoin de savoir, de connaître, de donner.

Le Malouin avait écouté le père de sa première épouse sans jamais l'interrompre, selon une coutume béothuke que Le Guellec avait vite apprise.

« Si tu veux apprendre, regarde et écoute. Ne pose pas de questions inutiles. Tu pourrais forcer les gens à mentir. Souviens-toi de ce qu'a dit l'aïeul Anin sur le mensonge dans son récit sur son voyage. Le mensonge est mal et mérite la mort. Le mensonge, c'est la mort. Seule la vérité existe. Seule la vérité doit vivre. Le mensonge tue, le mensonge fait mal à l'intérieur et ronge qui le commet. La vérité la plus laide vaut mieux que le plus beau des mensonges. »

Si le mensonge tuait vraiment, tous les Français seraient morts depuis longtemps, songeait l'ancien marin de l'équipage de Jacques Cartier pendant son voyage vers les autres villages béothuks de l'île des Addaboutiks, les Hommes-Rouges.

La marche avait été longue et éreintante. Les deux hommes s'arrêtèrent à un entrepôt de nourriture où les Béothuks de l'île entassaient des vivres en prévision des jours de froid et de neige. Ces entrepôts étaient placés à mi-soleil entre les villages afin que les voyageurs puissent se nourrir sans avoir à porter de lourds fardeaux. Ils formaient des étapes de voyage entre deux points. Il fallait toutefois savoir prendre le bon sentier pour les trouver, car ils n'étaient pas toujours placés en travers du sentier, à la vue du premier passant. Il fallait connaître les habitudes des Hommes-Rouges pour les trouver. Camtac connaissait bien les siens. Sa culture était grande. Il pouvait donc oublier les enseignements de sa vie, sa culture demeurerait, puisque la culture est ce qui reste quand on a tout oublié. La culture, c'est la vie. C'est la tradition de l'instinct. La façon de préparer sa nourriture. Le type de nourriture consommée. La culture, c'est l'être lui-même. Sans culture, sans la vie de tous les jours, il n'y a pas de danses ni de chants. Le chant s'apprend. La danse s'apprend. La culture se vit. Voilà ce qu'enseignait Camtac, l'aîné des Appawets, de la nation des Béothuks, née des Addaboutiks de la Terre-Neuve.

Les deux hommes prirent de la viande de caribou et la firent cuire à feu vif, au bout d'une branche de bois de vie. Ils prirent soin de bien refermer l'entrée de l'entrepôt pour empêcher les prédateurs de l'île de voler ce bien appartenant aux humains de la grande nation des Hommes-Rouges.

Les deux hommes issus de mondes différents reprirent le sentier vers la baie des Exploits, lieu de triomphe de l'ancêtre Anin sur les Ashwans alors qu'ils poursuivaient Woasut. Lorsqu'ils arrivèrent, tous les gens les accueillirent en héros qui reviennent de loin. Les deux hommes avaient été absents trois lunes entières et avaient grand hâte de retrouver les leurs. Leurs familles respectives. Lorsque Wobee entra dans son mamatik, ses trois femmes s'empressèrent autour de lui. Il songea qu'il était choyé. Dès qu'elle l'eut embrassé, Ooish recula.

« Tu sens mauvais. N'as-tu pas pris de bain depuis ton départ ? »

Le Malouin avoua qu'il n'y avait même pas songé.

« Il n'a pas fait très chaud depuis notre départ. »

Et Ooish de rétorquer que si les Béothuks ne se lavaient qu'à la période des grandes chaleurs, les étrangers sentiraient leur présence du large et n'auraient aucune envie d'aborder l'île.

« Et tu serais le premier à ne plus me faire l'amour. J'ai envie d'un homme qui sent l'homme, pas d'un homme qui sent la sueur et qui me dégoûte. Vite, va te laver à la rivière et reviens nous faire honneur à toutes les trois, nous qui t'attendons depuis trois lunes. »

Wobee se rendit à la rivière en rouspétant et en grommelant que cette pratique du bain le tuerait sûrement. Il risquait d'attraper froid et de mourir d'une inflammation des poumons. On ne doit jamais se dénuder en hiver ou par temps froid.

Une fois bien propre, Wobee revint au mamatik où ses trois femmes l'attendaient. Il raconta son voyage avec Camtac et tout ce qu'il avait appris. Les trois femmes s'étonnèrent de tant d'ignorance. Un peuple de guerriers comme les Français, capable d'inventer l'immense navire qui peut faire face aux pires tempêtes de la mer, qui connaît le moyen de faire du feu en frottant un petit bâton contre une surface rugueuse, qui fabrique des fusils qui donnent la mort à distance, ignorait donc les propriétés bienfaisantes du bouleau ? Incroyable ! Les femmes béothukes s'étonnaient de l'apprentissage que faisait le marin malouin du monde des hommes rouges.

Lorsque la conversation devint ennuyeuse, les femmes demandèrent à être honorées. Le Breton devenu Béothuk réussit à satisfaire deux des trois femmes, mais la dernière demeura inconsolable et se désola de ne pas avoir fait l'objet des attentions de cet époux absent plus de trois lunes. Elle s'en plaignit tant que les voisins entendirent ses doléances, sans toutefois intervenir d'aucune manière. Lorsque l'homme, exténué, s'endormit, les deux autres femmes durent consoler la troisième, pour éviter la discorde au sein du ménage à quatre.

Le matin venu, Wobee s'éveilla avec l'intention d'honorer la troisième épouse, mais il se retrouva seul à l'intérieur du mamatik. Les trois femmes vaquaient déjà aux occupations quotidiennes.

« Tant pis pour elle. Elle n'avait qu'à demeurer près de moi. Elle peste parce que je ne peux l'honorer, puis quand vient le temps, elle est partie ! »

Il enfila son dingiam et ses moosins et sortit lui aussi de l'habitation d'écorce de bouleau. Il faisait un soleil magnifique malgré la saison des feuilles qui tombent. C'était le temps des diverses chasses. Wobee devait s'initier aux méthodes béothukes pour se préparer à la saison du froid et de la neige. Les jeunes du village lui avaient annoncé leur départ pour une chasse au caribou. Il se dit alors qu'il devait se préparer en conséquence et fabriquer des flèches et des aminas de chasse. Il se rendit en forêt pour choisir les arbres droits qui servent à confectionner les manches d'aminas.

Quant aux flèches, il verrait les aînés qui coupaient et faisaient sécher le bois afin que ces ashwogins soient légères et résistantes. Il verrait aussi ceux qui fabriquaient les arcs puissants qu'exige la chasse au gros gibier.

Déjà il était devenu assez habile au maniement de ces armes depuis que son tromblon ne pouvait plus servir, faute de poudre et de grenaille. Il s'était exercé au tir pendant des soleils et des soleils avant d'acquérir l'habileté nécessaire à l'utilisation de ces armes primitives mais essentielles à la survie sur l'île des Hommes-Rouges. Il était devenu assez habile pour ne plus provoquer les rires des plus jeunes, eux si prompts à se moquer des moins adroits. Il n'avait pas encore acquis la puissance de sa première épouse, Ooish, qui, au lancement de la hache, pouvait atteindre une cible mouvante à cinquante pas.

Lorsqu'il eut trouvé une dizaine de bons arbres à fabriquer des manches d'aminas, il les attacha ensemble, les nicha sur son épaule et revint vers son mamatik. À l'aide d'un très vieil outil de métal à deux manches, que la communauté avait obtenu auprès des gens d'un navire venus faire le plein en eau potable, Le Guellec entreprit d'amincir et de redresser ces manches d'aminas pour qu'il soit facile de les tenir d'une seule main. Cette opération dura presque deux soleils entiers. Lorsqu'il fut certain que ses manches étaient bien prêts, il alla voir le jeune Bashubet, celui qui se gratte, qui était le plus habile à faire éclater le silex et à fabriquer les pointes d'aminas. Le jeune homme lui donna dix pointes, dont les extrémités en crochet servaient à attacher une très fine lanière de peau de phoque.

Wobee fixa les dix pointes à ses manches. La fine lanière était attachée à la pointe de silex. Lorsque l'amina se fichait dans l'animal chassé, elle se détachait du manche que l'on récupérait aussitôt. Si l'animal mourait sur le coup ou presque, on suivait la fine lanière de peau, pour retrouver le gibier. Si le gibier ne mourait pas instantanément, en tirant sur la lanière, on arrachait la pointe de silex du corps de l'animal, provoquant une hémorragie ou un saignement, et l'animal mourait rapidement, au lieu de souffrir atrocement pendant des jours et des jours.

Satisfait de sa nouvelle arme, Wobee revint au mamatik retrouver ses trois femmes et son fils.

37

À la mi-lune où les feuilles des arbres tombent, trente chasseurs partirent vers l'intérieur des terres, vers les montagnes qui vont du sud au nord. Les caribous des bois de l'île des Hommes-Rouges vivaient en troupeaux et ils émigraient vers ces montagnes chaque automne pour rejoindre les pâturages de mousse de la saison du froid et de la neige. Un groupe de femmes, d'enfants et de vieillards suivrait plus tard, pour dépecer les bêtes, disposer dans des coffres la viande et construire un entrepôt où mettre les provisions d'hiver. La première tâche des chasseurs consistait à repérer les troupeaux et à construire une clôture sur leur route migratoire, afin de les forcer à emprunter un corridor au bout duquel les chasseurs les attendraient.

Les chasseurs se divisèrent en cinq groupes et partirent dans cinq directions différentes à la recherche des caribous. Comme ils n'avaient apporté que très peu de provisions, ils devaient trouver du petit gibier pour se nourrir en chemin. Des collets à lièvres posés le soir procuraient de la viande au matin. De petits filets à oiseaux permettaient de prendre des ptarmigans, ou lagopèdes des saules. Les castors sur les étangs de l'intérieur permettaient à la petite troupe de faire un excellent repas. Et les soleils succédaient aux soleils. Les chasseurs surveillaient les pistes des animaux pour repérer celles des caribous en marche.

À l'aube du septième matin, un chasseur vint avertir ses compagnons que le troupeau se dirigeait directement vers la grande clairière, à un soleil de marche du grand lac de l'ocre rouge, là où habitait le clan de l'ours. Il fallait avertir les quatre autres groupes de se réunir là-bas. Des chasseurs du clan de l'ours s'y trouveraient sûrement et il faudrait se partager équitablement le gibier entre eux et le clan du phoque. Deux hommes partirent vers le froid, qu'on appelait maintenant le nord, et deux autres vers le sud, pour retrouver les autres chasseurs. Wobee demeura le seul à progresser en droite ligne vers la clairière où avait été aménagée la clôture. Lorsqu'il arriva en vue du troupeau, il dut faire un détour pour le contourner et ne pas déranger les bêtes qui broutaient la mousse des bois. Il fallut encore deux soleils à Wobee pour atteindre la clairière. Plusieurs chasseurs de son clan y étaient déjà et avaient commencé à ériger la clôture de perches. Le lendemain matin, les chasseurs du clan du phoque furent rejoints par ceux du clan de l'ours. En moins de deux soleils, la clôture fut terminée. Elle se terminait par une seule ouverture double, où les chasseurs n'auraient qu'à se tapir et se préparer à la tuerie finale.

Les rabatteurs partirent, décrivant un grand cercle autour de la harde de caribous. Au matin du troisième soleil, tous se mirent en marche simultanément en faisant le plus de bruit possible, poussant les bêtes vers la barrière. Les tireurs à l'arc émérites et les lanceurs d'aminas avaient attendu deux soleils avant que la première bête ne débouche dans la clairière. Wobee avait été placé au centre du groupe des rabatteurs, afin de profiter de l'expérience des plus âgés et des meilleurs chasseurs. Il s'agissait pour eux d'empêcher les bêtes de rebrousser chemin lorsqu'elles seraient en vue de la clôture de perches. Les hommes durent à plusieurs reprises, et au péril de leur vie, s'interposer devant quelques caribous, surtout des femelles, pour les empêcher de traverser la ligne des rabatteurs. Lorsque le premier caribou, une femelle, arriva à la sortie de la barrière, il hésita avant de s'y engager. Trois chasseurs étaient postés à chacune des deux sorties, le long de la palissade, une centaine de flèches à leurs côtés. Derrière la partie qu'on appelle le chapeau de la clôture, quatre lanceurs d'aminas attendaient. Leur tâche consistait à achever les bêtes blessées et qui tardaient à mourir. Juste à l'orée de la forêt se tenaient une vingtaine de jeunes hommes très vigoureux, chargés de transporter les bêtes vers les dépeceurs, et les emboîteurs, qui avaient pour mission de mettre un caribou par boîte d'écorce de bouleau, avec la langue, la cervelle, le cœur, les reins et le foie de l'animal.

Des femmes avaient préparé des feux autour desquels étaient montés des séchoirs à viande. D'autres avaient préparé des fumoirs recouverts d'écorce de bouleau, sous lesquels elles avaient allumé de petits feux qui brûlaient en dégageant de la fumée. Elles avaient aussi fait beaucoup de copeaux qui trempaient dans des seaux d'écorce remplis d'eau. Lorsque le feu se ranimait, elles y jetaient des copeaux mouillés et la fumée reprenait de plus belle son travail de conservation des viandes fraîches.

Lorsque le gros du troupeau affolé chargea d'un seul coup le fond du corridor, les bêtes se mirent à piétiner celles déjà abattues et les jeunes hommes forts ne parvinrent plus à fournir à la tâche. Deux d'entre eux furent piétinés par plusieurs bêtes aux sabots tranchants et furent grièvement blessés. La panique s'empara des chasseurs débordés. Les cadavres de caribous s'empilaient les uns par-dessus les autres et la palissade, appelée « chapeau », céda. Les quatre lanceurs d'aminas furent coincés sous le chapeau et deux moururent, le visage martelé par les sabots coupants. Beaucoup de bêtes réussirent à se sauver en regagnant la forêt.

Ignorant tout du drame qui se jouait à la barrière de la tuerie, les rabatteurs continuaient d'avancer en faisant beaucoup de bruit, aggravant encore la situation. On secourut les blessés du mieux qu'on put pendant que d'autres tueurs s'amenaient pour remplacer les premiers. Mais la panique s'était aussi emparée du troupeau de caribous. Les bêtes couraient dans toutes les directions, jusqu'à ce qu'un côté complet de la palissade cède aussi. Le troupeau entier s'y rua, provoquant la fuite des transporteurs, des dépeceurs et des fumeurs de viande. Seules les sécheuses purent continuer le travail, qui fut quand même perturbé, car il fallait s'occuper des blessés dont le nombre augmentait constamment. Lorsqu'un coureur réussit à rejoindre les rabatteurs pour les avertir de cesser le travail, il y avait déjà une trentaine de blessés graves sur le terrain. Une centaine de caribous étaient morts, mais quatre chasseurs avaient payé de leur vie.

On s'affairait autour des blessés sans délaisser le travail de dépeçage, de transport et d'emboîtage, de fumage et de séchage. La survie du peuple en dépendait. Malgré toutes ces avanies, il ne fallait jamais perdre de vue que la survie de la nation dépendait du travail d'abattage. Parmi les chasseurs blessés, certains avaient été piétinés et avaient des plaies ouvertes au ventre, au thorax, aux jambes, aux bras et au visage. D'autres avaient des fractures aux jambes et aux bras. L'un des jeunes chasseurs était à ce point défiguré qu'on avait peine à le reconnaître. Deux des quatre morts avaient le crâne défoncé. Les deux autres étaient morts étouffés par la clôture que des dizaines de caribous avaient piétinée. De mémoire de

Béothuk, jamais une chasse au caribou n'avait si mal tourné. Une erreur fatale avait été commise : la clôture n'avait pas été renforcée par des perches posées comme soutiens. De plus, la clôture ne montait pas assez haut, les cervidés avaient pu voir de l'autre côté.

Plusieurs aînés commencèrent à coudre les plaies ouvertes à l'aide des cheveux des blessés. Des femmes cherchaient de la sarracénie pourpre afin de faire des cataplasmes qui guériraient certaines plaies impossibles à suturer. Les plus expérimentés faisaient des éclisses pour replacer les membres brisés de certains. Le jeune homme défiguré criait qu'il aimait mieux mourir que de vivre sans visage. Il ne voyait plus et cherchait à tâtons une arme pour s'enlever la vie, pendant que quatre personnes s'entêtaient à l'en empêcher.

Lorsque les rabatteurs arrivèrent sur les lieux de la tuerie, ils découvrirent un fouillis indescriptible. Une scène hallucinante où le sang des bêtes se mêlait à celui des chasseurs. Aucun mot ne saurait vraiment décrire cette scène d'horreur. Il fallut trois soleils entiers pour terminer les travaux de dépeçage et de préparation de la viande de caribou, mais aussi pour soigner les nombreux blessés.

Wobee demeura plusieurs heures sous le choc de la scène finale. Un aîné annonça que la prochaine chasse devrait être mieux planifiée et surtout mieux exécutée. L'ancien marin de Jacques Cartier se sentit en partie responsable de cette boucherie humaine : il se disait que les rabatteurs auraient dû progresser plus lentement, afin de ne pas affoler les caribous. Les plus âgés avaient beau lui répéter que c'était la fatalité et la hâte qui étaient les principales causes de cette situation, il ne voulait rien entendre. Il s'affaira surtout à réconforter les blessés et à se dévouer auprès d'eux, se faisant beaucoup de nouveaux amis parmi les membres des deux clans, celui d'Appawet et celui de Gashu-Uwith. Son dévouement fut remarqué de tous et Wobee devint alors un véritable Homme-Rouge aux yeux de tous. Il n'était plus un étranger.

Les herbes ayant soulagé le jeune homme au visage écrabouillé, il ne parlait plus de mourir et son instinct de survie se ranima peu à peu. Dogermaït, la longue flèche de bois, plaisantait même sur sa condition. Il disait qu'il serait maintenant Ashmudyim, le diable méchant dans les saynètes pour enfants. Le calme revenait peu à peu parmi les membres de la nation béothuke. On décida de construire l'entrepôt de nourriture sur le lieu même de la chasse, afin que tous se souviennent des erreurs commises alors. Les membres du clan de l'ours décidèrent que tous les blessés seraient conduits tout près, au lac de l'Ocre rouge, afin de se refaire des forces. Ils pourraient ensuite retourner dans leurs villages respectifs. La moitié des blessés étaient d'ailleurs du clan de l'ours. Dès lors, le jeune Dogermaït ne fut plus nommé que Ashmudyim, le diable méchant, mais avec l'obligation de sourire chaque fois que son nom était prononcé, afin de ne pas insulter le défiguré.

Des trente chasseurs du clan d'Appawet, une quinzaine seulement reprirent le sentier du retour vers la mer. Presque toutes les femmes et les aînés descendirent les jours suivants. On se rappellerait longtemps cette chasse de la saison des feuilles qui tombent. Les chasseurs ramenaient avec eux le jeune Dogermaït, qui refusait d'aller vivre au sein du clan de l'ours. Il voulait retrouver les siens malgré sa laideur nouvelle. Il voulait surtout retrouver sa compagne Addizabad-Zéa, la femme blanche, et savoir immédiatement si elle accepterait ou refuserait sa nouvelle apparence. Pouvait-il toujours vivre au sein de son clan, ou ferait-il maintenant peur à tout le monde ? Comme il avait ses deux jambes et ses deux bras, il fit le voyage par ses propres moyens. N'ayant conservé l'usage que d'un œil, il eut quelques difficultés à éviter les obstacles au sol. Lorsqu'il avait à descendre une pente ou à marcher sur des roches, il constata que le pas ne lui venait plus aussi instinctivement qu'avant, il devait redoubler d'attention. Lorsqu'il trébucha pour la première fois, un camarade voulut l'aider à se relever. Il se fâcha.

« Je n'ai pas besoin d'aide pour corriger mes propres erreurs. Si je dois réapprendre à marcher, je dois le faire seul. »

Ses compagnons obtempérèrent. Lorsqu'il trébucha une seconde puis une troisième fois, personne dans la file de marche ne tenta de l'aider.

On fit semblant de ne pas s'en être aperçu et quelques hommes firent même un détour pour ne pas l'aider alors qu'il bloquait le sentier. Péniblement mais avec courage, il se releva chaque fois. Bien que les plaies de son visage et son œil crevé le fissent terriblement souffrir, il ne se plaignit pas une seule fois. Il réussit à soutenir le rythme de marche des chasseurs bien portants. Il ne devait pas attirer la pitié des gens de son clan. Il se devait de redevenir un membre à part entière capable de contribuer encore au bien-être de sa communauté.

Malgré la fierté et la détermination du jeune homme, Wobee ne pouvait s'empêcher de le surveiller du coin de l'œil. Quel courage il manifestait et quelle envie de vivre il avait ! Le Malouin lui adressait la parole de temps à autre, cherchant à comprendre certaines habitudes des Béothuks. Aimablement, et sans montrer aucun signe d'impatience, le défiguré lui répondait, sentant qu'il conservait une certaine importance malgré sa nouvelle condition. Comme Wobee l'avait soigné avec beaucoup de dévouement, Ashmudyim lui vouait une grande reconnaissance. Les sept soleils de marche vers le village du bord de la mer permirent aux deux hommes de se lier d'amitié. Ils n'allaient plus jamais se quitter. Leur amitié durerait tant que l'un d'eux ne partirait pas pour son dernier grand voyage.

Lorsque le village ne fut plus qu'à un demi-soleil, on envoya un coureur annoncer l'arrivée des chasseurs et celle du jeune homme défiguré, afin que le choc de cette nouvelle ne soit pas trop grand.

38

Lorsque la colonne des chasseurs arriva à l'orée de la forêt, là où se dressait le village du clan d'Appawet, une cinquantaine d'enfants les attendaient. Au milieu de ces enfants, une belle jeune femme se tenait debout, immobile, cherchant des yeux son compagnon. Dès qu'elle l'aperçut, elle se dirigea vers lui en courant et se jeta dans ses bras.

« Dogermaït. Comme je suis heureuse de te retrouver sain et sauf. »

Le jeune homme la repoussa doucement.

« Je ne suis plus la longue flèche de bois. Je suis maintenant Ashmudyim, le diable méchant.

— Non, cria la jeune femme. Pour moi, tu es toujours Dogermaït, le meilleur tireur à l'arc de l'île des Hommes-Rouges.

— Même avec ce visage en pâturage piétiné ?

— Même en morceaux détachés », répondit la belle Addizabad-Zéa.

Le jeune homme étreignit la femme et la serra très fort contre lui en évitant de coller son visage encore ensanglanté sur le sien.

Wobee fut bouleversé. Pas un seul trait du visage de la jeune femme n'avait témoigné du dégoût que peut inspirer un visage piétiné par des cervidés aux sabots coupants comme des silex nouvellement éclatés. Il se demandait comment réagiraient les enfants. Leur réaction pouvait être fatale au jeune homme mutilé. Ils ne firent aucune allusion à la terrible blessure du chasseur. Au contraire, ils se tournèrent tous vers lui.

« Dogermaït, quand vas-tu nous raconter ta chasse ? »

Le jeune homme fut à ce point ému de cet accueil qu'il se mit à pleurer comme un enfant privé de sa mère. Les jeunes voulaient tout savoir, tout de suite.

« Combien de caribous as-tu tués ?

— Est-ce que tu en as raté plusieurs ?

— Dis-nous où le chef de chasse t'avait placé ?

— Raconte-nous la chasse au complet.

— Quand vas-tu faire le récit de la chasse ? »

Le jeune homme prit alors la parole.

« Comme vous pouvez le constater, il y a eu un accident pendant cette chasse. Mon visage a servi de sentier à beaucoup de caribous, et j'ai pris le nom de Ashmudyim, le diable méchant. Je suis même étonné que vous me reconnaissiez encore ! »

Un des jeunes lui lança alors :

« Ton corps et ton cœur sont toujours les mêmes. C'est facile à reconnaître. »

Et le jeune homme pleura à nouveau, tandis que tous les chasseurs ravalaient leur émotion. Le vaillant jeune homme avait failli mourir pour eux, et tous lui en étaient reconnaissants.

« Comment pourrions-nous t'appeler Ashmudyim, alors que tu es notre héros à tous ? Tu es Dogermaït, celui qui utilise les longues flèches de bois, le meilleur archer de la nation béothuke. »

Reprenant la parole, Dogermaït annonça que dans deux soleils, au feu de camp public, il raconterait la chasse jusqu'au moment où il avait été blessé. Les témoins de l'accident pourraient raconter le reste de l'aventure. Il expliqua qu'il avait besoin de renouer avec sa femme, son père et sa mère avant de pouvoir conter la dernière chasse. Il remercia les jeunes de ne pas s'être moqués de sa condition de défiguré. Les jeunes, sans concertation préalable, avaient agi d'instinct et avaient respecté la tradition béothuke : « Nul ne doit rire des malheurs d'autrui. » Dogermaït leur demanda de se disperser et de le laisser en paix quelque temps.

« J'ai grand besoin de repos. »

Les jeunes s'étaient à peine dispersés que les parents de tous les chasseurs arrivaient sur les lieux. Certains pleurèrent à chaudes larmes en apprenant la mort des quatre jeunes. D'autres furent soulagés d'apprendre que les leurs se refaisaient des forces chez le clan de l'ours avant de rentrer au village. La mère et le père de Dogermaït le prirent affectueusement dans leurs bras, lui témoignant ainsi leur joie de le revoir. Wobee assista à toutes ces effusions et apprit beaucoup sur la très grande solidarité de ces gens qui passaient pour des sauvages sanguinaires aux yeux des Européens venus pêcher sur les côtes de l'île. Comment peut-on se faire une idée du degré de civilisation d'un peuple si on ne l'a pas suffisamment côtoyé ? Le Guellec pensa que même s'il avait dû abandonner les siens, il ne pourrait jamais regretter d'avoir déserté le navire du sieur Jacques Cartier.

39

À son retour de l'expédition de chasse, Wobee trouva ses trois épouses enlacées. Elles se caressaient mutuellement en s'embrassant et se donnaient apparemment beaucoup de plaisir. Il en fut choqué. Il fit une scène terrible en disant que, dans son pays, cette action était condamnée par l'Église et par le peuple. Ooish argua qu'en France, les hommes n'avaient qu'une seule femme à satisfaire. Et que lorsqu'ils partaient en mer, elles avaient sans doute des remplaçants pour les contenter ! C'est du moins ce que disaient les femmes vikings de l'ancêtre Anin.

Jean Le Guellec déclara alors que cet acte était contre nature et offensait Dieu lui-même. Badisut se mit à rire et lui demanda quand il avait rencontré Dieu pour la dernière fois et ce qu'ils avaient fait ensemble pour si bien savoir ce que pensait le créateur ?

« Tu es bien prétentieux de nous parler de Dieu comme de ton ami. Nous ne connaissons pas ton Dieu, mais nous savons que Kobshuneesamut, le créateur, ne s'est jamais prononcé contre cette pratique. Sinon, nous le saurions. Notre Dieu nous laisse libres d'être nous. Pourquoi le tien intervient-il dans notre ménage ? Qu'a-t-il à gagner en se mêlant de nos affaires intimes ? »

Obosheen entreprit de lui expliquer que dans un ménage à trois épouses, si la jalousie est absente, c'est que l'amitié et la connivence existent et que cela pouvait aller jusqu'à la tendresse mutuelle. Ooish intervint.

« Quand l'homme part en laissant ses femmes insatisfaites, que crois-tu qu'elles doivent faire ? Sécher ? Ou se frotter contre les arbres ? Seul le bouleau est assez doux. Les autres ont l'écorce trop rugueuse pour être agréables. Cette pratique existe depuis que nous avons des ménages à plusieurs femmes. Est-ce notre faute si nous sommes plus nombreuses que les hommes ? Tant que nous ne négligeons pas notre devoir d'épouses, nous pouvons rechercher le plaisir sans nous sentir coupables pour autant. Nous ne t'avons pas trompé avec d'autres hommes ni même avec d'autres femmes. Nous sommes restées entre nous. »

Badisut parla des débats qu'avait suscités cette pratique au grand conseil de la nation du temps de l'ancêtre Anin et de ses quatre femmes. Une seule était Béothuke et les autres devinrent ses amies.

« L'entente règne dans notre ménage, à ce que je sache. N'est-ce pas là respecter la tradition ? Rien ne parle de l'amitié entre femmes dans cette tradition béothuke. Et tous les exemples de ton pays que tu peux nous citer ne veulent rien dire pour nous. Nous sommes Béothukes et non Françaises. Nous obéissons aux coutumes béothukes et non aux lois françaises. Notre amitié peut te froisser, mais je considère cela comme de la jalousie. Occupe-toi de nous satisfaire pleinement et nos séances de caresses seront moins fréquentes. Mais ne viens pas nous accuser de nous livrer à un acte répréhensible. Nous n'avons causé aucun tort à nos semblables. Nous préservons ainsi l'entente familiale en respectant la tradition. De plus, nous faisons notre devoir de Béothukes puisque nous portons toutes un enfant de toi. Ooish aura un deuxième enfant pendant la saison de neige et de froid, et nous au renouveau des saisons. Le savais-tu seulement ? T'intéresses-tu assez à nous pour cela ? Alors tu n'as rien à dire. Laisse-nous notre amitié si tu veux que nous gardions la paix dans le ménage. Ne nous reproche plus jamais un geste de tendresse et d'amitié. »

Devant ces arguments, Wobee ne put que se taire et réfléchir. Il se demandait ce qui arriverait si les hommes devenaient plus nombreux que les femmes. D'autres s'étaient probablement posé la question. « Peut-être devrais-je en discuter avec Camtac ? Il a réponse à tout. Peut-être pourra-t-il m'éclairer là-dessus ? »

Wobee sortit du mamatik et se dirigea vers la demeure de son premier beau-père, le sage Camtac. Lorsqu'il y fut, il demanda à celui-ci de venir marcher le long de la grève afin de le conseiller.

Le vieil homme prit son bâton de marche et suivit Le Guellec. Camtac avait réponse aux questions que se posait le Malouin.

« Nous avons très souvent discuté de cette pratique lors des assemblées du conseil de la nation. Nous en sommes venus à la conclusion que tant que les femmes ne se dérobent pas à leur devoir d'épouses, il serait malséant de les empêcher de se donner du plaisir entre elles alors que nous leur demandons de se partager un homme. Un conseil de la nation n'a pas à dicter une ligne de conduite aux familles. Le tout est de savoir si nos femmes participent à la relance des naissances. Si la réponse est positive, que pouvons-nous faire d'autre ? Il est vrai que la tradition ne parle pas de cette pratique, mais pourquoi le plaisir serait-il régi par la tradition, si l'on remplit ses devoirs ? Si les femmes donnaient la priorité à ce plaisir plutôt qu'au peuplement de l'île, il faudrait intervenir en les rappelant au bon sens. Mais ce n'est pas le cas, je crois. Alors, je ne m'inquiète pas. J'ai souvent remarqué que nos jeunes hommes, lorsqu'ils sont privés de femmes, trouvent satisfaction entre eux lors des longues excursions de chasse et de pêche. Je ne crois pas que la nation soit moins forte pour cela. Ni que nous soyons moins conscients de nos devoirs. J'imagine même qu'il doit en être ainsi chez tous les peuples qui vivent comme nous. Les hommes sont souvent partis pour des lunes entières. Une chose est certaine, cette pratique n'existe pas lorsque les épouses sont choisies au sein de la même famille. Entre sœurs, on n'assiste pas à de telles manifestations de tendresse et d'amitié. On a pourtant vu la chose se produire entre cousines ou entre tantes et nièces. Mais lorsqu'il y a trop de favoritisme de la part d'un époux envers une de ses femmes, on est souvent témoin de scènes très disgracieuses, de mutilations et même de meurtres. Alors il faut faire attention à cet aspect plus qu'à celui d'une trop grande affection entre ses épouses. »

Wobee écoutait. Le vieil homme continua.

« Méfie-toi des comparaisons avec ton pays d'origine. Tu es ici au pays des Béothuks. Rappelle-t'en toujours, et ainsi tu ne commettras pas d'erreurs qui puissent compromettre ton ménage. »

Les deux hommes continuèrent leur marche le long de la grève pendant que les enfants jouaient librement et que d'autres couples se promenaient main dans la main, profitant des dernières belles soirées de la saison de la tombée des feuilles. Prétextant une grande fatigue, Camtac quitta Wobee pour regagner son habitation. Cette conversation avait aiguisé son appétit sexuel et il rentrait pour satisfaire cette envie avec sa nouvelle épouse de vingt cycles des saisons plus jeune que lui. Cette nouvelle épouse était venue remplacer sa première, la mère de Ooish, décédée à la saison de la repousse, victime d'une fièvre encore inconnue des Béothuks et que les herbes connues n'avaient pas réussi à soigner. Wobee remarqua alors un couple qui marchait aussi sur la grève. Il reconnut Ashmudyim et Addizabad-Zéa qui se tenaient tendrement par la taille.

Ce soir-là, Wobee le Malouin put à loisir regarder Ooish et Obosheen faire l'amour entre femmes alors qu'il honorait le plus complètement possible la grande danseuse Badisut. Tous dormirent heureux.

Au matin, curieux, Wobee voulut savoir si ses épouses avaient déjà vu deux hommes se caresser. Toutes trois éclatèrent de rire et Badisut lui demanda s'il cherchait un partenaire masculin. Il éclata aussi de rire, réalisant la naïveté de sa question. Il ne fut plus jamais question de cette amitié particulière entre les épouses d'un même ménage dans le mamatik du Malouin. Il y régna dorénavant une liberté entière. Pendant l'hiver, Ooish donna naissance à un second mâle et au printemps, Badisut eut une femelle et Obosheen des jumeaux mâles.

Wobee continuait son apprentissage de la vie des Béothuks de l'île des Hommes-Rouges. Il continua de s'occuper de sa nombreuse progéniture et d'éduquer ses fils, comme tous les pères de la nation devaient le faire pour assurer la continuité de la race, de la nation et, surtout, de la famille.

Ooish demeura chef du clan jusqu'à l'âge de soixante-huit cycles des saisons. Elle eut quatre enfants, Badisut cinq et Obosheen quatre. En tout, sept mâles et six femelles constituèrent la descendance de Jean Le Guellec, le marin de Saint-Malo en Bretagne et ancien membre de l'équipage de l'explorateur Jacques Cartier. Ce Français aura fait sa marque au sein de la nation des Béothuks, de l'île des Hommes-Rouges. Il vieillit sagement et bientôt plus personne ne fit de différence entre lui et les autres Hommes-Rouges de l'île. Sa conduite en avait fait un homme, tout simplement. Sa bonté et son dévouement en avaient fait l'ami de tous. Depuis la venue des quatre étrangers arrivés avec l'ancêtre Anin, le voyageur, aucun autre adopté ne s'était aussi complètement intégré à la nation. Wobee ne tenta jamais de changer ces hommes pour en faire des copies des Français. Il savait très bien qu'il ne serait jamais parvenu à lutter contre la tradition instaurée par l'ancêtre Anin, il y a plus de cinq cents cycles des saisons. Si la mémoire est aussi longue, comment aurait-il pu, lui, simple marin, changer cette façon de voir le monde ?

Lorsque Ooish tomba malade, elle n'eut pas à souffrir longtemps. La fièvre l'emporta en quelques soleils. Les médecins de l'île furent tous impuissants à la sauver. On comprenait mal que des gens aussi forts puissent, en quelques soleils, s'affaiblir autant sans arriver à combattre cette maladie mystérieuse qui affligeait maintenant les femmes et les hommes rouges de l'île.

Jean Le Guellec, dit Wobee, ne remplaça pas Ooish. Il continua à vivre avec les deux femmes qu'elle lui avait choisies et à éduquer ses petits-enfants. Badisut, celle qui danse, fut emportée aussi rapidement que Ooish, et le Malouin se retrouva seul avec la petite grosse, Obosheen, celle qui réchauffe.

40

Le vieil homme aux cheveux tout blancs, mémoire vivante de la nation des Béothuks de l'île des Hommes-Rouges, assis sur une roche, près du feu de grève, continuait son récit auprès des jeunes appelés à le remplacer comme détenteurs de l'histoire de son peuple. Le groupe qui l'écoutait était composé d'une dizaine d'adolescents des deux sexes, avides de connaître ces valeurs traditionnelles et ces connaissances d'hier qui devaient servir à ceux de demain. Ils laissaient le vieillard raconter la saga des Béothuks sans l'interrompre, afin de ne pas mêler ses souvenirs et les récits de ses ancêtres.

« Lorsque je vous raconte toutes ces aventures, il semble maintenant qu'elles se succèdent sans arrêt. Pourtant, notre peuple a connu des centaines de cycles des saisons de bonheur et de paix entre ces événements extraordinaires. Ainsi, lorsque la belle Ooish mourut, son fils aîné Ahune prit la tête du conseil de la nation. Il était passablement expérimenté et parlait la langue de sa mère, celle de son père breton ainsi que la langue des Français.

Sous sa gouverne, une nouvelle politique naquit. Celle de l'ouverture de l'île aux étrangers. Avide de connaître les modes de vie des gens d'ailleurs, il décida que nous devions être plus accueillants envers les nouveaux arrivants. Un jour, un navire entra dans la baie. Comme il n'avait jamais connu la guerre et la douleur de perdre des parents et des amis aux mains des étrangers, Ahune accueillit avec hospitalité un certain Frobisher et échangea beaucoup d'objets de métal avec lui. Puis il accepta aussi de monter à bord du navire de l'Anglais avec une escorte de vingt gardiens de la nation. Il subit le même sort que ceux qui montèrent à bord du bateau de Kabot et que ceux que Gaspar de Cortereal retint prisonniers sur son navire. Ses hommes furent forcés de débarquer du bateau et il fut fait seul prisonnier par cet Anglais. Même si nous avions tué six des hommes de cet étranger, nous avions perdu un autre de nos chefs.

Ce fut un homme du clan de la Loutre, de la rivière aux mouettes, qui le remplaça. Il avait pour nom : Gigarimanet, le filet de pêche. Malgré son aversion pour les étrangers, il accepta d'adopter deux couples d'Anglais et trois marins basques débarqués de force et abandonnés par les capitaines de bateaux faisant escale sur notre île. Pendant la période où il fut chef, un homme du roi d'Angleterre débarqua au Havre Saint-Jean et déclara que notre île appartenait désormais à son roi. Ce fut là la pire chose qui puisse nous arriver.

Notre île ne nous appartenait plus et nous devions concurrencer les nouveaux venus pour trouver notre nourriture. Ce fut le début de la guerre. Dès que les nôtres voyaient un navire entrer dans une baie, ils alertaient tout le monde et nous les poursuivions jusqu'en haute mer. Entre chaque incursion étrangère, nous vivions dix, quinze et même vingt cycles des saisons dans la paix. Lorsque nous étions en paix pendant trop longtemps, nos gens se mettaient à critiquer nos représentants au conseil de la nation. On se mit à reprocher à Gigarimanet de toujours prendre les décisions seul sans consulter la population. Il disait alors : "Lorsque je prends une décision, c'est que j'y ai longuement songé. Si je me trompe, vous n'aurez que moi à blâmer. Vous n'aurez pas à vous sentir coupables." Et il ajoutait : "Le plus grave des dangers, c'est de croire que plusieurs têtes vides valent mieux qu'une bien pleine." Lorsqu'on lui reprochait de ne pas être assez ferme dans sa guerre aux Anglais, il répliquait : "Sommes-nous en paix depuis trop longtemps ? Avons-nous absolument besoin de batailles pour nous stimuler à vouloir la paix ?"

Et il disait ceci, dont vous devez vous souvenir à l'avenir : "Les défaites font mal à une nation. Mais est-ce que les victoires font tant de bien ? Combien pouvons-nous sacrifier de vies dans une victoire pour ne pas avoir à pleurer nos morts ?" Voilà des mots que nous devrions toujours nous rappeler avant de critiquer ceux qui préfèrent la paix à la guerre.

Longtemps, nos Béothuks d'origine anglaise se rendirent sur la péninsule de l'anse Saint-Jean pour apprendre ce qui se préparait chez ces gens. Ils nous apprirent un jour que les Anglais avaient l'intention de s'établir en permanence sur notre île et qu'un certain John Guy était à la tête de ce nouveau mouvement. À la fin d'une belle saison de chaleur, un navire entra dans la baie de la Conception. Les marins de ce navire construisirent une habitation d'épinettes couchées, et non pas debout, comme nous le faisions nous-mêmes. Pour montrer notre bonne foi, nous leur avons laissé des provisions pour la saison de froid et de neige. À la fonte des neiges, ils repartirent. Deux cycles de saisons plus tard, dans la baie de la Trinité, près du rocher de l'Aigle, huit pêcheurs du clan du phoque rencontrèrent ce John Guy et échangèrent de la nourriture contre des outils de métal. Un de nos Anglais prit rendez-vous avec cet homme pour la belle saison suivante, en précisant que tous les Béothuks seraient présents. Lors de la saison d'abondance suivante, huit cents personnes de notre nation étaient massées sur les berges de la même baie, pour rencontrer ce John Guy. Lorsqu'ils virent un bateau anglais entrer dans le fond de la baie, ils mirent des tapatooks à l'eau pour aller à la rencontre du navire et pour l'escorter.

Soudain, les huit pêcheurs qui avaient rencontré ce John Guy se mirent à crier que ce n'était pas le même bateau. Les tapatooks voulurent retourner, mais il était trop tard. Les canons du navire tonnaient et, malgré la manœuvre en zigzag des plus jeunes, beaucoup d'embarcations furent touchées et bien des femmes, des enfants et des vieillards furent tués et noyés. En tout, il y eut une centaine de morts. Le Malouin Wobee, l'aîné du clan du phoque, échappa au massacre. Il avait plus de cent ans mais avait conservé une vitalité remarquable et il put regagner la rive à la nage.

Ce fut la fin de la direction de Gigarimanet, qui laissa son poste à son plus sévère critique, Shéashit, le Bougon. Ce récit, je le tiens de Wobee lui-même. Ce fut la fin de la nomination des chefs au sein de la lignée d'Anin, le héros de l'île. Ce Shéashit forma un nouveau clan, celui du lièvre, sans se soucier de la tradition de l'esprit protecteur. Il partit s'établir dans la grande baie d'Odusweet, là où Anin avait passé sa troisième saison de froid et de neige avec Woasut et où son fils Buh-Bosha-Yesh était né. C'est dans cette région de l'île que ce Shéashit se couvrit de gloire en défaisant une compagnie de soldats français venue tuer tous les Béothuks de l'île.

Ces hommes, armés de mousquets munis de longs couteaux placés au bout, étaient tous vêtus de la même façon. Ils portaient une culotte couleur de neige et une veste couleur du ciel à la tombée du jour. Le premier soleil, pendant que les moustiques et les mouches noires retenaient toute l'attention de ces soldats, les hommes de Shéashit en tuèrent sept et leur coupèrent la tête pour que personne ne puisse les reconnaître dans l'après-vie. Lors du deuxième soleil, même si les soldats marchaient en formation plus serrée, les gardiens de la nation tuèrent neuf autres soldats et leur coupèrent aussi la tête. Puis, au troisième soleil, vingt et un autres soldats perdirent la vie et la tête. Comme aucun des survivants n'avait encore aperçu un seul des Hommes-Rouges et que les mouches noires avaient rendu ces hommes presque aveugles, c'est au pas de course qu'ils rembarquèrent. Nos hommes s'étaient bien amusés sans que nous essuyions une seule perte. Voilà un peu de la gloire et des exploits réalisés par les nôtres. En comparaison des pertes de vie qui allaient suivre, c'était bien peu.

Les Anglais s'installaient de plus en plus nombreux le long des grandes baies de l'île et des maladies étranges assaillaient nos gens. Des maladies que nos herbes médicinales et tout le savoir de nos médecins ne pouvaient guérir. Wobee nous déclara alors que même dans son pays, les médecins étaient impuissants devant ces maladies. Lorsqu'une personne était atteinte de cette fièvre, elle se mettait à vomir, incapable de garder aucune nourriture. Au bout de quelques jours, des marques rouges apparaissaient sur les bras, la figure et sur le corps. Elle semblait beaucoup souffrir et mourait en peu de temps. C'est à cette époque que Wobee, né Jean Le Guellec, fut trouvé mort sur sa couche.

C'est aussi à cette époque que des Shanungs, aussi appelés Nicmaqs, payés par des Malouins, sous le prétexte de l'amitié, coupèrent les têtes de quatre gardiens de la nation qui gardaient la côte sud de notre île. D'autres Shanungs vivaient à la baie d'Espoir et étaient nos amis. Ceux-là le restèrent, mais ceux de la baie Saint-Georges, nous les avons éliminés. Lors d'un festin à tout manger donné par Shéashit et les gens de la rivière aux mouettes, des enfants apprirent discrètement à Shéashit qu'il y avait les têtes de quatre gardiens de la nation bien connus dans leurs tapatooks. Les hommes de Shéashit coupèrent alors les têtes de cinquante-quatre Shanungs, après avoir prévenu les amis sho-undamungs de la côte nord qu'ils n'étaient pas concernés. Le festin continua après ce règlement de comptes.

Ces mêmes amis sho-undamungs invitèrent les Béothuks à venir s'établir chez eux, pour leur éviter de tous mourir aux mains des Anglais, des Malouins ou des Shanungs. C'est alors que Shéashit conçut le plan de la dernière chance. Comme il devenait de plus en plus périlleux de vivre près des berges de la mer, Shéashit réussit à convaincre les autres chefs qu'il fallait donner un grand coup aux Anglais, pour les chasser de notre île.

Rappelez-vous bien ces histoires, mes jeunes amis, afin que les Hommes-Rouges vivent éternellement. Vous êtes l'avenir de la nation. Souvenez-vous d'Anin, notre ancêtre à tous, et vivez en mémoire de celui qui fut le plus vaillant de tous. »

41

Un matin, cinquante guerriers dans dix tapatooks entreprirent la traversée du détroit de Belle-Isle. Shéashit conduisait l'expédition au pays des Sho-Undamungs. Chaque grand tapatook portait cinq avironneurs. Ils avaient été choisis par Shéashit lui-même, c'étaient les cinquante plus puissants guerriers de la nation des Béothuks. Grands, résistants et téméraires au point qu'il fallait sans cesse les retenir, rien ne pouvait les effrayer. Ils avaient liquidé les cinquante-quatre chasseurs de têtes shanungs lors du banquet de la baie Saint-Georges. Ils étaient les plus dévoués des hommes et les plus dignes de confiance.

La traversée du détroit ne durerait pas beaucoup plus que la montée du soleil vers son plus haut. Même à contre-vent. Si le temps le permettait, le retour se ferait beaucoup plus rapidement, car le vent les pousserait vers l'île. Quand on ne connaissait pas bien les caprices du vent et les soubresauts inattendus de la mer, cette traversée était une véritable aventure. Mais l'expérience, pour tous ceux qui avaient déjà fait la traversée, était banale. Il était devenu facile de se rendre au pays des Sho-Undamungs, les Innus de la Côte Nord. En fait, on appelait maintenant la traversée « promenade vers l'amitié ». On disait aussi que les jeunes allaient apprendre la mer, car le détroit était l'endroit rêvé pour apercevoir des baleines et des bélugas. Il arrivait, lors de certaines traversées, que les baleines blanches escortent la flottille jusqu'à la rive nord. Les Béothuks savaient alors que le temps resterait beau toute la journée. On aurait dit qu'elles décidaient de faire la promenade par beau temps avec les Hommes-Rouges de l'île. Lorsque les mammifères se faisaient discrets, il fallait se méfier. Comme les baleines n'aiment pas le mauvais temps et les tempêtes, elles restent alors plus longtemps sous l'eau.

Ce jour-là, les Béothuks furent escortés par deux baleines à bosses et deux rorquals tout au long de la traversée. Elles étaient si curieuses et se tenaient si près qu'à deux reprises les embarcations faillirent chavirer. Pourtant, ces incidents ne suscitèrent que des rires parmi les occupants des tapatooks. Tous y virent de quoi s'amuser quelques instants. On taquina l'un des plus jeunes gardiens de la nation en disant qu'il était tombé dans l'œil de la baleine : « Cesse de l'exciter, sinon nous allons prendre un bain forcé ! Ou alors, jette-toi à l'eau et va la retrouver, comme ça nous serons en sécurité pour terminer la traversée. »

Même si la traversée du détroit était devenue un jeu d'enfant, les voyageurs ne manquaient pas de bien s'armer. Les mémoires vivantes racontaient encore l'histoire des six guerriers – certains disent encore qu'il y en avait sept – qui furent capturés par un navire français il y a... très très longtemps. Aussi, chaque traversée était précédée d'une période d'abstinence sexuelle d'une demi-lune. Puis, une fois arrivés à la grande baie de la traversée, les hommes se recueillaient devant un petit feu. Chaque participant s'en remettait personnellement à Kobshuneesamut, le créateur, et demandait sa protection pour le bien de la nation. Jamais un guerrier digne de ce nom n'aurait fait une demande au créateur pour lui-même. Cette période de recueillement était si intense que certains participants entraient en transe et restaient prostrés pendant deux et même trois soleils ; les autres les attendaient alors patiemment, dans le plus grand respect et sans parler. Le silence était de rigueur tant qu'une personne demeurait dans le recueillement. Au cours de ce rituel, on ne consommait aucune nourriture et l'on ne buvait de l'eau que si la soif devenait exaspérante.

Dans la nuit précédant le départ se déroulait une petite cérémonie au cours de laquelle chacun recevait une amulette des mains d'un des compagnons de traversée. C'était une sorte de garantie du dévouement mutuel qui les unirait en cas de malheur. Celui qui remettait l'amulette promettait de se soucier de l'autre tant que durerait la traversée.

Lorsque les avironneurs abordèrent la rive nord, près de deux cents Innus les attendaient déjà en criant et en chantant. L'arrivée de visiteurs était toujours une occasion de festoyer. On donna un macoushan, sorte de repas à tout manger, après lequel certains jeunes particulièrement résistants dansèrent jusqu'à total épuisement. Tous les Béothuks furent accueillis à bras ouverts. Les Hommes-Rouges offraient un contraste frappant avec ces Sho-Undamungs. Ils étaient très grands en comparaison des Innus, petits et costauds. Ils avaient de fortes jambes, alors que celles des Montagnais semblaient frêles et courtes. Les bras des Béothuks étaient longs et musclés. Ceux des Innus, courts mais tout aussi musclés. Les Béothuks riaient beaucoup, mais ne pouvaient rivaliser avec ces Sho-Undamungs qui, eux, riaient constamment, s'amusant de tout. Rien ne semblait chagriner ce peuple de joueurs de tours souvent pendables, mais en apparence nécessaires au maintien de leur moral.

La fête fut mémorable et les Béothuks ne purent reprendre la mer le même jour, comme prévu. Les femmes innus s'intéressaient bien trop à ces grands gaillards de l'île. La fidélité conjugale n'étant pas la vertu dominante des Innus, il y eut des plaintes et des gémissements amoureux dans presque toutes les habitations cette nuit-là. Les Béothuks furent très chaleureusement régalés pendant leur séjour chez les Sho-Undamungs.

Le chef avait pour nom Wapistan, la martre. En voyant arriver ces embarcations venues de l'île, il crut que la nation commençait à immigrer.

C'était lui qui avait invité Shéashit et les siens à venir vivre parmi eux. Lorsqu'il sut que ce n'était pas le cas, il fut déçu. Shéashit lui expliqua qu'il était venu demander l'aide des Sho-Undamungs pour mettre un plan de guerre à exécution. Wapistan écouta sans broncher la demande du petit-fils de Wobee, le Malouin.

Le plan consistait à attaquer les colons anglais de deux façons, et simultanément. Les Sho-Undamungs viendraient par la mer et les Béothuks par la terre. On ferait beaucoup de bruit pour apeurer les colons disséminés le long de la côte et sur les îles. Ceux-ci avaient toutefois des armes à feu et ils savaient s'en servir. Lorsqu'ils couchaient quelqu'un en joue, ils le tuaient presque toujours.

« Leurs armes sont plus meurtrières que les nôtres. Et ils ne sont même pas obligés de s'approcher de nous pour qu'elles soient efficaces. »

Wapistan sourit en laissant Shéashit languir un peu. Il lui dit qu'il connaissait bien ces armes, puisque lui et ses hommes en avaient déjà une dizaine.

« Le grand inconvénient de ces armes, c'est que nous dépendons des Français pour obtenir la poudre et le plomb. Et ces derniers nous demandent beaucoup de peaux de fourrures en échange. Un fusil coûte cinquante peaux de castors. Une livre de plomb, dix martres. Une livre de poudre, deux castors. »

La situation était claire : le rusé Wapistan attendait que le chef béothuk lui fasse une offre. Shéashit réfléchit un moment.

« Nous vous donnerons des peaux de fourrures pour que vous remplaciez la poudre et le plomb utilisés pendant la bataille. Nous déposerons ces peaux dans la grotte de la grande baie de la traversée. Combien de peaux veux-tu ? »

Wapistan réfléchit à son tour.

« Nous aurons dix fusils français et assez de munitions pour tirer vingt coups par fusil. Nous apporterons autant de flèches et des lances pour les combats corps à corps. Mes hommes ne sont pas aussi grands que les tiens, mais tu sais qu'ils sont de vaillants guerriers. Cela fait cent peaux de castors et vingt de loups marins.

— De combien d'hommes disposes-tu pour nous aider ? demanda Shéashit.

— Une centaine environ. Dans vingt-cinq canots.

— Alors, tout sera prêt pour le moment de l'attaque. »

La conversation se poursuivit jusque tard dans la nuit. Les deux hommes préparèrent un plan qui leur permettait d'attaquer simultanément sur tous les fronts. On décida que l'attaque aurait lieu dans la grande baie de Notre-Dame et dans les îles avoisinantes. On fixa tout de suite le jour, en prévoyant le moment du retour et des préparatifs. On convint d'une rencontre préalable à l'attaque, dans la baie de Gander, deux jours avant, soit dans une lune exactement.

Dès l'aube, les cinquante avironneurs béothuks étaient prêts à retourner sur leur île. Le temps s'annonçait beau. Et tous les Innus étaient sur la berge pour dire adieu aux Hommes-Rouges. On mit les tapatooks à l'eau et ce fut le départ. Le vent était de l'ouest et poussait les embarcations vers l'île de Terre-Neuve. La traversée se fit presque sans encombre. L'un des tapatooks commença à faire eau, mais trois avironneurs se mirent à mâcher de la résine d'épinette blanche et, en quelques instants, la couture qui avait cédé fut colmatée. Il ne restait qu'à écoper l'eau, ce qu'on fit à l'aide d'un manuné de bois creusé dans un nœud d'arbre. Personne ne s'affola et l'incident fut vite oublié. Les quatre mêmes baleines firent le voyage de retour avec les Béothuks. On demanda au jeune homme que l'on avait déjà taquiné pendant la première traversée si la baleine était jalouse...

« Tu fais mieux de la calmer, car elle peut se venger de la petite grosse que tu as servie la nuit dernière. Et nous ne voulons pas prendre un bain de mer. »

De la grande baie de la traversée du nord-ouest à la baie du lièvre, la distance fut couverte par portage en moins de deux soleils. Les hommes arrivèrent frais et dispos, même pas fatigués par leur si long voyage. Leurs femmes les accueillirent à bras ouverts et le dingiam prêt à tomber. La plupart durent remplir leur devoir d'époux, malgré les célébrations de la côte nord.

Shéashit envoya immédiatement des coureurs dans tous les villages béothuks de l'île, pour leur faire part des nouvelles du plan d'attaque contre les colons de la baie de Notre-Dame. Le rendez-vous était pour la lune de la tombée des feuilles. Il fallait frapper fort. L'avenir de la nation en dépendait.

Pendant les jours qui suivirent, il y eut beaucoup de va-et-vient entre les villages béothuks de l'île. Le village de la baie du lièvre avait été abandonné et les femmes et les enfants se rendirent visiter leurs parents et amis des autres villages. Les trois autres grands villages permanents se gonflèrent donc de visiteurs. Mais comme ces mêmes villages voyaient les hommes en âge de combattre partir pour la baie des Exploits, seul ce village eut une surabondance d'êtres humains à nourrir et héberger. Le village du clan de Gashu-Uwith, l'ours, situé au lac de l'Ocre rouge, que les Anglais appelaient maintenant le Red Indian Lake, débordait de femmes et d'enfants mais manquait de guerriers pour les protéger.

Le village du clan de la loutre, à la rivière aux mouettes, sur la côte ouest, déserté par ses éléments masculins, avait aussi un air de retrouvailles avec son surplus de femmes et d'enfants. Et dans le village des gens d'Appawet, le phoque, les rencontres se multipliaient entre les chefs, les guerriers, les jeunes recrues qui affrontaient l'ennemi pour la première fois et les aînés qui avaient déjà combattu les envahisseurs. Les gens d'expérience racontaient comment les choses se passaient en période de combat. Les jeunes écoutaient, avides de connaître et pressés de participer à leur première guerre.

Shéashit avait été clair : il ne s'agissait pas, dans cette bataille, de tuer beaucoup de gens. Il fallait avant tout surgir de partout à la fois, afin que les Anglais comprennent que l'île ne leur appartenait pas, que c'était un territoire habité par les Béothuks et qu'il fallait traiter avec eux pour obtenir la permission d'y vivre. Il fallait faire peur aux Anglais et obtenir leur respect. Il ne fallait surtout pas tuer sans égards. Comme les Anglais ne mêlent jamais les femmes à leurs batailles, il ne fallait pas compromettre les femmes béothukes dans cette opération. Quant aux enfants, ils n'étaient pas responsables des actes de leurs parents. À moins qu'ils ne soient armés et en position de faire feu, il ne fallait pas toucher aux enfants. Pendant la bataille, il était permis de prendre tous les outils de métal qu'on pouvait trouver. On pouvait aussi voler les filets de pêche, les voiles des navires et couper les amarres des bateaux. L'un des jeunes novices s'adressa alors à Shéashit :

« Si on coupe les amarres des bateaux, comment pouvons-nous espérer qu'ils quittent notre île ? Nous les aurons sur le dos pour longtemps ! »

Tous se mirent à rire et Shéashit n'en fut pas offusqué.

« Tu as raison. Il ne faut pas couper les amarres des bateaux si nous voulons qu'ils partent. »

L'assemblée éclata de rire à nouveau. La guerre aux Anglais commençait dans la joie.

42

Les Sho-Undamungs étaient au rendez-vous dans la baie de Gander, au jour du renouveau de la lune de la tombée des feuilles. Ils étaient cent quatre répartis dans vingt-cinq canots. Ils avaient bien dix armes à feu, de la poudre et du plomb. Ils étaient aussi bien équipés en lances et en arcs et flèches. Leurs corps étaient peints de diverses couleurs pour l'occasion.

Les Béothuks du clan du lièvre étaient déjà là et furent bientôt rejoints par ceux du phoque. Ceux de la loutre et ceux de l'ours arrivèrent le lendemain. En tout, deux cent vingt Béothuks étaient prêts à livrer bataille. Aucune femme ne figurait parmi les combattants, ce qui était rare chez les Béothuks.

On convint que les Sho-Undamungs devaient attaquer les îles pendant que les Béothuks s'occuperaient des habitations sur la terre ferme, l'île de Terre-Neuve même. On se donna rendez-vous à l'aube, le lendemain. Et les Béothuks partirent vers la grande baie de Notre-Dame. Les Sho-Undamungs attendraient la nuit pour avironner vers la baie.

Dès que l'aube pointa, les guerriers béothuks partirent, divisés en petits groupes. Comme les habitations des colons étaient éloignées les unes des autres, les groupes de guerriers partaient dans toutes les directions. La baie était très grande et la majorité des villages étaient déjà établis sur les îles. Plusieurs étaient partis pendant la nuit afin d'être prêts dès la barre du jour.

Les derniers guerriers se mettaient en route lorsqu'on entendit les premiers coups de feu en provenance des îles. Les Sho-Undamungs attaquaient. Shéashit et cinq guerriers se dirigèrent vers Fortune alors que vingt autres montèrent dans leurs tapatooks pour se rendre à Twillingate. La première habitation de Fortune était faite de billots équarris. Elle abritait un pêcheur. Il y avait trois barques sur la grève. Shéashit s'avança lentement, convaincu que tous ses habitants étaient endormis. Il lança soudain un grand cri pour effrayer les habitants. Mais au même moment, un coup de feu éclata et Shéashit reçut une décharge en pleine poitrine, coupant net son cri. Ses cinq compagnons se ruèrent alors vers la maison, mais d'autres coups de feu éclatèrent et les cinq hommes tombèrent à la renverse, mortellement frappés. Après un moment de silence, trois jeunes garçons sortirent de la maison, avec un adulte et une femme. Les cinq tenaient à la main un mousquet anglais.

On ne sut jamais comment ni par qui, mais les colons et les pêcheurs avaient été avertis qu'une attaque massive se préparait et tous étaient prêts à recevoir les Béothuks. Hommes, femmes et enfants en âge de tirer du mousquet étaient aux aguets, en attente des Peaux-Rouges, ou *Red Indians*, comme ils les appelaient maintenant.

À Fortune, à Twillingate et à l'île des Exploits, le même scénario se répéta. Les Sho-Undamungs et les Béothuks furent reçus à coups de fusils. Alors que les Hommes-Rouges étaient venus semer la peur, ils récoltèrent la mort. Plus de cent soixante-huit Béothuks furent tués ce matin-là, qu'on appela dès lors le matin de la mort. Les Innus s'en tirèrent mieux avec une trentaine de morts et huit blessés. Ils avaient eu l'avantage de pouvoir se retirer vers la baie de Gander dès les premières pertes.

La réponse à la question que se posaient les Béothuks était évidente : pourrons-nous vivre comme autrefois ? On savait maintenant que la réponse était NON.

La retraite fut pénible, car il fallait pénétrer profondément dans les terres et aller vivre au lac de l'Ocre rouge. Même ceux du clan du lièvre n'étaient plus assez nombreux pour retourner vivre dans cette baie. La mort de tant d'hommes au cours d'une même bataille rendait de nouveau les femmes grandement majoritaires au sein de la nation des Béothuks. L'hiver approchait et la misère ne faisait que commencer. Les Béothuks devaient encore se choisir un nouveau chef.

Pendant ce temps, Wapistan et ses guerriers faisaient le portage vers la grande baie de la traversée vers la côte nord, sur la côte nord-ouest de la péninsule nord de l'île. Ils prirent livraison des ballots de fourrures laissés par les hommes de Shéashit, les mirent dans les canots délestés des guerriers morts au cours de la bataille, y placèrent les blessés et reprirent la route vers leur pays sans se plaindre. Ils avaient tenté d'aider leurs amis béothuks à ne pas se laisser mourir sans se battre. Ils avaient été défaits par plus forts qu'eux. Mais surtout par des gens bien préparés à se défendre, eux aussi prévenus d'une attaque imminente.

Les gens du clan du phoque devaient démonter les mamatiks et transporter les perches et les écorces vers le grand lac de l'Ocre rouge. Les gens du lièvre les aidaient dans cette tâche alors que ceux de l'ours retournaient chez eux. Les quelques hommes rescapés du clan de la loutre les assistèrent aussi dans cette expédition jusqu'au grand lac, en chemin pour leur village de la côte ouest.

Ce fut comme un long cortège funèbre qui dura plus de onze soleils. Les gens étaient abattus, tristes, et ceux qui avaient perdu un proche dans la bataille le pleuraient. Les hommes, qui d'ordinaire ne pleuraient pas chez les Béothuks, étaient inconsolables. Ils voyaient leur vie entière, leur culture, leur façon de vivre mourir avec les proches qu'ils ne reverraient plus. Tous avaient perdu, qui un parent, qui un ami, qui un compagnon d'armes, qui un camarade de chasse ou de pêche.

Le sentier qui longeait la rivière des deux chutes fut battu plus que jamais pendant les onze jours que dura la longue migration vers l'intérieur. Gens de mer, les Béothuks devenaient, par la force des choses, gens de terre. Finies l'abondance de la mer, la cueillette des coques et des concombres de mer. Finie la vie facile. Bonjour la misère et les mouches noires des forêts. Les Hommes-Rouges n'avaient pu conserver intact ce territoire apparemment convoité de tous. Ils avaient perdu leur paradis, leur jardin, comme ils l'appelaient. Ils devraient désormais partager les fruits de cette terre avec des étrangers, des Bouguishameshs. Et ce partage ne se ferait jamais dans la sérénité et l'équité. Ce partage, il faudrait le gagner chèrement.

Les Anglais étaient devenus les maîtres de l'île. Le roi d'Angleterre en était le propriétaire. Comment traiterait-il les premiers habitants ? Seul Kobshuneesamut le savait ou le dieu des Anglais, sinon le roi. La région du grand lac de l'Ocre rouge ne pouvait suffire à nourrir tout le monde. Il faudrait que les enfants apprennent vite à subvenir à leurs propres besoins. Les femmes seraient de nouveau obligées de se partager les hommes qui restaient. Et le choix était beaucoup moins vaste qu'avant.

Le conseil de la nation se réunit pendant cinq soleils sans parvenir à s'entendre unanimement sur l'identité du nouveau chef. De plus, personne ne semblait avoir le courage de relancer la nation. De mémoire de Béothuk, jamais le peuple n'avait été à ce point abattu avant la défaite du matin de la mort. Pourtant, parmi les rescapés, un tout jeune homme, presque encore un enfant, Dosomite, le pin, se mit à haranguer les gens. Il trouvait inconcevable que les Béothuks s'abandonnent ainsi au découragement.

« Comment pouvez-vous même oser dire que vous êtes Béothuks si vous affichez de telles mines de morts vivants ? Vous n'avez pas le droit de laisser tomber. Vous devez continuer à vous battre, ou alors ayez le courage de vous suicider tous, sans exception. Lorsqu'on n'a plus la force de vivre, il faut au moins avoir le courage de mourir. C'est la seule dignité qui nous reste. Ayez au moins de la dignité, si vous n'avez pas de courage. Moi, j'ai décidé de vivre. Que ceux qui ne désirent plus voir le ciel, les rivières et les arbres se retirent de ma vue. Je ne veux voir près de moi que des gens qui veulent vivre. Les autres, allez tous vous jeter devant les fusils des Anglais. Vous ne méritez pas mieux. »

Encore un autre discours dont les mémoires vivantes auront à se souvenir. Le plus jeune chef de la nation était soudainement apparu aux Hommes-Rouges. On n'avait pas eu besoin de le nommer. Il s'était levé de lui-même, dans la puissance de sa parole. On n'avait pas procédé selon la tradition : il venait de créer un précédent. Un chef s'était levé, dirent les mémoires vivantes, et il avait perdu son père lors de la dernière bataille. C'était une semence des plus rares dans les temps anciens. Ce l'est encore plus dans les temps modernes. Dosomite, le fils de Shéashit, avait du cran. L'arrière-petit-fils de Ooish et Wobee ne passerait pas sa vie à pleurer le passé. Il fallait recommencer, et il en avait le courage. Il refusait cependant d'avoir du courage pour ceux qui n'en avaient pas. Il s'en assura en rejetant tous ceux qui sombraient dans le découragement. C'était cruel, mais il savait aussi que c'était nécessaire.

Le tout jeune homme se fit des amis en quelques soleils. Tous ceux qui voulaient vivre venaient le lui dire. Les autres n'osaient pas. Il dit un jour à une groupe de jeunes :

« Tant que je trouverai belles les feuilles de cet arbre, tant que ces feuilles changeront de couleur avant de tomber, je voudrai vivre. Quand cet arbre me paraîtra laid, je sais que je serai prêt à mourir. »

La vie reprit peu à peu au sein de la nation. On ne parlait déjà plus de clans. Tous appartenaient à nouveau à la nation béothuke. Le clan de la loutre vint se joindre et se fondre à celui du phoque et de l'ours, et le dernier-né, le clan du lièvre, disparut en un jour. On ne parla plus que des Béothuks. Tous ces clans s'étaient fondus devant le besoin de survivre. On ne mentionnait que très rarement le nom d'Addaboutiks, puisqu'il était maintenant d'usage de décrire les Béothuks comme les Hommes-Rouges.

Une façon de penser fut adoptée : les Béothuks sont éternels, ils ne mourront jamais car ils ont encore trop de choses à apprendre, trop de beautés à contempler, trop d'amour à partager. Les Anglais couchent sur papier les événements. Ils devront utiliser encore longtemps ce papier pour écrire ce que les Béothuks n'ont pas encore réussi à leur faire comprendre.

Dosomite, le pin, continua à mener la nation sans toutefois en être officiellement le chef. Le conseil de la nation n'existait à peu près plus. On consultait les aînés, les sages, les médecins, les mémoires vivantes et les visionnaires qui avaient l'expérience de la vie.

Mais les Béothuks, en dépit du courage de Dosomite, apprirent à vivre dans la désolation.

TROISIÈME PARTIE

LE GÉNOCIDE

Au XVIIIe et au XIXe siècles...

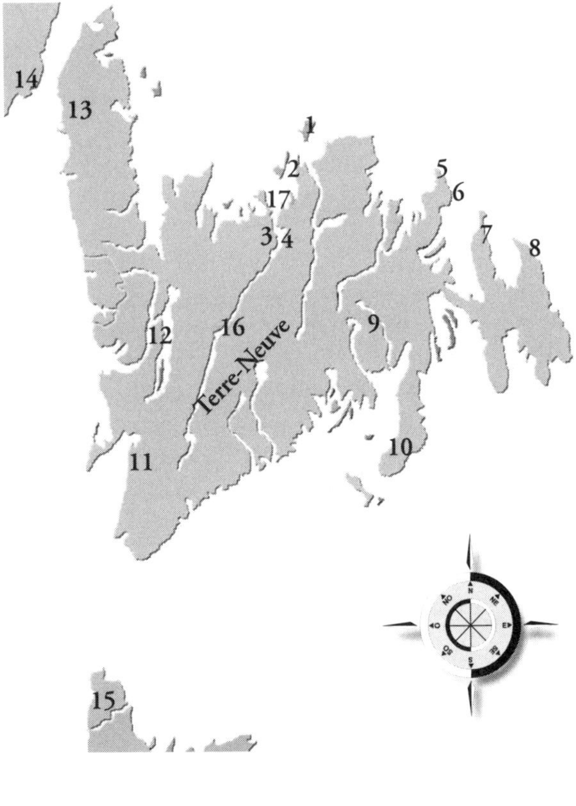

1- Île Fogo
2- Twillingate
3- Rivière des Exploits
Exploit River
4- Botswood
5- Bonavista
6- Catalina
7- Hant Harbour
8- Saint John's
9- Baie d'Espoir (Sang-Mêlé)
10- Grand Bank
11- Baie Saint-Georges
12- Corner Brook
13- Baie de la traversée
14- Labrador
15- Île du Cap-Breton
16- Red Indian Lake
17- Baie des Exploits

43

Les baies de la côte du levant de l'île des Hommes-Rouges étaient presque toutes occupées par des colons et des pêcheurs anglais venus habiter Terre-Neuve. Tous les Béothuks avaient dû quitter les côtes pour se réfugier à l'intérieur des terres et ainsi échapper aux attaques des colons et des coureurs de fourrures. L'attaque ratée contre les habitants de la grande baie de Notre-Dame avait enhardi les Anglais. On parlait de l'exploit magnifique que représentait la mort de près de deux cents de ces Sauvages, certains venus en canots, d'autres à pied. On s'était passé le mot : « Ils sont faciles à tuer. Ils ne connaissent pas le danger que représentent les armes à feu. Ils s'exposent comme des enfants, et pan. Ils tombent comme des mouches. En plus, ils crient avant d'attaquer. Ils sont d'une incroyable stupidité. »

Je suis Wonaoktaé, la mémoire vivante du peuple des Béothuks de l'île des Hommes-Rouges, les Addaboutiks de l'ancêtre héros, Anin. J'ai été désignée détentrice de la tradition historique et je suis la première femme à qui l'on confère ce rôle.

Je suis la jeune sœur de Tom June, qu'on disait être Anin réincarné. Il a vécu au dix-huitième siècle, selon les calendriers des Anglais. Je vous conterai son histoire un peu plus tard. En attendant, laissez-moi me souvenir, dans l'ordre, de ce qui est arrivé après la mort du dernier raconteur qui vous a appris notre histoire telle qu'elle s'est déroulée. Je répète, je suis Wonaoktaé des Béothuks, mais mon nom est Demasduit, la fleur du bord des lacs. Voici la suite de notre histoire.

Ce que je disais avant de me présenter est la pure vérité. Les Anglais nous considéraient vraiment comme des animaux en tous points inférieurs à eux. La nouvelle de cette victoire sur mon peuple gagna vite l'Angleterre. On réussit à enrôler d'autres colons en leur faisant miroiter la possibilité de gagner beaucoup d'argent dans le commerce des fourrures. Les autochtones étaient tellement naïfs. Des Anglais ont écrit qu'il était possible d'obtenir des fourrures pour rien et de les revendre très cher sur le marché britannique. L'île continua de se peupler.

Mais les Béothuks n'avaient pas complètement abandonné la baie de Notre-Dame et ils continuaient à hanter les alentours des habitations : les pêcheurs se faisaient voler des filets de pêche et des hameçons ; les colons perdaient des outils de métal ; haches et couteaux disparaissaient rapidement lorsqu'on les laissait traîner, même sur les perrons des maisons. Chez les Béothuks qui fréquentaient encore les baies de la mer, on s'était passé le mot. L'aïeul leur rappelait souvent que les Anglais abandonnaient ces outils à la vue afin de leurrer les Béothuks : « Lorsqu'un de nous se laisse attirer par l'outil, ils en profitent pour l'abattre. Il faut que nous soyons toujours sur nos gardes. Souvenez-vous, disait l'aïeul, de cet Ebenezer Triton. En un seul été, il a abattu huit des nôtres à lui seul. Et il les a tous scalpés. Une véritable bête malfaisante qui tuait pour le seul plaisir de tuer. Tous nos jeunes hommes sont téméraires. Aux yeux de ces gens, ils sont stupides, car jamais aucun n'a tenté de se venger. Cet Ebenezer Triton nous compare à des lapins. Tout ce que nous savons faire, c'est fuir à la course en zigzag pour éviter les balles. Nos jeunes constituent d'excellentes cibles mouvantes pour quiconque veut s'exercer au tir. Ils sont d'une très grande rapidité mais ne peuvent fuir plus vite que les balles de plomb et de grenaille dont les Anglais chargent les mousquets. Nos jeunes sont tous condamnés à être tués s'ils persistent à ne pas apprendre. »

Il y eut un jour une attaque menée par des Ashwans sur Twillingate. Trois colons furent tués. On accusa les Béothuks, car personne ne pouvait distinguer un grand Béothuk d'un petit Ashwan. Selon les Anglais, ces Sauvages avaient le même type physique et se ressemblaient tous : impossible de faire la différence entre deux d'entre eux, surtout s'ils sont du même sexe.

Pendant ce temps, au lac de l'Ocre rouge, que les Anglais appelaient Red Indian Lake, la maladie faisait rage. L'hiver qui suivit la retraite vers ce lieu à l'intérieur de l'île, il y eut plus de deux cents morts de cette fièvre qui faisait changer la couleur du visage. Plus de la moitié de ces morts étaient des enfants de moins de dix ans. Le coup était terrible pour les familles. La vie entière des Béothuks était basée sur la famille, cette continuation de l'être dans ses enfants. La mort d'un enfant était une punition terrible pour tous les Béothuks. Tous les adultes étaient affligés de cette perte. Les mères hésitaient à faire des enfants de peur de les voir mourir de faim ou de maladie. La nourriture était de plus en plus rare. Un régime exclusivement basé sur le gibier de l'intérieur avait été institué. Nos gens mangeaient autrefois plus de poissons et de fruits de mer, de coques et de crustacés que de viande. Ils durent développer de nouvelles méthodes de chasser pour tuer le plus de caribous possible. Les Anglais appellent ces animaux *deers*, ou chevreuils, alors que ces derniers sont inconnus sur l'île de Terre-Neuve.

L'hiver qui suivit l'attaque ratée de la baie de Notre-Dame fut meurtrier pour les Béothuks. Les adultes étaient pratiquement tous malades et incapables de chasser. Il y eut la famine en plus. Mal nourries, les mères manquaient de lait pour les bébés, qui, déjà atteints par la maladie, étaient trop faibles pour résister. Si les Béothuks avaient cru au suicide collectif, ils se seraient donné la mort.

Ce fut catastrophique. De deux mille que nous étions, nous n'étions plus que cinq cents à peine, et surtout des femmes.

Un peuple fier et vivant aisément réduit par la famine, la maladie et l'oppression des Anglais à la misère la plus noire en quelques lunes seulement. Naguère un peuple en pleine expansion, les Béothuks devenaient un peuple en voie d'extinction. Au lieu de nous aider, les colons, les pêcheurs et les coureurs de fourrures s'acharnaient sur nous. Tuer son *Red Indian* était devenu presque un sport : on s'en vantait comme de tuer un caribou.

L'aïeul disait qu'il était très difficile de reprocher aux nouveaux habitants de Terre-Neuve leur attitude. Les mémoires vivantes de la nation des Béothuks rappelaient sans cesse les actes de traîtrise auxquels s'étaient livrés les étrangers venus sur l'île. De leur côté, les colons et les pêcheurs, dans leur ignorance des coutumes et des aspirations des autochtones, croyaient avoir affaire à de véritables sauvages. « Les deux parties sont à blâmer, disait le vieil homme. Les mémoires vivantes attisent la haine des Anglais en racontant combien ils ont été traîtres et fourbes. Et de leur côté, les Anglais n'ont jamais essayé véritablement de nous connaître. En nous faisant prisonniers, ils ont cru qu'ils obtiendraient des choses de nous. Peut-être nous ont-ils pris pour des animaux que l'on peut domestiquer ? »

C'était bien mal comprendre les gens qui vivent de liberté. Le seul grand défaut des Anglais, selon moi, c'est de croire qu'ils sont les seuls à posséder la vérité. Ils ignorent que nous vivons de la vérité et que nous mourrons du mensonge.

Un beau matin, dans la baie des Exploits, un navire jeta l'ancre. Hadalaet, la glace, observait la scène avec attention, accompagné de plusieurs jeunes à qui il enseignait les plantes de l'île. Voyant des autochtones sur la grève, plusieurs marins débarquèrent. L'un des hommes était vêtu différemment des autres. Le vieil Hadalaet entendit un des marins l'appeler Sir et prononcer le nom de Scott. Ce nom rappela quelque chose au vieillard. Dans sa jeunesse, alors qu'il accompagnait sa mère à la cueillette de mollusques, il avait entendu un Anglais qui en appelait un autre Scott. Quelques instants plus tard, sa mère tombait morte, frappée en plein front par une balle de mousquet anglais. Ce nom de Scott était resté gravé dans sa mémoire comme une horrible tache, il avait eu mal. Il avait perdu une mère et devait la vie à sa façon de courir en zigzag afin d'éviter les tirs des gens qui venaient d'assassiner sa mère.

Hadalaet et plusieurs Béothuks observaient les Anglais. Les Anglais regardaient les Béothuks et personne n'osait s'approcher de l'autre groupe. Pourtant, le vieil Hadalaet se détacha du groupe. Il se souvint. Il s'approcha du groupe, seul. Scott délaissa son groupe pour venir à sa rencontre. Ce Scott était dans la force de l'âge. Un vieillard ne pouvait l'effrayer. Arrivé près de Hadalaet, il leva la main en guise de salutation. Le vieux ouvrit alors son manteau, qui lui descendait jusqu'aux genoux, saisit un couteau dans l'étui accroché à sa ceinture et en frappa Scott à trois reprises.

L'Anglais tomba raide mort. Les marins se précipitèrent alors vers le vieil homme. Ce fut le signal : les Hommes-Rouges sortirent les arcs et les flèches de sous leurs grands manteaux, visant et tuant quatre autres Anglais. Puis ils tournèrent le dos à ces marins et s'enfuirent dans la forêt, le vieillard à leurs trousses.

Au lieu de poursuivre les Béothuks, les marins qui restaient partirent en courant vers leur embarcation, laissant leurs morts étendus sur la grève de la baie. Un autre exploit à raconter pour les mémoires vivantes de la nation décimée par le temps. Plus tard, Hadalaet racontera cette histoire aux quelques jeunes de son groupe, en ayant l'air d'en être le héros.

Les mêmes marins débarquèrent plus tard sur la rive nord de la baie des Exploits pour visiter un entrepôt de nourriture érigé par les imprudents Peaux-Rouges. Ils y trouvèrent quelques centaines de peaux de fourrures de toutes les espèces qui vivaient sur l'île : ours, martres, castors, loups, renards, etc. Ils s'en emparèrent pour payer une partie de l'expédition. Ils prirent aussi toute la viande séchée et fumée qu'ils y trouvèrent, forçant ainsi les Béothuks à chasser de nouveau pour survivre l'hiver suivant. Un voyage vers le pays des Béothuks n'était jamais un échec, même si quelques marins payaient de leur vie : l'expédition demeurait rentable.

Le vieillard et les six guerriers béothuks furent accusés par les leurs d'attiser la haine et de faire durer la guerre entre les deux parties. On les désavoua longtemps pour cet acte de vengeance. On leur fit bien comprendre que la nation ne pouvait subir d'autres attaques des étrangers dans les conditions précaires où elle se trouvait. Les gens de l'île n'étaient tout simplement plus assez nombreux pour continuer à défier les puissants envahisseurs.

Aussi fut-il décidé de ne pas répéter cette erreur. Il fallait passer inaperçu pour tenter de se faire oublier par les colons et les pêcheurs, puisqu'on ne pouvait de toute façon habiter la côte pour y chasser, y pêcher et y cueillir les fruits de mer. Le chef de cette époque était Bawoodisik, l'oiseau-tonnerre. Un autre descendant de l'ancêtre Anin, élu chef un peu par hasard et non pas pour la lignée à laquelle il appartenait.

Bawoodisik, le sérieux, le taciturne, le solitaire, est devenu sage prématurément par la force des choses. Élevé dans la misère la plus totale, il avait appris à se contenter de peu et à partager entièrement le fruit de sa pêche et de sa chasse. Arrière-petit-fils de Dosomite, le pin, il avait appris de son grand-père à ne jamais se décourager. Le jeune homme avait appris à aimer ce qu'il voyait et à ne voir que ce qu'il aimait. Son environnement ne pardonnait aucune erreur. Il fallait donc le connaître le mieux possible. Aussi chaque soleil lui apportait-il une occasion d'en apprendre davantage. Et cet apprentissage lui permettait de trouver la vie intéressante et digne d'être chérie.

Bawoodisik avait été nommé ainsi parce que, le matin de sa naissance, sa mère avait aperçu un grand aigle à tête blanche voler très haut dans le ciel. Quelques instants plus tard, un terrible orage éclatait et le tonnerre gronda pendant un demi-soleil. C'est pendant cet orage que Bawoodisik était né. Il ne pouvait donc avoir d'autre nom que l'Oiseau-Tonnerre.

Le jeune Bawoodisik apprit à chasser en même temps qu'il apprit à marcher. Son arrière-grand-père, le pin, vivait encore et le lui apprit. Cet arrière-grand-père qui n'acceptait pas de parler aux gens qui se découragent facilement, ne gardant pour amis que ceux qui avaient envie de vivre et d'apprendre, lui avait tout enseigné. Il lui avait parlé de Kobshuneesamut, le très-haut, le créateur de toutes choses et de sa façon de laisser l'entière liberté aux Béothuks de faire le bien ou le mal, mais d'en connaître les conséquences. Il avait appris très jeune que le mensonge, le mal, l'assassinat d'un des siens, la jalousie, l'envie sont des faiblesses indignes d'un homme véritable.

Il apprit aussi à reconnaître les qualités que recherchait ce même Kobshuneesamut : la véracité, le partage, l'amour des plus jeunes, l'autonomie et l'efficacité afin d'aider les plus âgés. Il apprit que la vérité et le mensonge appartiennent à la même famille, comme le bien et le mal, comme la beauté et la laideur. Il apprit que chaque chose avait son contraire et que c'était la seule façon qu'un homme avait de reconnaître le choix à faire.

Il apprit que la nuit était le contraire du jour et qu'aucun des deux n'était mauvais. Que chacun avait son utilité, comme l'homme et la femme. Comme l'enfant et l'adulte, comme l'arbre et son fruit. Il apprit tout cela et devint un homme comme les aimait son arrière-grand-père. Il ne devint pas un homme comme il le rêvait. Il devint un homme comme il l'avait appris. Ni meilleur ni pire que ceux qui lui avaient enseigné à l'être.

Bawoodisik était très grand. Il était d'une puissance remarquable. Il était musclé et avait une grande résistance à la douleur physique. Il pouvait aussi transporter de lourdes charges sur de grandes distances, à l'instar des Sho-Undamungs. Enfin, son habileté était celle de tous les Béothuks qui survivaient dans cette période de misère. Les moins habiles et les moins talentueux mouraient avant d'atteindre l'âge adulte. Telle était la difficulté de survivre pour les gens de l'intérieur de l'île de Terre-Neuve, à cette époque.

44

Six cycles des saisons avaient passé depuis l'histoire du vieux Hadalaet et du dénommé Scott. Rien n'avait changé dans la vie des Béothuks. Pour survivre, ils devaient encore voler les outils devenus essentiels à leur survie et les colons continuaient à leur tirer dessus chaque fois qu'ils étaient surpris à découvert.

Beaucoup de Sho-Undamungs de la côte nord venaient toujours chasser sur l'île. Mais à cause de la grande misère qui régnait au sein de la nation béothuke, ils ne s'imposaient plus comme invités. Sachant que chaque Homme-Rouge devait tout faire pour survivre, ils avaient peu à peu pris l'habitude d'aller rencontrer les Shanungs de la baie d'Espoir, que les Anglais appelaient des Micmacs. Ces derniers vivaient le long de la rivière qui se jette dans cette baie et connaissaient aussi un drame terrible. Vingt-huit de leurs hommes vaillants, partis pour une chasse à la baleine, avaient été surpris par une tempête et avaient péri au large. Les femmes étaient donc devenues plus nombreuses que les hommes, et plusieurs jeunes chasseurs montagnais, ou innus, venus sur l'île pour chasser décidèrent d'y élire domicile. La communauté de Shanungs devint une communauté de Sang-Mêlé, et leurs contacts devinrent beaucoup plus fréquents avec les Anglais. Déjà les Micmacs parlaient la langue de ces Européens. Les Innus ne furent pas longs à l'apprendre. Comme le peuple des Hommes-Rouges l'avait fait pendant des milliers de cycles des saisons, cette communauté de Sang-Mêlé grandit et prospéra. Il arrivait fréquemment qu'un de ces chasseurs vienne partager le fruit de sa chasse avec les Béothuks du grand Red Indian Lake. Les relations avec ces gens revenaient à la normale après beaucoup de cycles des saisons de froideur, depuis la tuerie de la baie Saint-Georges, sur la côte sud-ouest.

Un jour, Bawoodisik et cinq compagnons virent une expédition d'Anglais dans la baie des Exploits. Ils examinaient les plantes de la forêt de conifères de l'endroit. L'expédition était menée par un guide sang-mêlé de la baie d'Espoir du nom de Paul. Il était bien connu des Béothuks. Le chef savait que cet homme ne mènerait pas les Anglais vers les gens du lac de l'Ocre rouge. Il était un fidèle ami depuis longtemps et savait parfaitement où trouver les Hommes-Rouges. Bawoodisik et ses compagnons observaient ces Anglais depuis bientôt deux soleils sans qu'aucun d'entre eux s'en aperçoive, sauf le guide. Lorsque le dénommé Paul fut à proximité de Bawoodisik, ce dernier put apprendre que le personnage qui regardait tant la flore avait pour nom Sir Joseph Banks et que c'était un savant homme venu étudier la flore et la faune de l'île. Le Sang-Mêlé l'assura de sa discrétion et lui dit que cet homme n'était pas ennemi des Béothuks. Le chef et ses hommes se contentèrent donc de les épier dans tous leurs déplacements. De retour auprès de Sir Joseph Banks, le Sang-Mêlé expliqua à l'Anglais que si les Béothuks avaient été aussi méchants que les Anglais le disaient, il y aurait belle lurette qu'ils auraient pu tous les tuer sans même se faire voir.

« Ils sont actuellement tout près de nous et vous ne les sentez même pas. »

Banks lui répondit qu'en examinant le sol, il avait noté des traces lui donnant à croire que ces gens étaient encore au nombre de cinq cents et qu'ils vivaient tout près.

« Mais je ne suis pas à leur poursuite, ma mission est d'ordre scientifique. Je ne suis pas un guerrier. Que les autorités fassent leur devoir en les contactant. Ce n'est pas mon travail. Tant qu'ils nous laissent en paix... »

Et il continua ses recherches sans plus s'occuper de la présence des hommes de l'ocre rouge. Bawoodisik et ses compagnons, convaincus que ces quelques Anglais ne représentaient aucun danger pour la communauté béothuke, retournèrent vers leurs familles respectives. Les ménages étaient redevenus monogames depuis le début des épidémies, chaque homme ne pouvant subvenir qu'aux besoins d'un groupe restreint. L'abondance étant chose du passé, chacun devait faire sa part et subvenir à ses propres besoins. Les enfants devaient aussi faire leur part ou risquer de mourir de faim, comme les adultes.

Chaque printemps, la colonie entière se dispersait le long des côtes pour pêcher et cueillir, entre les campements anglais. Chaque famille se trouvait un endroit pour camper, dans la forêt mais à proximité de la mer. Ainsi dispersées, les familles étaient exposées aux représailles des nouveaux habitants de l'île. Mais c'était là le risque à prendre pour survivre et tenter de repeupler la terre des Béothuks avec les gens de l'ocre rouge. Le mot nation était bien moins souvent utilisé qu'autrefois, et l'idée d'expansion avait été abandonnée. On parlait surtout de famille. On avait même oublié la notion de clan symbolisé par un animal dont l'esprit protège l'humain. Il n'était plus question d'occuper les baies pour défendre l'occupation du territoire. On occupait les baies à la belle saison seulement, et dans l'unique but de survivre à un autre cycle des saisons. On enseignait aux enfants à se méfier et même à craindre les gens à barbe et au visage pâle comme la mort. On leur enseignait l'art du camouflage et de la disparition soudaine dans la forêt, devenue l'ultime refuge de protection, car les Bouguishameshs en avaient peur.

Au cours de la belle saison, Bawoodisik avait choisi une petite anse de la côte nord-est pour y passer l'été. Deux cycles complets des saisons s'étaient écoulés depuis que les derniers Anglais avaient été vus avec Sir Joseph Banks, le naturaliste. Selon la façon que les Anglais avaient de calculer, nous avions dépassé de près de deux fois les doigts des deux mains la moitié du siècle dont nous parlons. Une année, ou un cycle des saisons, bien particulière. Ce fut une période marquante pour la nation béothuke parce qu'elle fut ponctuée de plusieurs événements malheureux qui allaient décider du sort de la nation des Hommes-Rouges, descendants de l'ancêtre Anin, le voyageur.

Tôt au printemps, alors que les familles avaient déjà pris le chemin de leurs résidences d'été, on avait vu débarquer une expédition. C'était toujours dans la baie des Exploits. Cette expédition remontait vers le lac de l'Ocre rouge. Puisque personne ne passait l'été là, on avait laissé ces gens en paix. On ne s'attendait toutefois pas à retrouver les provisions qu'on y avait laissées, une fois que les Anglais seraient repartis. Généralement, ils repartaient avec toutes les fourrures et souvent avec toute la nourriture. Mais ils ne tueraient personne puisqu'il n'y avait plus de Béothuks au village. Le commandant de cette expédition était un militaire, mais plusieurs des hommes qui l'accompagnaient étaient des habitants de la grande baie de Notre-Dame, dont les visages étaient connus de tous les Béothuks encore vivants.

Bawoodisik était l'un des derniers Béothuks à avoir plus d'une épouse. Il y avait Adenishit, l'étoile, mère d'un enfant mâle âgé d'environ six cycles des saisons, et Basdic, sa sœur, enceinte d'un premier enfant qui naîtrait avec les premières neiges. Ces quatre personnes avaient construit un mamatik au bord de l'anse aux phoques, non loin de Catalina. On en était à peine à la lune du jour le plus long de la belle saison. Le soleil se levait sur la plage de l'anse lorsque Bawoodisik se réveilla en même temps qu'Anishit et l'enfant encore sans nom. Déjà levée, Basdic cueillait des coques sur la plage. Du mamatik, les trois pouvaient observer la jeune femme enceinte, le haut du corps dénudé, son dingiam porté sous son ventre rond et plein. Soudainement, ils virent un Anglais surgir derrière la jeune Basdic. Lorsqu'elle aperçut l'Anglais, elle se jeta à genoux en montrant son ventre rond. L'homme la saisit par les cheveux de la main gauche et de la droite, son grand couteau à la main, il ouvrit le ventre de la femme encore vivante et se débattant. Il se pencha alors, plongea les mains dans le ventre sanglant de Basdic, en sortit le fœtus, le fixa au bout du bâton avec lequel la jeune épouse de Bawoodisik creusait le sable pour trouver les coques. Puis il leva le bâton au-dessus de sa tête pour le porter comme un flambeau. Plusieurs autres hommes arrivèrent en courant, félicitant l'Anglais d'avoir réussi cet exploit digne d'un grand guerrier : éventrer une femme vivante et exhiber un fœtus de Béothuk.

Toute cette scène s'était déroulée si vite que ni Bawoodisik ni Adenishit n'avaient eu le temps de réagir. L'enfant avait tout vu de cette scène barbare. La deuxième épouse de Bawoodisik venait d'être éventrée sous ses yeux, et il n'avait rien pu faire pour tenter de la sauver. Le chef des Béothuks s'assit par terre et pleura longtemps, ce qu'il considérait comme une lâcheté de sa part.

Adenishit avait beau lui répéter que tout s'était passé si vite, que même s'ils avaient été cent à voir la même chose, ils n'auraient jamais eu le temps d'empêcher le meurtre, Bawoodisik demeurait inconsolable. Peu à peu, sa peine céda la place à la rage. Le soir venu, il prit son arc et ses flèches et se dirigea vers le nord, où était ancré le bateau de ces coureurs de fourrures. Sur la grève, il n'y avait que deux hommes assis près d'un feu. Les autres étaient tous à bord du navire.

Bawoodisik s'approcha lentement du feu. Il était bien protégé par la nuit sans lune, et lorsqu'il fut à portée de flèches, il décocha trois flèches coup sur coup. L'une transperça la gorge d'un des hommes et les deux autres se logèrent dans une cuisse et l'épaule droite du deuxième homme. Le chef des Béothuks fondit sur cet homme en quelques bonds et l'acheva d'un coup de couteau anglais. Puis, à l'aide de sa hache anglaise, il trancha les deux têtes et s'enfuit vers le corps de sa deuxième épouse.

Avec l'aide d'Adenishit, dans une dépression, près de la grève, il étendit le cadavre de sa femme. Le couple transporta des roches toute la nuit pour couvrir le corps et empêcher les prédateurs de profaner ce cadavre. Puis, sur la tombe, il plaça les deux têtes coupées en guise de symbole de vengeance. Dans toutes les communautés anglaises de l'île, on déplora alors la perte de ces deux braves coureurs de fourrures tout en chantant la gloire de celui qui avait tué « un Béothuk de plus, un Béothuk qui ne grandira jamais pour venir hanter les chers colons de cette nouvelle terre ». Moi, Wonaoktaé, mémoire vivante des gens du lac de l'Ocre rouge, je suis dégoûtée chaque fois que je raconte cette histoire d'horreur.

Tous les jours, Bawoodisik se rendait prier sur la tombe de Basdic. Il y apportait les dernières fleurs écloses de la journée pour agrémenter son sommeil éternel des beautés de la nature de sa terre natale. Adenishit et son fils continuaient à vivre au jour le jour, cueillant des coques et des œufs d'oiseaux sauvages, pendant que le chef chassait le phoque et pêchait toutes les sortes de poissons de mer que l'on peut attraper dans une baie. Deux lunes plus tard, pendant que Bawoodisik était en mer, Adenishit et son fils ramassaient des fruits sauvages à l'orée de la forêt lorsqu'ils furent surpris par d'autres coureurs de fourrures. Elle voulut fuir, mais l'homme leva son mousquet et abattit la femme à bout portant. L'enfant se jeta sur sa mère en voyant le sang couler. Il fut fait prisonnier et emmené. On lui donna le nom de John August, parce qu'il avait été capturé en août. On ne tenta jamais de savoir s'il avait un nom.

De toute façon, ce nom n'aurait jamais été valide puisqu'il n'était pas anglais.

L'enfant, apeuré et tremblant, criait dès qu'on le touchait. Il n'acceptait pas que des étrangers s'approchent de lui. On dut l'attacher à l'aide d'un câble qui entama rapidement la peau tendre de ses poignets et de ses chevilles. Il en porta les marques toute sa vie. Devant l'impossibilité de le dompter, on le vendit à un marchand de fourrures qui l'emmena en Angleterre, chez son frère, à Pool.

L'enfant sentit une angoisse terrible l'étreindre lorsqu'il vit le bateau quitter la côte où, quelques minutes plus tôt, il jouait encore, gai et souriant. Il sentit ses entrailles se déchirer en songeant qu'il ne reverrait plus jamais cette mère qu'il aimait tant. Il se disait aussi que si son père avait été présent, il aurait pu l'empêcher de se faire prendre par ces gens. Il regardait le visage de l'homme qui avait tué sa mère et cette face ne s'effacerait plus jamais de sa mémoire. Pas plus que le visage de celui qui avait éventré sa tante Basdic, au début de la belle saison ! Du moins, c'est ce qu'il raconta plus tard à Tom June et ce que m'a répété sa sœur.

Tout au long du voyage vers Saint John's et ensuite pendant la traversée vers l'Angleterre, l'enfant n'entendit que le nom dont on l'affublait : JOHN, JOHN, JOHN, AUGUST, AUGUST, AUGUST. Ces mots résonnaient dans sa tête d'enfant comme un tambour les jours d'enterrement d'un Béothuk mort de la fièvre qui ne se guérit pas.

Tout au long de la traversée, John August fit des cauchemars épouvantables. On ouvrait son ventre et on en extirpait tous les Béothuks qu'il connaissait un par un pour les planter sur des bâtons et les laisser sécher au soleil. Puis, lorsqu'il se calmait, il dormait paisiblement en rêvant qu'il retrouvait les deux meurtriers de sa tante et de sa mère et qu'il les découpait en petites lanières pour s'en faire des raquettes à neige et pouvoir les fouler aux pieds. Il souriait en pensant que, de cette façon, les meurtriers seraient au moins utiles à quelque chose.

Les soleils et les nuits passaient. Il se retrouva en Angleterre dans une grande ville qu'il ne visita jamais. C'est dans une famille du nom de Gardener qu'il fut placé. Le couple Gardener avait déjà trois garçons dont l'aîné avait quatorze ans. L'enfant béothuk fut placé sous sa surveillance. Il ne fut pas long à connaître le caractère de cet adolescent hypocrite et violent qui, pour le simple plaisir, s'amusait à donner des coups de pieds et des coups de poings au jeune John August. Mais le jeune Béothuk n'acceptait pas ce traitement sans répliquer. Il s'emparait de tous les objets qu'il pouvait trouver dans la maison et les lançait en direction de son gardien. Lorsque le père Gardener en avait assez, il administrait une bonne fessée à cet enfant trop agressif. Et il demandait à son fils aîné de ne pas trop lui faire de marques sur le corps, si l'on voulait le montrer au public et en tirer un bon revenu.

L'année suivante, c'était en 1769, inquiet de la tournure des événements à Terre-Neuve, le roi Guillaume III fit paraître un édit « défendant aux habitants de Terre-Neuve de molester les Béothuks ». Mais loin des yeux, loin du cœur et des sanctions royales : la vie continuait et les massacres aussi. Nous entendîmes parler de cet édit, mais nous savions que les exploiteurs de nos ressources naturelles n'en avaient cure. C'étaient des mots, juste des mots, sur du papier anglais.

45

John August raconta à Tom June comment il fut montré en public dans une cage. Partout la réclame le décrivait comme un sauvage rouge de la Terre-Neuve et on peignait son corps avec de la peinture à l'eau. Ainsi, les gens qui payaient deux pence pour voir ce jeune enfant, qui n'avait rien de différent des autres enfants, n'avaient pas l'impression de s'être fait avoir. On lui liait les cheveux sur le dessus de la tête en botte d'avoine, comme les femmes béothukes. On lui avait confectionné un pagne de cuir de vache, dont un côté était repassé, le côté du poil, et l'autre fini suède, comme les Européens savaient le faire. Ce pagne était aussi peint en rouge à l'aide de peinture à l'eau et non de poudre d'ocre rouge. Cela lui donnait un air grotesque et artificiel qui ne ressemblait en rien aux vrais Béothuks de l'île de Terre-Neuve, et l'enfant le sentait bien, malgré son jeune âge, puisqu'il en parlait encore devenu adulte.

Il se rappelait qu'on lui avait donné une bête en peluche pour qu'il s'amuse. C'était un tigre, animal qu'il ne connaissait naturellement pas et qu'il vit un jour dans un cirque, sur un dessin. Il s'amusait souvent à lancer ce jouet contre les barreaux de sa cage pour faire peur aux visiteurs qui l'approchaient. Puis, quand il en avait assez, il se réfugiait dans un coin, mettant son pouce dans sa bouche comme un petit enfant privé trop jeune du lait de sa maman et refusant de bouger, sauf lorsque le bonhomme Gardener prenait un bâton et le poussait violemment en lui dardant les côtes. On faisait ainsi croire aux visiteurs qu'il était féroce.

Il raconta à Tom June qu'il avait appris à parler anglais en écoutant les visiteurs, car ses parents adoptifs ne lui adressaient que très rarement la parole. Dès qu'il faisait quelque chose de déplaisant, il recevait une correction magistrale. Monsieur Gardener le battait à l'aide d'une courroie de cuir dont il se servait pour affûter son rasoir. John grandissait vite et toujours il caressait le projet de retourner à Terre-Neuve et de venger la mort de sa mère. Il espérait aussi revoir son père, le chef Bawoodisik. Comme il était sous surveillance jour et nuit, le fils aîné des Gardener, Peter, ne manquait pas une occasion de le molester chaque fois qu'il en avait la garde. Le jeune John August réalisait combien les histoires des mémoires vivantes des Béothuks étaient vraies : les Anglais sont méchants. Il n'avait plus qu'une idée en tête, fuir et retourner chez lui.

Il tenta de se sauver à trois reprises, mais fut rattrapé à chaque fois. Il ne parlait pas assez l'anglais pour se débrouiller dans la rue. À défaut de devenir riche, la famille Gardener vivait des revenus de l'exposition publique du jeune John. On lui fit faire une tournée dans toute l'Angleterre, et c'est à Londres qu'un des visiteurs, un certain Sir Joseph Banks, obtint du roi sa libération. Il avait alors quatorze ans. Prisonnier pendant huit ans, l'enfant avait presque oublié la langue de ses parents. Sir Joseph Banks paya son passage de retour à Terre-Neuve et lui donna même un certain montant d'argent de poche pour qu'il puisse se débrouiller une fois débarqué à Saint John's. Il se désola de devoir bientôt partir pour les Indes et de ne pouvoir accompagner John dans son périple de retrouvailles avec les siens. John raconta que cet homme avait été le premier Anglais sympathique qu'il avait rencontré dans toute cette aventure ; il regretta longtemps de ne plus le voir.

Ce fut ainsi que le jeune John August revint dans son île. Il ne se souvenait plus que du nom de l'endroit où il avait été emmené la première nuit de sa captivité : Catalina. Il n'avait jamais oublié non plus la tête de l'assassin de sa mère. Quelquefois, dans ses rêves, il revoyait aussi le visage de l'homme qui avait assassiné la sœur de sa mère, deux mois avant sa capture. Il lui arrivait souvent de ne plus savoir lequel des deux visages il avait envie de tuer. Mais n'importe lequel des deux serait en danger de mort tant que le jeune John August serait en vie. Il s'était juré de retrouver cet homme et de s'identifier avant de le tuer, après l'avoir fait souffrir autant que possible.

Dès qu'il fut à Saint John's, il attendit qu'un bateau parte pour Catalina. Il réussit à se faire engager comme domestique par le capitaine du bateau qui faisait la navette entre les deux ports une fois par mois, avec la garantie que, pendant l'arrêt de cinq jours à Catalina, il serait toujours libre de se promener à sa guise. C'est ainsi qu'à quatorze ans John August se mit à fréquenter les tavernes de l'île de Terre-Neuve. Il était à la recherche de deux visages. Il ne connaissait ni le nom, ni la taille, ni l'âge de ces deux hommes. Les reconnaîtrait-il seulement après huit ans ? Il l'ignorait, mais ne vivait que pour cela. La longue fréquentation de lieux de beuveries rendit le jeune John dépendant de l'alcool. Il consommait beaucoup de bière, de rhum et de vin sucré. Ce régime le rendit alcoolique au fil des années. Il eut des cauchemars terribles. Un soir qu'il était en crise, il fut pris à parti par quatre jeunes marins qui le rossèrent généreusement. Il décida alors de quitter Catalina et de rechercher son père.

Il partit un jour à pied. Il marcha d'abord sur la grève vers l'ouest et le sud-ouest afin de retrouver l'endroit où il avait été enlevé. Il se retrouva au fond de la baie de la Trinité, dans le fjord de Smith, sans rien reconnaître. Il revint à Catalina et, plus tard, traversa la péninsule pour poursuivre ses recherches dans la baie de Bonavista. À King's

Cove, il rencontra un vieil homme qui avait servi sur plusieurs morutiers et qui déclara connaître un jeune « Sauvage béothuk qui vivait à Fogo ». Il avait été capturé vers 1770, avait grandi à Fogo et travaillait comme *boatmaster* sur un morutier de Fogo, village insulaire. John décida de s'y rendre afin de rencontrer ce jeune homme du nom de Tom June. Il partit à pied pour le village, situé à la pointe sud-est de la grande baie de Notre-Dame, juste à l'embouchure de la baie des Exploits. Il mit trente jours pour atteindre Dildo-Run et, de là, réussit à traverser sur l'île de Fogo. En route, il mendia ses repas chez les colons et les pêcheurs. Comme nulle part il ne se disait Béothuk, on le prit pour un jeune Anglais. Il ne sut donc jamais si ces gens étaient bons par nature, ou simplement prêts à aider un des leurs. C'était l'automne et il faisait froid.

Nous étions vers la fin du siècle et il y avait bientôt deux cycles complets des saisons que le jeune John cherchait l'assassin de sa mère ou quelqu'un qui connût sa famille. John August n'eut aucune difficulté à trouver le jeune Tom June. Très grand, il avait le teint foncé, les cheveux noirs tirant sur le rouge, un côté de la tête rasée. « Résultat d'une initiation à la vie de marin », dit-il en riant.

John August lui raconta, devant un bock de bière, comment il avait été fait prisonnier alors qu'il n'avait que six ans. Il raconta aussi le meurtre de sa mère et l'assassinat de sa tante. Tom June en fut attristé.

« Les colons sont si puissants, dit-il. Ils sont aussi très ignorants. Ils croient vraiment que nous sommes des monstres et que nous n'attendons que le moment propice pour tous les tuer. Par contre, les hommes que tu recherches se nomment Albert Fenton et Guy Jersey. Je ne sais plus si c'est le premier ou le second qui a tué ta mère, mais l'un des deux se vante encore de l'avoir abattue de loin. »

Le jeune August devint soudainement furieux et d'autres clients durent le retenir. Il voulait tuer tous les Anglais. Tom June, que chacun ici connaissait, en fut gêné et dut s'excuser auprès des clients. Puis il dut littéralement traîner John jusqu'à sa cabane sur la grève, non loin du port de Fogo. Il l'étendit sur son propre lit et s'enroula dans une couverture de laine, par terre, près de son compatriote.

Lorsqu'il s'éveilla, John August était toujours aussi insulté de voir qu'un frère béothuk avait eu à s'excuser pour ses frasques à lui. Tom June lui fit entendre raison : effectivement, une taverne bourrée d'Anglais n'était pas l'endroit pour clamer qu'ils étaient des Hommes-Rouges, des Béothuks. Se souvenant du nom de son père, Bawoodisik, il demanda à Tom de l'emmener vers les leurs. Pour le calmer, Tom June lui promit de l'emmener vers le centre de l'île dès son prochain congé.

Tom June avait été fait prisonnier alors qu'il n'était âgé que de dix cycles des saisons et qu'il parlait encore très bien la langue des Hommes-Rouges. Durant les premières années de sa captivité, il se sauva à plusieurs reprises pour retrouver les gens de l'ocre rouge lorsqu'ils venaient s'installer sur la côte en été. Mais après quelques soleils, il retournait à Fogo comme s'il n'avait plus appartenu à aucun des deux mondes. Il était en visite chez les siens et retournait visiter les gens qui l'avaient fait prisonnier. Il n'était heureux ni avec les siens, ni avec les Anglais. Il disait lui-même qu'il n'était rien. Ni Béothuk ni Anglais. Jamais un père anglais ne lui laissa la chance de fréquenter une de ses filles. Et lorsqu'il se retrouvait chez les siens, on ne lui laissait pas la chance de parler avec les jeunes Béothukes, de crainte qu'il ne les incite à quitter leur communauté pour le monde des envahisseurs, ceux-là mêmes qui se plaisaient à tuer les gens de l'ocre rouge.

Pourtant, aux Anglais qui lui demandaient de leur enseigner sa langue, il répondait que c'était trop difficile pour des gens civilisés. Quand les siens réclamaient des leçons d'anglais, il répondait que le temps lui manquait. Les plus âgés lui faisaient remarquer combien il ressemblait aux Anglais : le temps, le temps... comme si le temps nourrissait ou procurait du plaisir et des jouissances. Le temps est une chose impalpable et invisible que personne ne peut retenir, comme les cycles des saisons. Une chose incontrôlable, mais que les non-autochtones chérissaient comme leurs propres enfants. Voilà ce qu'était devenu un jeune Béothuk amené à vivre avec les Bouguishameshs : il vénérait le temps comme on vénère Kobshuneesamut. Deux choses impalpables mais qui ont des utilités différentes. Le temps était tout ce qui restait aux Béothuks, il ne coûtait aucun effort.

Tom June avait été élevé par un pasteur anglican venu sur l'île pour évangéliser les Sauvages à la peau rouge. Mais comme il n'avait jamais eu le courage de s'enfoncer dans la forêt pour aller à leur rencontre, il s'était contenté d'élever cet enfant avec l'aide de sa femme, Elisabeth. Elle lui apprit à parler l'anglais, à lire et à écrire. En quatre ans, cette ancienne institutrice transforma le jeune Sauvage en petit gentleman anglais. Mais l'enfant vivait à Terre-Neuve, et les autres enfants de l'île de Fogo n'avaient rien de gentlemen. Il prit donc aussi des manières de jeune voyou, ce qui désespérait la bonne Elisabeth. Comme la jeunesse de Fogo était plutôt dévergondée, la double personnalité du jeune Tom devint vite la hantise de la bonne institutrice. Sauver l'âme du jeune Béothuk devint son unique occupation.

Il se souvenait pourtant de son vrai nom. Deed-Rashow, le rouge, que lui avait donné son père, Doothun, le front. Son père qui ne l'était pas vraiment, puisque le jeune Deed-Rashow était orphelin depuis que la fièvre qui ne se guérit pas avait emporté ses parents. Le vieux Doothun, dont la jeune épouse donnerait plus tard naissance à une fille, l'année même de la noyade du jeune homme, l'avait élevé jusqu'à sa capture par des colons, alors qu'il cueillait des coques sur la grève. L'enfant était revenu voir ce vieil homme chaque fois qu'il en avait eu la chance depuis sa capture. Je n'ai pas connu personnellement ce jeune Tom June, mais j'ai tellement entendu parler de lui, ce Deed-Rashow, que j'ai l'impression de l'avoir toujours connu. Mon père m'a raconté la vie de Tom June et de John August.

Lorsque Tom June présenta John August à son vieil oncle, ce dernier dit que son père était mort depuis l'année de sa capture il y avait presque dix cycles des saisons. Il avait été incapable de surmonter le chagrin et le sentiment de culpabilité qui l'habitaient.

John August n'avait donc plus de parents et ne parlait pas la langue des Béothuks. Il ne pouvait donc communiquer avec les siens et espérer retourner parmi eux. Le cœur triste, il retourna à Catalina et continua de boire sa peine et son désespoir. Avant sa mort, on retrouva un certain Albert Fenton noyé dans le port de Catalina. Quant à Guy Jersey, il fut retrouvé pendu à un arbre près de la taverne du port de Catalina.

On raconte qu'après une bonne cuite, John August tomba soudain malade et mourut étouffé dans ses vomissures. Des mauvaises langues dirent toutefois qu'il avait fait une crise de délire et que les membres de l'équipage du navire sur lequel il travaillait avaient dû le cogner un peu durement pour le calmer. Mais sa réputation de trouble-fête était assez solide pour qu'on conclue à une mort naturelle par abus de boisson. C'est ainsi que disparut le premier enfant béothuk à être montré en Angleterre comme on exhibe encore les animaux au zoo. À dix-sept ans, il avait passé six ans en liberté, huit en captivité et trois en enfer. Dans un enfer pire que la mort, celui de ne pas savoir qui il était, de n'avoir jamais revu les siens, d'avoir perdu sa langue et de n'avoir aucun ami au monde à qui se confier.

Ainsi mourut le dernier descendant du héros de l'île de Terre-Neuve, Anin le voyageur. John August fut le dernier chapitre d'une triste histoire de famille qui influença toute la culture de cette île pendant près de huit cents cycles des saisons.

Le plus étrange encore, pour moi, mémoire vivante de mon peuple, c'est que les habitants de l'île de Terre-Neuve ne tentèrent jamais un rapprochement avec nous par le truchement de ces deux jeunes hommes nés à l'intérieur de l'île, alors que des missions militaires avaient déjà tenté d'établir le contact avec nos gens.

Quant à Tom June, il vécut encore cinq années à Fogo, gardant toujours le même emploi. Un matin d'automne, on trouva son corps flottant dans l'eau du port, son tapatook à la dérive. Il n'y avait eu aucune tempête ni aucun vent violent depuis plusieurs jours. Tom avait à peine trente ans et était reconnu pour être excellent nageur. Le mystère demeure entier. Comme on ne lui connaissait ni amis ni ennemis, on conclut aussi à une mort accidentelle. Personne ne sembla pleurer sa disparition et aucun Béothuk ne sortit de la forêt pour réclamer son corps. Chose étrange, deux jours après sa mort, son tapatook, qui avait été récupéré par son patron sur le bateau où il travaillait, disparut sans que personne sache qui était venu le prendre.

Moi, Wonaoktaé, j'ai grandi en devenant la mémoire vivante de mon peuple. Je suis la première femme à devoir se souvenir pour tous les autres. Fille du vieux Doothun, j'ai appris dès mon jeune âge à entraîner ma mémoire pour apprendre le passé et me souvenir du présent, afin que les générations futures sachent de qui elles sont la suite. Le monde est une suite de mondes. La vie est une suite de vies. Jamais je n'oublierai celles de Tom June et de John August.

46

Bawoodisik n'avait pas rêvé. Il avait bien entendu un coup de feu. Il fut inquiet. Un coup de feu n'augurait jamais rien de bon depuis que les Anglais avaient envahi les côtes de l'île des gens de l'ocre rouge.

Son inquiétude persistait. Il décida d'abandonner sa chasse au phoque et de retourner vers la terre ferme pour retrouver Adenishit et le garçon. Cet enfant, le premier-né du couple Bawoodisik-Adenishit, était en fait le dernier de la lignée de l'ancêtre Anin, le héros de l'île, le grand voyageur, le premier à avoir complété le tour de cette terre en trois cycles des saisons, celui qui avait uni les clans et avait créé la nation des Béothuks en épousant quatre femmes : une Béothuke, deux Vikings nées en Islande et habitant le Groenland avant de venir ici et une Écossaise. Sa progéniture avait été nombreuse : il avait engendré plus d'enfants à lui seul que tous les autres qui suivirent. C'était un sage qui voyait son peuple en expansion et qui préconisait l'occupation entière de l'île afin de protéger l'intégralité de son territoire. Cet homme avait affronté les pires dangers, jusqu'alors inconnus des gens de l'ocre rouge. Puis, protégé par Gashu-Uwith, l'ours, il avait fondé son propre clan et la nation.

Bawoodisik pensait qu'il était temps de trouver un nom à son fils afin qu'il perpétue la tradition d'éternité des Béothuks dans l'espace de l'univers. Assurer la continuité, c'était prendre soin de cet enfant, en faire un homme de corps et d'esprit. C'était lui inculquer le sens des responsabilités.

Bawoodisik contourna l'île du hibou et tourna les yeux vers le mamatik. Aucune fumée ne montait vers le ciel. Pourtant, Adenishit entretenait toujours le feu. Même lorsqu'elle faisait de la cueillette, elle revenait souvent vers le mamatik pour s'assurer que les braises étaient encore ardentes. Bawoodisik redoubla la cadence. Dès qu'il fut sur la plage, il sentit une angoisse affreuse étreindre son ventre. Il sut que quelque chose de grave s'était passé. Il vit des traces de bottes anglaises sur le sable, en direction de la forêt. Il vit aussi des traces de pas de moosins béothuks, ceux de sa femme et de son fils. Il découvrit bientôt le cadavre d'Adenishit étendu sur le dos. Elle avait été scalpée. Son crâne sans cheveux n'était plus qu'une chose affreuse, dégoulinante de sang coagulé. En voyant des marques de pas autour du cadavre, il sut que son enfant était vivant. Il se jeta alors sur le cadavre de cette femme qu'il aimait passionnément. Il la serra dans ses bras et pleura longtemps, incapable d'imaginer sa vie sans elle.

Il lui parla tendrement, lui fit des remontrances sur sa façon imprudente de se découvrir à la vue des ennemis. Il lui rappela toutes les mises en garde des mémoires vivantes de la nation. Il lui reprocha de n'avoir pas entretenu le feu. Il tenta de la réveiller. Il appela encore et encore le garçon « Buh-Bosha-Yesh », du nom qu'il voulait lui donner, comme le premier fils d'Anin, mais il savait que l'enfant ne répondrait pas. Il eut mal comme jamais auparavant. Il s'en voulait de ne pas avoir changé depuis que la tradition... Il aurait dû cueillir plutôt que chasser. Il aurait dû... oublier que l'homme doit chasser et la femme cueillir... Il aurait dû... mais il n'avait pas fait ce qu'il aurait dû faire... Et il s'en voulait.

Lorsque son corps n'eut plus de larmes, quand sa gorge fut assez sèche pour qu'il ne puisse plus avaler sa salive, dès que sa salive sembla se changer en sable sec, il sut qu'il ne pleurerait plus jamais. Il se leva, transporta le corps d'Adenishit vers le lieu de sépulture de son autre épouse, creusa le sable tout à côté de l'endroit où reposait Basdic. Puis il coucha Adenishit près de sa sœur, et il couvrit le corps de fleurs fraîchement cueillies avant de couvrir le trou de pierres de grève. Il en ramassa longtemps pour couvrir les tombes et ainsi empêcher les prédateurs de déterrer les cadavres de ses deux femmes. Puis, tel un homme qui marche pendant son sommeil, il entreprit le retour vers son campement de la saison du froid et de la neige du grand lac de l'Ocre rouge.

Les autres habitants de la communauté ne l'obligèrent jamais à sortir de son silence. On respecta sa douleur en ne l'obligeant pas à la ranimer en la racontant. D'autres personnes, qui étaient passées par son campement d'été, avaient déjà pu reconstituer les événements en examinant les traces et en imaginant le reste.

De telles scènes étaient assez fréquentes pour être facilement revécues par les mémoires vivantes qui ne manquaient pas de les répéter aux enfants, afin qu'ils deviennent plus prudents et même méfiants à l'endroit des Anglais.

Lorsque Bawoodisik parlait, c'était pour rappeler que l'ancêtre Anin n'avait plus de descendants et qu'il faudrait bientôt nommer un chef qui n'appartiendrait pas à sa famille directe. Puis il pouvait être des lunes sans plus dire un mot. Il n'était plus d'aucun conseil pour les affaires de la nation. On devait se fier aux avis des aînés et aux mémoires vivantes pour toute décision importante. Bawoodisik était mort longtemps avant son décès. Il était mort avec Adenishit et avec la disparition de Buh-Bosha-Yesh, son fils.

Il pensait que la vie n'était plus belle. Que les arbres étaient laids, que la mer était un ogre qui avale sans mâcher. Que l'esprit de la forêt ne protégeait plus les Béothuks. Il pensait que l'esprit protecteur des humains n'avait plus d'influence sur le surnaturel incompris des hommes et des femmes. Il se disait qu'il serait doux de s'endormir pour ne plus se réveiller et ainsi rejoindre Adenishit et Basdic au pays des voyages éternels.

Un matin, on trouva Bawoodisik endormi dans son mamatik. Il avait consommé des dizaines de ces magnifiques champignons de couleur vive parsemés de nodules blancs. Le père du dernier descendant de l'ancêtre Anin avait perdu l'envie de vivre en même temps qu'il avait perdu son amour pour son île. Il avait surtout perdu ses trois raisons de vivre. Il était parti pour son voyage éternel, le jour même où un autre enfant de la nation avait été volé. Un jeune garçon de dix ans emmené lui aussi à Fogo, comme Tom June.

Personne ne se sentait assez fort pour aller le reprendre. On venait demander conseil à Bawoodisik lorsqu'on le trouva empoisonné. Personne ne s'était suicidé depuis des centaines de cycles des saisons dans la communauté des Hommes-Rouges, car l'instinct de survie était beaucoup trop fort pour cela. La mort de Bawoodisik ramena les idées noires au sein des survivants de la nation des Béothuks.

Le nouveau conseil, entièrement constitué de femmes, prit plusieurs décisions importantes. Il fut décidé de ne plus se cacher et d'aller, tous ensemble, dès la belle saison revenue, cueillir les coques lorsque le temps de l'abondance reviendrait. Hant Harbour serait l'endroit idéal de la cueillette du printemps. Hommes, femmes et enfants seraient présents lors de cette sortie en masse de la nation. Personne ne devait être armé. Il restait trois lunes pour passer le mot.

« Nous devons nous faire respecter et accepter par ces étrangers. Ils doivent absolument comprendre que nous ne sommes pas de méchants démons, mais des hommes et des femmes de couleur différente, disaient les mères de famille. Faisons-le pour ceux qui restent, en mémoire de ceux qui ne seront jamais plus. Faisons-le pour nos enfants à venir. »

Ce mouvement féminin était né spontanément du désespoir des mâles de la nation. Écrasés, démoralisés, les hommes se laissaient aller et n'osaient plus prendre la moindre décision. Les femmes s'étaient donc réunies et avaient décidé de reformer un conseil. Elles ne se donnèrent pas de chef, prétextant que les gens avaient l'habitude de trop se fier à une seule personne pour se délester de leurs responsabilités. Elles décidèrent, d'un commun accord, de procéder par consensus, comme tous les conseils de la nation l'avaient fait depuis la création de ce peuple de Béothuks.

Les femmes avaient décidé de prendre la situation en main. Les plus âgées tremblaient, mais les jeunes avaient une foi inébranlable dans le genre humain. Elles rappelaient que le jeune Deed-Rashow, le rouge, avait été élevé par des Anglais de Fogo. Si ces gens ne l'ont pas molesté, lui, enfant, ils nous considéreront.

« Avant de nous tuer tous, il faut que nous établissions le contact avec eux et que nous apprenions à vivre ensemble. Nous cacher et fuir cette civilisation venue d'ailleurs n'est pas normal. Il y a certainement moyen d'apprendre à vivre côte à côte sans nous tuer mutuellement. »

La stratégie était la suivante : les femmes se découvriraient les premières, avec leurs enfants, les vieillards suivraient, les hommes arriveraient en dernier. Tous les gens se mettraient à cueillir les fruits de la mer. Si les Anglais arrivaient, il faudrait faire comme s'ils n'existaient pas et continuer à cueillir.

Si les regards devaient se croiser, il faudrait maintenir le sourire afin que ces gens comprennent que les Béothuks étaient aussi des humains et qu'ils ne voulaient de mal à personne. Si le contact verbal était possible, il faudrait naturellement s'engager à se faire comprendre, mais rien ne devait être fait individuellement.

« C'est tous ensemble que nous y allons. C'est tous ensemble que nous devons être acceptés. »

Les femmes furent assez fières d'elles. Elles contribuaient encore à la préservation de la nation, sinon à son expansion. Énergiques, fières, presque arrogantes. Les hommes n'eurent pas la chance de s'exprimer. Ils l'avaient fait assez longtemps et le résultat n'avait guère été concluant depuis une centaine de cycles des saisons. Ils devaient maintenant accepter de vivre en se conformant aux décisions des femmes.

Comment faire si les Anglais prenaient peur et tiraient sur les Béothuks sans chercher à établir le contact ? Il faudrait lever les bras pour bien montrer que personne n'était armé. Ils ne pouvaient tout de même pas tuer un peuple entier ! C'était inconcevable. Surtout, ne pas paniquer.

Avant de se rendre à Hant Harbour, il fallait confectionner des paniers pour y déposer les coques et autres fruits de la mer. Tous devaient se mettre à la tâche immédiatement, afin d'être prêts pour le début de la belle saison. Pendant tout l'hiver, les moules et autres coques s'étaient enfouies dans le sable des grèves : la cueillette serait abondante.

« Si les Anglais nous laissent faire, nous pourrons de nouveau festoyer. »

Les femmes se mirent alors à faire le tour des mamatiks pour recueillir toutes les herbes séchées cueillies pendant la saison des feuilles qui tombent. Dans la grande hutte centrale, elles se réunirent toutes pour se partager la fabrication des paniers et autres contenants. Pendant les jours de la saison du froid et de la neige, les gens passèrent leur temps à préparer cette grande manifestation publique, la première de l'histoire des Béothuks. Pendant cette période de fébrilité, des gens de la baie d'Espoir vinrent en visite. Ils apportaient des sacs pleins de viande séchée et fumée, afin d'aider les Béothuks à terminer cette saison de misère. La communauté des Sang-Mêlé semblait prospère. On s'enquit de leurs relations avec les Anglais.

Ils répondirent tous que les Anglais semblaient assez bien accepter leur présence. Ils parlèrent même des séances d'échange de peaux de fourrures contre des poêles à frire, des chaudrons à bouillir, des chaudières à contenir de l'eau, des couteaux et des haches. Ils discutèrent des précautions à prendre pour ne pas entrer en conflit avec ces gens. Ils conseillèrent de ne jamais accepter d'eau-de-vie de ces gens, car ils en profitaient alors pour s'emparer de leurs biens sans rien leur donner en échange.

« En plus, dit l'un d'eux, cette eau nous rend fous, et nous cherchons alors la dispute, ce qui se termine toujours à notre désavantage. Alors, quelle que soit la raison de l'offre qu'on vous fait, ne prenez pas d'eau-de-vie. Vous perdriez. »

Lorsque les habitants de la baie d'Espoir repartirent, un couple de Béothuks manifesta le désir d'aller vivre avec eux. Les Sang-Mêlé acceptèrent de les emmener avec eux et invitèrent même toute la nation à faire de même, ce que le conseil des femmes refusa poliment. Il fallait tenter un rapprochement avant. Si cette tentative ne réussissait pas... il faudrait alors y songer sérieusement.

Et on remercia chaleureusement les Sang-Mêlé d'avoir si gentiment partagé leur nourriture avec les infortunés Béothuks, jadis les maîtres incontestés de l'île de Terre-Neuve.

47

De nombreux rapts d'enfants s'étaient déjà produits avant ceux des jeunes John August et Tom June. Nos parents se souviennent encore de la jeune Ou-Bee, que des coureurs de fourrures à la recherche de ce bien précieux avaient capturée. Ils avaient fait irruption dans un mamatik familial situé sur le bord d'une baie de la côte sud de l'île, à l'orée de la forêt de conifères. La famille était profondément endormie après avoir travaillé durement toute une journée à installer le campement pour la belle saison. Lorsque Ou-Bee ouvrit les yeux, elle entendit un coup de feu et vit son père, encore étendu sur sa couche, entièrement couvert de sang. Puis sa mère reçut une décharge en plein visage. Quant à son jeune frère, elle vit un des hommes lui trancher la gorge à l'aide d'un long couteau. Il y avait du sang partout.

Ou-Bee, nue sous sa couverture de peaux de caribous, se leva précipitamment pour tenter de fuir. Mais elle fut attrapée au passage par un des hommes qui la frappa au visage. Elle tomba à la renverse et un autre des hommes la retint par les épaules alors que celui qui l'avait frappée baissait sa culotte de tissu anglais et la violait brutalement. Elle eut beau se débattre et crier de toutes ses forces, il ne s'arrêta qu'après sa satisfaction de bête enragée. Puis un deuxième homme la retint par terre, couchée dans le sang de ses propres parents, alors que celui qui la retenait la violait à son tour. Puis le troisième homme fit de même. Ou-Bee était complètement épuisée de s'être débattue et d'avoir autant crié. Mais elle avait surtout mal. Terriblement mal à l'intérieur de son corps et de sa tête. Mal d'avoir été souillée par des salauds d'Anglais. Mal d'avoir roulé dans le sang de ses parents. Mal de ne plus avoir personne à aimer. Mal de ne plus avoir personne pour l'aimer. Elle avait terriblement mal de ne pouvoir faire quoi que ce soit pour punir ces meurtriers. Elle aurait voulu tenir une arme dans ses mains et les tuer tous, comme ils avaient tué les siens. Elle ne put que vomir sur eux. Mais ce fut pour recevoir d'autres coups par ces hommes sans pitié pour une fillette d'à peine douze cycles des saisons de vie. D'une vie qu'elle aurait voulu perdre à tout jamais. Comme elle avait été prise vivante, les trois hommes reçurent une récompense pour cette capture, chacun dix livres.

Ou-Bee fut envoyée en Angleterre où elle fut adoptée par une famille du nom de Stone. On voulut lui donner un nom anglais, mais elle refusa toujours de répondre à ce nom. Elle n'écoutait que lorsqu'on l'appelait Ou-Bee. Le père, chaque fois qu'il se retrouvait seul avec la fillette, tentait de la caresser, mais elle se mettait alors à crier comme une bête que l'on égorge. Ces crises de la fillette mettaient madame Stone en colère et elle finissait toujours par punir la pauvre Ou-Bee en lui administrant de solides taloches. La jeune Béothuke détesta tant cet homme qu'elle en vint à se mettre à crier dès qu'elle se retrouvait seule avec lui. Ce qui exaspérait de plus en plus madame Stone. Ou-Bee faisait aussi des cauchemars dans lesquels elle revoyait la scène de viol dont elle avait été victime. Elle se mettait aussi à crier, et madame Stone de frapper de plus belle. Puis la jeune fille s'endurcit. Elle finit par rire des claques reçues. Cette madame Stone avait la main leste et frappait aussi souvent que le cœur lui en disait. Mais Ou-Bee n'attacha bientôt plus aucune importance aux taloches de madame Stone.

La jeune Ou-Bee détesta la présence des hommes pendant toute sa vie. Madame Stone disait de la jeune fille qu'elle avait un sale caractère et ne souriait jamais, répondait sèchement lorsqu'on lui adressait la parole et refusait de jouer avec les enfants de son âge.

Cette famille avait un ami, un certain révérend Clinch, qui enseigna à Ou-Bee à lire et à écrire l'anglais. Il la décrivait comme « joviale, enjouée, taquine et aimant beaucoup les enfants, avec qui elle jouait constamment ». Il disait d'elle qu'elle apprenait mieux que toutes les jeunes Anglaises de son âge et qu'après deux ans d'enseignement, la langue anglaise n'avait plus de secrets pour elle. C'est d'ailleurs lui qui commença alors à apprendre la langue des Béothuks et qui constitua le premier lexique de cette langue. Ou-Bee vécut jusqu'en 1788 et mourut de tuberculose, maladie à laquelle les autochtones ne pouvaient résister. Cette histoire fut transmise plus tard à un militaire qui devint ami de la famille Paul de la baie d'Espoir, et je l'entendis de la bouche même de Mary Paul.

Conformément à la décision prise par les femmes du lac de l'Ocre rouge, à la saison du renouveau, alors que les coques sont les plus nombreuses dans le sable des berges des baies, plus de quatre cents femmes, enfants, vieillards et quelques jeunes hommes dans la force de l'âge se mirent à cueillir ces mollusques, près de Hant Harbour, dans la baie de la Trinité. Comme prévu, personne n'était armé : cette sortie en masse avait donc pour but de faire savoir aux Anglais de l'île que les Béothuks en avaient assez de se terrer comme des animaux.

Soudain, un groupe de coureurs de fourrures s'amena sur la grève, armé de fusils et de mousquets. Ils étaient environ vingt-cinq. Instinctivement et contrairement à ce qui avait été prévu, tous les Béothuks se mirent à courir vers une pointe rocheuse qui s'avançait dans la mer. Ce fut le signal : tous les Anglais se mirent à tirer sur ces gens sans armes. Au bout de la pointe de roche, les plus jeunes se jetaient à l'eau et les meilleurs tireurs anglais s'amusèrent à les atteindre comme s'il s'était agi d'un exercice. Affolés, les gens criaient, pleuraient et imploraient sans que les coureurs de fourrures semblent éprouver la moindre pitié. La tuerie cessa lorsque tous les Béothuks présents, sans exception, furent morts. Les témoins de la scène déclarèrent que la mer et le rocher étaient rouges de sang.

Un tel carnage ne s'était jamais vu. Quatre cents morts sur cinq cents habitants. Les mémoires vivantes de la nation des Béothuks moururent toutes avec ce massacre, sauf une, moi qui vous raconte cette histoire, Wonaoktaé. Bien entendu, les coupables ne revendiquèrent jamais cet acte de barbarie extrême. L'histoire officielle ferma les yeux, encore une fois.

C'était à la fin du dix-huitième siècle. C'est aussi à cette époque que le jeune Tom June rendit le plus souvent visite au vieil homme qui l'avait élevé, Doothun, mon père. À chacune de ses visites, il toussait de plus en plus et semblait malade. La tuberculose des Anglais l'avait aussi atteint, et les personnes avec qui il avait des contacts étaient sans doute elles-mêmes contaminées. Avec le massacre de Hant Harbour, la maladie avait moins de chances de se propager sur l'île.

La communauté du lac de l'Ocre rouge était vraiment pitoyable. Trop faibles pour chasser et pêcher comme ils avaient l'habitude de le faire, les gens mouraient littéralement de faim. Une centaine de personnes vivaient encore là-bas. La plupart d'entre eux étaient malades et faibles, mais gardaient le courage de tout faire pour survivre. Ils apprirent à brûler les clairières pour y ramasser les insectes grillés qu'ils mangeaient tels quels. Ils cueillaient aussi les plantes comestibles, sans trop se soucier de leur goût. Tout le savoir accumulé par les ancêtres devait être mis en pratique. L'écorce intérieure du pin était séchée et broyée ; on en tirait une farine qu'on transformait en une sorte de pain. Ce serait le pain des Béothuks jusqu'à la toute fin de leur histoire.

Les entrepôts de conservation des viandes étaient maintenant dissimulés afin d'éviter le pillage par les expéditions des Anglais vers l'intérieur des terres. D'ailleurs, ces expéditions devenaient de plus en plus nombreuses et dès qu'un Homme-Rouge se montrait, on lui tirait dessus. Rares étaient les gens de la communauté qui n'avaient pas essuyé des tirs. La grenaille dont on chargeait les mousquets était projetée dans toutes les directions et les particules se logeaient souvent dans la peau du corps sans qu'on réussisse à les en extirper. Des infections se développaient, qu'on devait désinfecter aussitôt : on devait alors extraire ces corps étrangers en incisant la peau. Puis il fallait trouver les plantes qui guérissent les infections. La guérison était lente car les gens étaient faibles, souvent déjà malades.

Au tout début de la lune où les feuilles rougissent, William Cull, un coureur de fourrures que nous connaissions tous, vit une femme béothuke dans la baie de Gander. Elle semblait seule. Il n'y avait personne autour. On pouvait donc la capturer. De plus, on promettait cinquante livres à quiconque entrait en contact avec les Béothuks. Une telle récompense valait presque une année de travail pour cet homme rude et cupide. Avec l'aide de trois marins, William Cull se mit à la poursuite de la femme. Elle courut en zigzag et assez rapidement pour essouffler complètement les quatre hommes. Lorsqu'ils l'attrapèrent, elle était exténuée et les quatre poursuivants aussi. À cause de sa rapidité, William Cull était convaincu qu'elle était jeune. C'est du moins ce qu'il raconta à tout le monde.

Pendant la pré-saison du froid et de la neige, la haute société anglaise de l'île organisait plusieurs bals. L'attraction d'un de ces bals fut l'examen de près de cette femme, dans son costume de Sauvagesse. Toute la haute était présente. Mais la captive avait mauvais caractère et crachait sur celles qui voulaient la toucher. Quelques cheveux blancs confirmèrent qu'elle était d'un certain âge et qu'elle avait déjà un caractère bien formé par l'existence. Si elle crachait facilement au visage des femmes, elle n'hésitait pas non plus à griffer les visages des hommes qui voulaient aussi savoir si sa peau était comme celle des humains ou des animaux. Elle toussait beaucoup et on redoutait beaucoup la « consomption », nom donné à la tuberculose. On décida de la ramener vite à la famille qui l'hébergeait. Elle y vivait entourée d'enfants qu'elle chérissait comme s'ils avaient été les siens. Ses cheveux étaient châtain clair et elle était à peine un peu plus grande que les Anglaises. Un an plus tard, on s'aperçut qu'elle était très malade. Pour ne pas avoir sa mort sur la conscience, la famille la confia de nouveau à William Cull, afin qu'il la ramène parmi les siens. En la retournant, elle contaminerait probablement les autres Béothuks, et ainsi les Anglais se débarrasseraient de ces encombrants Sauvages que nous étions devenus à leurs yeux.

William Cull n'était pas homme à s'embarrasser de scrupules inutiles. Il n'allait pas faire le sentier à pied pour ramener cette femme au Red Indian Lake, un trajet de sept à douze soleils de marche en forêt. Il abandonna donc la vieille femme dans la baie des Exploits sans même lui laisser une couverture pour qu'elle puisse se réchauffer en attendant les siens. C'était à la toute fin du mois de la tombée des feuilles et il faisait déjà froid sur l'île. Plus tard, William Cull fut soupçonné d'avoir tué cette vieille femme malade, mais aucune preuve n'en fut jamais donnée. Chose certaine, les Béothuks ne revirent jamais plus la femme.

Un jour de la saison d'abondance, il y eut un autre édit royal qui défendait aux Terre-Neuviens de molester les Béothuks. Cette fois c'était sérieux, car cette année-là plusieurs rencontres entre hommes rouges et hommes blancs eurent lieu, et aucune mort ne fut officiellement enregistrée. On offrait pourtant alors une récompense de cent livres pour la capture de Béothuks vivants.

Un certain lieutenant Spratt tenta d'entrer en contact avec nous. Cet officier fit placer sur la grève de la baie des Exploits beaucoup d'objets utilitaires comme appâts. Nos gens vinrent voir de quoi il s'agissait, mais ne touchèrent à rien. Spratt ne vit même pas le nez d'un seul survivant de notre famille. Tout au long de l'opération, des Béothuks surveillaient les abords de la baie, conscients que ces Anglais leur tendaient un piège. Ils n'allaient tout de même pas se laisser avoir de nouveau. Ils n'avaient plus assez de gens pour cela. Depuis le massacre de Hant Harbour, la maladie avait continué ses ravages et le nombre des Béothuks encore vivants baissait dramatiquement. Les naissances étaient rares, car la santé des femmes déclinait.

On dit que les Béothuks de la fin du dix-huitième siècle eurent au moins un défenseur. Il avait pour nom G. C. Pulling et il était lieutenant de marine. Il fit apparemment un rapport dans lequel il dénonçait les atrocités et les actes de barbarie commis par les colons, les pêcheurs et les coureurs de fourrures de la partie nord-est de l'île. Selon ce lieutenant Pulling, les viols étaient beaucoup plus nombreux que les mémoires vivantes de la nation des Béothuks ne le racontaient.

48

Après avoir obtenu une prime substantielle pour la capture de la vieille Béothuke dans la baie de Gander, William Cull réalisa qu'il y avait suffisamment d'argent à gagner de cette façon et organisa une expédition plus musclée afin de ramener la prochaine fois, fût-ce de force, plus de Sauvages. William Cull décida de venir au centre même de l'île pour surprendre les Peaux-Rouges que nous étions. Si, toutes proportions gardées, la récompense était la même que la première fois, une vingtaine de captures devaient le rendre riche. Il convainquit son frère John de se joindre à son expédition vers le Red Indian Lake. Les deux hommes obtinrent l'appui de John Waddy, Thomas Lewis, James Foster et un dénommé Joseph. Tous ces gens nous étaient connus depuis fort longtemps, puisque nous les surveillions quotidiennement pendant la belle saison.

L'expédition se mit en marche dans la baie des Exploits, au début d'une lune du froid, au début du dix-neuvième siècle. Si ces Anglais voyageaient l'hiver, c'est qu'en cette saison ils pouvaient suivre facilement la rivière gelée. Ils étaient ainsi certains d'atteindre le grand lac de l'Ocre rouge. En d'autres saisons, ils auraient dû trouver les bons sentiers et chercher les multiples gués de la rivière au risque de ne jamais trouver le lac. Il aurait aussi été plus facile pour nos gens de surveiller l'expédition et d'en attaquer les membres. En plus, ces Anglais ne faisaient presque rien en hiver sur cette île. Puisqu'ils devaient gagner leur vie, pourquoi ne pas faire la chasse aux Peaux-Rouges ?

Juste avant de partir, ils apprirent que dans la dernière proclamation royale du gouverneur, le vice-amiral John T. Duckworth, on mentionnait que chaque capture d'un Béothuk donnait droit à une récompense montant jusqu'à cent livres. Enhardis par l'appât du gain mais inquiets dès qu'ils entraient dans les bois, les hommes des frères Cull avaient peur : le moindre craquement de branche les faisait sursauter et pointer leurs armes.

Les deux guides sang-mêlé qui étaient avec eux redoutaient beaucoup plus les membres de l'expédition que les Béothuks, avec qui ils s'entendaient bien. Pour eux, il n'était pas question de mener les Anglais jusqu'aux Béothuks : leur travail consistait à les guider sur la glace de la rivière et à leur éviter les endroits dangereux, là où la glace était susceptible de se briser. Ces deux hommes connaissaient bien les courants et les remous de la rivière.

Le quatrième jour de marche s'acheva lorsque les hommes trouvèrent un de nos entrepôts de nourriture. Il contenait une centaine de caribous, tous bien dépecés et déposés dans des boîtes faites d'écorce de bouleau. Dans chaque paquet de viande, il y avait aussi le cœur, les reins, la langue et le foie de l'animal.

Comme il s'y trouvait en outre des centaines de peaux de fourrures, ils s'en emparèrent. Pour se donner bonne conscience, ils nous laissèrent à la place des objets de pacotille qu'on crut utiles pour nous, simples Sauvages béothuks.

Dès le lendemain matin, deux de nos hommes se montrèrent : les Anglais comprirent aussitôt que nous savions qu'ils venaient nous capturer. Ces deux hommes déguerpirent aussitôt sur leurs raquettes. Il apparaissait maintenant clairement aux Anglais que l'expédition avait été surveillée depuis son départ. Les deux guides rirent beaucoup en parlant dans leur langue, que les Anglais ne pouvaient pas comprendre.

Alourdis par leurs prises, les Anglais ne poussèrent pas plus loin l'expédition à la rencontre des Hommes-Rouges. Ils retournèrent vers la baie des Exploits sans être entrés en contact avec les derniers Béothuks de l'île des Addaboutiks. Une autre expédition qui devint très profitable pour ces coureurs de fourrures avides de profits : ils vendirent à fort prix des fourrures qui ne leur avaient rien coûté.

En août de la même année, le lieutenant David Buchan arriva dans la baie des Exploits sur le navire *Adonis*. Comme il était tard dans la saison,

Buchan décida de passer une partie de l'hiver à Ship Cove, en attendant le moment propice.

Au cours de la lune du froid, le lieutenant Buchan entreprit de remonter la rivière aux Exploits, mené par William Cull et ses amis. Matthiew Hughster, Thomas Taylor et vingt-trois hommes de l'équipage du *HMS Adonis* faisaient aussi partie de l'expédition. Le chef de l'expédition était différent, mais plusieurs hommes étaient les mêmes. Et ces hommes étaient bien connus des Béothuks. C'étaient des tueurs de Peaux-Rouges, et jamais ils ne pourraient gagner la confiance des nôtres. Pourtant, l'expédition apportait des provisions et des choses utiles à notre intention, en tout près de deux tonnes de marchandises. Toutes ces choses avaient été chargées sur douze traînes tirées par les marins du *HMS Adonis*, tous armés de pistolets et de sabres. Les coureurs de fourrures avaient insisté pour apporter leurs longs mousquets de chasse, et Buchan les laissa faire.

L'expédition ne remonta la rivière des Exploits qu'à grand-peine. Visiblement peu habitués à marcher en raquettes à neige, ils ne levaient pas suffisamment la jambe pour bien dégager le devant. Lorsqu'un peu de croûte se forme à la surface de la neige, la raquette reste prise sous la partie dure et le marcheur se blesse souvent la jambe ou la cheville. Les néophytes ont tendance à assujettir le pied entier à l'instrument, alors que seule la pointe des pieds doit y être fixée, en laissant le talon libre. Ainsi, la queue de la raquette traîne par terre, assurant un contact constant avec le sol. Lorsqu'on lève le pied, il faut le mettre devant l'autre. Si on se contente de le ramener parallèlement à l'autre, on s'expose à la fatigue prématurée. Il faut aussi alterner le battage de la piste. Lorsqu'un marcheur a ouvert la piste pendant un bout de temps, il doit être remplacé pour ne pas s'exténuer. Voilà le secret de la marche en raquettes à neige.

Un matin, l'expédition trouva les vestiges d'un mamatik sur une île de la rivière. Une dizaine de soleils après leur départ, les hommes arrivèrent près d'un de nos entrepôts. Il était de forme circulaire, contrairement aux habitudes de construction des anciens. Il était fait de jeunes arbres coupés et plantés droits dans le sol et recouvert de peaux de caribous cousues ensemble.

Un Béothuk faisait habituellement le trajet de la remontée de la rivière, depuis la baie des Exploits jusqu'au lac de l'Ocre rouge, en moins de six soleils. Souvent en cinq. Les Anglais en prirent douze et étaient encore à un soleil de notre lac. Ils campèrent au pied d'un rapide et, le lendemain, Buchan décida de laisser les provisions sous la surveillance de quinze d'entre eux et de continuer avec huit des meilleurs marcheurs. Ce jour-là, ils aperçurent deux ombres qui semblaient les épier. Ils s'en inquiétèrent, car ils sentaient qu'ils avaient déjà été repérés.

Le lendemain, ils débouchèrent sur une clairière près du grand lac de l'Ocre rouge. Ils trouvèrent trois mamatiks : deux très près l'un de l'autre et un troisième à deux cents pas. C'était l'aube et tout le monde dormait profondément. On entendait ronfler. À neuf et bien armés, ils décidèrent de faire irruption dans les trois habitations en même temps et de profiter de l'effet de surprise. Au signal donné, les trois volants des mamatiks s'ouvrirent. Nous fûmes tous surpris dans notre sommeil.

Cet hiver-là, ma famille entière avait décidé de camper sur le côté sud du bras nord du grand lac. L'hiver où le lieutenant Buchan est venu nous surprendre comme un voleur, notre famille était donc divisée en trois mamatiks. Dans le premier, isolé des deux autres, il y avait Mamjaesdoo, mon frère, et sa famille, dont ma nièce Shanawdithith. Je demeurais dans celui du centre avec mon père, ma mère et mes frères et sœurs. Dans le troisième mamatik, il y avait l'oncle de Shanawdithith, le frère de sa mère, le beau Nonosabasut, un homme magnifique d'une force inouïe, et son frère L'Oignon, ainsi nommé par les Français de notre nation. En tout, il y avait vingt hommes, vingt-deux femmes et trente enfants. Nous étions soixante-douze dans trois immenses mamatiks. J'avais alors vingt et un cycles des saisons. J'étais née l'année où s'était noyé Tom June dans le port de Fogo.

Plus loin, du côté sud du lac, il y avait un autre campement de deux mamatiks avec cinq hommes, sept femmes et cinq enfants. Plus près du nôtre, il y avait aussi deux mamatiks, qui contenaient seulement quatre hommes, trois femmes et six enfants. Notre nation entière était composée de cent deux personnes. Voilà ce qui restait des deux mille et quelque personnes qui composaient la nation béothuke il y a quelques centaines de cycles des saisons.

Le matin de l'arrivée du lieutenant Buchan, nous étions confortablement endormis dans notre mamatik. Les braises du feu étaient chaudes et, comme il ne faisait pas froid à l'extérieur, la douceur de vivre s'était emparée de nous tous. Il y eut des bruits de voix à l'extérieur et mon père s'assit pour tenter de s'éveiller et comprendre ce qui se passait. Puis les autres adultes, toujours aux aguets, firent de même. À mon tour, je m'assis. De l'endroit où j'étais, je pouvais voir clairement les visages à la lueur des braises du feu. Soudainement, le battant du mamatik s'ouvrit et des hommes vêtus de bleu et de rouge entrèrent. Nous fûmes complètement abasourdis par cette intrusion soudaine. Les hommes en bleu avec des boutons brillants nous étaient peu connus. Mais les hommes en vêtements de caribous, avec leurs longs mousquets, nous les connaissions bien et leur présence signifiait normalement que certains d'entre nous allaient mourir ce jour-là. Un des hommes en bleu, petit, souriait largement et il se mit à prendre les mains des adultes et à les agiter vigoureusement, comme les Anglais le faisaient si souvent entre eux. Lorsqu'il passait près d'un enfant, il lui frottait la tête amicalement, comme nous le faisons nous-mêmes avec nos enfants. Notre appréhension diminuait lentement et les autres adultes, curieux, se mirent à examiner les boutons brillants des habits des hommes en bleu. Mon père se pencha, ranima le feu et invita les hommes en bleu à s'asseoir autour.

Les femmes adultes, dont ma mère, prirent de la viande de caribou et se mirent à en faire cuire sur le feu vif, au bout de petits bâtons. Puis elle en offrit aux Anglais, qui acceptèrent sans montrer aucun dégoût comme les non-autochtones le font généralement lorsqu'un d'entre nous lui offre de la nourriture. Pendant ce temps, un des occupants, un coureur de fourrures, me dévisageait et son regard descendait le long de mon corps. Ma poitrine était nue, comme celle de toutes les femmes du mamatik. Il est vrai que les femmes anglaises ne se découvrent pas les seins, même pour nourrir les bébés. Elles ne font que dégrafer la robe et, discrètement, sortent le bout de la tétine pour que l'enfant boive.

Mais les yeux de l'homme restaient fixés sur mes seins avec tellement d'insistance que je me sentis mal et ramenai la couverture sur le haut de mon corps, dénudant mes jambes et mon sexe. Son regard devint complètement hagard et je dus voler la couverture de mon jeune frère pour me couvrir entièrement. Son attitude m'avait beaucoup troublée. Son chef s'en aperçut car il lui dit quelque chose en anglais que je ne compris pas, mais il détourna son regard pour ne plus fixer que le feu. Avec force gestes, ces gens nous firent comprendre qu'ils ne nous voulaient pas de mal. Ils nous firent comprendre qu'il y avait des cadeaux pour nous mais qu'ils étaient restés au bas de la première chute d'eau de la rivière. Nous enfilâmes des vêtements et nous sortîmes tous du mamatik. Déjà, tous les autres Béothuks étaient dehors et discutaient avec les autres Anglais, mais personne ne semblait comprendre ce que l'autre voulait dire.

Par gestes, le chef Buchan fit comprendre à nos hommes qu'ils avaient apporté des cadeaux pour eux et qu'ils devaient retourner au campement du rapide pour les prendre. Il demanda, toujours par gestes, si les Béothuks voulaient les accompagner. Toujours méfiants, nos hommes se consultèrent.

Quatre d'entre eux, dont Nonosabasut et son frère L'Oignon, acceptèrent de les accompagner. Deux autres aussi, dont Ge-oun, la mâchoire. Nonosabasut dit alors aux gens de la famille :

« Nous les accompagnons pour les éloigner d'ici. Pendant ce temps, vous déguerpirez tous. Nous leur fausserons compagnie en chemin, ils ne sont pas rapides sur des raquettes. »

Mais cette tactique fut contrée par la décision de deux marins de rester avec nous, « en signe de bonne foi », nous firent-ils comprendre. Ces deux hommes étaient James Butler et Thomas Bouthland.

Buchan repartit avec six de ses hommes et les quatre Béothuks. Nos quatre hommes nous dirent plus tard que les Anglais étaient visiblement mal à l'aise en retournant à leur campement. Nonosabasut croit que les hommes se sentaient épiés. Ce qui était vrai, car deux éclaireurs sang-mêlé les avaient suivis depuis leur départ de la baie des Exploits. Ils avaient servi de guides à William Cull lors de l'expédition du cycle des saisons précédent. Le groupe n'avait pas couvert le quart de la distance qui le séparait du gros de l'expédition que Ge-oun fit comprendre à Buchan qu'il retournait auprès des siens et de son jeune bébé. Nonosabasut décida de le suivre. Il ne restait plus que L'Oignon et l'autre guerrier dont le nom m'échappe, même si je suis la mémoire vivante de la nation.

Dès que le groupe des neuf arriva au haut de la colline qui surplombait notre camp, le compagnon de L'Oignon, apercevant la fumée et le nombre de gens qui attendaient, décida de rebrousser chemin en courant et en appelant L'Oignon. Celui-ci sembla lui faire signe qu'il ne craignait pas ces gens et continua avec Buchan. Lorsque Ge-oun et Nonosabasut arrivèrent au camp, les deux marins restés en attente prirent peur et couchèrent en joue nos deux hommes avec leurs pistolets.

Ma mère et ma sœur aînée saisirent aussitôt deux arcs appuyés sur notre mamatik et tirèrent rapidement deux flèches, touchant les deux marins au dos. Presque en même temps, deux jeunes hommes avaient fait de même et les deux flèches se logèrent dans le dos des matelots. Les deux hommes s'affaissèrent. Nonosabasut et Ge-oun furent très fâchés de ce geste instinctif des quatre Béothuks. L'instinct de survie avait poussé ces quatre personnes à se défendre devant la menace des armes à feu. De ces quatre personnes, trois avaient déjà subi des blessures par balles. Ma mère trois fois, dont deux qui avaient failli lui coûter la vie. Nonosabasut décida que les cadavres ne devaient pas rester au camp et il en chargea aussitôt un sur ses épaules pour le transporter hors du campement. Il donna l'ordre à tous les gens présents de déguerpir au plus vite vers le campement suivant.

En moins de temps qu'il n'en faut pour le dire, nous avions pris nos affaires et nous étions en marche pour le campement suivant. Nonosabasut sectionna les deux têtes des corps de marins. Ce n'était là qu'un symbole pour dire à l'ennemi que « dans la mort, il n'y a plus de gloire pour l'individu ». Tous sont anonymes dans la mort. De plus, on ne peut être reconnu par les nôtres de l'Au-delà.

Le lendemain matin, Buchan et ses hommes arrivèrent à notre campement. Il n'y avait plus personne. Nous avions tous disparu, y compris les deux marins anglais. Buchan fit alors distribuer tous les présents offerts entre les trois mamatiks. Comme il se faisait tard et que la nuit tombait tôt en hiver, il décida de dormir dans nos habitations. La nervosité régnait chez les Anglais. Un des hommes, John Grimes, entendit du bruit à l'extérieur du mamatik et, sans avertir, tira à travers l'écorce de bouleau qui recouvrait l'abri. Il y eut un grand cri suivi de jurons en anglais : c'était Thomas Taylor qui venait de voir sa manche de manteau brûlée par la balle de ce Grimes. Taylor entra alors dans une colère terrible et Buchan eut beaucoup de mal à l'empêcher de faire un mauvais parti au marin imprudent et trop nerveux qui avait tiré sous le coup de la peur. L'Oignon se demanda alors ce qui serait arrivé si c'eût été un des nôtres.

Le lendemain, l'expédition repartit vers la mer, abandonnant les deux marins absents à leur sort. L'Oignon, le seul Béothuk encore avec le groupe, trottinait sur ses raquettes devant les Anglais. Il s'arrêta, vit quelque chose, partit vers ce point, s'arrêta un instant et se sauva vers la forêt à toutes jambes. Lorsque Buchan arriva à cet endroit, il découvrit les cadavres décapités de ses deux marins. Quand l'expédition arriva à la cache de provisions, Buchan s'aperçut que tout le pain avait disparu mais que la viande de porc était épandue partout. Les Béothuks n'aimaient pas le lard salé, même lorsqu'ils crevaient de faim.

Pendant les deux soleils qui suivirent, plus personne n'osa dormir dans cette expédition de paix. Leur crainte des Hommes-Rouges était telle que c'est au pas de course que se termina le trajet vers le bateau ancré dans la baie des Exploits. Et ils avaient été suivis et épiés tout au long de ce voyage de retour. Le guerrier L'Oignon eut vite fait de rejoindre ses compagnons, dont Gausep, l'haleine, dont j'avais oublié le nom plus tôt dans mon récit. Ge-oun y était aussi.

« Il était plus que temps que tu les quittes. Nous n'aurions pas pu te sauver si tu avais continué à les suivre, lui dit Ge-oun.

— Pourquoi avoir tué les deux marins ?

— Nous n'avions pas le choix. Lorsqu'ils nous ont vu revenir, Nonosabasut et moi, ils se sont affolés et nous ont mis en joue avec leurs pistolets. Avant qu'ils ne nous tuent, nos femmes se sont chargées d'eux. Deux flèches ont suffi mais deux jeunes ont également tiré sur eux. Nous n'avions aucune mauvaise intention à leur égard. Tout ce que je voulais, c'est que tous débarrassent le campement et retournent au lac. On ne sait jamais avec ces gens. Ils sont tellement imprévisibles. Ils tirent sur n'importe qui.

— Je sais. Un des leurs a tiré à travers le mamatik la nuit dernière et il a failli tuer un des chefs blancs. Ils ont peur. Et lorsque ces gens ont peur, les Béothuks sont en danger. Qu'allons-nous faire maintenant ?

— Les éviter le plus possible », répondit Ge-oun, la mâchoire.

49

Pour nous assurer de vivre en paix le reste de la saison de froid et de neige, nous sommes allés du côté opposé du grand lac de l'Ocre rouge, à l'autre extrémité de ce long lac. Nous avons mis quatre soleils, dans le froid et la neige, pour nous rendre à cet endroit sûr où jamais un Bouguishamesh n'avait encore mis les pieds.

Nous avons eu grand-peine à nous construire des habitations confortables. Plusieurs personnes, déjà malades, ne purent résister et moururent. J'étais en excellente santé et forte, alors la personne que je suis, Wonaoktaé, appelée Demasduit par les miens, mémoire vivante du petit peuple béothuk de l'île de Terre-Neuve, je dus comme tout le monde soigner les malades et partager avec eux. C'est au cours de cette saison de neige et de froid que Nonosabosut me remarqua pour la première fois. Dans les temps anciens, à vingt et un cycles des saisons de vie, une femme devait être bien laide pour ne pas avoir trouvé preneur. Mais à cette époque de maladie et de mauvaises rencontres avec les envahisseurs, chacun était préoccupé par sa survie immédiate. Il n'était pas question de jouir de la vie paisiblement, comme nos ancêtres l'avaient fait. Ceux qui nous avaient précédés avaient aussi eu des problèmes avec les étrangers, mais ils avaient souvent connu de très longs répits, vivant des dizaines de cycles des saisons en paix. Les étrangers venaient sur l'île et nos gens les voyaient arriver. Maintenant, ils vivaient sur notre île, dans nos baies, sur nos grèves et nous empêchaient de cueillir nos coques, nos fruits de la mer et ne nous permettaient plus de pêcher les poissons qui abondaient dans nos eaux. Bien plus, ils nous relançaient jusque dans nos repaires au fond de la forêt. C'était devenu intolérable. Nous n'osions plus dormir la nuit, de peur de nous faire surprendre.

Nos hommes n'étaient pas irréprochables. Ils attaquaient souvent les colons, les pêcheurs et les coureurs de fourrures. Mais ils ne le faisaient que parce que ces gens avaient ouvert les hostilités. Si les pêcheurs s'étaient contentés de pêcher, nous aurions pu cueillir nos produits de la mer. Mais les pêcheurs engageaient des coureurs de fourrures qui, plutôt que d'échanger avec nous, nous tuaient et volaient nos fourrures. Les Shanungs et les Sho-Undamungs faisaient des échanges avec les Français et les Anglais depuis plus de trois cents cycles des saisons alors que les coureurs de fourrures continuaient de nous prendre nos fourrures sans rien nous donner en retour. Pourtant, ils traitaient avec les Sang-Mêlé de la baie d'Espoir. Pourquoi pas avec nous ?

Lorsque le lieutenant Buchan nous surprit, nous étions encore cent deux personnes. Lorsque Nonosabasut vint me demander de partager ma couche, trois cycles des saisons plus tard, nous n'étions plus qu'environ soixante Béothuks. Les autres étaient morts soit de maladie, soit tués par les coureurs de fourrures.

À vingt-quatre cycles des saisons de vie, je me déplaçais partout avec les petits groupes d'attaquants. Nous devions nous cacher, dérober des outils, des hameçons et voler le saumon dans nos propres rivières, lieux que les Anglais s'appropriaient aussi. Ils bloquaient les rivières à l'aide de barrières, établissaient des étangs de retenue des poissons, et le saumon ne venait plus jusqu'à l'intérieur, où nous vivions. Nous devions descendre les rivières et harponner notre propre saumon dans les étangs des visages pâles. Si nous avions l'imprudence de nous montrer, ces gens tiraient sur nous. Alors que nous mettions tout en commun dès que nous avions pris des hameçons, ils commencèrent à nous tuer en guise de représailles. Nous avons pris un certain temps à comprendre cette façon de penser. Pour certains outils utiles, il fallait que nous risquions la mort. Ce fut d'abord un jeu, mais devant les armes à feu, cela devint vite sérieux. Nous n'avions pas le choix, nous ne pouvions affronter les gens armés de ces fusils. Même si nous avions eu de telles armes, qui nous aurait fourni la poudre et le plomb ? Certainement pas ceux qui nous tiraient dessus !

Les premiers temps de notre union, Nonosabasut et moi avons été heureux, malgré notre hantise de rencontrer des Anglais. Comme nous n'avions connu rien d'autre depuis notre naissance, Nonosabasut et moi étions comblés. Les gens mouraient autour de nous, les coureurs de fourrures nous volaient, ils nous tiraient dessus comme des lapins, nous empêchaient de nous nourrir normalement comme autrefois. Mais nous étions heureux. Les enfants étaient joyeux et rieurs, comme tous les enfants de notre peuple déchu. Et moi, mémoire vivante, je continuais à leur faire peur avec mes histoires de Bouguishameshs qui tuent.

Nos hommes persistaient à provoquer les habitants des côtes pour s'approprier des choses devenues essentielles à notre survie. Chaque fois que j'en avais la chance, je participais à ces expéditions : nous passions souvent des soleils et des soleils à observer ces gens vivre sans qu'ils le sachent, attendant le moment propice pour leur dérober des objets utilitaires.

À la longue, en écoutant attentivement, je réussissais à comprendre les sons qui sortaient de la bouche des Anglais. Peu à peu, je comprenais leur langue. Les premiers habitants de la grande baie de Notre-Dame étaient des Français. Les villages s'appelaient alors Toulinguet, Fougue, Fortune, Change et la région avait été appelée « la côte des Français ». Puis, les Anglais arrivés, les noms se changèrent en Twillingate, Fogo, Change-Island, etc. Le frère de Nonosabasut, que l'on appelait L'Oignon, avait été nommé ainsi par les Français. Ils l'appelaient L'Oignon à cause de son haleine forte. Il semble que les Anglais se soient incrustés sans permission et que la dispute avec les Français ait été constante mais moins violente qu'avec nous.

Nonosabasut et moi étions toujours ensemble et j'avais l'impression de ne former avec lui qu'une seule et même personne. Il n'avait pas besoin de parler, je savais ce qu'il voulait dire. Lorsqu'il faisait un geste, j'en connaissais déjà la portée. Je l'observais depuis tellement longtemps, depuis ma plus tendre enfance en fait, que je le connaissais autant que moi-même.

Le sentiment que j'éprouvais pour cet homme était plus fort que l'envie d'être servie ou de faire l'amour, comme l'avait enseigné Wobee, le Malouin, à Ooish et ses deux autres épouses au temps de Jacques Cartier, l'explorateur. Ce sentiment m'aurait poussée à donner ma vie pour protéger la sienne. Lorsque je le lui disais, il se mettait à rire.

« Si jamais tu vois quelqu'un me coucher en joue avec un mousquet, ne fais pas la bêtise de te faire tuer avec moi. Sauve-toi plutôt, cours vite en zigzag. N'aie jamais confiance en ces gens. À titre de mémoire vivante de la nation, tu es la mieux placée pour savoir que nous sommes toujours en danger lorsque les Anglais sont près de nous. »

Ma joie de vivre avec cet homme puissant et fort était telle que je ne trouve pas de mots pour la traduire. J'étais comblée et je n'aspirais qu'à être près de lui. Je taillais ses vêtements de froid avec la fourrure de castor à l'intérieur. Nous portions tous une chasuble semblable en période de froid et de neige. Nous portions des jambières faites de pattes de caribous dont la peau avait été tournée à l'envers et des moosins qui montaient à mi-jambe. Sous notre chasuble, nous étions nus. Comme les Anglais ne semblaient pas capables de faire la différence entre un homme et une femme, nous avions passé le mot à toutes les femmes : « Lorsque vous êtes en danger, ouvrez votre manteau pour montrer que vous êtes de sexe féminin. Vous serez peut-être épargnées. » Mais ce n'était pas toujours le cas. Dans mon récit des événements, je vous ai déjà parlé de cette femme enceinte, épouse de Bawoodisik, qu'un coureur de fourrures a éventrée vivante.

Au cours de ma courte vie, j'ai dû apprendre toute l'histoire de notre peuple, ce qui m'a pris beaucoup de temps. Et depuis, j'enseigne à ma nièce, Shanawdithith, maintenant âgée de quatorze cycles des saisons et donc en âge de trouver un époux. Mais il n'y a plus d'hommes libres et les femmes se refusent maintenant à les partager comme autrefois. Alors elle demeurera sèche et la nation ne progressera plus.

L'année précédant mon union avec Nonosabasut, le gouverneur de l'île, qui demeurait à l'anse

Saint-Jean, fit paraître un autre édit destiné à nous protéger. Mais comme il offrait toujours de l'argent pour notre capture et que les Anglais semblaient chérir cet objet, ils ne cessaient de nous harceler pour en obtenir. De l'argent contre des Béothuks, c'était une bonne affaire. Alors que nous, nous leur aurions donné tous les Anglais de la terre contre un peu de paix et de liberté. Mais ils ne le savaient pas.

Un jour que nous nous promenions le long de la rivière des Exploits, nous nous aperçûmes soudain qu'un campement d'hiver avait été construit au pied de la grande chute. Il était tard dans la saison de la tombée des feuilles. Nous examinons les alentours et nous découvrons des pièges de métal, des provisions pour tout un hiver et un étang à saumons où nagent encore une centaine de poissons. Nous nous emparons des pièges et nous harponnons une vingtaine de saumons. Les hommes fouillent les provisions et prennent le thé, mais détruisent la viande de porc, cette chose dégoûtante et salée que les Anglais affectionnent tant. Soudain, nous apercevons Morris, un coureur de fourrures que nous connaissons bien. Nous déguerpissons aussitôt, mais Shanawdithith trébuche et, en se relevant, elle reçoit une balle de fusil au sein droit.

Nonosabasut se mit alors à crier d'une voix si forte que le coureur de fourrures se sauva à toutes jambes. Mon époux prit ma nièce dans ses bras et la porta jusqu'à notre campement, en haut de la grande chute, où nous la soignâmes pendant douze soleils, avec cette plante qui cicatrise et qui empêche l'infection. La pauvre Shanawditih souffrit terriblement, se sentant diminuée dans son corps de femme. Déjà que les hommes étaient rares, comment trouverait-elle preneur ? Une mère à un seul sein ne pourra jamais fournir assez de lait pour nourrir un enfant. C'était là la deuxième blessure par balle subie par ma jeune nièce. La première fois, elle avait eu le mollet arraché. Cette fois, un sein. Pauvre fille, qui devait en plus apprendre les événements du passé pour devenir la mémoire vivante après mon départ.

Parmi les gens de notre peuple, certains auraient voulu s'entendre avec les Anglais. Mais j'avais cent exemples à leur opposer. Jusqu'à maintenant, nous avions constamment été bernés par ces gens. Même le lieutenant Buchan, qui avait manifesté tant de sympathie à mes parents et aux enfants. Sous le couvert de l'amitié, il avait formé une expédition avec les plus féroces ennemis des Béothuks.

Et les quatre cents personnes tuées à Hant Harbour ? Comment pouvions-nous avoir confiance maintenant ? Si nos hommes n'avaient pas vu la fumée au bas de la chute et si les quatre étaient restés avec eux, peut-être seraient-ils aussi morts aujourd'hui ? S'ils n'avaient pas molesté L'Oignon, c'est qu'il était seul. Les Anglais savaient que s'ils avaient tué le frère de Nonosabasut, ils n'auraient jamais regagné la baie des Exploits vivants. Ils avaient laissé L'Oignon tranquille par peur et non par grandeur d'âme.

Shanawditith avait repris toutes ses forces et elle était prête à reprendre le sentier du lac de l'Ocre rouge. Nous entreprîmes donc le voyage. La neige commençait à tomber et nous n'avions pas apporté de raquettes. Il fallait donc se hâter. Pendant la saison de froid et de neige, Paul Paul, un Sang-Mêlé de la baie d'Espoir, vint nous raconter les dernières nouvelles. Il nous apprit que Morris était à l'emploi du jeune John Peyton, le fils du tueur de Béothuks. Ce Peyton avait maintenant le droit de trapper le saumon sur la rivière des Exploits. Voilà que notre rivière ne nous appartenait plus : elle était maintenant à Peyton. Et nous n'avions rien obtenu en retour. Il fallait que je m'en souvienne pour le dire à tous.

Lorsque nous nous arrêtions pour songer à tout ce qui se passait, nous réalisions que nous allions tous mourir. Toutefois, nous n'allions pas abandonner sans nous battre. Nous allions nuire encore à cette race d'usurpateurs. L'Oignon, Nonosabasut, Gausep et Ge-oun décidèrent d'entreprendre une série de raids contre la colonie anglaise. Shanawditith, faisant fi du danger, décida qu'elle ferait partie de ces expéditions. J'y allai aussi, car je ne voulais pas que Nonosabasut entreprenne ces actions sans moi.

Nous descendîmes à la fin de la saison de froid et de neige. Dès que la glace fut fondue, nous nous mîmes à explorer toutes les rivières qui descendaient vers la côte du soleil levant, qu'on appelait maintenant la côte est. La première intervention consista à détruire deux filets à saumon. Nous les avons sortis de l'eau avant de les découper en petits morceaux. Puis nous nous sommes rendus à Exploit-Burnt pour y voler des voiles de bateaux. À dix ou douze personnes, le transport de grandes voiles de bateaux constitue un véritable exploit. C'est terriblement lourd à porter, même lorsqu'elles sont bien pliées. Pour arriver à notre fin, nous devions couper les amarres des bateaux, à marée haute, et les tirer vers la terre ferme afin d'y prendre la voilure et les outils utiles qu'on pouvait y trouver. Nous avons pris une voile à John Peyton junior et une autre à George Tuff.

Voilà comment nous nuisions à ces gens sans cœur et sans pitié. Notre fierté blessée ne mourrait qu'avec nous. Pas avant.

50

Deux frères aux caractères bien différents exploitaient des pêcheries de saumon sur les ruisseaux West et South West de la New Bay. George Roswell était gentil et généreux : lorsque nos gens venaient près de ses pêcheries, il les laissait prendre quelques saumons, conscients que nous pêchions pour survivre. Il fermait aussi les yeux lorsque disparaissaient des hameçons ou des outils qu'il avait laissé traîner. Il savait très bien que ces petites choses achetaient sa tranquillité. Il put ainsi exploiter sa pêche pendant plus de trente ans sans jamais être ennuyé par aucun Béothuk. George s'occupait du West Brook. Il rencontra des Hommes-Rouges à une vingtaine de reprises au cours de sa carrière. Comme il n'était jamais armé, il n'eut jamais à se défendre contre nous. Les Béothuks avaient confiance en lui, et jamais il n'a trahi cette confiance.

Par contre, son frère Thomas, qui exploitait le South West Brook, ne sortait pas sans son grand mousquet. Il se vanta même de n'avoir jamais raté un Béothuk. Pourtant, en l'an 1789, je crois, il avait blessé une femme âgée qui ne pouvait courir assez vite. La femme fut atteinte à une épaule et finit par perdre l'usage de son bras. La blessure elle-même mit beaucoup de temps à guérir, car les tendons des muscles avaient été complètement sectionnés par la balle de plomb. La femme, dans la quarantaine de cycles des saisons, avait terriblement souffert. Les familles qui passaient la belle saison dans la New Bay avaient fini par éviter le secteur du South West Brook et de Thomas Roswell. Mais ils lui gardaient une grande rancœur. Deux jeunes hommes d'environ seize ou dix-sept cycles des saisons vinrent un jour guetter les étangs à saumons. Pendant trois soleils entiers, ils surveillèrent les alentours. Mais chaque fois que Thomas venait aux étangs, il était accompagné d'un ou de plusieurs hommes bien armés. Les deux jeunes ne pouvaient se risquer à l'attaquer.

Un jour, Thomas vint seul. Il appuya son mousquet contre un arbre et se pencha au-dessus de l'étang pour y puiser un énorme saumon avec son filet à long manche. Ce fut le signal. Les deux jeunes hommes sortirent de leur cachette et l'appelèrent. Quand le pêcheur se tourna pour saisir son mousquet, deux flèches à pointe de métal se logèrent dans sa poitrine, dont une transperça directement le cœur.

Les deux jeunes guerriers s'approchèrent de lui et se mirent à nommer tous les gens sur lesquels Thomas Roswell avait tiré, les blessant ou les tuant. Lorsqu'ils eurent terminé leur litanie, ils sectionnèrent la tête pour l'exposer aux autres Béothuks et montrer que les leurs avaient été vengés. Cette histoire m'étant revenue, je me devais de la raconter afin que le monde entier sache que les Hommes-Rouges ne sont pas tous morts sans combattre.

Les jeunes hommes de la nation connaissaient de mieux en mieux les Anglais. Nos informateurs sang-mêlé de la baie d'Espoir, qui avaient beaucoup de contacts avec ces gens, nous parlaient aussi d'eux. Ils disaient que tous les dirigeants de la nation anglaise de l'île vivaient à l'anse Saint-Jean, que tous appelaient maintenant Saint John's, sur la péninsule d'Avalon, là où rien ne pousse, que le vent sur les arbres. Et encore, ces arbres se penchent pour laisser le vent passer, incapables de résister à la force de son souffle.

Nonosabasut élabora alors un ultime plan. Il disait que si, lors d'un grand vent de tempête, en saison de froid et de neige, le feu se déclarait dans la ville, toutes les maisons y passeraient. Sans habitations, les chefs anglais retourneraient peut-être en Angleterre et les colons et les pêcheurs feraient peut-être de même ? Sans chefs, ces gens se sentiraient peut-être perdus ?

Il fut donc décidé de faire cette expédition l'hiver suivant, soit le troisième cycle des saisons de mon union à Nonosabasut. Mais c'était toute une expédition. Beaucoup de rivières et de ruisseaux à traverser et une bande de terre très étroite à franchir sur laquelle il n'y avait aucun arbre pour se cacher, soit cette bande qui relie la péninsule au reste de l'île.

Il faudrait camper souvent à l'extérieur et attendre le vent propice à la propagation d'un feu. Mais la petite troupe serait courageuse. Nonosabasut dirigerait le groupe, son frère L'Oignon en serait, Gausep, l'haleine, ma nièce Shanawdithith et moi-même. À cinq, nous pourrions voyager plus facilement et plus rapidement sans que les non-autochtones de l'île ne nous aperçoivent.

Lorsque le sol fut entièrement gelé, nous nous mîmes en marche vers Saint John's, en traversant les montagnes du sud du lac de l'Ocre rouge. Nonosabasut, qui avait déjà fait le voyage, nous avait avertis que nous en aurions pour trois fois les doigts de nos mains de soleils à voyager et autant pour revenir. Nous avions quitté la partie sud-est du grand lac, là se trouve un petit port naturel tout en rond. Notre première étape était le grand lac des Raquettes, ainsi appelé parce que, même à la belle saison, à cause des marécages où poussent des arbrisseaux que les Shanungs appelaient Sagakomi, nous devions porter des raquettes pour le contourner. En hiver, à cause des courants et des sources, il fallait garder ses raquettes en tout temps afin de répartir le poids sur une plus grande surface. Même si la neige n'était pas encore tombée, nous avions donc nos raquettes au dos.

Cette marche vers la première étape était très difficile. Bien que le territoire ait été le nôtre depuis des millénaires, nous y chassions peu et avions accordé la permission aux Sang-Mêlé d'y gagner leur vie. Alors, la famille Paul en avait fait son territoire de chasse et de pêche. Cette famille était la plus nombreuse des gens de la baie d'Espoir. Nous atteignîmes le grand lac que les Sang-Mêlé appelaient Moalpoag à la fin du deuxième soleil d'une marche rapide et régulière. Nous avions escaladé et dévalé des dizaines de promontoires, buttes, monticules, collines et montagnes. Nous avions traversé des dizaines de ruisseaux, dont celui qui borne le territoire de la famille Paul. Arrivés près du lac, nous savions devoir y trouver une embarcation d'écorce de bouleau faite à la façon des premiers Shanungs de l'île et qui ne ressemblait en rien à nos tapatooks. Mais ce serait suffisant pour qu'on puisse pêcher. Ce lac contenait du saumon d'eau douce, du saumon de mer et de la truite de mer. Lorsque le lac débordait, il déversait son eau dans la rivière aux eaux grises, qui se jetait pour sa part dans le bras de mer qu'on appela nord-est. L'Oignon partit pêcher pendant que nous construisions un abri temporaire pour la nuit. Le temps se radoucit pendant la soirée, et il plut toute la nuit. Une pluie de fin de la saison des feuilles qui tombent, lourde et persistante. Malgré l'étanchéité de notre abri d'écorce de bouleau, nous avons eu froid et nous avons dormi collés les uns sur les autres, pour conserver un peu de chaleur. L'Oignon avait capturé douze truites de grosseur moyenne et nous nous sommes contentés avant de dormir. Mais, au matin, il fallut recommencer la pêche avant de repartir. Nous voulions conserver la viande séchée et le poisson fumé pour les jours où il nous serait impossible de pêcher ou de chasser. Ce jour-là, nous sommes partis assez tard. Mais nous avons redoublé d'efforts et nous ne nous sommes arrêtés qu'à un beau lac qui se déversait dans une rivière à saumons. Il y avait tellement de saumons à l'embouchure de la rivière, là où le lac se déverse, que ce fut un jeu d'enfant pour Shanawdithith d'en harponner deux à l'aide de son amina de pêche. C'est elle qui les fit cuire dans leur peau, pour en garder toute la saveur, sur une grande pierre plate, au milieu d'un feu vif alimenté par du bois de bouleau mort.

Le lendemain matin, nous partions pour l'étape du fond de la baie d'Espoir, chez les Sang-Mêlé. On les appelait autrefois Shanungs, c'est-à-dire avant que les Sho-Undamungs viennent habiter avec eux, faisant des sang-mêlé de ces Nicmaqs. Nous avons été reçus en grande pompe et plusieurs gibiers rares nous furent servis. Les Sang-Mêlé étaient vraiment des gens généreux et sympathiques. Nous ne pouvions pas croire ces histoires racontées par les Anglais voulant que ces gens étaient venus sur l'île pour tous nous tuer. Les Anglais disaient cela pour apaiser leur propre conscience et se laver les mains de nos malheurs. Les Shanungs d'abord, puis les Sang-Mêlé ensuite, nous ont souvent apporté de la nourriture pour nous aider à passer la saison de froid et de neige. Jamais les Anglais n'ont fait de même. Nous n'avons jamais été abattus par des Nicmaqs ni par des Innus. Mais les Anglais ne manquaient jamais une occasion de nous tirer dessus. Les Sang-Mêlé nous prêtaient leurs embarcations. Les Anglais nous abattaient dès qu'ils nous apercevaient près des leurs. Les Anglais ne nous recevaient pas dans leurs villages comme les Sang-Mêlé. Pour nous y rendre, nous devions nous cacher et emprunter des sentiers inconnus d'eux. Ces rumeurs non fondées voulaient nous inciter à les combattre, afin de nous avoir plus facilement. Nous avons eu des différends avec eux voilà plus de cent cycles des saisons, mais nous les avons réglés depuis.

Pendant deux soleils entiers, nous avons dormi au chaud et nous n'avons pas eu à cuire notre nourriture. Nous étions servis comme des chefs du passé, lorsque notre nation était glorieuse et que nous donnions des festins à tout manger. Maintenant, nous étions devenus pauvres et ne pouvions plus donner de telles fêtes. Mais nos amis se souvenaient aussi du passé. J'ai rencontré la mémoire vivante de leur groupe et j'ai appris de lui des événements de notre histoire commune que j'ignorais.

Il m'a raconté que les siens vivaient ici depuis beaucoup plus longtemps que les Français et les Anglais. Ses ancêtres avaient vu passer Anin, l'initié. Mais ils ne lui avaient pas parlé parce qu'ils avaient eu peur qu'il soit un ennemi. Il m'a dit que ses ancêtres avaient aussi vu les hommes aux cheveux couleur des herbes séchées dans des grands bateaux, à la même époque qu'Anin. Cela voudrait donc dire que notre île était aussi la leur ? Pourquoi ne pas avoir établi de contact avec nous alors ? Parce que nous étions trop peu nombreux à cette époque, me répondit-il.

La douceur de vivre au sein de la communauté des Sang-Mêlé aurait pu nous endormir pour longtemps. Nous y avons rencontré des gens qui avaient autrefois appartenu à notre nation et qui avaient choisi librement de s'installer ici, pour y vivre en paix. Nous ne pouvions les blâmer. Ils se disaient Shanungs, mais nous savions qu'ils étaient des Sang-Mêlé.

Notre étape suivante devait être l'étang de la côte bleue. Cette côte qui mène à un étang à saumons était si abrupte qu'en regardant droit devant soi, on ne voyait que le bleu du ciel. Cette pente avait ceci de particulier que les arbres ne pointaient pas vers le ciel, mais vers les pentes de cette colline. Ciel, quel singulier mot pour désigner ce que nous appelions autrefois « l'immensité des esprits ».

Je me suis laissé dire par la mémoire vivante des Sang-Mêlé que s'ils portent deux noms plutôt qu'un seul comme nous, c'est qu'ils ont été baptisés à la manière des chrétiens. Les chrétiens, ces gens qui avaient fait fuir les Vikings de leur pays, il y a... très très longtemps. Ces gens dont la religion permet de tuer si on n'adhère pas à leur enseignement. Comme les Anglais qui sont aussi chrétiens. Et les Français, et les Espagnols, et les

Portugais. Et ils ont tous le droit de tuer ceux qui ne sont pas chrétiens. Voilà pourquoi les gens de la baie d'Espoir vivent en paix : ILS SONT CHRÉTIENS. Alors les Anglais ne les tuent pas. Si nous devenions chrétiens, nous pourrions peut-être éviter d'être tués par ces Anglais. J'en parlai à Nonosabasut qui se mit à rire.

« Bien entendu. Mais nous devrions alors cesser de les tuer aussi ? Nous ne pourrions plus venger nos morts ? Nous n'aurions plus le plaisir de voir mourir les salauds qui nous tirent dessus depuis tant de cycles des saisons ? Non. Je ne pourrais pas. »

Il se remit à rire.

« Et tu n'as jamais entendu parler des guerres qu'ils se livrent entre eux ? S'ils s'entretuent entre chrétiens, pourquoi ne feraient-ils pas de même avec nous ? S'ils ne tuent pas les Sang-Mêlé, c'est que ceux-ci leur rendent de multiples services, comme les guider, leur fournir du gibier et des fourrures. Pas parce qu'ils sont chrétiens. »

Sa réponse me laissa songeuse, et triste. Je croyais avoir trouvé une solution à nos problèmes de survie. Mais peut-être les Béothuks ne voulaient-ils pas survivre physiquement ? Je ne savais plus. Il valait mieux continuer à être la mémoire vivante de mon peuple sans essayer de trouver des solutions faciles.

L'étape suivante nous mènerait au cœur de la région dangereuse, là même où vivent les Anglais. Nous serions aussi près de la passe nous permettant de rejoindre la péninsule d'Avalon, juste entre les grandes baies de Placenta et de la Trinité. Ce serait la période cruciale pour nous. Nous dormirions au milieu des Bouguishameshs. À cette seule pensée, ma peau se crispa comme celle d'un lagopède que l'on plume. Le lendemain soir, nous dormîmes près de Arnold's Cove. Nous vîmes des maisons, des animaux encore rares sur la côte du soleil levant, mais plus nombreux dans cette partie sud de l'île. Il y avait des chevaux. Un gris et un brun. Deux bêtes qui traînaient une immense voiture pleine de poissons. Les Anglais trouvent des moyens pour s'éviter des efforts physiques. Nous, Béothuks, aurions eu besoin de vingt personnes et d'une journée entière pour transporter une telle charge de poissons sur une même distance que celle que parcouraient les deux chevaux. Mais, au lac de l'Ocre rouge, les chevaux n'ont pas leur place. Ils ont besoin d'espace libre et sans arbres pour être efficaces. Je préfère notre vie.

L'Oignon nous informa que ces bêtes étaient très incommodes. Il faut apporter beaucoup de nourriture pour qu'elles vivent. Elles ne peuvent trouver elles-mêmes cette nourriture et il faut cultiver la terre pour faire pousser ce dont elles ont besoin. Nonosabasut ajouta :

« Cultiver la terre pour nourrir les chevaux et utiliser les chevaux pour traîner la nourriture pour les humains, c'est une forme d'esclavage. Une fois que tu as commencé, tu ne peux jamais t'arrêter. En somme, si je comprends bien, tu manges pour travailler, et non le contraire comme nous ? »

Et il éclata d'un grand rire sonore, alors que nous devions être le plus silencieux possible. Nous lui avons fait signe de se taire, ce qu'il fit, mais en pouffant de temps à autre, incapable de se contenir. En fait, Nonosabasut riait beaucoup plus souvent que nous tous réunis. Gros, grand, fort comme un ours, mais rieur et tendre comme une mère avec son enfant. Tel était mon époux. Le plus bel homme de la nation des Béothuks.

Le plus amusant était L'Oignon lorsqu'il affirmait être le plus beau. Gausep faisait alors des grimaces et, comme il était déjà laid, le devenait encore plus en tentant d'être beau. Il faisait bon pouvoir rire. Cela nous détournait des problèmes habituels. Shanawdithith profitait aussi de cette atmosphère de détente. Elle se collait à moi et apprenait encore plus rapidement et justement qu'à l'accoutumée.

Malgré la multitude de maisons anglaises, nous n'eûmes aucune difficulté à trouver des bosquets d'arbres rabougris où nous installer pour les nuits. Nous eûmes plus de mal avec les chiens des fermiers qui nous sentaient de loin et qui aboyaient sans cesse, nous tenant souvent réveillés.

Nos vrais problèmes ont commencé lorsque nous sommes arrivés à la baie de la Conception. Les maisons étaient très près les unes des autres et il y avait du monde partout. Nonosabasut décida alors que nous ne nous montrerions plus le jour. Nous resterions cachés, pour ne marcher vers Saint John's que la nuit.

Il y avait maintenant deux lunes complètes que nous étions partis du grand lac de l'Ocre rouge. Il nous avait fallu presque le double du temps prévu. Mais nous avions beaucoup appris sur le monde qui nous entoure et sur la façon de vivre des Anglais.

Nous étions à l'orée d'une petite forêt, sur le flanc est d'une colline qui surplombe la ville de Saint John's. De l'endroit où nous étions, nous pouvions observer toutes les activités de la communauté. Il neigeait depuis bientôt deux soleils, et le froid commençait à nous incommoder. Nous n'osions faire de feu, de crainte d'être repérés.

À la tombée du jour, le vent changea. Il venait maintenant de l'est et soufflerait fort pendant la nuit. Ce fut le signal de la dernière préparation. Il fut convenu que Nonosabasut et L'Oignon iraient mettre le feu à l'extrémité est de la ville. Gausep irait au sud et Shanawdithith et moi-même irions au nord. Dès notre travail accompli, nous devions fuir par le même chemin que nous avions emprunté pour venir et nous rendre à la baie de la Trinité avant de nous arrêter. Là, il fallait attendre les autres compagnons, dans la cachette préparée à cette fin. Il nous était permis de faire un feu pour nous réchauffer. Il fallait compter sur un certain signal avant de faire ce travail. Nous devions attendre que toutes les lueurs s'éteignent dans les maisons.

Comme nous ignorions que tous les Anglais ne se couchent pas au même moment, nous allumâmes nos feux dans une grange où il y avait beaucoup de fourrage pour les chevaux. Shanawditith dut appeler le chien du fermier et lui trancher la gorge à l'aide de son long couteau anglais pour le faire taire. Autrement, nous aurions été découvertes par l'homme qui ne cessait de regarder par la fenêtre. Comme il y avait un boisé de conifères tout près et que la maison du voisin était collée sur les bâtiments de la première, le feu se propagea très rapidement et nous faillîmes être prises à notre propre piège. C'est au pas de course que nous avons parcouru la distance nous menant au fond de la baie de la Conception, où nous sommes arrivées au petit jour. Là nous avons attendu toute la durée du soleil sans que les hommes apparaissent. Pendant la nuit, des bruits de pas nous mirent sur nos gardes. Gausep arrivait. Il avait fui pendant la nuit mais s'était fait prendre par la clarté du jour et avait dû se cacher pour attendre la nuit suivante avant de nous rejoindre. Il nous rassura en nous disant de ne pas nous inquiéter pour L'Oignon et Nonosabasut. Que le coin de la ville. où ils devaient mettre le feu avait bien pris et que leur arrivée était imminente.

L'attente fut terriblement longue pour moi. Mon homme, mon époux, mon compagnon, ma vie, tardait à me rejoindre. Je ne fermai pas l'œil un seul instant. Je n'ai jamais trouvé le temps énervant et j'ai souvent ri en entendant parler de Tom June qui n'avait de temps pour rien. Mais cette fois, je réalisais ce qu'était le temps. Un martyre qui ne finit plus. Une éternité.

Un peu avant que n'apparaisse la barre du jour, des pas nous firent tous dresser la tête. C'était Nonosabasut qui arrivait. Il pleurait comme un enfant. Même si nous nous rendions compte que tout ne s'était pas passé comme prévu, je ne questionnai pas Nonosabasut et personne ne prononça un seul mot. Lorsque mon homme serait prêt à raconter, il le ferait. Rien ne servait de poser des questions inutiles. Lorsqu'il se calma, il nous annonça que son frère, L'Oignon, avait été affreusement brûlé lorsqu'il avait voulu franchir un mur de feu qui coupait la ville en deux. Le feu s'était communiqué à ses vêtements de coton reçus de Buchan lors de sa visite il y a cinq cycles des saisons, et qu'il avait mis pour cette occasion particulière. S'il avait mis des vêtements de peaux de caribous, il ne serait pas mort. Nos vêtements ne brûlent pas si facilement.

Lorsque j'appris que ce mur de feu était situé à l'endroit même où Shanawdithith et moi avions allumé le nôtre, je me sentis coupable de l'avoir peut-être allumé trop vite, coupant le chemin du retour.

Moi, la mémoire vivante, je devais me rappeler toute cette expédition et le drame qui l'avait marquée.

51

La rivière coulait, tantôt calmement, tantôt en cascade. Si elle se reposait quelquefois, c'était pour devenir tumultueuse, grondeuse puis se calmer en devenant le long lac de l'Ocre rouge. Partie des montagnes en longueur vers le couchant, elle se dirigeait vers le nord-nord-est. Si elle devenait calme et large au grand lac, deux soleils plus loin, elle recommençait ses escapades sur de petits étangs, recevait quelques ruisseaux, tombait en chutes à deux reprises pour finalement se perdre dans la baie des Exploits, formant le bras sud de la grande baie de Notre-Dame. Six à sept soleils vers la mer depuis les montagnes en longueur jusqu'au grand lac de l'Ocre rouge. Puis le lac s'étend pendant deux soleils entiers. Et de sa jetée jusqu'à son aboutissement, il y a encore huit à dix soleils de travail, ce qui en fait une rivière de plus de deux lunes de longueur. Pas une seule autre rivière de l'île de Terre-Neuve n'a jamais été aussi riche en saumons. La rivière des Exploits, la source de vie des Béothuks, ne pouvait plus nourrir son peuple. Il en était réduit à devoir voler sa propre source de vie dans les étangs de retenue des exploiteurs anglais. Le poisson n'allait plus visiter les hautes terres du cœur de l'île.

Le cœur de cette terre était aussi foulé par les trappeurs qui faisaient concurrence aux trappeurs béothuks. Les premiers étaient prêts à faire n'importe quoi pour se procurer les fourrures si faciles à vendre sur les marchés européens. Les Béothuks avaient simplement besoin de fourrures pour confectionner les vêtements de la longue saison de froid et de neige. Lorsqu'un coureur de fourrures volait un des entrepôts d'hiver, tout était à recommencer.

Chaque fois que les Anglais voulurent établir des contacts avec les gens de l'île, ils eurent pour guides des gens reconnus pour être des tueurs de Béothuks. Les contacts étaient-ils vraiment pacifiques ? S'ils l'étaient, pourquoi toujours être armés jusqu'aux dents et pourquoi toujours nous pister à l'aide de ces chasseurs d'hommes rouges ? Si Cartwright, Buchan et Glascock étaient des militaires honnêtes et que John Peyton junior croyait en l'humanité, ils firent l'erreur d'amener avec eux des gens en qui les Béothuks ne pouvaient avoir confiance. William et John Cull, Thomas Taylor, Matthiew Hughster et John Peyton le vieux.

Voilà ce que disaient les survivants de la race fière d'Hommes-Rouges ayant vécu sur cette île depuis le début des temps, ou depuis plus longtemps que la mémoire. On raconte aussi que les non-autochtones ont toujours eu peur des loups, rapportant toutes sortes d'histoires sur ces animaux en Europe. Ces loups semblent bien différents des loups de notre île. Ici, les loups se nourrissent de caribous et d'autres animaux, mais ils ne mangent pas de Béothuks. Les non-autochtones ont toujours eu peur des Béothuks, ils les ont presque tous tués.

« Quand nous ne serons plus, les non-autochtones tueront les loups. C'est ce qui se passe quand on a peur. Plutôt que de raisonner et de vaincre sa peur, on en détruit la cause. »

Ainsi parlait le dernier des sages vivant au sein de la petite communauté du lac de l'Ocre rouge, l'hiver du grand feu de Saint John's. Pour revenir au grand lac après avoir allumé le feu, nous avons dû emprunter un autre chemin. Comme nous avions décidé de marcher de jour, les gens qui nous apercevaient couraient chercher leurs fusils et tiraient sur nous. Nous n'avons pas été touchés parce que nous savions courir en nous dispersant et en zigzaguant. Notre voyage fut long et périlleux, nous fîmes des journées entières en raquettes. Et j'étais enceinte. À la saison des feuilles mortes, je donnai un enfant à Nonosabasut.

Pendant l'été, les quelques Béothuks survivants durent voler du saumon dans les étangs de retenue des Anglais pour permettre aux vieillards, aux malades et aux femmes enceintes de se nourrir décemment avant la saison du froid et de la neige.

Notre lac ne contenait plus que du brochet et notre rivière, quelques truites de mer occasionnelles.

Notre saison d'abondance était maintenant une saison de disette où nos hommes travaillaient aussi fort qu'en hiver pour trouver à manger. Le caribou était aussi chassé par la masse toujours grossissante d'immigrants venus d'Europe. Il y avait maintenant beaucoup d'Irlandais dans la grande baie de Notre-Dame. Ces gens pénétraient de plus en plus dans la forêt pour chasser notre gibier. Ne nous connaissant pas ou peu, ils ne se privaient pas de nous tirer dessus comme du gibier. Notre pays, jadis si grand, rapetissait un peu plus chaque jour de soleil ou de pluie.

Les feuilles étaient toutes tombées lorsque je donnai naissance à un mâle, un peu chétif mais en bonne santé. Malgré mon âge avancé, vingt-sept cycles des saisons, c'était mon premier enfant et mon lait n'était pas très abondant. Il nous faudrait commencer à lui donner de la nourriture solide très rapidement pour que l'enfant survive. Mais j'étais si heureuse et Nonosabasut si prévenant et attentionné. Shanawditith m'aidait dans mes travaux quotidiens. Elle avait dix-sept cycles des saisons, et personne n'était disponible pour la prendre comme épouse. C'était triste pour nous qui, depuis des centaines de cycles des saisons, ne vivions que pour la famille, le clan et la nation, afin de peupler l'île et garder l'intégralité du territoire. Si nous avions été très nombreux, nous aurions dû déclarer la guerre aux envahisseurs qui nous tuaient de toutes les façons possibles, violentes et douces.

Les ressources n'étaient plus assez nombreuses sur l'île pour subvenir aux besoins d'une plus grande nation. À moins d'éliminer les faces pâles de notre pays ! Voilà de beaux rêves qui resteront des rêves.

Pendant l'hiver qui suivit la naissance de mon enfant, Shanawdithith fut blessée encore une fois par un coureur de fourrures qui l'avait aperçue près d'un de ses pièges à martre. Cette fois, ce fut la chair de son côté droit, à la hauteur de l'attache de son manteau, qui fut arrachée. Elle marcha un demi-soleil pour rejoindre Gausep et sa femme qui chassaient non loin de là. Ils la soignèrent bien. Malgré cette troisième blessure, Shanawdithith souriait tout le temps. Elle disait que si elle subissait encore trois ou quatre blessures de la sorte, il ne resterait plus de viande pour le futur époux. Elle disait aussi qu'à ce rythme, elle avait encore de la chair pour cent cycles des saisons.

Le temps passait et le nombre de Béothuks diminuait. La fièvre qui suivait une toux sèche et une faiblesse générale continuait à faire des ravages. Trois hommes et deux femmes, en plus de quatre bébés en bas âge, étaient décédés pendant cette dernière saison de froid et de neige.

Puis la belle saison revint, avec la chaleur, le soleil, les petits fruits, les mouches noires et les moustiques. Je m'amusais souvent à penser à ces insectes qui nous piquaient et qui allaient ensuite faire la même chose aux Anglais. Et je me demandais si le sang avait le même goût. Je me demandais surtout pourquoi ces gens-là ne se mettaient pas de poudre d'ocre rouge pour contrer les morsures des mouches noires ? Et je songeais que, sous les lourds habits que ces gens portaient, les mouches noires devaient trouver de bien confortables endroits ombrageux d'où elles pouvaient s'activer en toute quiétude. Et cela me faisait rire. Douce, mais combien mince vengeance pour ce que nous avions perdu.

Pendant cette belle saison, nous discutions de nos besoins pour l'hiver qui venait inexorablement après la saison des feuilles mortes. Il faudrait bien voler une ou deux voiles afin de recouvrir les mamatiks. L'écorce de bouleau devenait rare, les arbres n'avaient plus le temps de pousser. La grande baie de Notre-Dame était l'endroit idéal pour trouver du gros bouleau. Maintenant, les Bouguishameshs s'en servaient comme bois de chauffage, coupant d'abord les plus gros. Nos tapatooks étaient de plus en plus petits. Il nous fallait donc prendre leurs voiles puisqu'ils prenaient notre bouleau. En fait, c'était comme cela pour tout. Nous voulions cueillir des coques. Nous y allions la nuit, mais, pendant la journée, ils avaient tout ramassé et il n'en restait plus pour nous. Ils bloquaient nos rivières et le poisson ne montait plus jusqu'à nous. Ils chassaient notre gibier et nous empêchaient de nous vêtir décemment. Nonosabasut avait eu besoin d'un hiver entier pour obtenir dix peaux de castor afin de me faire un manteau pour la saison du froid et de la neige. Heureusement que la viande de cet animal était aussi la meilleure de tous les animaux vivant sur notre île et qu'elle nourrissait bien qui savait l'apprêter.

Il fut décidé que dès la tombée des feuilles, une petite équipe devrait se rendre dans la baie de Notre-Dame pour s'approprier une ou deux voiles. Au tout début de la lune des feuilles qui tombent, une équipe de cinq personnes partit vers la grande baie. Shanawdithith, Nonosabasut, Gausep, son épouse, Mamatrabet, la chanson, et le père de Shanawdithith, Mamjaesdoo. Une fois sur place, ils observèrent les activités de l'endroit depuis le haut de la petite colline du tapatook, située juste derrière la maison et le quai du jeune John Peyton. De là ils purent voir les hommes de Peyton remplir un bateau de saumons qui avaient été pêchés dans notre rivière des Exploits. Le navire plein, prêt à partir, Peyton devait attendre la marée pour éviter les nombreux écueils de la grande baie. L'homme était nerveux. Il se promenait entre sa maison et le bateau, arpentant le quai. Il sentait que nous étions là mais ne pouvait nous voir. Il était sensible, cet homme. Cette aventure m'a été racontée en détail par Shanawdithith et Mamatrabet. Ces deux femmes ont ressenti le frisson de la crainte d'être prises avant d'avoir terminé la mission. Pour réussir, il fallait couper les amarres du bateau, s'installer à la barre, diriger l'embarcation vers la terre ferme, le faire échouer et démonter les voiles pour les transporter vers le lac de l'Ocre rouge.

La nuit était sans lune. L'opération devait s'effectuer silencieusement. Gausep porta le tapatook vers la grève, accompagné de Mamatrabet et Shanawdithit. Les trois avironnèrent sans sortir l'aviron de l'eau, godillant à la façon béothuke, et s'approchèrent du quai de John Peyton. Soudain, ils aperçurent le maître de céans s'avancer sur le quai vers le bateau. Ils n'eurent que le temps de se glisser sous ce quai monté sur pilotis et d'y rester sans bouger, en retenant leur souffle pour ne pas alerter cet homme soupçonneux. L'attente fut longue et les deux femmes crurent que cela ne finirait jamais. Comme il n'entendait et ne voyait rien, Peyton, rassuré, rentra dans sa maison. Ce fut le signal. Gausep grimpa sur le bateau, aida les deux femmes à y monter. À l'aide d'une corde ils hissèrent le tapatook sur le pont du navire, et les deux femmes coupèrent les amarres. Le bateau s'éloigna lentement du quai et, poussé par le vent du nord, s'approcha de la terre ferme pour s'échouer sur un banc de sable, à une centaine de pas de la grève. Pendant cette manœuvre où Gausep était à la barre, les deux femmes avaient coupé les cordes d'attache des deux voiles pliées et les avaient transportées sur le pont, près du tapatook, qu'elles mirent à l'eau. Là Nonosabasut, Mamjaesdoo et quatre autres hommes arrivés de la pêche au flétan attendaient, dans l'eau jusqu'à la ceinture, qu'on descende les voiles. Ils les mirent dans le tapatook pour les porter jusqu'à terre et, de là, les transporter vers le lac de l'Ocre rouge.

Gausep trouva deux mousquets dans la cabine du capitaine. Il les brisa en morceaux, en guise de revanche pour toutes les blessures infligées et pour tous les morts de la nation des Béothuks. Puis il ramassa des hameçons et des haches d'abordage et sauta à l'eau pour rejoindre ses compagnons.

Le transport de ces voiles était laborieux. Les hommes avaient fabriqué deux longues perches reliées entre elles par des cordes, le tout formant une sorte de filet. Les voiles y avaient été placées et deux hommes pouvaient les transporter. En changeant de transporteurs de temps à autre, le trajet du retour, habituellement de dix soleils entiers, fut couvert en sept soleils.

Cette expédition ne coûta aucune vie à la petite communauté. Lorsque ses membres arrivèrent, il était temps de creuser l'emplacement des habitations d'hiver, d'y mettre les perches et de les couvrir des toiles des voiles du bateau de John Peyton junior. Puis les femmes devaient faire un second mur jusqu'à hauteur de tête, mettre de la mousse séchée entre ces deux murs et étendre les branches de pin et d'épinette sur le sol, après avoir préparé la place du feu central. Enfin, il fallait recouvrir ces branches de conifères de peaux de caribous pour rendre l'habitation confortable.

La préparation d'une habitation pour la saison de froid et de neige était une affaire de plusieurs soleils et demandait des précautions bien particulières. La cavité du mamatik devait être pratiquée sur un petit promontoire pour que l'eau ne s'y accumule pas. Aussi, le sol devait être naturellement bien drainé, sinon il fallait faire une rigole tout autour.

C'est dans ce mamatik que j'allais passer la saison de froid et de neige qui venait, avec Nonosabasut et notre enfant mâle.

52

C'est bien tristement que je prends la relève pour raconter la suite de l'histoire vécue de mon peuple. Je suis Shanawdithit, de la nation des Béothuks, et nièce de Demasduit. Je suis maintenant la mémoire vivante des gens de l'Ocre rouge. Ma tante m'a confié la tâche de conter la suite des événements.

Histoire de récupérer ce qu'il s'était fait volé, John Peyton junior obtint la permission du gouverneur Sir Charles Hamilton de recouvrer son bien. Il obtint aussi celle de capturer un ou plusieurs Béothuks, afin d'établir des contacts avec ces gens. Si le gouverneur voulait, selon les historiens de l'époque, le bien des Hommes-Rouges et si le jeune John Peyton était un philanthrope et un humaniste, ils s'y prenaient bien mal pour le prouver aux principaux intéressés.

Lorsque le chasseur sang-mêlé Paul Paul vit l'expédition quitter Upper Sandy Point, le matin du 1er mars 1819, il reconnut les deux John Peyton, Dick Richmond, John Day, Jacky Jones, Matthiew Hughster, William Cull, Thomas Taylor et un certain Butler. Dès lors, il savait qu'il se passerait des événements importants pour les Béothuks. Déjà assez âgé, le chasseur s'empressa de nous avertir. Malgré la toux sèche qui l'accablait, le mi-Shanung mi-Sho-Undamung chaussa ses longues raquettes et s'amena aussi vite que possible. Comme il pressait le pas et s'arrêtait peu afin de ne pas perdre de temps, il s'épuisait vite à cet exercice. Il jouait aussi d'imprudence, car les gens des forêts ne s'aventuraient jamais seuls dans cette immensité de froid et de neige.

Malgré l'âge avancé du vieux John Peyton, l'expédition couvrait beaucoup de distance à chaque soleil. Sachant exactement où ils allaient, ces hommes dormaient peu et marchaient d'un pas décidé, comme des soldats qui ont un but précis.

Pendant ce temps, le pauvre Paul Paul avait de plus en plus de difficulté à respirer et il devait s'arrêter de plus en plus souvent. Finalement épuisé, il s'assit et ne se releva plus. Loin des siens, encore loin des campements béothuks, l'homme s'endormit pour toujours au bord du ruisseau Badger, le 3 mars 1819, sans avoir pu nous prévenir que l'ennemi approchait. Son cadavre dévoré par les loups et autres prédateurs fut découvert au printemps par un de ses fils parti à sa recherche.

Nous étions tous confiants de pouvoir passer une saison de froid et de neige en paix. Nous avions oublié que nous avions des ennemis. À la tombée des feuilles, nous avions donc été prendre deux voiles au jeune Peyton et nous avions attendu tout l'hiver qu'il revienne venger ces prises. Pourtant, nous avions pris soin de ne pas toucher au contenu de sa pêche. Aucun baril de saumons destinés à l'Angleterre n'avait été touché. Nous n'avions pris que deux voiles, dix hameçons et trois haches d'abordage. Il est vrai que Gausep avait brisé des mousquets, ces armes qui ont causé tant de morts et de blessures graves à mes parents et trois fois à moi-même.

Le mois des vents arrivé, nous croyions bien avoir échappé à cette vengeance pour un autre cycle des saisons. Grave erreur. Nous étions plusieurs réunis dans le mamatik de Nonosabasut et Demasduit, la Wonaoktaé, la mémoire vivante de la nation des Béothuks.

Le soleil baissait rapidement et déjà c'était la brunante. Au cri de « Bouguishamesh », nous nous sommes précipités dehors et avons immédiatement fui vers la forêt. Demasduit, qui portait son enfant, fut la dernière à sortir. Un des hommes se mit à courir après elle. Voyant bien qu'elle allait être rattrapée, elle lança littéralement le mâle de deux cycles des saisons à Gausep qui attrapa l'enfant et me le lança à son tour. Je l'emmitouflai tout de suite dans mon manteau de fourrure, pour qu'il ne prenne pas froid, et je me cachai derrière la ligne d'épinettes blanches, avec les autres. L'homme rejoignit Demasduit et, comme on nous l'avait enseigné alors que nous étions très jeunes, elle ouvrit son manteau pour montrer qu'elle était une femme. Puis, touchant ses seins gonflés par le lait, elle fit comprendre à l'homme qu'elle allaitait un enfant.

Tous avaient reconnu les tueurs de Béothuks. Celui qui avait rejoint Demasduit était le fils de l'assassin, le vieux Peyton. Ce jeune homme ne nous avait encore rien fait, mais la perte des voiles de son navire ne devait certainement pas l'avoir bien disposé à notre endroit. Gausep et son jeune fils tendirent leurs arcs, prêts à attaquer les bouchers de la baie des Exploits. Mais Nonosabasut les arrêta en disant qu'il allait tenter de les convaincre en parlementant. Il s'avança alors du groupe d'hommes et, regardant le vieux Peyton directement dans les yeux, lui ordonna de dire à son fils de libérer son épouse. Lorsque John Peyton voulut prendre son pistolet, vif comme l'éclair, Nonosabasut le lui arracha des mains et le lança plus loin, dans la neige couverte d'une croûte de verglas. Puis l'époux de Wonaoktaé saisit le vieux tueur de Béothuks par la gorge avec sa main gauche, le menaçant de le frapper de sa droite en disant :

« Dis à ton fils de laisser ma femme, ou je te tue. »

C'est le fils Peyton qui ordonna de frapper Nonosabasut. Un homme leva son mousquet armé d'une baïonnette et la planta dans le dos de notre ami, qui tomba à genoux.

Nonosabasut saisit alors une branche à deux pointes, la leva en l'air en guise de paix et d'amitié, se la posa sur le front et la tendit au vieux Peyton en se levant debout. Le vieillard prit peur, croyant que Nonosabasut l'attaquait de nouveau. Il cria : « Allez-vous le laisser me tuer ? » Ces mots, nous les connaissions tous. Au même moment, Dick Richmond déchargea son mousquet dans le dos de l'époux de Demasduit. Nonosabasut tomba face contre la neige, se releva et saisit le vieux Peyton par la gorge. Il y eut en même temps plusieurs détonations et Nonosabasut tomba pour ne plus se relever.

Alors que plus tard, tous diront que c'est Nonosabasut qui avait attaqué ces pauvres tueurs d'humains armés jusqu'aux dents, moi, Shanawdithith, j'affirme que, malgré son courage et son amour pour Demasduit, il était beaucoup trop intelligent pour faire face seul à dix hommes bien armés de mousquets et de pistolets. Il cherchait ainsi à sauver sa femme. Un jour, j'ai entendu des gens dire que les Anglais considéraient Nonosabasut comme un monstre enragé. Nonosabasut était costaud, fort et impressionnant. Mais il n'était ni un monstre, ni énorme. C'était un Béothuk ordinaire et, parce que ses actions n'étaient pas dictées par la peur, ses grands adversaires avaient peur de lui et le voyaient plus grand qu'il n'était. C'était un mari attentionné et un père doux et tendre. Il aimait profondément Demasduit et elle le lui rendait bien. On dirait que les hommes grandissent quand ils sont morts et qu'on a quelque chose à se reprocher au sujet de leur décès.

Lorsque le lieutenant David Buchan est venu nous rencontrer alors que j'étais encore une jeune enfant, il n'avait pas semblé impressionné par la taille de Nonosabasut, avec qui il avait longuement conversé. Nous sommes toujours étonnés de rencontrer le mensonge alors que la tradition nous dit que seule la vérité existe. Si le mensonge tue, tous les non-autochtones devraient être morts. Je ne crois plus que la vérité permette seule de vivre. Notre tradition est certainement inconnue des Anglais.

Nonosabasut n'était pas notre chef. Notre communauté était alors réduite à quelques individus. Nous étions des familles, et Nonosabasut était le plus vigoureux de nous tous et le plus expérimenté. Il est faux de prétendre que nous étions sous son autorité ou que nous étions encore une tribu. C'est là une expression des non-autochtones que nous ignorons dans notre langue. Nous étions une nation divisée en différents clans symbolisés par des animaux protecteurs habités par les esprits de nos parents réincarnés. Est-ce clair pour vous tous ? Moi, Shanawdithith, mémoire vivante, je n'ai pas envie de répéter.

Alors que l'expédition n'avait mis que cinq soleils pour remonter la rivière jusqu'au lac, elle en mit plusieurs de plus pour retourner avec Demasduit pour prisonnière. Elle eut d'abord les mains et les pieds liés étroitement, et elle fut mise sur une traîne pour l'empêcher de se sauver. Elle eut froid et faim. Lorsqu'on lui donna cet affreux lard salé comme nourriture, elle le recracha immédiatement et vomit, incapable de surmonter le dégoût naturel qu'elle avait pour cette viande. Elle joua un peu les capricieuses en ordonnant à ces gens de lacer ses moosins et de l'envelopper dans une couverture à plusieurs reprises. Les Anglais crurent alors qu'elle était une sorte de princesse ou la femme respectée d'un grand chef.

Un soir, alors que tous dormaient, Demasduit réussit à défaire ses liens et à se glisser hors du camp. Elle effaçait ses pistes sur la neige avec son manteau. Mais, sans raquettes à neige, elle fut vite épuisée et rejointe par ses ravisseurs. Pendant le reste du voyage vers la baie des Exploits, Demasduit resta calme et se tut, restant toujours près de John Peyton junior, en qui elle avait reconnu le chef de l'expédition. Mais elle n'accepta jamais que Richmond l'approche, le premier qui avait tiré sur Nonosabasut. Lorsque Richmond essayait de la toucher, elle entrait alors dans une terrible colère et frappait l'homme comme une enragée en lui crachant au visage.

Pendant les deux premiers jours, elle fut gardée chez le jeune John Peyton. Puis on l'amena chez le missionnaire épiscopal de Twillingate, le révérend Leigh, qui la confia aux soins de Mrs Cockburn, sa bonne. Dès lors, Demasduit ne fut plus appelée que Mary March.

Dès la fonte des glaces, le révérend Leigh amena Demasduit à Saint John's. Lorsque le révérend apprit que Demasduit avait un enfant de deux ou trois ans, il décida qu'elle devait retourner chez les siens. Personne n'y avait pensé avant : les ravisseurs n'avaient peut-être pas compris lorsqu'elle avait montré ses seins gonflés de lait. C'est alors qu'elle tentait d'extraire du lait de ses seins que le révérend se rendit compte qu'elle allaitait. Elle donna alors sa parole de revenir se mettre entre les mains des Anglais si on la retournait parmi les siens. Elle reviendrait dès que son enfant serait sevré. Et puisque la parole était le témoignage de la vérité, son intention était vraiment de revenir. John Peyton junior accompagnait le révérend Leigh chez le gouverneur Hamilton, à Saint John's.

Le gouverneur ordonna alors au capitaine W. N. Glascock de prendre le commandement du *HMS Sir Francis Drake* et de se rendre à la grande baie de Notre-Dame pour ramener Mary March parmi les siens. Elle pourrait retrouver son enfant et, peut-être, établir un meilleur contact avec les Béothuks. Il ordonna aussi à John Peyton junior et au révérend Leigh d'accompagner la femme jusque chez les siens.

Plus tard, on fit enquête sur les circonstances de la mort de Nonosabasut. On interrogea tous les membres de l'expédition et on conclut :

« Le grand jury est d'opinion qu'aucune malice n'a été démontrée lors de ces événements et qu'il n'était nullement de leur intention de verser le sang en s'emparant d'une personne. Il semble que la victime ait connu la mort du fait de son

propre geste d'attaque contre John Peyton Sr et ses hommes. Ils ont agi en état de légitime défense. »

Toutefois, je dois noter, comme mémoire vivante de ma nation, que Demasduit n'a jamais été interrogée ni par les enquêteurs, ni par le grand jury, ni par le gouverneur Hamilton. Peut-être ne l'a-t-on pas cru assez intelligente pour faire la narration de cet événement. Elle était pourtant, elle aussi, la mémoire vivante des Béothuks. Voilà comment les non-autochtones ont toujours minimisé notre aptitude à comprendre ce qui nous arrivait. Si j'ai appris depuis que la chrétienté possède la vérité, je sais maintenant que la justice est sans couleur... elle est toute et entièrement pâle.

Ce qui est étonnant lorsqu'on vieillit et que notre responsabilité change, c'est de constater combien nos vues changent aussi sur des événements qui, auparavant, nous auraient paru anodins. Autrefois, je me sentais d'attaque. Comme les hommes disponibles manquaient parmi les nôtres, je me dévouais comme un mâle. Je combattais avec les miens, sans m'occuper d'être d'abord une femme. Maintenant que ma tante Demasduit n'est plus avec nous, je me rends compte que je n'aurai jamais d'époux béothuk, et cela m'attriste. Je n'éprouverai jamais la joie d'être femme, de donner la vie, de partager l'impression d'être un peu Kobshuneesamut, le créateur. Je me souviens des mots d'esprit de Nonosabasut : il disait que Kobshuneesamut avait perdu le sens de la création puisqu'il mourait deux Béothuks pour chacune des naissances au sein de notre groupe. Malgré sa tristesse, il ne manquait jamais de rire très fort chaque fois qu'il en avait l'occasion. Si tragique qu'ait été notre situation, nous n'avons jamais cessé de rire. À quoi bon pleurer, nous ne pouvions plus rien faire... que rire. Nous étions devenus la risée de l'île après en avoir été les maîtres.

Notre famille était devenue bien petite. Il me restait ma mère Doodeebewshet, mon père Mamjaesdoo, ma sœur, Dabseek, la quatrième de notre famille, un peu plus jeune que moi. Il restait Gausep, sa femme et leur jeune fils de douze cycles des saisons. Il restait un vieillard qui, au moment où se déroulait l'histoire de Demasduit que j'évoque ici, avait résolu de se rendre à la rivière aux mouettes pour tenter de trouver des survivants chez l'ancien clan de la loutre. Mais nous savions tous que ce n'était qu'un prétexte. Tous les gens de la loutre étaient déjà venus nous rejoindre voilà plusieurs cycles des saisons, lorsque Anin l'ancêtre avait encore un descendant et que celui-ci était notre chef. Cet aîné partit pour ne plus gêner les survivants. Il ne reviendrait pas et n'irait nulle part. Il partait simplement en nous mentant, en sachant que le mensonge tue.

53

Avant de reprendre la direction de la baie des Exploits, John Peyton et ses hommes visitèrent l'intérieur du mamatik qu'avaient habité Demasduit, Nonosabasut et leur enfant.

Tous furent étonnés de la propreté et de l'ordre qui y régnait. Pour eux, un campement en forêt était un endroit de fortune où le désordre était de mise et où la propreté laissait à désirer. Paul Paul, ce Sang-Mêlé qui nous visitait souvent, nous confia qu'il ne les avait jamais vus se laver ni prendre un bain de vapeur pendant leurs expéditions, gardant les saletés du corps sur eux et dégageant constamment une forte odeur de sueur. Nous qui nous lavions même en hiver et qui pratiquions la suerie, ancienne coutume réintroduite après notre défaite de la baie de Notre-Dame, nous pouvions sentir la sueur des Anglais à distance. Les coureurs de fourrures sentaient particulièrement fort, mais ne pouvaient rivaliser en cela avec les pêcheurs, surtout ceux de haute mer qui revenaient du large avec de pleines cargaisons de morue et de flétan. Même en grande période de nettoyage et de séchage du poisson, nos gens se lavaient assez souvent pour ne pas traîner cette odeur dans nos mamatiks.

Lors de cette visite, Peyton toucha à un masque qu'avait sculpté Nonosabasut peu de temps avant sa mort et qu'il appela « une idole païenne ». Demasduit entra dans une telle colère que tous eurent peur d'elle : ce masque taillé par son époux était sacré et personne n'avait le droit d'y toucher. Elle se leva et arracha une petite croix que Peyton junior portait au cou. Elle la jeta par terre en disant que son masque n'était pas plus laid que ce vilain symbole des hommes blancs, puis elle la foula aux pieds, au désespoir du jeune Peyton qui l'avait reçue de son père. Il s'agenouilla pour reprendre ce petit objet de culte auquel il semblait croire autant que Demasduit à son masque. La scène fut très disgracieuse, elle prouvait l'impossibilité de compréhension entre nos deux façons de concevoir la vie.

Aucun Béothuk n'aurait jamais attaqué un objet du culte appartenant à une autre personne, car la croyance est une chose personnelle qui doit être respectée. L'adoration de crucifix et d'images de personnes arborant une auréole autour de la tête n'est-elle pas l'équivalent de l'amour qu'on peut avoir pour un objet créé par un être cher qu'on vient de tuer ? Comme mémoire vivante, mon travail consiste à me souvenir et je suis là à tenter de comprendre des choses que les envahisseurs et les tueurs de Béothuks n'ont même jamais considérées.

Si Demasduit avait eu les mains déliées, elle aurait infligé une sévère correction au profanateur de cet objet qu'elle chérissait tant, maintenant que Nonosabasut était mort. Avant de retourner vers la mer, Peyton fit des reproches au coureur de fourrures qui avait poignardé l'époux de Demasduit avec sa baïonnette. Ce coureur répondit malgré lui :

« Ce n'était qu'un Peau-Rouge. J'en aurais tué une centaine comme lui. »

C'est ainsi que la décision de garder Demasduit prisonnière fut prise. Après l'affront qu'elle fit à Peyton en lui arrachant la croix qu'il avait au cou, on renonça à retrouver son enfant. Peyton prit seul la décision.

« Au contact de la civilisation, elle perdra peut-être son esprit primitif et nous pourrons l'utiliser dans des négociations avec son propre peuple. Nous verrons. »

Les hommes de Peyton fêtèrent sa décision en buvant cet affreux rhum de marine qui rend fou et brûle la gorge et l'intérieur des boyaux du corps. Ils devinrent fous. Ils se croyaient seuls au monde, alors que, cachés tout près mais invisibles, nous les observions attentivement. S'ils n'avaient pas été aussi ivres, ils auraient senti notre souffle dans leur cou.

Demasduit, attachée très étroitement et surveillée par deux hommes qui ne burent pas de rhum, pleura toute la nuit. Nous étions tout près mais nous ne pouvions rien faire pour la libérer.

Les balles des mousquets anglais nous auraient vite blessés. Pendant la nuit, nous leur fîmes tout de même un peu peur. Lorsqu'ils furent tous endormis, nous nous approchâmes du mamatik et nous criâmes soudainement. La sentinelle cria : *The Indians, The Indians,* et tout le monde sortit du mamatik pour apercevoir nos traces tout autour de l'habitation. Nerveux, ils se mirent à tirer de tous bords tous côtés, dans le but de nous effrayer un peu plus.

J'essaie de m'imaginer le sentiment que devait éprouver Demasduit lorsqu'elle alla se coucher dans son propre mamatik en compagnie des assassins de son compagnon de couche et du père de son enfant. Éprouvait-elle plus de peine que de rage ? Je ne saurais le dire. Moi, je n'aurais eu qu'une envie : tuer ces salauds. Pauvre tante, le malheur et l'humiliation s'acharnaient sur elle.

Nous ne savions vraiment pas que faire. Nous étions aussi désemparés que Demasduit. Nous semblions libres de toutes contraintes, mais nous étions prisonniers de notre destin. Nous savions maintenant que nous ne survivrions qu'un temps et qu'éventuellement, nous disparaîtrions. Nous savions maintenant que nous ne nous continuerions plus en d'autres. Nous savions quel sort nous était réservé.

Aucun espoir ne subsistait, mais nous n'acceptions pas de nous laisser mourir sans réagir. Nous devions combattre jusqu'à la toute fin. Mais la fin de quoi ? De notre vie, de notre race ? La fin de notre nation ? Ou la fin de notre monde ? Les rêves n'existaient plus. La peur n'existait plus. Il n'y avait que l'habitude de se nourrir pour ne pas mourir, et l'attente de la mort, pour ne plus avoir à vivre. Qu'est-ce qui serait plus fort ?

Demasduit partie, Nonosabasut mort, leur enfant refusa de se nourrir d'aliments solides. Aucune femme n'allaitait qui aurait pu l'aider à survivre. Quatre soleils après le départ de sa mère, malgré tous les soins que nous lui avons prodigués, la continuité mâle du beau Nonosabasut disparut. Les jours suivants furent consacrés aux cérémonies en hommage aux morts. Le sol étant gelé, nous avons construit un échafaud de bois, nous avons défait un vieux mamatik et utilisé les écorces de bouleaux pour envelopper les corps du père et du fils. Nous avons déposé ces corps sur l'échafaud et nous avons fait un grand feu autour duquel nous avons prié, pleuré, chanté et repleuré pendant deux jours entiers sans manger. En partant, les Blancs avaient pris toute notre réserve de nourriture et toutes nos fourrures. Lorsque, plus tard, on me dira qu'il s'agissait d'une expédition de paix, je me demanderai ce que devaient être les excursions de guerre.

C'était la désolation la plus totale au campement d'hiver. Gausep, l'Haleine, sa femme et son fils décidèrent que dès que les glaces seraient fondues, ils iraient vivre sur la côte nord, chez les Sho-Undamungs. Ge-oun, la mâchoire, irait vivre chez les Sang-Mêlé de la baie d'Espoir où il connaissait une jeune fille issue de la première famille béothuke partie vivre là-bas.

Nous resterions les seuls Béothuks du grand lac de l'Ocre rouge, ma mère, mon père, ma sœur et moi, dernière mémoire vivante de la ci-devant grande nation des Béothuks de l'île de Terre-Neuve, le pays d'Anin.

Pendant les premiers soleils passés seuls, ma famille et moi avons éprouvé un sentiment de vide indescriptible. En communauté, nous nous encouragions mutuellement, nous racontions nos rêves et nos envies. Nous n'étions pas vraiment conscients que la vie s'arrêterait avec le départ soudain de trois d'entre nous. Si la maladie avait emporté nos derniers amis et parents, nous aurions parlé de fatalité et de choix du créateur. Mais ce n'était pas le cas. L'un avait été brutalement assassiné devant sa femme et son enfant encore trop jeune pour comprendre, et la mère enlevée par ces sauvages.

J'avais beau retourner au fin fond de ma mémoire, je ne retrouvais aucune situation semblable qui aurait pu orienter ma façon de faire pour affronter la vie. Rien dans mes souvenirs ne pouvait me guider. On pouvait dire que, « de mémoire vivante de Béothuke, c'était la première fois ». Et, sans peur de se tromper, on pouvait aussi dire que « de mémoire vivante de Béothuke, on ne revivrait jamais plus cette expérience ». Comme mémoire vivante, j'étais, et je le savais très bien, la dernière de la grande nation des Hommes-Rouges. Dans ma mémoire encore vivante, je pouvais retrouver des paroles célèbres que l'on m'avait apprises et qui appartenaient aux ancêtres :

« Les Béothuks ne mourront jamais.

— Les Béothuks sont éternels.

— Il y aura toujours des Béothuks, car il y aura toujours de vrais hommes.

— Les Béothuks sont les *vrais hommes*. Les vrais hommes ont toujours besoin de savoir, d'apprendre, de connaître. Ils sont éternels. »

Tous ces mots résonnaient dans ma tête et ne voulaient plus rien dire. Je sais qu'ils étaient des symboles et que leur sens antérieur n'était pas le même que dans le contexte actuel. Actuellement, nous mourions littéralement de faim, de froid et de solitude. Nous avions été un peuple grégaire qui se dirigeait vers demain. Nous sommes devenus une famille en perdition à qui il ne reste plus que des souvenirs pour toute survivance. Lorsque la vie se réduit à des souvenirs, la fin approche. Le monde avait été une suite de mondes, la vie une suite de vies, la mémoire vivante une suite de mémoires vivantes. Maintenant, les nôtres n'auraient plus de lendemains.

Nous terminerions donc notre vie en la racontant. Nous étions la dernière famille d'autochtones de l'île, mais nous avions encore la même fierté que la première. Parce que c'était sûrement vrai. Il y avait véritablement eu une première famille sur l'île. Et si nous prétendions que nous étions toujours cette première famille ?

Lors de la formation de la première famille, il n'y avait pas encore de Bouguishameshs ici. Et il n'y avait surtout pas d'Anglais. Les deux filles de la famille d'origine avaient réussi à se trouver des maris pour continuer la lignée. Nous étions maintenant, ma sœur et moi, deux filles sans époux béothuk et personne autour ne pourrait nous en fabriquer un. Même pas un en bois auquel le créateur Kobshuneesamut pourrait donner la vie ? Oui, mais... Sait-on seulement où est Kobshuneesamut, le créateur ? Nonosabasut avait raison : le créateur ne crée plus, il nous a oubliés.

54

À Twillingate, chez le révérend Leigh, Demasduit était décrite comme très différente des Esquimaux par son visage et son attitude générale. Ses os étaient petits et délicats. Ses mains et ses pieds, eux aussi très petits, étaient magnifiquement formés. Son teint, de couleur pâle mais légèrement cuivrée, devint rapidement semblable à celui des Européennes. Ses cheveux étaient noirs et fins. Ses yeux étaient plus grands, plus expressifs et plus intelligents que ceux des Esquimaux. Ses dents étaient petites, bien droites et immaculées. Ses joues étaient saillantes mais son maintien général plaisant et elle s'exprimait bien.

Dans son nouvel environnement, Demasduit se sentait perdue. Dès sa première nuit chez le révérend Leigh, elle tenta de s'évader à deux reprises mais fut rattrapée chaque fois. Après ces deux tentatives, elle fut mise sous bonne surveillance. Quand elle comprit que sa situation était sans espoir, Demasduit se calma.

Le révérend Leigh rapporta qu'elle semblait apprécier le confort de la « civilisation ». Pour la considérer comme un être humain, il fallait absolument lui donner un nom chrétien. On la nomma donc Mary. Et comme elle avait été capturée en mars, son nom de famille devint March. On se souvient des June et August, nommés aussi en souvenir du mois de leur capture. On raconte que Mary ne se leva jamais avant neuf heures du matin. Elle ne mangeait que très peu : des miettes de pain, des raisins secs, des biscuits de mer trempés dans le thé. Elle repoussait tout ce qui contenait de l'alcool. À partir du moment où on lui donna des vêtements européens, elle ne mit plus jamais son manteau de fourrure de castor. Elle le plia soigneusement et le mit dans son coffre. Le révérend Leigh dit qu'elle était égoïste et ne voulait laisser personne toucher à ce manteau. C'était là tout ce qui lui restait de son compagnon Nonosabasut, qui avait dû travailler tout un hiver pour lui obtenir les dix peaux nécessaires à sa confection.

Toujours selon le révérend, Demasduit était gênée et très réservée, ne permettant à personne de la toucher, affectueusement ou non. C'est d'elle que Leigh apprit que les Béothuks n'étaient pas naturellement polygames mais vivaient en famille selon le principe de la famille étendue. Cousins, cousines, oncles et tantes faisaient partie de cette communauté clanique. D'ailleurs, Mary March avait constamment la famille de Demasduit en tête. Elle en parlait comme si tous ses parents étaient vivants et bien portants. Elle disait et redisait :

« Quand pourrai-je retourner chez mes parents ? »

Selon elle, sa famille comptait seize membres. Tout ce qu'elle économisait, elle le divisait en seize et le rangeait. Certains de ses vêtements disparaissaient. Elle s'en servait pour fabriquer d'autres vêtements. On trouva dans son coffre seize paires de moosins et deux paires de jambières pour enfants. Ces dernières avaient été taillées dans deux bonnets de nuit en coton.

Lorsque la bonne du révérend se rendait dans la chambre, elle la trouvait toujours sur son lit, recroquevillée en position fœtale, faisant semblant de dormir. Jamais ne la surprit-on à confectionner ces choses pour les siens. Bien entendu, comme le veut la charité chrétienne, la bonne accusa Mary March d'avoir volé deux de ses bonnets de nuit. Mais Demasduit se mit en colère et dit que c'était là un cadeau reçu de John Peyton, qui confirma plus tard cette affirmation.

Le révérend Leigh nota aussi que Mary March avait un grand sens de l'humour. Elle s'amusait à imiter la bonne, le forgeron, le cordonnier et le tailleur, qui portait des lunettes. Elle les imitait aussi dans leurs façons de parler l'anglais.

Durant l'été qui a suivi sa capture par Peyton et son retour de Saint John's, Demasduit attendit d'être renvoyée parmi les siens, comme l'avait ordonné le gouverneur. Mais l'officier Glascock établissait la bathymétrie de la baie des Exploits avec l'aide de John Peyton junior. L'enfant de Demasduit pouvait bien apprendre à se nourrir seul, s'il vivait toujours, ce dont ne doutait pas la pauvre Mary, dont la santé commençait à se détériorer. Elle se mit à tousser beaucoup.

Le 17 juin de la même année, le capitaine Glascock, accompagné de John Peyton junior, du révérend Leigh et de Demasduit, mit les voiles pour se rendre à New Bay où beaucoup de Béothuks avaient été vus ces dernières années. Deux jours plus tard, ils revenaient à bord du navire, le *Drake*, sans en avoir vu un seul.

Le 22, Glascock repartit avec Demasduit et John Peyton junior dans une petite embarcation pour visiter la baie des Exploits et la rivière du même nom, jusqu'à la première chute. On fit le moins de bruit possible pour ne pas ameuter les Sauvages. Glascock et ses hommes débarquèrent et explorèrent les alentours. Ils ne trouvèrent que des mamatiks abandonnés depuis l'hiver précédent. Ils remontèrent sur le *Drake* le 25 juin.

Les voyages sur la mer n'aidaient pas à rétablir la santé de Demasduit, qui toussait de plus en plus. Elle avait aussi des faiblesses et devait fréquemment se coucher dans le bateau pour se reposer.

Glascock envoya des petits bateaux croiser dans les diverses baies, à la recherche de Béothuks. Peine perdue. S'il y avait eu des Béothuks aux alentours, il est très peu probable qu'ils auraient eu l'envie de se montrer. Du 28 au 30 juin, les recherches se poursuivirent dans la rivière des Exploits, mais le capitaine Glascock et trois de ses matelots tombèrent malades. Les mouches noires et les moustiques les avaient littéralement dévorés, les pauvres ne voyaient plus rien : leurs yeux étaient très enflés et la fièvre s'était emparée d'eux, ils perdirent temporairement la vue.

Pendant ce temps, l'officier John Travick sillonnait la baie Badger lorsqu'il vit trois Béothuks en tapatook. Pour les avertir qu'il voulait leur parler, il déchargea son mousquet sur eux. Ces trois Béothuks, c'était moi, Shanawditith, mon père Mamjaesdoo et ma sœur. Nous avions été chasser des oiseaux sur une île lorsque ces Anglais apparurent dans un petit bateau à rames, arborant une petite voile. D'abord, ils crièrent après nous, puis, voyant que nous n'entendions pas les écouter, ils se mirent à tirer sur nous. Nous redoublâmes d'efforts pour nous éloigner d'eux. Le souvenir de trop de mauvaises expériences nous poussait à fuir.

Bien cachés dans l'épaisse forêt de conifères de la baie de Badger, cinq soleils plus tard, nous avons pu voir un autre petit bateau venir avec Demasduit à bord. Même de loin, je me rendis compte qu'elle était très malade. Lorsque l'officier anglais débarqua avec ses hommes, elle n'eut pas la force de le faire. Elle demeura à bord. Je suis maintenant convaincue qu'elle sentait notre présence, tout près. Mais à quoi bon, nous n'étions plus que quatre, et nous n'aurions rien pu faire pour la guérir. Cette maladie qui la rongeait, nous ignorions comment la guérir.

Pendant plusieurs soleils encore, nous avons observé les trois petits bateaux. Quelques hommes en débarquaient de temps à autre. Une seule fois,

Demasduit emprunta le sentier des vieux mamatiks, où certains de nous avaient déjà habité. Les Anglais y laissèrent quelques cadeaux : du thé, des aiguilles à coudre, des hameçons et du tissu rouge, sans doute pour mieux nous voir, mais nous sentions qu'il y avait encore là un piège. Nous ne nous sommes pas montrés.

Les hommes voulurent laisser Demasduit derrière eux, mais elle refusa. Elle se sentait sans doute incapable de subvenir à ses propres besoins, malade comme elle l'était. Cette infection rendait très faible et les hommes les plus forts n'arrivaient plus à se lever lorsqu'ils l'attrapaient. Sans armes et sans ocre rouge pour couvrir son corps, elle serait morte rapidement. Elle cria quelque chose en anglais et les hommes l'attendirent finalement. Elle rembarqua à bord du petit bateau et fut ramenée à Twillingate.

Le gouverneur Hamilton voulait toujours retourner Demasduit parmi les siens. Il délégua alors le capitaine David Buchan à cette mission. Toujours à bord du *Grasshopper*, le marin de profession entra profondément dans l'embouchure de la rivière des Exploits, dans la partie appelée Peter's Arm. Les hommes d'équipage se préparèrent à y passer l'hiver. Puis John Peyton conduisit Demasduit de la demeure du révérend Leigh à Twillingate, jusque sur le bateau du capitaine Buchan. C'était le 25 novembre 1819. Une femme avait été amenée pour s'occuper d'elle, car sa maladie l'incommodait de plus en plus. Buchan réalisa qu'il ne lui restait que peu de temps pour reconduire Demasduit au lac de l'Ocre rouge. Sa santé s'était tellement détériorée qu'elle ne tenait sur ses jambes qu'avec l'aide d'une et parfois deux personnes.

Elle avait commencé à se plaindre de l'ennui qu'elle éprouvait, loin de son enfant. Même dans son sommeil, elle l'appelait par le nom qu'elle voulait lui donner : Buh-Bosha-Yesh, comme le premier enfant d'Anin et de Woasut, il y a plus de huit cents cycles des saisons, au temps glorieux du héros de l'île.

La saison du froid et de la neige était arrivée depuis un certain temps. Demasduit avait averti John Peyton junior et David Buchan :

« Je sais que je vais mourir. Chez les Béothuks, c'est en hiver que l'on meurt. La couleur de la mort est maintenant partout... partout c'est blanc. Je veux aller avec vous au lac de l'Ocre rouge, là où est mon enfant. Je veux le voir une dernière fois. »

Les deux hommes lui donnèrent leur parole qu'ils l'amèneraient avec eux au Red Indian Lake. Le matin du 8 janvier 1820, John Peyton junior, comme tous les matins, descendit à terre pour faire une randonnée en raquettes à neige et se garder en bonne forme physique. Pendant son absence, Demasduit eut une forte quinte de toux et eut soudain beaucoup de difficulté à respirer. Elle se rétablit un peu, mais quelques minutes plus tard, la toux recommençait de plus belle. Demasduit étouffait. On fit venir le capitaine David Buchan, qui ne put qu'assister, impuissant, à son dernier souffle. Elle mourut en prononçant le nom de John Peyton.

Buchan déclara alors qu'il ne fallait pas changer les plans.

« Nous avons promis de l'emmener avec nous au Red Indian Lake. Nous l'emmènerons. »

L'état de la glace ne permit pas à l'expédition de se mettre en branle avant le 21 janvier, avec toutes les précautions nécessaires à ce périple de plus de cent vingt kilomètres par des marins n'ayant jamais porté une paire de raquettes. Il fallait éviter les engelures, le linge humide, les bagages trop lourds, etc. Il y avait une équipe de dix hommes qui ouvrait le chemin à l'expédition, du moins jusqu'en haut de la deuxième chute d'eau. Puis le cortège de cinquante hommes suivait. Une des traînes portait un cercueil tout rouge dans lequel reposait le corps de Demasduit, alias Mary March.

L'état de la glace était effroyable cet hiver-là. De plus, les sentiers, généralement bien entretenus par les Béothuks qui portageaient beaucoup, ne l'étaient plus. Plusieurs traîneaux se brisèrent et durent être réparés. On perdit beaucoup de temps. La huitième journée, un immense embâcle s'était formé sur la rivière, inondant les berges et forçant les expéditionnaires à marcher dans l'eau. Des marchandises furent perdues et des hommes se gelèrent les pieds.

La onzième journée, l'embâcle se brisa et les marins ne durent d'avoir la vie sauve qu'à la rapidité de leurs réflexes. Des cinquante marins de l'expédition, treize durent retourner au navire la treizième journée. L'un s'était coupé un pied d'un coup de hache et onze avaient des engelures. Le treizième était un officier chargé de les accompagner.

L'expédition arriva en vue du Red Indian Lake la vingtième journée. Ils y virent plusieurs mamatiks, tous vides. Un seul avait été récemment habité et c'était le nôtre, que nous avions dû abandonner rapidement lorsque nous avions entendu arriver cette armée.

Sur l'échafaud construit le printemps précédent, près des corps de Nonosabasut et de l'enfant de Demasduit qu'elle avait appelé Buh-Bosha-Yesh, on plaça le cercueil rouge orné de cuivre qui contenait son cadavre. Elle avait retrouvé son fils et son époux, l'homme de sa vie et de sa mort. Buchan demeura sur les lieux avec ses hommes pendant que nous les observions. Il savait que nous étions près, mais, comme tous les hommes blancs, il ne pouvait nous voir que si nous nous montrions volontairement. Lorsque nous n'étions pas pris par surprise, nous étions invisibles pour ces gens.

Après quelques soleils de repos, la troupe repartit. Nous savons que, plus tard, elle s'est divisée et que certains sont allés vers Badger Bay dans le but d'y rencontrer les nôtres. Bien entendu, ils n'y virent personne. Ces renseignements, nous les tenons des nôtres qui vivent maintenant parmi les Sang-Mêlé de la baie d'Espoir. Pendant trois soleils après le départ des Anglais, nous avons prié pour les retrouvailles du frère de maman, de la sœur de papa et de Buh-Bosha-Yesh, leur fils. Nous serons maintenant plus heureux de les savoir ensemble pour le plus long voyage.

Nous sommes tous convaincus que Nonosabasut a attendu Demasduit avant de partir pour ce long voyage. Il ne serait jamais parti sans elle. Et elle, Demasduit, alias Mary March, Wonaoktaé de la nation des Béothuks avant moi, était revenue au lieu de sa naissance, parmi les siens.

Bienvenue chez toi, Demasduit, te voilà revenue aux sources de ta vie.

55

Nous étions vraiment perdus. Il ne me restait plus que ma famille. Plus rien au monde n'existait que nous quatre. Le ciel semblait toujours gris, et le soleil ne brillait plus autant. La lune n'éclairait que de temps en temps, les étoiles ne scintillaient plus. Et les nuits étaient froides. Et les larmes de ma mère plus fréquentes ! Et mon père ne souriait plus, et ma sœur ne parlait plus. Nous étions déchirés par l'intérieur. Tous nos os nous faisaient mal, et les os de nos ancêtres avaient mal en nous.

Une fois la troupe de marins anglais repartie, nous fûmes de nouveau seuls. Ge-oun, la mâchoire, vint nous visiter avant de retourner chez les Sang-Mêlé. Il avait épousé une femme de cette communauté, ni innu, ni shanung, donc un peu des deux, mais inconsciente de ce qu'elle était. D'ailleurs, dans cette communauté, personne ne savait ce qu'il était et ne voulait l'apprendre. Chacun vivait au jour le jour, se suffisant à lui-même pour chaque lever de soleil. Un peuple d'une générosité incroyable, mais indifférent au sort d'une nation. Un peuple sans mémoire est un peuple sans avenir, disait Iwish la dure, Iwish la mangeuse de gardiens... Un peuple qui n'est plus qu'une mémoire vivante, comme les Béothuks actuellement, quel est son avenir, Iwish ? Dis-le-moi. Explique-moi pour que je reprenne espoir de vivre et que je redonne espoir à ma famille. Dis-moi, Iwish, lorsque la mémoire se retrouve seule, à quoi peut-elle servir ? À qui ?

Mon père avait à peine le courage de trouver à manger. Ma mère toussait de plus en plus. Ma sœur se sentait souvent faible. Il semblait que j'étais la seule encore capable de sourire, de parler, de penser et... de vouloir vivre. Vivre... était-ce vivre que de subsister aujourd'hui en ne sachant pas ce que nous réservait demain ? Est-ce vivre que de songer que, lorsque nous mourrons, personne ne continuera à être ce que nous avons été ? Est-ce vivre que de songer qu'il n'y a aucune chance de se trouver un compagnon avec qui faire un bout de chemin ? Je ne savais plus si je voulais encore vivre. Je ne savais plus si j'aurais encore la force de courir devant un Bouguishamesh qui me coucherait en joue avec son mousquet. J'ouvrirais mon manteau pour qu'il sache bien que je suis une femme :

« Allez, rends-moi service. Tire. Tue-moi. »

Je croyais que je n'aurais plus jamais peur. Je n'avais plus de place pour la peur. Je n'avais plus de place pour la joie. Je n'avais plus de place pour l'espoir.

Depuis quelque temps, nous devions marcher des jours entiers pour trouver des traces de lièvres. Les lagopèdes ne venaient plus nous narguer comme avant. Les caribous du bout du lac, qui passaient l'hiver dans la vallée des mousses, près du port naturel du grand lac, depuis que je suis toute petite, n'y étaient pas cet hiver-là. Le lac de l'Ocre rouge était non seulement abandonné par les Hommes-Rouges, mais aussi par les animaux qui y avaient toujours vécu.

Hier matin, Mamjaesdoo, mon père, a glissé sur une roche glacée. Il s'est fait mal à la jambe. Il ne peut pas marcher sans un bâton pour s'appuyer. C'est moi qui devrai donc trouver à manger pour nous quatre pendant quelques soleils. Demain, je partirai avec ma traîne pour la montagne pelée. Peut-être y verrai-je du caribou. Ce soir, je vais dormir pour rattraper toutes les nuits passées à surveiller les marins anglais.

Ma mère toussait beaucoup. Elle m'inquiétait.

« Tu fais mieux de ne pas m'abandonner, Doodeebewshet, car je t'en voudrais longtemps. »

Au cours de la nuit, j'ai eu des cauchemars épouvantables et des rêves d'espoir. Dans mes cauchemars, je me faisais prendre par des hommes blancs qui se changeaient en monstres de la mer et me coupaient en tout petits morceaux, alors que j'étais encore vivante, et me dégustaient en regardant la mer en furie. Mes rêves d'espoir me décrivaient au bras d'un beau jeune Béothuk, arrivant du nord, où il avait été élevé en secret. Il m'aimait, me faisait quatre enfants d'un seul coup et nous recommencions la nation. Nous occupions l'île en entier et nous mettions dehors tous les étrangers. Nous vivions heureux parmi les nôtres et le gibier abondait partout autour de nous.

Au matin, je partis pour la montagne pelée, en pestant contre les rêves. Rien n'était jamais aussi terrifiant dans la vraie vie. Mais rien n'était jamais aussi beau non plus. Et je me fâchai contre mon esprit rêveur. Je me fâchai contre l'esprit de mon esprit qui me menait vers ces formes de vie qui nous laissent déçus le matin venu. Et je me reprenais à rêver. Mon estomac me dit soudain que si je ne mangeais pas, je mourrais peut-être. J'avais du poisson fumé dans mon sac. J'en mangeai un peu avant de repartir vers mon but premier. À la fin du jour, je n'eus pas à me construire d'abri temporaire pour la nuit, car je trouvai là deux mamatiks qui avaient servi à des gens à la dernière saison du froid et de la neige. Je n'eus qu'à choisir le moins endommagé, y faire un bon feu de bois mort déjà sur place et manger le reste de mon poisson fumé. Avant de me coucher, je sortis derrière le mamatik et j'y vis des pistes de lièvres. Je tendis quelques collets dans l'espoir de prendre du gibier frais, je me couchai et m'endormis très vite, exténuée par la marche forcée de la journée.

À l'aube, j'entendis du bruit à l'extérieur. Je saisis mon arc et y plaçai une flèche, et j'ouvris le battant du mamatik pour apercevoir trois magnifiques caribous. Je m'assurai que j'avais une seconde flèche prête, et je sortis rapidement en décochant la première flèche. La bête était à peine à une vingtaine de pas, et je la frappai en plein cœur. Ma seconde flèche, décochée trop vite, manqua la cible de beaucoup. Il faut dire à ma décharge que, dès ma sortie, les caribous détalaient déjà. Seul le mâle, que j'avais surpris, était resté sans bouger.

Je m'assurai qu'il était bien mort avant de l'approcher. Je pris mon couteau anglais, incisai la peau du ventre juste sous le sternum et coupai en ligne droite jusqu'au pénis. Je fis le tour du pénis, descendis vers le rectum, fis le tour du rectum, et, d'un seul mouvement, relevai la dernière partie de l'intestin. Je fis un nœud dans cette partie arrière pour empêcher les excréments de se répandre à l'intérieur du corps de l'animal. Le sang chaud qui coulait sur mes mains m'empêchait de geler, bien qu'il fasse très froid. Cette première opération terminée, j'enlevai la peau délicatement, prenant soin de ne pas donner de mauvais coups de couteau. Je la grattai soigneusement pour enlever toute trace de chair, la pliai poil sur poil et l'attachai en un paquet aussi compact que possible. Puis, à l'aide de ma hache, je sectionnai d'abord la bête juste sous le sternum, coupai la colonne vertébrale, séparai les deux parties arrière, puis la cage thoracique en deux. Je ficelai le tout sur ma traîne de bouleau. Puis, prenant la tête, je coupai sous la gorge jusque sous la mâchoire inférieure et détachai la langue, que je fis rôtir sur mon feu de braise, dans mon mamatik. J'avais mis le cœur, le foie et les reins dans mon sac de voyage, pour ma mère et ma sœur qui en avaient tellement besoin. Je me régalai de la langue, dont la membrane externe se défaisait facilement lorsque je mordais dans la viande ferme. Une fois bien réchauffée et sustentée, je me mis en marche en tirant ma traîne derrière moi. Mes armes étaient aussi attachées aux morceaux de viande.

À la nuit tombée, je sentis une présence. J'eus beau regarder partout, je ne vis rien. Sans doute une bête qui sentait le sang frais. Je ne marchais pas aussi rapidement que la veille, à cause du poids de ma chasse. Je savais être assez près de la partie nord du grand lac de l'Ocre rouge, mais je n'avais plus la force de continuer. Je creusai donc un trou dans la neige, à l'aide de mes raquettes, je fis un feu au fond de ce trou, j'y descendis la traîne de viande pour la mettre à l'abri des prédateurs, et je me couvris des deux peaux de caribous que j'avais apportées avec moi. Je n'étais pas sitôt étendue que j'entendis hurler. Un loup qui me suivait. Un autre lui répondit de loin vers le sud. Et un autre vers le nord ! Quelques instants plus tard, un autre hurlement du loup tout près, et les réponses des deux autres, mais beaucoup plus rapprochées maintenant. Les parents du premier loup étaient conviés à la fête, et j'en faisais partie malgré moi. Je me levai et je construisis quatre autres feux, tout autour de mon abri. Puis j'attendis que les hurlements soient assez près, et j'allumai les quatre autres feux. Maintenant, il fallait que je trouve assez de bois pour entretenir ces cinq feux. Je pris donc une torche et me rendis chercher du bois mort autour, dans les bosquets environnants. En me relevant je tombai nez à nez avec un énorme loup, toutes dents dehors. Je sursautai, lui aussi, et il détala vers le froid, et moi vers mon abri de neige.

Mon cœur battait comme un tambour tendu par la chaleur du feu. Je m'assis par terre, sur une de mes couvertures de peau de caribou, et j'éclatai de rire : le loup avait eu aussi peur que moi. Son cœur battait sans doute aussi rapidement que le mien, et je ne pus m'empêcher de rire longtemps avant de m'endormir d'épuisement. Je n'entendis plus un seul hurlement de toute la nuit, et je dormis sans peur aucune.

J'avais vécu là une expérience que je n'échangerais pas contre toutes les histoires du monde. Même si mon père m'avait toujours dit qu'un loup n'attaque pas une personne debout, j'avais eu une de ces frousses !

Pendant la nuit, je rêvai à la race des loups, pourchassée par les coureurs de fourrures. Tous les chasseurs blancs de l'île portaient de longs manteaux de fourrure de loup. Il fallait tuer des loups et des loups. Puis tous ces loups se changeaient en Béothuks et les manteaux de fourrures se changeaient en manteaux de peaux de Béothuks, sans poil. Et l'île était débarrassée de ses prédateurs naturels. Comme mémoire vivante de ce peuple en voie d'extinction, j'étais convaincue, en rêve toujours, que les loups subiraient le même sort que les miens. Lorsque je dors, je pense à moi comme à une autre personne, je deviens quelqu'un d'autre qui me raconte ! Peut-être est-ce que je deviens un peu simple d'esprit ? Peut-être est-ce que je suis simple d'esprit ? Ce qui fait de moi quelqu'un de vraiment spécial ! Voilà pourquoi Demasduit m'a choisie pour raconter notre passé. Voilà pourquoi je suis le passé. Si je suis le passé, je ne peux, en même temps, être l'avenir ? Cela expliquerait pourquoi je n'ai jamais trouvé de contraire à épouser. Voilà pourquoi je mourrai seule ! Je sais maintenant que je suis le passé. Je sais maintenant que je mourrai seule.

Au matin, je m'éveillai avec le soleil. La journée s'annonçait belle. En faisant le tour de mes feux pour m'assurer qu'ils étaient tous bien éteints, je remarquai des dizaines de pistes de loups autour. En regardant attentivement, je notai qu'il y avait trois pistes bien distinctes. Trois bêtes avaient tourné autour de moi. J'en avais aperçu un seul. Si j'avais vu les trois, peut-être n'aurais-je pas dormi de la nuit ? Les loups n'étaient donc pas aussi méchants qu'on le croyait ! Comme les Béothuks ! Le Shanung qui guidait l'Anglais Banks, il y a plus de deux cents cycles des saisons, avait donc raison. Il avait dit à ce monsieur que si les Béothuks étaient aussi méchants que les Anglais le disaient, il y aurait longtemps qu'ils auraient pu tuer tous les étrangers de l'île sans même être vus. Il en était de même avec les loups !

Le soleil n'était même pas à son plus haut, vers l'horizon, lorsque j'arrivai au mamatik. Mamjaesdoo, mon père, était dehors, il m'attendait.

« J'étais inquiet. J'ai entendu les loups hurler hier soir, et je m'inquiétais pour toi. »

Je le regardai, surprise.

« Ne m'as-tu pas déjà dit toi-même que les loups n'attaquent pas les hommes lorsqu'ils sont debout ?

— Oui. Mais tu n'es pas un homme ! »

Et il éclata de rire pour la première fois depuis des lunes. Il faisait bon de voir et d'entendre mon père rire. Cela me fit chaud au cœur. Et je déballai ma prise en me rappelant que j'avais oublié de lever mes collets à lièvres. J'en fus désolée, car cela faisait aussi partie de l'éducation des Béothuks : ne jamais tendre des pièges si on n'est pas certain de pouvoir s'en occuper. La vie des bêtes tuées et abandonnées a cessé inutilement. Tout doit servir. Surtout en période de grande disette, comme maintenant. Mon père perdit son sourire. Je le regardai et lui dis que je retournais m'occuper des collets. Il me demanda à quelle distance était l'endroit. Lorsque je lui dis qu'il fallait presque un soleil entier de marche pour y arriver, il me dit que c'était trop dangereux pour si peu.

« On ne risque pas sa vie pour quelques lièvres. »

Pourtant, mon père avait déjà risqué la sienne pour bien moins que cela. Pour quelques hameçons, il avait dû courir pendant deux soleils entiers, poursuivi par deux coureurs de fourrures armés de mousquets. Je tentai de le convaincre, mais il refusa de me voir repartir le jour même.

« Plus tard.

— Plus tard, les lièvres auront été dévorés par les prédateurs.

— Il faut bien qu'ils mangent eux aussi. »

Malgré sa jambe encore passablement enflée, il déchargea la viande et appela ma sœur pour qu'elle l'aide. Il me dit que j'en avais assez fait pour le moment et m'invita à me reposer. Il était courageux, mon père. Courageux et brave. Fasse que Kobshuneesamut lui conserve la vie encore longtemps.

J'entrai me reposer. La charge de la traîne m'avait vraiment fatiguée. Mon père dépeça le caribou, pendit les morceaux à un arbre et entra pour que je lui raconte ce qui était arrivé. Il fallut même que je lui raconte mes rêves, ce qui le laissa songeur un bon bout de temps. Toutefois, le soir venu, il me regarda droit dans les yeux et me dit :

« Shanawdithith, il ne faut pas abandonner. Tant qu'un seul de nous est encore en vie, on peut espérer voir les beaux jours revenir. Kobshuneesamut ne peut pas nous abandonner après tant de cycles des saisons. Il va se souvenir de nous un jour. Il va se souvenir aussi des jours glorieux de notre passé. Les étrangers ne peuvent avoir toujours raison. Donne-moi ta parole que tu te battras jusqu'au bout ! Je ne pourrais continuer à vivre en sachant que tu as abandonné tout espoir.

— Je te donne ma parole, Mamjaesdoo. Je n'abandonnerai jamais. Même morte, je n'abandonnerai pas. »

56

Il y avait maintenant deux cycles des saisons de passés depuis la réunion de Demasduit avec Nonosabasut et Buh-Bosha-Yesh. La neige avait fondu très rapidement et la belle saison était apparue plus tôt qu'à l'habitude. Avec le retour du beau temps et de la chaleur, la santé de ma mère et de ma sœur semblait s'améliorer. Elles toussaient moins, avaient un peu plus de force et vaquaient aux occupations quotidiennes comme mon père et moi. Mamjaesdoo vieillissait, mais gardait toute sa force d'homme des bois habitué à travailler dur pour arracher son droit à la vie. Cet été-là, il avait décidé que nous irions chasser sur le territoire des Sang-Mêlé, vers le sud du grand lac de l'Ocre rouge.

« Si les Shanungs ne crèvent pas de faim, c'est que le gibier s'est déplacé vers leurs territoires. Nous allons les forcer à partager avec nous pendant l'été. »

Trois soleils plus tard, nous partions en tapatook vers la partie sud du lac. Au bout du lac, il y avait une décharge où la petite truite descendait dans un large ruisseau. Mamjaesdoo et Doodeebewshet prirent un long filet fait de corde mince et légère, descendirent le long du ruisseau avant d'y entrer. Ils tendaient le filet et remontaient le courant en le traînant sur toute sa largeur. Pendant ce temps, ma sœur et moi étions entrées au ruisseau à sa sortie du lac, et nous marchions en frappant l'eau avec une branche. Les truites, affolées, descendaient le courant et allaient se prendre dans le filet tendu par maman et papa. De cette façon, nous mangions de la chair fraîche de truite chaque jour et il en restait que nous faisions fumer, pour la conserver pendant la saison chaude.

Cette manœuvre, nous l'exécutions tous les matins, et chaque fois elle était aussi fructueuse. Puis le reste de la journée était consacrée aux autres formes de chasse et de cueillette. Cette région, que nous considérions comme pauvre autrefois, était devenue la meilleure de l'île. Mon père, fort habile à lancer le filet à prendre des oiseaux, amassait des quantités de lagopèdes qui se croyaient bien camouflés à même le sol, puisque leur plumage était passé du blanc au brun-roux. Malgré la saison des amours, les lagopèdes se tenaient quand même en troupeaux ; en prendre dix ou douze par lancer de filet n'était pas rare. Nous en mangions un ou deux rôtis et faisions sécher les autres près du feu qui ne s'éteignait jamais lorsque nous étions sédentaires.

Mamjaesdoo eut la chance de rencontrer une femelle caribou qui allaitait un petit né pendant l'hiver. Il l'abattit avec une idée bien précise en tête, celle de nous faire manger la substance stomacale fermentée, comme il l'avait appris chez les Sho-Undamungs de la côte nord du détroit. Après avoir dépecé l'animal et l'avoir découpé en fines lamelles pour le faire sécher, mon père nous expliqua ce qu'il avait fait : il avait pris la partie fermée de l'estomac, y avait mis du lait de la mamelle de la femelle, y avait mêlé du sang frais de la même bête et avait posé le contenant en équilibre entre deux petits arbres, en y faisant un petit support en peau crue tressée comme des raquettes à neige. Après avoir couvert le tout d'un morceau de peau crue bien séchée, pour empêcher les mouches d'y goûter avant nous, il avait laissé fermenter la mixture pendant quatre ou cinq soleils.

Puis, un soir, il déclara que le souper était prêt, et il pénétra avec ce mets fermenté dans le mamatik. Maman trouva que la senteur était infecte et elle eut des haut-le-cœur. Ma sœur dit qu'elle ne voulait pas y goûter, prétextant que le sang la rebutait. Mais moi qui avais toujours été près de Mamjaesdoo, j'étais prête à tout essayer si c'était lui qui l'avait préparé. J'avoue que la texture était quelque peu repoussante.

En fermant les yeux et en évitant de trop sentir, je goûtai cette substance encore ignorée des Béothuks qui n'avaient jamais quitté l'île. Je fus agréablement surprise de la finesse de ce goût que je n'oublierai jamais. Devant mon exclamation, Doodebewshet décida d'y goûter aussi. Elle aima le goût et ma sœur accepta de nous imiter. Finalement, nous nous régalâmes de ce mets nouveau pour nous, mais que les Innus mangeaient depuis des centaines de cycles des saisons. Papa nous dit que c'était l'un des secrets de leur résistance au froid et à la longue migration qu'ils effectuaient à chaque cycle des saisons.

Le lendemain matin, mon père sortit pour revenir peu de temps après. Il avait l'air songeur. Devant l'insistance de maman, il se décida à nous avouer qu'il venait de repérer la présence de blancs.

« Je venais de sortir du mamatik lorsque j'ai senti la fumée. Je me suis arrêté pour savoir de quelle direction venait le vent. J'ai alors senti cette odeur de cacao que traînent derrière eux tous les marins et les pêcheurs de morue. Je sens qu'il y a des Anglais dans le secteur. Les Français ne boivent pas de cacao. Je vais suivre la senteur jusqu'à eux et en avoir le cœur net. Ne faites pas de feu ce matin et restez silencieuses tant que je ne serai pas de retour. Si je ne reviens pas avant la noirceur, Shanawdithith, tu auras la charge de la famille. Tu es la plus apte à assumer cette tâche. »

Et il sortit.

Mamjaesdoo avait toujours été reconnu comme un excellent chasseur et il savait s'approcher d'un gibier sans être repéré. Aussi n'eut-il aucune difficulté à s'approcher de la senteur qu'il avait détectée à distance sans que les gens s'en aperçoivent. Malgré l'absence d'arbres sur de grandes étendues désertiques, papa savait suivre les contours des bosquets, l'orée des forêts, quitte à faire de grands détours pour ne pas être repéré. Il put ainsi observer deux hommes assis par terre en train de manger du pain et de boire du cacao. Le premier, Mamjaesdoo le connaissait bien : il s'appelait Jos Silvester et il était Shanung. Autrefois habitant la baie Saint-Georges, il vivait maintenant à la baie d'Espoir avec les Sang-Mêlé. C'était un vrai Shanung, un Nicmaq. Il portait des jambières à la mode béothuke, faites de pattes de caribous tournées à l'envers, malgré la douceur du climat. Car malgré la chaleur du printemps, il valait mieux avoir chaud qu'avoir mal. Les arbrisseaux épineux ne manquaient pas dans le sud de l'île. Silvester portait une chemise anglaise en flanelle rouge, une petite veste sans manches en peau de caribou et un chapeau à large bord, particulièrement prisé par les mouches noires qui s'y collaient comme les abeilles au miel.

Son compagnon, long et très mince, portait des vêtements de peau de bêtes et ses jambières étaient un pantalon large attaché aux genoux et aux chevilles. Tous deux portaient des moosins. Ce personnage au visage pâle portait aussi un chapeau à large bord. Les deux empestaient la graisse d'ours, dont ils s'étaient probablement enduits pour éviter les piqûres des mouches. Si les mouches laissaient les deux hommes tranquilles, c'était bien plus à cause de la senteur que grâce à l'efficacité du produit. Papa disait aussi que prise dans la graisse d'ours, une mouche n'a qu'une idée : sortir de là au plus tôt.

Les deux hommes terminèrent leur repas. Le visage pâle se mit à démonter la petite habitation de toile de marine dans laquelle tous deux avaient couché la nuit précédente, alors que Jos Silvester venait directement vers papa. Mamjaesdoo sut qu'il était inutile de tenter de se cacher : le Shanung avait senti sa présence. Tout en marchant vers papa, Silvester dit :

« Tu ne t'imaginais pas que la senteur des Béothuks puisse passer inaperçue ?

— Je ne croyais pas que la puanteur de la graisse d'ours puisse te permettre de sentir quoi que ce soit d'autre. »

Quand ils furent face à face, chacun étendit le bras droit pour toucher l'épaule de l'autre. C'était la salutation entre deux hommes qui n'étaient pas des ennemis sans nécessairement être des intimes.

« Qui est le Bouguishamesh ? demanda papa.

— William Cormack, un scientifique anglais qui veut rencontrer des Béothuks pour comprendre la mort chez eux.

— Eh bien, il tombe bien, dit papa, ils sont presque tous morts. Il pourra les étudier à son goût, personne ne l'en empêchera.

— Il voudrait vous rencontrer pour en discuter.

— Nous, nous préférons discuter de notre façon de vivre. Nous parlerons de la mort quand nous serons près d'elle. Nous ne voulons pas lui parler. »

Jos Silvester regarda papa droit dans les yeux.

« Si tu ne veux pas lui parler, il ne verra pas de Béothuks. Je te donne ma parole. »

Et il tourna les talons pour retourner vers monsieur Cormack. Mamjaesdoo revint vers notre campement pour nous demander de ne pas faire de feu de la journée.

« Ce soir, ils seront assez loin pour que nous recommencions à vivre normalement. »

Dès le lendemain, nous recommencions nos pêches quotidiennes et nos séances de séchage afin de faire des provisions pour la saison de froid et de neige. Mais les prises devinrent de plus en plus rares, car c'était déjà la saison des feuilles mortes. Mamjaesdoo évalua la quantité de nourriture que nous avions et nous en avisa.

« Il n'y en a pas assez pour nous rendre jusqu'à la prochaine saison du renouveau. Tant pis, nous partirons pour la côte plus tôt le printemps prochain et nous cueillerons des coques en attendant les beaux jours. »

Et nous entreprîmes la saison du froid et de la neige dans ce territoire de chasse des Sang-Mêlé. En plein cœur de l'hiver, Jos Silvester revint nous visiter et passa plusieurs soleils avec nous. Il nous raconta comment il se faisait que les siens pouvaient s'entendre avec les Anglais.

« Nous sommes bien différents de vous. Nous n'avons jamais manifesté d'animosité envers eux. Nous ne les aimons pas nécessairement, mais nous n'avons pas le choix, ils sont beaucoup plus nombreux que nous. Alors, nous leur faisons des sourires et leur faisons croire que nous pensons comme eux. Ils nous engagent de temps à autre comme guides et achètent nos fourrures. Nous étions amis des Français autrefois. Les Anglais ont battu les Français, alors nous devons jouer le jeu ou faire comme vous, mourir. »

Il y eut des échanges assez acerbes entre Silvester et Mamjaesdoo. Papa acceptait mal l'attitude hypocrite de Silvester envers les Anglais. Après tout ce qu'ils nous avaient fait ? Jos avait réponse à tout.

« Ils ne nous ont rien fait à nous. Et nous sommes toujours vivants ! »

Et papa se fâchait.

« Lorsque ma famille aura disparu, il ne vous restera qu'à leur vendre les nôtres qui ont joint vos rangs ?

— Si nous avions voulu vous vendre, il y a longtemps que vous n'existeriez plus, toi et ta famille. Nous avons aussi la fierté de protéger les gens qui nous ressemblent. Vous êtes différents, mais nous nous ressemblons par la façon de vivre et par la provenance. Seules nos langues diffèrent. »

Et la conversation se poursuivit longtemps, jusque tard dans la nuit, entre les deux hommes. Ils avaient des positions différentes et très émotives, mais Silvester n'avait pas perdu tous les siens comme nous. Il ne pouvait pas comprendre l'amertume de Mamjaesdoo, mon père.

La saison du froid et de la neige fit place à la fonte et au renouveau des saisons. Il nous fallut partir pour la mer. Papa avait suggéré la côte sud, mais nous, les femmes, préférions la côte est, où nous savions trouver les fruits de la mer. Toutefois, si nous avions su ce que nous réservait cette région, peut-être aurions-nous suivi les conseils du seul homme de notre famille.

Nous avons chargé le plus de provisions possibles sur notre dos et sommes partis en raquettes, vers la partie nord du lac, avant de bifurquer vers l'est, le long de la rivière des Exploits. La marche était pénible car la neige était de plus en plus fondante. Le matin, cela allait assez bien car elle était granuleuse, mais lorsque le soleil l'avait réchauffée, elle devenait molle, se creusait par-dessous, et nous nous enfoncions souvent, nous retrouvant le nez dans la couverture de printemps.

Malgré la toux qui recommençait à incommoder ma mère et ma sœur silencieuse, les deux femmes ne se plaignaient jamais. Elles prenaient leur charge le matin et ne la déposaient que lorsque mon père et moi décidions de nous reposer. Comme si elles avaient voulu être le moins encombrantes possible. Elles tenaient à faire leur part. Mais la maladie gagnait du terrain sur elles.

J'étais de plus en plus inquiète. Mamjaesdoo ne l'était pas moins, mais il était simplement plus discret. Il avait vu tellement de gens mourir de cette maladie qu'il ne pouvait les compter. Aussi priait-il Kobshuneesamut en cachette, pour ne pas nous inquiéter plus que nous ne l'étions déjà. La lune des vents n'avait pas encore terminé son cycle lorsque nous arrivâmes dans la Nouvelle Baie, petite anse de la baie des Exploits. Là, nous avons pris possession d'un mamatik autrefois utilisé par Demasduit et Nonosabasut. Nous l'avons réparé et nous nous y sommes installés le plus confortablement possible. Mes deux compagnes étaient de plus en plus malades. Elles toussaient beaucoup et avaient de fréquentes faiblesses. Aussi passaient-elles la plus grande partie de la journée couchées. Pendant ce temps, Mamjaesdoo cueillait tous les fruits de la mer disponibles tôt le printemps. Moi, je m'occupais beaucoup de ma sœur que je sentais de plus en plus absente. De temps à autre, elle se mettait à divaguer, racontant des choses que je ne comprenais pas. Puis elle reprenait ses esprits et me demandait de ne pas faire attention à ces instants. Elle se disait tellement lasse.

Un matin, Mamjaesdoo partit cueillir des coques. Au moment de se relever, il vit deux coureurs de fourrures qui débouchaient d'un amoncellement de roches. Il ne prit aucune chance et se mit à courir en zigzag, en fuyant vers un étang encore gelé au haut d'un petit ruisseau. Les deux coureurs de fourrures le pourchassaient toujours. Sans raquettes, il se risqua à traverser l'étang. La couche de glace était très mince et céda sous le poids de son corps. Il disparut sous la glace et ne refit pas surface. Les deux coureurs de fourrures furent désolés d'avoir manqué une telle chance de tuer un Béothuk.

Ils se mirent alors à se promener autour de la baie, convaincus qu'il y avait d'autres Peaux-Rouges à massacrer. Ils marchèrent, scrutèrent, fouillèrent et finalement... trouvèrent ma mère qui était sortie prendre l'air frais. Elle voulut fuir et revint vers le mamatik. Comme nous y étions, ma sœur et moi, nous venions de tomber entre les mains du tueur de Béothuks par excellence, William Cull.

57

Lorsque le battant du mamatik s'ouvrit et que Doodeebewshet entra, je tenais ma jeune sœur Dabseek dans mes bras. Elle venait d'avoir une faiblesse et retrouvait à peine son souffle. Quand William Cull entra derrière ma mère, ni Dabseek ni moi n'eûmes la force de réagir. Nous étions résignées à notre sort. J'ignorais alors que Mamjaesdoo, mon père, était mort noyé. Ma mère l'ignorait aussi. Notre première réaction fut de nous laisser emmener le plus vite possible pour que papa ne soit pas capturé à son tour. Lorsque le compagnon de William Cull lui demanda si la récupération du corps du noyé était nécessaire pour collecter la prime, je compris que quelque chose s'était passé. Ces gens ignoraient que je comprenais leur langue. Cull répondit à cet homme que le gouverneur ne paierait jamais pour un Béothuk mort.

« Il les veut vivants. »

Dès lors, je savais que j'étais chargée de la famille. Je n'osai pas le dire à Doodeebewshet. Elle avait déjà assez mal sans que je la chagrine davantage. Je me gardai bien d'en souffler mot à Dabseek, la quatrième de notre famille. Soutenant Dabseek, je sortis du mamatik, suivie par maman et les deux hommes armés de leurs mousquets. Nous avons marché pendant un certain temps pour nous rendre à un petit bateau muni d'une voile, et nous y sommes montées. De là on nous conduisit vers Exploit-Burnt Island, à la résidence du jeune Peyton. Cet endroit, je le connaissais bien pour y avoir perpétré un forfait avec mes compagnons, cinq cycles des saisons auparavant. C'était là que nous avions coupé les amarres du bateau chargé de saumon et volé les voiles.

Le juge Peyton fit construire un abri extérieur pour nous, afin de nous donner le sentiment d'être libres. Comme Doodeebewshet était de plus en plus malade mais refusait de se coucher, elle faisait chauffer des pierres et y jetait de l'eau pour produire de la vapeur. Cette pratique sanitaire était revenue dans notre communauté sous la forme d'un rituel religieux, depuis la venue de la période de désespoir des miens. Ma mère croyait vraiment que cela aiderait ma jeune sœur. Comme cela ne pouvait lui faire de mal, je la laissais agir à sa guise. Maman ne souriait plus. Elle était toujours triste. Elle me demanda si je me sentais la force de m'échapper et de retrouver papa. Je lui dis qu'il n'était pas question que je la laisse seule avec Dabseek. Que je n'allais pas très bien moi-même. Elle n'insista pas. Déjà, sa volonté s'estompait.

J'avais mal chaque fois que j'entendais un des employés de Peyton appeler maman « la vieille suie » parce qu'ils la trouvaient laide et sale. Mais je me gardais bien de leur montrer que je comprenais leur langue. Dès que les glaces eurent disparu dans la baie, on chargea les navires. Puis on nous fit embarquer sur un de ces navires pour nous emmener à Saint John's, chez le gouverneur Hamilton.

À Saint John's, on apprit que le gouverneur Hamilton était parti pour l'Angleterre et qu'il était temporairement remplacé par le capitaine David Buchan, celui-là même à qui nous avions tué deux marins lorsque j'avais douze cycles des saisons et qui ramena le corps de Demasduit, il y avait maintenant trois cycles des saisons. Avant même de nous recevoir, un médecin anglais vint nous examiner. Il s'appelait Watt, et cela m'amusait car son nom voulait aussi dire « quoi ? » en anglais. Chaque fois qu'il se retournait pour regarder ma sœur ou ma mère, je ne pouvais m'empêcher de rire. Mon attitude semblait beaucoup l'agacer. Son nom était une question qui signifiait qu'on n'avait pas compris. Lorsque j'expliquai à Dabseek et Doodeebewshet pourquoi je riais tant, elles éclatèrent de rire à leur tour. Le docteur en fut offusqué et en parla apparemment au capitaine Buchan, qui ne sembla pas du tout fâché de l'incident ; du moins, il ne nous en parla jamais. Une seule chose me chicotait. Le docteur avait dit au capitaine Buchan que ma mère et ma sœur souffraient de

« consomption » et qu'elles ne vivraient plus longtemps. Je les savais assez malades pour ne plus vivre longtemps, mais j'ignorais que ces gens connaissaient la maladie dont elles souffraient. Peut-être était-ce une maladie anglaise ? Peut-être nous l'avaient-ils transmise volontairement ? Je ne savais plus que penser. Je comprenais l'anglais, mais je ne connaissais pas tous les sons ! Cela me fâchait un peu. Ce qui me frustrait le plus, c'était de ne pouvoir en parler avec personne. Je ne voulais pas inquiéter les miens, et je ne pouvais faire confiance aux Anglais. Mon tourment intérieur était épouvantable à supporter.

Escortées par des dizaines de personnes, on nous promena dans les rues de la ville. On nous fit visiter des magasins en nous signalant qu'on pouvait acheter tout ce que nous pourrions apporter. Je le dis à ma mère et à ma sœur. Maman sourit en disant :

« Ils ne connaissent pas notre force pour portager des marchandises. Peut-être vont-ils regretter de nous avoir donné une telle permission. »

Et pour la première fois depuis longtemps, je vis ma mère sourire. J'ignorais alors que je la voyais aussi rire pour la dernière fois.

Nous regardions partout, maman et Dabseek prenaient tout ce qui était nécessaire ou utile, comme des chaudrons de métal léger, des outils, des ustensiles, des tissus, des bas, des aiguilles, du gros fil à coudre, de la toile de marine. Les seules choses qu'on ne voulut pas que nous prenions était ce dont nous avions le plus besoin : des haches et des couteaux. J'ignorais pourquoi...

Voyant que ces outils n'étaient pas disponibles, je m'amusai à prendre des morceaux de tissus de couleurs différentes et à me les attacher sur la tête, aux bras, à la taille. Cela fit rire bien des gens. Dehors, les enfants couraient après nous dans la rue et nous criaient des noms comme : sales Indiennes, Sauvagesses, sales femmes. Maman et Dabseek ne comprenaient pas et riaient. Moi, je leur faisais peur en grimaçant et en faisant semblant de courir après eux. Jamais des enfants béothuks n'auraient eu cette impolitesse devant des étrangers. Ils étaient bien élevés, nos enfants. Mieux que ces jeunes Anglais.

Le capitaine Buchan ordonna à John Peyton junior de nous ramener parmi les nôtres le plus vite possible, avant que les deux malades ne leur meurent entre les mains. Je fis semblant de ne pas comprendre, mais j'eus envie de leur crier :

« Ils sont tous morts, les nôtres. Vous les avez tous tués. »

Mais je me retins. Ils ne devaient pas savoir que nous étions les seules encore vivantes ! Cela leur aurait trop fait plaisir. Je préférais qu'ils aient encore peur un certain temps, chaque fois qu'un d'eux entrait en forêt sur notre île.

Nous avons été ramenées à Exploit-Burnt Island à bord du *Anne* appartenant à John Peyton junior. Celui-là même dont nous avions coupé les amarres, il y a cinq cycles des saisons. Dès notre retour,

Peyton nous ramena sur la grève de la baie des Exploits, à Badger Bay, et nous y laissa avec de la nourriture pour plusieurs jours. Nous avons retrouvé un vieux mamatik et l'avons de nouveau réparé. Nous y avons transporté la nourriture et nous nous sommes reposées. Doodeebewshet ne cessait pas de me dire qu'il fallait retrouver Mamjaesdoo, et je tentais de retarder le moment de lui dire la vérité.

Au bout de quatre soleils, le matin, à notre réveil, nous avons constaté que Dabseek était morte. Maman et moi avons pleuré pendant toute la journée. Elle était ma petite sœur, j'en avais pris soin depuis qu'elle était toute jeune. Quelle misère ! Maman était aussi inconsolable. Elle criait à fendre le cœur que Kobshuneesamut n'était pas juste. Qu'il n'avait pas le droit de faire mourir des jeunes filles qui n'avaient pas encore connu le bonheur. Elle criait que c'était elle qu'il aurait dû venir chercher. Pourtant, le soir, elle était calmée, et c'est elle qui trouva une dépression entre deux roches, où nous pouvions mettre son corps au repos en attendant le moment du départ pour son ultime voyage. Le lendemain matin, on se mit à deux pour ramasser des roches et les empiler les unes sur les autres pour protéger le corps des prédateurs. Toute la journée nous avons travaillé. Le soir, maman était exténuée. Le lendemain matin, elle mourut à son tour.

Responsable de la famille, moi, Shanawdithith. J'étais complètement seule. Que faire ? Me laisser mourir ? Je n'avais plus de nourriture et aucune arme pour chasser ni hameçons pour pêcher. J'eus tout de même la force de traîner le corps de Doodeebewshet jusqu'auprès de celui de Dabseek et je passai la journée à ramasser des pierres pour couvrir le corps de ma mère. Puis je décidai qu'il me fallait mourir. Je n'avais pas de couteau, pas de hache, pas de flèche, rien de coupant. Je ne connaissais pas les herbes empoisonnées et je savais bien nager. Comment mourir alors ? Attendre. Je n'avais plus de nourriture. Je n'avais qu'à attendre la mort.

Et je me souvins que j'avais donné ma parole à Mamjaesdoo que je me battrais jusqu'au bout ! Que je n'abandonnerais pas. Que je ne perdrais pas espoir. Une parole donnée, c'est sacré. Jamais Kobshuneesamut ne me pardonnerait. Jamais Mamjaesdoo ne me pardonnerait.

Peyton avait laissé un petit bateau à fond plat dans la baie, au cas où nous en aurions besoin. Je décidai qu'il fallait que je retourne chez Peyton. Oui, mais c'était loin dans cette baie, Exploit-Burnt Island. Je me mis à ramer et le fis jusqu'au soir sans m'arrêter. Vers la brunante, je rencontrai un petit voilier conduit par des employés de Peyton. Ils acceptèrent de me ramener chez leur patron, où j'arrivai tard, à la noirceur. Comme tout le monde était couché, je ne dérangeai personne et dormis dans l'abri construit à l'arrière de la maison du magistrat.

Au matin, la bonne en chef des Peyton, madame Jure, me trouva assise sur le perron de la porte.

58

Je m'ennuyais terriblement de mes parents.

Ma mère, ma sœur et mon père me manquaient à un point tel que je songeais souvent à aller les rejoindre le plus vite possible. Mais cette parole donnée à Mamjaesdoo lors de la dernière saison de froid et de neige me pesait lourd. Je ne pouvais pas trahir ma parole. Je ne pouvais pas trahir mon père. Je ne pouvais pas trahir mon peuple. J'étais le dernier espoir de ce peuple de revivre en d'autres. Je devais me battre jusqu'à la fin. Qui sait, si j'épousais un homme venu d'ailleurs et qu'il accepte de vivre ici, avec moi, sur l'île des Hommes-Rouges, peut-être que... on ne sait jamais. Je pourrais avoir des enfants, fonder une famille et faire renaître la nation, ou le clan, ou seulement la famille. Je rêvais encore éveillée : je ne rencontrerais jamais personne qui s'intéresse à moi, je n'étais qu'une servante chez les Peyton. Depuis que j'étais ici, on m'avait enseigné à laver et à essuyer la vaisselle. Madame Jure m'a tout appris, sévèrement.

« Tu dois tenir l'assiette comme ceci, non pas comme ça. Avec le linge à vaisselle, il faut d'abord essuyer les verres et les assiettes après. Tu ne comprendras jamais... »

Et je songeais : c'est vous, madame Jure, qui ne comprendrez jamais. J'aurai bientôt vingt-huit cycles des saisons, je sais tout faire dans le monde des Béothuks, y compris chasser, pêcher et tuer des hommes blancs. Et vous, vous êtes une ignorante de la pire espèce ! Comment pouvez-vous dire que je ne comprendrai jamais ? Je comprenais votre langue avant même de vous connaître. Je savais à quel moment de la journée vous mangiez, dans quelle sorte de lit vous couchiez et quelle sorte de viande infecte vous consommiez. Vous, madame Jure, que savez-vous de nous, Béothuks ? Que savez-vous de moi après cinq ans d'apprentissage dans votre maudite maison folle où les gens vont et viennent sans jamais saluer les domestiques ? Les seules personnes gentilles chez vous, c'est la petite Anne et le jeune John III. Ils me cherchent, me trouvent, me sautent au cou et m'embrassent. Lorsqu'ils se font mal, c'est moi qu'ils viennent voir, et quand madame Éléonore les frappe, c'est moi qu'ils viennent voir pour se faire consoler. Peyton junior, votre patron, ne m'a adressé la parole que quatre fois en cinq ans, et chaque fois madame son épouse lui a fait une terrible scène de jalousie en m'empêchant de voir les enfants pendant une lune entière. Elle m'a punie parce que son mari m'a parlé. Elle a puni les enfants parce que son mari m'a parlé. Est-ce ma faute ou celle des enfants si son mari m'a parlé ?

Quelqu'un attrapera-t-il la maladie de la « consomption » s'il me parle ? Je suis tout juste bonne à servir en silence dans cette maison. Si je partais, je ne m'ennuierais que des enfants, ils sont tellement charmants. Je les aime plus que tout au monde puisqu'ils sont tout ce qui me reste. Les employés de Peyton sont tous des brutes et des tueurs de Béothuks. Ils doivent tous être bien malheureux de ne plus pouvoir en tuer. Ce sont tous les mêmes qui venaient en forêt tirer sur nos parents. Ils ne le savent pas, mais je les déteste tous. En fait, plusieurs le savent, car je leur ai dit ce que je pensais d'eux.

L'autre jour, il est venu un homme gentil qui m'a longuement parlé et interrogée. Il voulait savoir des choses sur les Béothuks. C'est le premier qui s'intéresse aux miens depuis que j'ai visité Saint John's. Là-bas, le capitaine Buchan m'a donné du papier et un crayon pour que je dessine les gens de chez moi. J'ai eu beaucoup de plaisir à dessiner. Mais depuis cinq ans, chez Peyton, on ne me donne jamais un morceau de papier. Dès que je touche à un crayon, on me l'enlève des mains. Ils ont peur que j'écrive sur les murs. Comme si j'étais une enfant...

Je m'ennuie terriblement des miens. On m'appelle maintenant Nancy April. Je m'ennuie de ne pouvoir parler ma langue avec quelqu'un. Une seule fois j'ai pu. On m'avait dit qu'un Shanung venait souvent ici. L'autre jour, je l'ai vu de près. Ce n'est pas un Shanung du tout, c'est Ge-oun, la mâchoire, qui est allé vivre parmi les Sang-Mêlé de la baie d'Espoir. Je me suis fâchée contre lui et lui ai donné des coups de poing en lui criant en pleine face de partir et de ne jamais revenir : s'ils apprenaient qu'il n'est pas Shanung mais Béothuk, ils le tueraient. Par chance, personne n'avait compris notre conversation. Je leur ai dit que ce Micmac avait déjà tué des Béothuks et que je ne voulais pas le voir. Ils en ont presque fait un héros. Ils l'ont fêté et lui ont donné du rhum. Il a chanté en béothuk et tout le monde a cru que c'était du micmac. S'il s'échappe encore, il va mourir. Il ne reviendra plus, cela vaut mieux pour lui.

Le gentil monsieur qui m'a posé des questions l'autre jour est revenu avec un prêtre qui a fait des reproches au couple Peyton parce qu'ils ne m'ont pas convertie à leur religion. Je m'en moque de leur religion. Un dieu qui permet qu'on abatte tous ceux qui ne pensent pas comme lui ne mérite pas d'être dieu. Kobshuneesamut n'accepterait jamais une pareille loi. William Cormack, le monsieur qui était avec le prêtre, veut connaître notre façon de vivre. À lui, je vais le dire que je suis la dernière vraie. Aux autres, j'ai dit que nous étions encore vingt-sept. J'ai menti. Je dois faire attention car le mensonge tue. Seule la vérité existe. S'ils apprennent que j'ai menti, peut-être qu'ils me tueront ? Ce serait bien puisque je pourrais mourir sans trahir ma parole de combattre jusqu'au bout. Je dois la tenir. J'espère que ce monsieur Cormack va revenir.

Un matin, alors que Peyton était absent, un homme est venu avec un papier. Madame Éléonore a discuté avec lui, puis elle m'a dit de préparer ma petite valise en laissant ici les vêtements qu'elle m'avait donnés. Je n'avais droit qu'aux cadeaux que m'avait faits le capitaine Buchan : une robe de tissu à carreaux, de longs bas et une paire de souliers à talons plats. Puis elle m'a dit de suivre l'homme. Elle ne m'a pas dit bonjour, au revoir, adieu, comme ils se disent entre eux. Je suis partie comme ça, sans autre formalité, avec un étranger qui m'a informée de notre départ en bateau, vers Saint John's où j'allais maintenant demeurer, chez monsieur Cormack.

J'étais folle de joie. Le seul homme à s'intéresser à moi depuis cinq ans. Peut-être m'aimait-il un peu ? Peut-être ne me trouvait-il pas si laide après tout ? J'allais être gentille avec lui afin qu'il apprenne à m'aimer. Mamjaesdoo avait raison : il faut espérer jusqu'au bout.

Lorsque je suis arrivée chez Cormack, il avait changé d'attitude. Il disait qu'il devait garder ses distances à cause des « qu'en dira-t'on ». Je n'ai pas compris tout de suite, mais il m'a dit que les gens murmuraient contre cette cohabitation d'un célibataire et d'une Sauvagesse. Alors il se tenait à distance. Je lui demandai alors si, en me touchant, il laisserait sur moi des marques que tous verraient. Il me répondit que non, mais que, dans sa conscience de gentleman, ce serait tout comme ! J'aimais bien quand il me frôlait avec sa main, pour me montrer comment esquisser une courbe au crayon. J'aimais bien aussi son haleine chaude sur mon cou lorsqu'il se penchait derrière moi pour voir ce que je faisais. J'aurais eu envie qu'il m'embrasse dans le cou, en caressant mes épaules. J'aurais tant aimé... il ne l'a jamais fait. Dommage. J'avais encore rêvé. Les Anglais disaient qu'il n'était pas beau, qu'il était trop mince, trop grand, trop ceci, pas assez cela. Toutes ces remarques me laissaient froide. Je le trouvais gentil, sympathique et intéressant. Il me racontait des tas de choses, et je faisais de même. Je lui disais tout ce qu'il voulait savoir, et un peu plus, même. Simplement pour qu'il reste plus longtemps.

Il m'expliqua qu'il avait beaucoup étudié les façons de vivre des peuples primitifs. Alors de temps à autre, je lui demandais de me parler de ces peuples primitifs, juste pour entendre sa voix. Là, je m'extasiais en le laissant parler. Il savait très bien que je ne comprenais rien à ses explications, mais, il jouait le jeu... je crois... j'espère.

Même si j'étais plus heureuse chez William Epp Cormack que chez les Peyton, les enfants Peyton me manquaient. Mais Cormack me charmait toujours. Et j'aurais aimé qu'il me prenne dans ses bras et qu'il m'embrasse passionnément. Mais il ne le fit jamais. Peut-être sentait-il que j'avais contracté la maladie de la « consomption », comme ma mère et ma sœur. Je toussais de plus en plus fréquemment, mais je me retenais le plus possible devant lui.

Peut-être ne m'aimait-il pas vraiment, mais il s'intéressait aux Béothuks. Il avait formé une institution qui portait le nom de mon peuple. Les derniers temps, chez les Peyton, nous demeurions dans leur nouvelle maison de Twillingate, où je souhaite ne jamais retourner.

Je me sentais de plus en plus souvent faible.

Les autres pensionnaires de William Cormack, un Montagnais (Innu) et deux Abénakis, le dirent à Cormack. J'en fus fâchée et le leur dis. Un Béothuk n'aurait pas trahi un secret, même pour le bien d'une personne. Cormack eut-il peur ? Peut-être était-ce le temps de se séparer de moi... afin de ne pas apprendre à m'aimer ? Il me prépara à son départ. Il commença par me dire que sa vie d'homme de science qui cherche à comprendre les peuples primitifs le forçait à se rendre en Angleterre afin de vendre des articles aux journaux et ainsi gagner de l'argent pour poursuivre des recherches sur le terrain. Je tentai de le faire changer d'idée. Je lui dis que je pouvais être encore plus gentille et que je pouvais lui raconter de nouvelles histoires qu'il ne connaissait pas sur les Béothuks, sur les Addaboutiks, sur Anin le héros, sur ses quatre femmes...

Il ne sembla pas comprendre. Il devint plus distant alors que je me sentais bouillir à l'intérieur. Je me serais ouvert le ventre pour qu'il puisse voir à l'intérieur, s'il me l'avait demandé. J'aurais voulu pouvoir lui crier que je l'aimais... mais je n'ai jamais pu. Je sentais la vie me quitter lentement.

Tous mes derniers espoirs s'évanouissaient devant mes yeux. Je sentais cet homme comme une poignée de sable fin qu'on ne peut retenir. J'étais désespérée... je voulais mourir... et je mourais...

Un matin, au réveil, on m'apprit que William Cormack était parti. Nous étions à la saison du froid et de la neige. On m'emmena chez le gouverneur anglais. Je commençais à avoir de fréquentes faiblesses et je perdais souvent conscience de ce qui se passait autour de moi. Je passais des journées entières à regarder mon corps nu dans un miroir. Je n'avais qu'un seul sein, l'autre ayant été mutilé par une balle de mousquet anglais. Je n'avais qu'un seul mollet sur mes deux jambes, l'autre ayant été arraché par une balle de mousquet anglais. Et j'avais un sale trou à la hauteur de ma ceinture, le côté de ma taille ayant été arraché par une balle de mousquet anglais. Je comprenais maintenant pourquoi William Cormack ne s'était pas intéressé à moi : j'étais incomplète.

Lorsque la belle saison revint, je ne pouvais à peu près plus quitter le lit. Mes jambes, autrefois si fortes, ne voulaient plus me soutenir pour que je puisse sortir dehors et respirer l'air de mon île. Je mourais de ne pouvoir respirer l'odeur des fleurs. Je mourais de ne plus voir le soleil se lever sur la mer. Je mourais de n'avoir jamais éprouvé la chaleur de l'amour d'un homme. Mais je pouvais être fière, j'avais tenu parole jusqu'au bout. J'avais espéré que les miens vivent toujours.

Je savais que les Béothuks vivraient toujours, car il y aura toujours des vrais hommes, même s'ils n'ont pas la peau rouge. Avec le peu d'énergie qui me restait, je combattis la mort jusqu'à mon dernier souffle. Avec moi s'éteignait la dernière mémoire vivante des Béothuks.

*

Le 6 juin 1829, Shanawdithith mourut de tuberculose à l'hôpital de Saint John's, Terre-Neuve. Elle fut inhumée au South Side Cemetery, après une brève cérémonie religieuse à la cathédrale de Saint John's, à laquelle personne n'assista. Certains disent encore qu'elle est morte d'amour, morte pour son peuple et pour William Epp Cormack.

Chronologie des événements historiques concernant les Béothuks de Terre-Neuve

Première partie

Vers l'an 1000

Les Vikings hivernent sur la pointe nord de l'île. Les sagas nordiques confirment cet événement.

Deuxième partie

1497, le 24 juin, 5 heures du matin

John Cabot (Jean Cabot, Giovanni Cabotto) arrive à Terre-Neuve dans la baie de Bonavista. De retour en Angleterre, John Cabot ramène trois Béothuks, qu'il remet à Henry VII.

1500, le 18 octobre

Gaspar de Cortereal débarque à Lisbonne avec sept Béothuks peints d'ocre rouge. Son second navire arrive deux jours plus tard avec cinquante autres. Ils seront tous vendus comme esclaves.

1501, le 15 mai

Gaspar de Cortereal quitte Lisbonne pour Terre-Neuve afin de ramener d'autres esclaves. Il ne reviendra jamais au Portugal.

1503

Miguel de Cortereal part à la recherche de son frère Gaspar. Il ne rentrera jamais.

1508

Selon le père Charlevoix, le navire français *Bonaventure* ramène six captifs béothuks à Rouen.

1523

Giovanni Verazzano, à bord du *Dauphin*, visite les environs de Terre-Neuve.

1534, le 10 mai

Jacques Cartier fait escale dans la baie de Catalina qu'il baptise port Sainte-Catherine. Il visite aussi Port de Rapont (Quirpont). Il trouve des voiles de navires recouvrant des habitations béothukes, mais n'établit aucun contact.

1576

Sir Martin Frobisher invite des Béothuks à bord de son navire. Lorsqu'ils débarquent, Frobisher en garde un alors que six hommes d'équipage forcent les autres à partir. Ces six hommes ne rembarqueront pas. Le prisonnier est emmené en Angleterre où il mourra à son arrivée.

1583

Sir Humphrey Gilbert arrive au Havre Saint-Jean et prend possession de l'île. Il envoie deux expéditions en reconnaissance : au sud, on ne signale personne ; au nord, on rencontre des Béothuks, qu'il décrit comme « doux, gentils et inoffensifs ». Gilbert écrit avoir compté soixante voiles à Placenta Bay, toutes de Saint-Jean-de-Lutz. À Siburno et Biskay, il y a huit voiles espagnoles. À Farillon (Ferryland), vingt-deux voiles anglaises. Il a donc vu quatre-vingt-dix navires qui fréquentaient les côtes de l'île de Terre-Neuve.

1597

Leight déclare avoir été attaqué par trois cents Sauvages et poursuivi par des galions espagnols et français.

1609

Sous le roi Jacques Ier, un premier établissement est construit sur l'île. John Guy publie, pour le compte de la compagnie des Plantations de Terre-Neuve, un dépliant incitant les Anglais à coloniser l'île. Il est nommé gouverneur de la colonie et passe l'hiver 1610-1611 à Cupper's Cove (Cupid) dans la baie de la Conception. Il y rencontre des Béothuks sans avoir de problèmes avec eux.

1612, le 7 juin

John Guy revient d'Angleterre. En octobre, il part en expédition avec treize hommes. Il visite Mount Eagle Bay (Spread Eagle) et Trinity Bay (Savage Harbour). Le 6 novembre, il rencontre huit Béothuks dans leurs tapatooks qui agitent des peaux de fourrures. Master Whittington achète de la nourriture et paie avec des couteaux. On danse et chante et on se donne rendez-vous pour l'été suivant, en août, après avoir offert une plume d'aigle à John Guy.

1613, en août

John Guy ne revient pas. C'est un navire de pêche qui entre dans la baie. Huit cents Béothuks sont au rendez-vous. Ils agitent des peaux et sautent de joie. Puis ils mettent les tapatooks à l'eau pour venir au-devant du navire. Le capitaine prend peur et fait tirer du canon sur eux. Plusieurs sont tués. Ce fut la dernière rencontre amicale de l'histoire des Béothuks de Terre-Neuve.

1616

À Port-les-Oyes (Saint-Julien), quatre-vingts Béothuks attaquent une compagnie de soldats français venus sur l'île pour se débarrasser de ces encombrants Sauvages. Comme les Français ne sont pas habitués à la guerilla des autochtones, la première journée ils perdent sept soldats, le deuxième jour neuf et le troisième jour vingt et un à Petty Master (Crock Harbour). Trente-sept soldats sont morts en trois jours sans avoir vu un seul Sauvage. La compagnie rembarque pour la France.

1610-1635

Les Malouins font des demandes répétées aux autorités de Saint-Malo pour qu'on pourchasse les Béothuks qui les empêchent de débarquer pour prendre de l'eau fraîche et de la nourriture. Ils paient même des Micmacs pour faire le travail.

1682

Whitbourne fait son premier voyage.

TROISIÈME PARTIE

XVIIIe siècle

Dans la baie de Notre-Dame, les Béothuks commencent à voler des hameçons et des haches aux colons et aux marins. C'est le prétexte à une chasse aux Béothuks.

Les Béothuks abandonnent les berges pour s'enfoncer à l'intérieur des terres. Les Micmacs s'impliquent.

À Baie Saint-Georges, afin d'obtenir des primes, les Micmacs coupent les têtes de leurs victimes. Des enfants trouvent les têtes de gens qu'ils connaissent et, discrètement, en font part à leurs parents. Les « Nicmaqs » festoient avec les Béothuks. Cinquante-quatre seront massacrés pendant le repas.
À la même période, les Innus (Sho-Undamungs) traversent sur l'île.

1758

À l'aurore, des *furriers* font irruption dans un mamatik. Ils tuent un homme, une femme et un enfant. Une fille est faite prisonnière. Elle a pour nom Ou-bee. Elle est envoyée en Angleterre chez un couple du nom de Stone. C'est d'elle que l'on tient le seul et unique lexique de la langue des Béothuks reproduit à la fin de ce livre.

1760

Scott bâtit un fort à la baie des Exploits. Il était venu de Saint John's en bateau. Quelques Béothuks s'approchent. Un vieillard se détache du groupe. Scott s'approche. Le vieillard sort un couteau et tue Scott. Les Béothuks sortent arcs et flèches et tuent quatre autres marins.

1766

Sir Joseph Banks étudie la flore et la faune de l'île. Selon lui, il y a encore cinq cents Béothuks qui vivent à environ cinq milles (huit kilomètres) de Fogo. Un guide micmac dit alors que ces gens ne sont pas vraiment méchants car, s'ils avaient voulu l'être, tous les Anglais seraient morts sans même en apercevoir un seul.

1768

Le lieutenant John Cartwright, sur l'ordre du gouverneur Sir Hugh Palisser, arrive sur le *HMS Guernsey*, remonte la rivière aux Exploits, Cape John et cap Fréhel.

1768, en juin

Un *furrier* surprend une Béothuke qui ramasse des coques. Elle se jette à genoux en implorant de protéger son bébé dans son ventre. Le *furrier* l'éventre, fixe le fœtus à la fourche d'une branche et le promène devant ses amis.

1768, en août

D'autres *furriers* rencontrent une femme avec son enfant de six ans. Elle trébuche, tente de fuir. Elle est abattue et l'enfant sera fait prisonnier et montré à Pool pendant tout l'hiver pour la somme de deux pence. Il sera nommé John August et reviendra à Catalina pour retrouver le meurtrier de sa mère. Il mourra en 1785. On ignore s'il a réussi à venger la mort de sa mère.

1769

Édit royal de Guillaume III interdisant de molester les Béothuks.

1770, en juin

Capture d'un enfant béothuk. On l'appellera Tom June. Il visita souvent les siens, dont il parla toujours la langue. Il mourut noyé dans le port de Fogo en 1790. Il refusa toujours d'enseigner sa langue aux Anglais de l'île. Il travailla comme *boatmaster* pour les marchands de morue.

1800, le 25 août

John Bland invente un jeu dramatique d'échange de lettres au sujet des Béothuks.

1803, le 17 septembre

William Cull capture une Béothuke dans la baie de Gander. Il reçoit une prime pour ne pas l'avoir tuée. Elle est montrée à un bal de la haute société. Ses cheveux sont clairs et son teint pâle. Elle préfère la présence des enfants avec qui elle joue beaucoup.

1804, le 27 septembre

Quand la captive tombe malade, on la ramène là où on l'a capturée : James Howley mentionne l'embouchure de la rivière des Exploits alors qu'elle avait été capturée dans la baie de Gander. C'est William Cull qui est chargé de la ramener. Plutôt que de la soigner, on s'en débarrasse.

1807, le 30 juillet

Autre édit royal sur la protection des Béothuks.

1807

Contacts sans heurts dans la baie de Bonavista.

1808, le 8 juin

Le gouverneur Holloway songe à envoyer une expédition pour contacter les Béothuks.

1809

Le lieutenant Spratt reçoit l'ordre d'établir le contact avec eux. Il dresse une liste d'objets utiles. Il ne contactera personne.

1810, le 1er janvier

William et John Cull partent en expédition sur la rivière aux Exploits. Ils sont guidés par deux Micmacs et accompagnés par John Waddy, Thomas Lewis, James Foster et un dénommé Joseph. Le quatrième jour, ils trouvent un édifice de cinquante pieds de long dans lequel il y a plus de cent caribous bien dépecés et rangés dans des boîtes d'écorce. Chaque paquet contient la langue, le foie et le cœur de l'animal. Les expéditionnaires rencontrent deux Béothuks qui déguerpissent. Les Terre-Neuviens volent toutes les fourrures qu'ils trouvent et laissent des objets utilitaires en échange.

1810, en août

Le lieutenant Buchan sur l'*Adonis* pénètre dans la baie des Exploits sans y voir de Sauvages. Il décide de passer l'hiver à Ship Cove ou à Botwood.

1811, le 12 janvier

Buchan remonte la rivière des Exploits avec William Cull, Matthiew Hughster et vingt-trois hommes du *HMS Adonis*. Un certain Thomas Taylor les accompagne.

1811, le 18 janvier

Buchan trouve les vestiges d'un mamatik sur une île.

1811, le 22 janvier

Buchan trouve un magasin circulaire fait de poteaux debout et couvert de peaux de caribous. Il y a des pistes d'humains autour.

1811, le 23 janvier

Ce mercredi-là, Buchan part avec huit hommes, laissant le reste dc la troupe au bas du rapide avec les provisions.

1811, le 24 janvier

À l'aube, Buchan découvre trois mamatiks. Deux ensemble et un troisième environ trois mètres plus loin. Buchan ordonne à ses hommes de ne pas molester les femmes et les enfants. Les battants des trois mamatiks sont ouverts en même temps. Les Béothuks sont surpris. Buchan leur fait comprendre qu'ils doivent redescendre vers leur expédition pour aller chercher des cadeaux. Quatre hommes rouges acceptent de les accompagner. James Butler et Thomas Bouthland restent pour garantir leur retour. Au bout d'un kilomètre, deux des Sauvages rebroussent chemin. Un kilomètre plus loin, au sommet d'une colline, l'un des deux Béothuks voit de la fumée au bas du rapide. Il s'éloigne à la course et appelle son compagnon.

1811, le 25 janvier

Buchan revient vers les trois mamatiks. Tout le monde est parti. Aucune trace des deux Anglais. On met les cadeaux dans les habitations et on passe la nuit sur place. John Grimes entend du bruit, il tire à travers le mamatik et manque de tuer son compagnon Thomas Taylor.

1811, le 26 janvier

Tous repartent vers la mer, abandonnant les deux marins à leur sort. Le seul Béothuk qui reste file sur ses raquettes et personne ne peut le suivre. Il s'arrête, examine quelque chose et disparaît à la course. Arrivés à cet endroit, les expéditionnaires trouvent les cadavres des deux marins tués de une et trois flèches. Ils sont nus et ont la tête coupée.

À la cache à provisions, le pain a disparu et la viande de porc est éparpillée un peu partout.

1811, le 28 janvier

Les hommes se sentent épiés et s'affolent. C'est presque au pas de course qu'ils rejoignent la mer et leur navire.

1811, le 10 août

Troisième proclamation royale, celle de George III.

1811, le 10 mars

Capture de Demasduit qui dit se nommer Wonasktaé. On l'appelle Mary March. Elle est capturée devant son époux, lequel mesure peut-être deux mètres. On arrache cette femme à son enfant encore au sein. On tue son époux devant elle, l'enfant mourra de faim. L'automne précédent, John Peyton s'était fait voler un bateau et une voilure par les Béothuks.

1820

Le *Grasshopper* ramène Mary March malade vers les siens, dont plusieurs sont morts. Elle meurt le 8 janvier à 14 heures. On la ramène au campement du Red Indian Lake dans un cercueil. On y trouve la tombe de son époux et celle de son enfant.

1823

Au printemps, en mars ou avril, à Viewbay, dans le bras de la grande baie de Notre-Dame, des *furriers* rencontrent un couple affamé qui leur demande à manger. Ils sont abattus sur-le-champ.

1823, le 10 juin

On ramène trois femmes qu'on trouve tapies au fond d'un mamatik. Elles sont affamées. La plus jeune meurt en chemin, puis la plus âgée. La troisième, Shanawdithith, vivra en captivité jusqu'à sa mort.

1829, le 5 juin

Shanawdithith meurt de tuberculose. Elle avait été blessée à trois reprises par des balles de fusil, à un sein, à un mollet et à la taille. Elle raconta le massacre de quatre cents Béothuks sur une pointe de roche ; le fait n'a été revendiqué par personne.

Vocabulaire de la langue des Béothuks

Béothuk	Français
Abdobish	Corde, câble
Abémite	Crochet de pêche
Abideshhook	Lynx, chat
Abidish	Martre
Abobidwess	Plume d'aigle
Abodoneek	Chapeau
Adadimite	Leurre à pêcher
Adadimiute	Cuiller
Adamadwet	Fusil
Addaboutiks	Nous sommes rouges (nom que se donnaient les Béothuks)
Addizabad-Zéa	Une femme blanche
Adenishit	Étoile
Aduth	Harpon
Adjith	Éternuer
Adoltkhtek	Vaisseau, bateau
Adosook	Huit
Adothook	Hameçon
Aduse	Jambe
Adyoutth	Pied
Agamet	Bouton, argent
Aguathoonet	Pierre à aiguiser
A-eshimut	Sorte de poisson
A-E-U-Chee	Escargot
Ahune	Pierre
Akushtibit	Agenouiller (s')
Amet	Éveiller (s')
Amina	Lance, javelot
Amshut	Lever (se)
Anadrik	La gorge irritée
Anawasut	Truite de mer
Anin	Comète
Aniyémen	Arc
Annawhadya	Sorte de pain
Annoo-ee	Arbre, forêt
Anwoydin	Conjoint
A-Oseedwith	Je m'endors
Aoujet	Lagopède, ptarmigan
Appawet	Phoque
Asha-Bu-Ut	Le sang
Aschautch	Viande
Ashwogin	Flèche
A-Enamin	Os (maigre)

Ashei	Mince, maigre, malade
Ashmudyim	Diable, méchant
Ashwameet	Ocre rouge
Ashwans	Inuits, Esquimaux
Asson	Mouette
Ass-soyt	Fâcher (se)
Aszik-dtounouk	Vingt
Athess	Asseoir (s')
Awoodet	Chanter
Baasothnut	Poudre à fusil
Baasik	Collier
Badisut	Danse
Baétha	Chez moi
Basdic	Fumée
Bashoodité	Hibou, chouette
Baashooditte	Marcher
Bashubet	Gratter
Bathuk	Eau de pluie
Bawoodisik	Oiseau-tonnerre
Bebadwook	Mouches, moustiques
Beedeejamish	Fleurs de mai
Béothuks	Les vrais hommes
Berroïk	Nuage
Bethoeote	Bonne nuit
Bibidegemedic	Baies, fruits
Bidissoni	Bâton, épée
Bitoweit	Étendre (s')
Boad	Pouce
Boagadoret	Poitrine
Bobbidish	Guillemot
Bobbidishumet	Huile de guillemot
Bobusowet	Morue
Bogodoret	Cœur
Botchmouth	Fesses (les)
Botowait	Étendre (quelque chose)
Boubashan	Chaud (c'est)
Boubishat	Feu
Bouboushats	Poissons
Boudowit	Canard
Bougatowishi	Tuer
Bouguishameshs	Étrangers
Bouguishiman	Les hommes blancs
Boushauwith	Avoir faim
Bousik	Directement
Boutonet	Dents
Bouzawet	Dormir
Boyish	Écorce de bouleau
Buh-Bosha-Yesh	Garçon, fils, mâle

Bukashaman	Homme
Buterweyeh	Thé
By-yeetch	Bouleau
Camtac	Parler, il parle
Dabseek	Quatre
Dabsook	Quatorze
Dattomeish	Truite
Datyun	Ne pas tuer
Debimé	Œufs de cane
Debiné	Œuf(s)
Dedduweet	Couper, scier
Dee-cradou	Très grand bateau
Deed-Rashow	Être rouge, rougir
Dee-Hemin	Donner
Delood	Viens
Deschudodoïck	Respirer
Deyn-yad	Oiseaux (en général)
Dingiam	Pagne, cache-sexe
Dogajavik	Renard roux (mot viking)
Dogermaït	Longue flèche
Doothun	Front
Dousomité	Pin
Drona	Poils, cheveux
D'toonanven	Petite hache (mot viking)
E-adzik	Douze
Ebantou	Eau
Ebantook	Eau (à boire)
Edath	Ligne à pêche
Edruh	Loutre
Eedshoo	Voir, revoir
Eenohaja	Le froid
E-ènoodjah	Entendre
Eeseeboun	Casque, casquette
Eewahen	Couteau
Eguibididwish	Mouchoir
Ehege	Gras animal
Ejahbtook	Voile de bateau
Emet	De l'huile
Emeothuk	Tremble puant
Emmamoos	Femme
Emmamousé	Jeune fille
Eshang	Bleu comme le ciel
Ethenwith	Fourchette
E-U-Anau	Dehors (sortir)
Ewinon	Père (mon)
Gaboweete	Haleine
Gashu-Uwith	Ours
Gasook	C'est sec (temps)

Gausep	Sentir comme la mort
Geokabooset	Ne pas avoir peur
Geonet	Sterne (oiseau)
Ge-oun	Mâchoire
Gidyathuk	Vent (le)
Gigarimanet	Filet de pêche
Gobidin	Aigle
Godaboniègh	La lune du lagopède (octobre)
Godaboniesh	La lune où il gèle (novembre)
Godawik	Pelle
Goosheben	Plomb
Gotheyet	Macareux (oiseau)
Gowet	Pétoncle
Guashawith	Marmette (oiseau)
Gunguiwet	Terre ferme
Haddabothik	Corps
Hadalaet	Glace
Hadowadet	Pic à glace
Hanawasut	Flétan
Hanyees	Doigts
Haoot	Esprit
Hodamishit	Genoux (mes)
Homedish	Bon (c'est)
Ibadinnam	Courir
Iggamint	Groseilles
Isedowet	Dormir
Iwish	Marteau, masse, dur
Jewmetchem	Bientôt
Kaassussa-boon	Neige
Kaesinguinyeet	Aveugle (personne)
Kannabush	Long (longueur)
Kawin-Jemish	Donner la main (poignée)
Keathuts	Tête
Kingguiaguit	Debout (se tenir)
Kobshuneesamut	Manitou, Dieu, janvier
Koshet	Tomber (par terre)
Kooseebeet	Pou, lente
Kooswet	Caribou
Kostabonong	Lune du froid (février)
Koweaseek	Lune de chaleur (juillet)
Kuis	Soleil
Lathun	Trappage
Madabooch	Lait du sein
Maduch	Demain
Madyrut	Hoquet
Maemet	Main
Magaragois	Mon fils
Magoorun	Bois de caribou

Mamadponit	Canard arlequin
Mamasheek	Îles
Mamatik	Habitation
Mamatrabet	Chanson
Mamazing	Sorte de bateau
Mamchet	Castor
Mameshook	Bouche
Mamisheet	Vivant
Manamiss	La lune du dégel (mars)
Mandee	Boueux (c'est)
Mandoweesch	Broussailles
Mandzey	Noir (couleur)
Manegemeton	Épaules
Mangawoonish	Lumière du jour
Mannetash	Sarracénie pourpre
Manuné	Tasse (creusée dans un nœud d'arbre)
Manus	Fruits sauvages
Mapet	Ressentir, éprouver
Marmeuk	Sourcils
Matheeduk	Pleurer
Mathik	Puer
Mazook	Eau salée
Memasuk	Langue (de la bouche)
Memayet	Bras
Meroobish	Fil à coudre d'intestins de mammifères
Mesiliguet	Bébé
Metabeet	Cheval
Moeshwadit	Dessiner
Mogaseech	Jeune homme
Moisamadruk	Loup
Mondikuet	Lampe à éclairer
Moogaguinit	Métal, fer
Mookus	Coude
Moosin	Mocassins
Moosingei	Cheville (ma)
Mootamuk	Fil à coudre
Mootdiman	Oreille
Mowead	Pantalon, jambières
Moydebshu	Peigne
Myaoth	Voler (prendre)
Neechwa	Tabac
Newin	Non, négation
Obosheen	Réchauffer
Obseedeek	Gants, mitaines
Obseet	Cormoran
Odaswitishamut	Lune froide (décembre)
Odemen	Terre ocre
Odishuik	Couper (se)

Odjet	Homard
Odoït	Manger
Odusweet	Lièvre
Ooadjamit	Faire bouillir (de l'eau)
Ooish	Lèvres
Podebeek	Aviron, rame
Poochowhat	Lit
Pugatoït	Lancer
Shamut	Capelan
Shapok	Chandelle
Shéashit	Grommeler, être bougon
Shebin	Rivière
Shébonne	Ruisseau
Shégamit	Éternuer
Shosheet	Bâton, branche
Shootak	Aiguisoir
Shumana	Seau d'écorce
Tapatook	Canot d'écorce
Tedesheek	Cou
Teehonee	Astre du ciel
Thing	Merci
Toowidgee	Nager
Wadahwehg	La lune des fruits (août)
Wasimouk	Saumon
Wshgeesh	La lune
Washi-Weuth	Noirceur
Washoodiet	Tirer de l'arc
Washumesh	Hareng
Wasumaweeseek	Trois mois
Wedumité	Embrasser
Wenoun	Les joues
Whitig	Le bras en entier
Whooch	Corbeau
Woadtoowin	Araignée
Woasut	Femme béothuke
Wobee	Le Blanc
Wobeesheet	Manche (de chemise)
Woodamashi	Fuir en courant
Woodum	Étang
Zoozoot	Lagopède, ptarmigan

Les cinq saisons des Béothuks

La saison de la neige et du froid
La saison du renouveau
La saison d'abondance

La saison des feuilles qui tombent
La saison des feuilles mortes

Les treize lunaisons des Béothuks

Janvier : la lune du froid
Février : la lune où les glaces éclatent de froid
Mars : la lune du vent
Mars-avril : la lune du verglas
Avril : la lune de la fonte de la couverture de froid
Mai : la lune des fleurs naissantes
Juin : la lune de la ponte des oiseaux aquatiques
Juillet : la lune de la naissance des oiseaux
Août : la lune des fruits sauvages
Septembre : la lune des changements de couleur
Octobre : la lune des herbes séchées
Novembre : la lune où il gèle
Décembre : la lune de la plus longue nuit

Bibliographie historique

ASSINIWI, Bernard, *Histoire des Indiens du Haut et du Bas-Canada,* 3 vol., Montréal, Leméac, 1974.

BARRON, Bob, *Newfoundland and St. Pierre,* St. John's, Atlantic Divers, 1988.

CARIGNAN, Paul, *Béothuck Archaeology in Bonavista Bay,* Paper n° 69, Ottawa, Mercury Series, National Museum of Canada, 1977.

FARDY, B. D, *Desmasduit (Native Newfoundlander),* Saint John's, Creative Publishers.

HOWLEY, James, *The Beothucks or Red Indians (The Aboriginal Inhabitants of Newfoundland),* Coles Publishing Co., 1980. Reprinted from 1915, Cambridge University Press.

MARSHALL, INGEBORG, CONSTANZE LUIS, *The Red Ochre People,* Vancouver, Douglas Ltd., 1977.

MARSHALL, INGEBORG, CONSTANZE LUIS, *Beothuck Bark Canoe (An Analysis and Comparative Study),* Ottawa, Mercury Series, National Museum of Man, 1985.

MARSHALL, INGEBORG, CONSTANZE LUIS, *Beothuck and Micmac (Re-Examining Relationship), Journal of the History of the Atlantic Region,* Acadiensis, September 1988.

MORANDIÈRE, Ch. de la, *Histoire de la pêche française de la morue dans l'Amérique septentrionale, des origines à 1789,* Paris, Maisonneuve et Larose, 1962.

O'NEILL, Paul, *Legends of a Lost Tribe,* Toronto, McLelland & Stewart, 1976.

OXENSTIERNA, Éric, *Les Vikings,* Paris, Petite Bibliothèque Payot, 1976.

PASTORE, Ralph, *Fishermen, Furriers and Beothuks, The Economy of Extinction,* St. John's University of Newfoundland, 1987.

PEYTON, Amy Louise, *River Lords (Father and Son),* Saint John's, Jasperson Press.

POWERS, Bob, *Shanawditith (Last of the Beothuck),* St. John's, Harry Cuff Publications, 1987.

ROBBINS, Douglas, T., « Regards archéologiques sur les Béothuks de Terre-Neuve », *Recherches amérindiennes au Québec,* vol. XIX, n°s 2, 3.

ROWE, Frederick W., *Extinction (The Beothuks of Newfoundland),* Toronto, McGraw Hill Ryerson, 1977.

ROWE, Frederick W., *A History of Newfoundland and Labrador,* Toronto, McGraw Hill Ryerson, 1980.

SEAMAN, Stewart S., *The Western Hemisphere Before 1492,* Portland, Ontario, Nordljo's Publishers, 1975.

SPECK, Frank G., *Indian Notes and Monographs*, New York, Museum of American Indians, Heys Foundation.

SUCH, Peter, *Riverrun*, Toronto, Clark, Irwin & Co Ltd., 1973.

SUCH, Peter, *Vanished People, The Archaic Dorset and Beothuk People of Newfoundland,* Toronto Press.

TUCK, James A., *The Newfoundland and Labrador Prehistory,* Toronto, Van Nostrand Reinhold Ltd., 1976.

WEBBER-PODOLINSKI, Alika, *The Red and the Circle,* (à compte d'auteur), Buckland, 1984.

WHITEHEAD-HOLMES, Ruth, *Micmac, Maliseet and Beothuck Collections in Europe and the Pacific*, Halifax, Nova Scotia Museum, 1989.

WHITEHEAD-HOLMES, Ruth, *Micmac, Maliseet, Beothuck Collections in Great Britain*, Halifax, Nova Scotia Museum, 1988.

Table

BABEL

Extrait du catalogue

385. YVES DELANGE
Fabre, l'homme qui aimait les insectes

386. (RÉSERVÉ)

387. INTERNATIONALE DE L'IMAGINAIRE N° 11
Les Musiques du monde en question

388. NANCY HUSTON
Trois fois septembre

389. CLAUDE PUJADE-RENAUD
Un si joli petit livre

390. JEAN-PAUL GOUX
Les Jardins de Morgante

COÉDITION ACTES SUD – LEMÉAC

Ouvrage réalisé par Luc Jacques, typographe. Achevé d'imprimer en août 2003 sur les presses de AGMV-Marquis, pour le compte de Leméac Éditeur, Montréal. N° d'éditeur : 3479. Dépôt légal, 1re édition : 3e trimestre 1999 (éd. : 01 / imp. 03)